OS OPOSTOS SE ATRAEM

Também de B.K. Borison

Um namorado de Natal

Um amor de cidade pequena

Um namoro de mentirinha

B.K. BORISON

OS OPOSTOS SE ATRAEM

Tradução
Carolina Candido

1ª edição
Rio de Janeiro-RJ / São Paulo-SP, 2025

VERUS
EDITORA

Título original
Business Casual – Lovelight Series

ISBN: 978-65-5924-369-3

Verus Editora Ltda.
Rua Argentina, 171, São Cristóvão, Rio de Janeiro/RJ, 20921-380
www.veruseditora.com.br

CIP-BRASIL. CATALOGAÇÃO NA FONTE
SINDICATO NACIONAL DOS EDITORES DE LIVROS, RJ

B739o
Borison, B.K.
Os opostos se atraem / B.K. Borison ; tradução Carolina Candido. - 1. ed. - Rio de Janeiro : Verus, 2025.

Tradução de: Business casual
ISBN 978-65-5924-369-3

1. Romance americano. I. Candido, Carolina. II. Título.

25-96016 CDD: 813
CDU: 82-31(73)

Meri Gleice Rodrigues de Souza - Bibliotecária - CRB-7/6439

Revisado conforme o novo acordo ortográfico.

Para aqueles que ainda não encontraram seu lugar no mundo.
Existe uma pequena fazenda de árvores esperando por você.

E para Annie.
Nada disso teria acontecido se não fosse por você.

1

NOVA

Os campos estão brilhando.

Não sei quem se encarregou de enfeitar os pinheiros com luzinhas, mas seja quem for estava bem empolgado com a tarefa. As árvores iluminadas parecem ter sido arrancadas do céu salpicado de estrelas, um brilho quente e dourado estendendo os dedos pelo breu.

Há uma pista de dança bem no meio das árvores, montada com tapetes velhos retirados dos depósitos ao redor da fazenda, retalhos estampados e coloridos repletos de agulhas de pinheiro. As mesas estão aglomeradas nos cantos, com fogueiras controladas em tambores rasos de metal para espantar o frio do início do outono. O enorme celeiro vermelho está com as portas escancaradas, e os convidados do casamento se espalham pelos campos com risadas, música e luz, segurando canecas de vinho e sidra.

A fumaça penetra por entre as flores entrelaçadas nas árvores, girassóis, crisântemos, margaridas, uma cadeia ininterrupta de flores circundando o local da festa. Cravos-do-amor espreitam entre as árvores, aninhados para parecer que a neve caiu nos grossos galhos verdes. A voz rouca de Jimmy Durante ecoa nos alto-falantes, cantando como fazer alguém feliz e, sob o dossel de flores, luzes e galhos de pinheiro, o noivo dança com a noiva.

Luka gira Stella, e o vestido rosa-claro se levanta em torno de suas pernas. Ele a puxa de volta e ela se acomoda nos braços dele com um sorriso de dar inveja às luzinhas ao redor. Eles deslizam entre as árvores e eu os perco de vista, nada além do tecido da saia dela e da ponta do paletó dele enquanto giram e giram e giram.

— Eles parecem felizes, não?

Minha irmã surge ao meu lado, com um prato de bolo na mão. Ela suspira melancólica quando o casal feliz aparece de novo ao lado de um abeto todo torto, os olhos grudados um no outro. Luka diz alguma coisa e Stella joga a cabeça para trás rindo, os cabelos longos caindo sobre os ombros. O sorriso de Luka se transforma em algo carinhoso e reservado. Sinto até que não deveria estar olhando para os dois.

— E deveriam estar. — Pego a garrafa meio vazia no centro da mesa e encho minha taça até o vinho chegar na marca de batom na borda. Eu me inclino para a frente e tomo um gole ruidoso, erguendo as sobrancelhas para minha irmã. — É o casamento deles.

Um casamento que demorou uma década para acontecer. Luka e Stella passaram grande parte do relacionamento deles fingindo que não queriam algo a mais. Stella precisou comprar uma fazenda de árvores de Natal e, sem explicação alguma, decidir que precisava de um namorado falso para que eles tomassem um rumo.

Harper estreita os olhos e franze os lábios em um olhar que lembra tanto a nossa mãe que sinto um verdadeiro arrepio na espinha. Ela se senta ao meu lado e equilibra o prato de sobremesa no colo, curvando-se um pouco. Acho que está com medo de que eu o arranque de suas mãos.

— Não é o terceiro pedaço de bolo que você come?

Harper olha para mim com o garfo na boca.

— Você está contando?

— Estou, Harper. Fiquei sentada aqui nas sombras contando quantos pedaços de bolo você decidiu comer hoje.

Estou surpresa por ainda ter sobrado bolo. Layla, a melhor amiga da noiva e proprietária da pequena padaria do lugar, fez questão de confeccionar um bolo de casamento daqueles. Três camadas de um delicioso pão de ló.

Cobertura amanteigada. Recheio de cannoli entre as camadas. Pequenas margaridas cobertas com glacê nas pontas e galhos de pinheiro pintados à mão em cada centímetro. Parece até que o bolo deveria estar em um museu, não no meio de uma floresta com um grupo de locais embriagados.

Quando todos o viram, quase rolou uma pancadaria.

Eu me aproximo e passo o dedo pela cobertura no prato da minha irmã, ignorando a cara feia dela.

Harper belisca a pele logo acima do meu cotovelo em retaliação.

— Seja *boazinha* — protesta ela.

— Seja boazinha você. — Esfrego o local que ela beliscou. — Que foi? Não pode dividir o bolo?

— Você pode muito bem levantar e pegar um pedaço. — Ela cruza as pernas com delicadeza enquanto afasta o prato de mim, os sapatos de salto dourados brilhando sob a luz da lanterna. Eu mexo os dedos dos pés na grama. Nem sei onde meus sapatos foram parar.

— Quis dizer para ser *boazinha* com o casal feliz. — Ela enfia outra garfada de bolo na boca. — Isso não faz você se sentir nem um pouco romântica?

— O bolo?

Ela balança o garfo no ar e depois o aponta na direção de Stella e Luka. Eles parecem flutuar entre as árvores, se abraçando apertado enquanto o mundo se move ao redor.

Harper suspira. Tomo outro gole do vinho, fazendo barulho.

— Você não quer viver uma coisa assim?

Não perco meu tempo pensando.

— Não.

Este dia foi maravilhoso, mas… não sei. Amor não é bem uma prioridade para mim no momento. É claro que estou feliz pelo casal. Depois de quase uma década nessa brincadeira de "será que agora vai?", é bom ver os dois contentes.

Mas será que quero isso para mim?

Não exatamente.

Eu estou bem sozinha. Gosto do silêncio. Gosto de jantar sem companhia e escolher o que assistir na televisão. Gosto de me deitar que nem uma estrela-do-mar no meio da cama e ajustar o termostato na temperatura perfeita.

Gosto de me enrolar como um burrito em todos os cobertores. Gosto de ter um espaço só para mim e não ter que ceder. Não preciso compartilhar meu dia a dia com alguém só para me sentir realizada.

Minha companhia favorita sou eu mesma, e meu tipo de relacionamento favorito são os breves, consensuais e satisfatórios. Se eu quiser matar vontade, é fácil encontrar alguém para uma pegação rápida.

Se bem que já faz um tempo que não acontece.

Vai ver é isso que está me incomodando. Ando tão focada no estúdio que faz um tempo que não tenho uma pegação casual com alguém. Talvez a falta de prazer físico esteja começando a me transformar em um trasgo. Um duende. Uma daquelas criaturas de pedra que minha mãe não para de comprar para o meu jardim. Talvez uma pegaçãozinha acalme parte da minha ansiedade. Isso pode me ajudar a desligar um pouco.

Harper arqueia uma sobrancelha, sem saber dos meus pensamentos.

— Não dá para se casar com um estúdio de tatuagem, espero que saiba.

— Porque essa é a grande aspiração de todas as mulheres, certo? O casamento?

Ela me cutuca com força nas costelas.

— Não. Você sabe que eu não penso assim.

É verdade. Harper está tão comprometida com seu negócio de design quanto eu com o segundo estúdio de tatuagem que estou tentando abrir do zero. Mas ela sempre teve coração mole, sempre foi romântica. E eu tenho visto idiotas se aproveitarem disso durante anos.

Prefiro não me perder em um relacionamento, obrigada.

Harper franze a testa para mim e dá outra garfada no bolo.

— Só não quero que você se sinta sozinha.

— Quem disse que me sinto sozinha?

Ela franze ainda mais a testa.

— Você está sentada aí, sozinha, bebendo vinho.

— Isso não quer dizer que me sinto sozinha — resmungo. Prefiro ficar quieta, e meus pés doem de tanto dançar. — Não estou sozinha. Não tenho tempo para me sentir sozinha.

Nos últimos seis meses, tenho corrido sem parar. Se não estou pensando no novo estúdio, estou trabalhando em algum tipo de licença, formulário de imposto ou relatório de despesas. E, se não estou trabalhando em um dos meus intermináveis formulários, estou cuidando de questões de marketing, encomendando cadeiras ou olhando para o meu orçamento com pânico velado. Quando me deito na cama à noite, não penso nem sinto nada além da mais pura exaustão e uma síndrome do impostor persistente.

Mas, mesmo com todo esse novo peso substancial sobre meus ombros, adoro ter meu próprio negócio. Adoro ser uma das únicas proprietárias mulheres de um estúdio de tatuagem na Costa Leste. E adoro o fato de estar me preparando para abrir meu segundo estúdio no lugar onde cresci. O primeiro estúdio que é todinho meu, não só um espaço que alugo com outros artistas. É um risco abrir um negócio em uma cidade tão pequena como Inglewild. O fluxo de clientes não vai ser tão intenso quanto no litoral, mas sempre quis ter um lugar aqui. Na cidade em que cresci. Onde estão as pessoas de que eu mais gosto.

Só posso torcer para que a reputação que construí seja forte o bastante para fazer os clientes virem até mim.

Mas vou deixar para me preocupar com isso outro dia.

Harper me dá uma leve pancada no nariz com o garfo.

— Você estava viajando de novo, não?

Coloco meu cabelo atrás das orelhas.

— Talvez.

Ela estala a língua.

— Você precisa relaxar. Se soltar. — Ela olha para a minha taça cheia demais e para a garrafa que eu reivindiquei como minha por trás do bar improvisado. — Se continuar assim, vai ter um treco.

— Quem teve um treco?

Meu irmão mais velho, Beckett, ocupa a outra cadeira ao meu lado, sem gravata e com as mangas arregaçadas. Estou chocada por ele ter durado tanto tempo nesse terno. Passou a cerimônia inteira puxando o colarinho ao lado de Luka no altar.

Mas agora ele está à vontade. Uma garrafa de cerveja na mão, o cotovelo apoiado no joelho. Seu cabelo loiro-escuro parece estranho sem o boné de beisebol para trás, os olhos azul-esverdeados com um brilho nada característico. Sorrio para ele, que sorri de volta. Eu e Beckett sempre fomos como um reflexo um do outro. Mais confortáveis fora do foco. Sem sapatos. Sem gravata.

Cutuco uma das tatuagens coloridas em seu antebraço. Meu primeiro cliente, meu cliente favorito. Os braços dele estão cobertos de trabalhos meus, do pulso aos ombros. Quando consegui meu primeiro estágio, tive dificuldade em estabelecer uma clientela. E Beckett me deixou tatuá-lo quando ninguém ainda deixava. Ele entrou no estúdio onde eu implorava por espaço e se sentou na cadeira. Ergueu o braço na minha direção e fez cara de desentendido, esperando.

Beckett sempre acreditou em mim. Mesmo quando, talvez, eu não merecesse.

Inclino o antebraço dele para dar uma olhada na tatuagem mais recente. Um simples conjunto de meteoros desenhados em linhas pretas finas.

— Está cicatrizando bem — digo a ele.

— Claro que está. — Ele torce o braço e olha para ela. — Foi você quem fez.

Meu sorriso oscila um pouco nos cantos. Às vezes, é difícil estar à altura da imagem que meu irmão tem de mim. Ele acha que não erro nunca, e tenho medo de que, no dia em que eu enfim fizer algo que o decepcione, isso acabe por partir o nosso coração.

Bebo o resto do meu vinho sem fazer comentários. Harper e Beckett se entreolham acima da minha cabeça, quando acham que não estou vendo.

Ignoro os dois.

Esse é o problema de ser a caçula de quatro irmãos. Sei que eles têm boas intenções, mas sempre tendem a me tratar como uma criança malcriada que precisa de supervisão constante. Sei que foi por isso que Harper veio até aqui. Beckett também. Acho que eles têm na mente uma versão de mim que ainda tem quatro anos e está se esforçando para não deixar a peteca cair, com lama nas bochechas e minhocas de goma penduradas na boca. Beckett ainda coloca a mão enorme na minha cabeça nos estacionamentos, como se tivesse medo de que eu fosse correr para a rua. Eu tenho vinte e seis anos.

Olho feio para ele.

— A Layla já te perdoou?

— Ah. — Beckett esfrega a nuca e dá uma olhada ao redor. Vejo Layla em pé ao lado da mesa do bolo, com um lindo vestido marrom, as costas apoiadas no peito do noivo e... olhando feio para Beckett.

Ele suspira baixo e devagar.

— Acho que não.

— Deve ser difícil trabalhar assim.

Beckett é uma das três pessoas que comandam essa fazenda. Stella supervisiona o marketing e os negócios, Layla cuida da padaria e Beckett está encarregado das operações no campo. As coisas sempre correram muito bem entre os três, apesar de esse ser um pequeno contratempo.

— Não tem sido fácil — suspira ele.

— Dá pra ver.

— Acho que o casamento trouxe à tona algumas feridas.

— Bom, então ela e a mamãe podem se doer juntas.

Beckett passa a mão no rosto.

— Ela ainda está brava também?

Harper e eu bufamos em uníssono.

— Beckett, você é o único filho dela e casou sem falar nada em uma terça à tarde. Ela nem chegou a fazer uma apresentação de slides com suas fotos de bebê. Ou qualquer uma daquelas montagens assustadoras com você e a Evie que preveem como vão ser os futuros netos dela.

As bochechas de Beckett assumem um tom intenso de vermelho. No mês passado, ele apareceu no jantar de família com um sorriso enorme, um anel de ouro no dedo e sua *esposa* a tiracolo.

— A Layla só está brava porque não fez o bolo.

— É claro que ela está brava por não ter feito o bolo. Estou surpresa por ela não ter escrito isso nas letras miúdas do contrato.

— Deve ter escrito — resmunga ele. Ele olha para cima e depois para baixo de novo. — Acho que ela quer me processar por quebra de contrato.

— Seria merecido.

Na outra extremidade, os olhos de Layla se estreitam como se ela pudesse ouvir exatamente o que estamos dizendo. Caleb passa o braço em volta dela sem desviar o olhar da pessoa com quem está falando, a mão na nuca dela. Ele esfrega o polegar para cima e para baixo ao longo da linha do pescoço e ela relaxa aos poucos, a cabeça inclinada para trás no ombro dele.

Não sei o que colocaram na água em Inglewild, mas os últimos anos têm sido um efeito dominó de casais... casando. Começou com Stella e Luka, daí para a frente foi ladeira abaixo. Meu irmão e Evie. Layla e Caleb. Matty, o dono da pizzaria, e Dane, o xerife. Mabel da estufa e Gus, o paramédico da cidade. Tenho quase certeza de que os dois vira-latas que frequentam a fonte no centro da cidade estão juntos agora.

— Também é bem possível que ela seja sua amiga e quisesse estar ao seu lado em um dos dias mais importantes da sua vida.

— Eu queria uma coisa pequena — explica ele com um suspiro.

— Nada menor do que você, a noiva e o funcionário do cartório.

Ele toma um gole enorme de cerveja.

— O cara do cachorro-quente também.

— O quê?

— O cara que vende cachorro-quente em frente ao cartório foi a testemunha.

É claro que foi.

— Ah, que ótimo, Beck.

Beckett se remexe no lugar, inclina-se para o lado e passa o braço sobre o encosto da cadeira. Ele olha em volta e, de repente, seu rosto todo se ilumina, como se alguém tivesse acendido um isqueiro atrás de seus olhos. Sigo sua linha de visão até onde Evie está passando pelas mesas em direção a ele, ainda com a tiara de flores da cerimônia. Quando olha para meu irmão, ela não desvia mais o olhar, um sorriso suave surgindo em seu belo rosto.

Durante algum tempo, achei que Beckett tinha tão pouco interesse em relacionamentos quanto eu. Mas então Evelyn apareceu e meu irmão ficou caidinho, e bem depressa.

Eles se movem juntos, como se tivessem coreografado uma dança. Beckett inclina a perna ligeiramente para a esquerda enquanto Evie diminui o espaço entre eles. Ela se acomoda no colo dele com um braço em volta do seu pescoço, e ele levanta a mão dela do ombro, passando a boca devagar no pulso dela e no pequeno e delicado limão que tatuei ali.

Nunca achei que o veria assim. Derretido. Satisfeito.

Feliz.

Evelyn sorri para meu irmão e passa os dedos pelo cabelo dele. Ele murmura e encosta a testa no maxilar dela.

— Precisa dos fones? — pergunta ela em um sussurro. Ele balança a cabeça e a segura com mais força.

— Eu já disse — murmura ele enquanto tento não ouvir —, o barulho não incomoda quando estou perto de você.

Algo em meu peito se contrai. Beckett sempre teve dificuldades com som e pessoas. Fico feliz por ele ter encontrado alguém que ama essa parte dele tanto quanto o resto. Que torna mais fácil para ele ser exatamente quem ele é.

— A Layla ainda está brava por causa do bolo — conta Evie, com a voz mais alta. — Ela passou a manhã toda reclamando enquanto fazíamos o cabelo, falando que precisamos ter um casamento de verdade com um bolo de verdade.

— Nós tivemos um casamento de verdade — resmunga Beckett. Evelyn beija o topo da cabeça dele e concorda. — Além disso, não acho que os campos aguentariam mais uma festa. — Ele se reclina na cadeira para encarar um dos galhos menores de forma crítica. — O Charlie quase derrubou três pinheiros tentando começar uma fila de conga.

Ele aponta para a pista de dança com a cabeça. Começou a tocar uma música alta com um baixo pesado assim que Luka e Stella deixaram a pista em direção à carnificina da mesa do bolo. Há uma pequena multidão se aglomerando bem no centro das camadas de tapetes e, no meio, é claro, está Charlie Milford.

O meio-irmão de Stella. Festeiro. Charmoso que dói. Acho que não tem uma única festa que Charlie não tenha organizado, topado ou invadido sem explicações. Da última vez que o vi, no festival do solstício de verão, ele estava sem camisa para o concurso de comer tortas de pêssego, deixando as velhinhas da cidade colocarem notas em sua cintura. Antes disso, foi a festa de inauguração da casa de Layla e Caleb. Ele trouxe shots de gelatina com sabor de morango. Acho que deve ter tomado a bandeja toda sozinho.

— É engraçado você achar que ele precisa de um casamento para fazer esse tipo de coisa.

Observo enquanto Charlie dança com uma das tias de Luka pela pista. Seu corpo se eleva sobre todos os outros, as mangas da camisa branca enroladas nos antebraços. Seu cabelo, que costuma estar penteado à perfeição, está um pouco bagunçado na parte de trás, talvez devido à tentativa de fazer alguns passos de dança do início dos anos 90. Ele aponta para Dane, o xerife da cidade, e exige que se junte a eles. Está tentando organizar uma complicada dança de salão ou uma revolta contra o DJ. Não sei dizer qual dos dois.

— Ele com certeza levou seus deveres a sério hoje — acrescenta Evie em tom de conversa, inclinando-se sobre Beckett para pegar o bolo abandonado de Harper. Noto que Harper não afasta a mão dela com um tapa. — Ele trouxe para a Stella algo velho, algo novo, algo emprestado e algo azul. Todos os quatro. Acho que os dois choraram quarenta e cinco minutos direto.

Charlie levou Stella até o altar durante a cerimônia, depois pôs uma tiara de flores na cabeça e ficou ali para ser a dama de honra. Ele passava o polegar sob o olho esquerdo o tempo todo, fingindo que não estava chorando durante os votos dos noivos.

E agora está dançando macarena no meio da pista, com a tiara de flores torta em seu cabelo escuro, o paletó largado em um dos pinheiros. Ele... sabe rebolar muito bem.

Os olhos azuis da cor do anoitecer percorrem os arredores da pista enquanto ele gira, balança e rebola, provavelmente procurando sua próxima vítima. Pego a garrafa de vinho no momento em que seus olhos se fixam nos meus. Seu rosto se divide em um sorriso, as linhas de riso se aprofundando em suas bochechas.

— NOVAAA! — ele grita do outro lado do campo. — VEM DANÇAR COMIGO.

Mordo o lábio inferior. Charlie Milford é o maior paquerador do planeta. Ele é feito de partes iguais de charme, carisma e confiança mal aplicada. Nas primeiras vezes que conversamos, não conseguia entender qual era a dele.

Mas agora sei que ele tem esse jeitão. Fica mais feliz quando está fazendo as pessoas ao redor felizes também. Ou, no meu caso, toda vermelha e emburrada com a cara de besta dele.

Não faço ideia do porquê. Ele não faz meu tipo. Ele deve ser o contrário do meu tipo. Trabalha em uma empresa de investimentos em Nova York e tem uma afinidade com ternos de três peças. Relógios de pulso que custam o mesmo que o aluguel do meu pequeno estúdio. Separa suas planilhas por cores e usa termos como *ambiente fiscal ideal*. Ele compra azeite de trufas. Tem lenços de bolso.

Se eu tivesse que escolher um homem como meu oposto, seria ele.

Mas somos amigos. Mais ou menos. Nos vemos em churrascos, festas e noites de competição de perguntas. Meus amigos são a família dele, e a família dele é minha amiga. É difícil separar os dois em uma cidade tão pequena como a nossa, e ele visita Stella pelo menos duas vezes por mês. Agora que parei para pensar, ele a tem visitado com uma frequência cada vez maior. Para alguém que não mora de fato em Inglewild, ele parece passar bastante tempo por aqui.

Também tem me ajudado com meus negócios. Ele me orientou nas dez mil folhas da papelada de licenciamento. Ele é o artista por trás de todas as planilhas que estou usando para despesas extras. Responde a cada uma das mensagens com perguntas que envio no meio da noite e, a seguir, me envia uma série de mensagens flertando, cheias de segundas intenções.

Ele me disse que quer uma tatuagem como pagamento por toda a consultoria. Um escorpião em sua bunda ou um Pikachu no braço. De acordo com ele, ainda não se decidiu.

Depois disso, passei muito tempo pensando na bunda dele. Para ser mais específica, na bunda dele naquelas calças Burberry perfeitamente ajustadas que sempre usa.

Beckett fecha a boca em uma careta irritada.

— Por que o Charlie está gritando com você?

Porque ele é ridículo e flertaria com uma parede se pudesse. Porque ele adora tentar arrancar uma reação de mim. Porque é isso que ele faz.

Observo quando ele esbarra em alguém enquanto tenta lançar um laço imaginário em minha direção. Ele se abaixa na mesma hora para se certificar de que a pessoa está bem. Quando uma garotinha com um vestido rosa brilhante atravessa a pista de dança, ela salta a seus pés e ele coloca a tiara de flores na cabeça dela, aquelas malditas rugas em seus olhos se aprofundando com seu sorriso quando ela grita de alegria e corre de volta para os pais.

Seus olhos se arregalam e ficam fixos nos meus. Ele ergue a mão e mexe dois dedos para mim, me chamando até ele.

— Acho que ele quer dançar comigo.

— Você não vai, né?

Fico de pé e aliso o tecido sedoso do vestido. O vinho me deixou com calor e solta. Livre e despreocupada. Dançar com um homem bonito cairia bem.

Mais do que uma dança também cairia bem. Encaro Charlie no meio da pista, se mexendo sem sair do lugar, os dedões enfiados embaixo dos suspensórios. Será que ele toparia aliviar o estresse embaixo dos lençóis sem que isso signifique alguma coisa? Ele parece ser do tipo que toparia.

De qualquer forma, Harper tem razão. Tenho me concentrado quase que exclusivamente no trabalho. Mereço me soltar um pouco. Mereço um pouco de diversão.

Ergo a saia do vestido na mão e me dirijo para a pista de dança.

Charlie parece ser uma bela diversão.

2

CHARLIE

NOVA PORTER ESTÁ vindo na minha direção como se não conseguisse decidir se quer dançar comigo ou me rasgar em pedacinhos.

Olhos como nuvens de tempestade. Cabelo loiro-escuro retorcido em um coque baixo e bagunçado. Um vestido que parece ter saído dos meus sonhos ou dos meus pesadelos. Ele brilha conforme ela anda, um tecido cinza e macio que tem cara de que deslizaria pelos meus dedos como água. Decote profundo e uma saia que se alarga ao redor dos tornozelos. Pés descalços. Bochechas rosadas. Tatuagens descendo pelos ombros e cobrindo os braços.

Com uma cara de quem poderia me devorar vivo.

E, nossa, eu adoro isso.

Ela para bem perto de mim e ergue o queixo, uma rainha em seu trono a meio palmo de distância do meu. Abro um sorriso largo, ela franze a testa e tudo acontece como sempre acontece entre mim e Nova.

Eu tinha algumas dúvidas se ela viria mesmo para a pista de dança. Ela não engole nenhuma das minhas gracinhas desde que nos conhecemos.

— E aí? — é o que sai da minha boca quando olho para ela, como se eu não tivesse passado os últimos dezessete minutos tentando coagi-la a vir aqui com meu arsenal completo de palhaçadas. Estico um braço para abraçá-la pela cintura e puxá-la para mais perto. — Tudo bem?

Ela arqueja quando se acomoda em mim, as mãos espalmadas em meu peito. Recebo uma semirrevirada de olhos e uma contração dos lábios.

— Tudo indo.

— Ah, é?

— Seria melhor se um certo palhaço gigantesco parasse de gritar no meio do campo.

— Hmm. — Seguro uma das mãos dela, tomando o cuidado de traçar com o dedão a delicada tatuagem de buquê de flores que vai do pulso até as mãos dela. Eu a acomodo na posição correta para dançarmos. — Um mico e tanto.

Ela me olha com cara de deboche, nem um pouco impressionada.

— Você estava berrando meu nome no meio da pista, Charlie.

— Não teria que berrar se você tivesse vindo antes. — Assim tão de perto, consigo ver a auréola azul-escura em volta da íris dela. A única sarda embaixo do olho esquerdo. — Mas águas passadas não movem moinho. O resultado é o mesmo.

— E qual seria?

— Você, dançando comigo. Eu nem precisei jogar pesado.

Uma sobrancelha se ergue.

— Tenho até medo de perguntar o que seria jogar pesado.

— Envolve luzinhas, a garrafa de sidra de maçã que o Clint batizou com coisas mais fortes e uma coreografia bastante elaborada. — Aproximo minha cabeça da dela. — Se você se comportar bem, pode ser que eu mostre depois.

Ela ri baixinho. Eu sorrio e giramos.

Flertar sempre foi muito fácil para mim, mas flertar com Nova é puro deleite. Todo o corpo dela ganha vida quando recebe atenção, como uma flor procurando o sol. Fico sedento pelas reações dela. Por ver como o rosa acentua em suas bochechas.

A música muda de um remix das Spice Girls para algo calmo e provocante, as notas longas de "Stardust" ressoando no trompete de Duke Ellington. É um ritmo profundo e envolvente, lento e romântico.

Todo o rosto dela se contrai de decepção.

Dou risada, seguro a mão dela mais forte e a giro uma vez, observando como o tecido de seu vestido voa ao redor das pernas. Vejo um vislumbre da tatuagem na curva suave da panturrilha dela antes de puxá-la de volta para mim e deslizarmos pela pista de dança.

— Isso não era o combinado — resmunga ela para mim.

— E qual era o combinado?

— Uma música pop de sucesso e respeitável, com cerca de um metro de distância entre nós.

Eu a puxo mais para perto. Cutuco sua orelha com meu nariz.

— Mentirosa — sussurro.

Ela vira a cabeça até que seu nariz esteja roçando no meu, olhos cinza e arregalados piscando para mim. Acho que nunca fiquei tão perto assim dela. Estou gostando muito.

— É — diz ela, com um sorriso lento e provocador —, você está certo.

Deixo escapar um gemido profundo e rouco. Fazendo cena, mas só em partes.

— Diz isso de novo, mas lambendo os lábios um pouquinho dessa vez.

Ela ri.

— Quem sabe mais tarde.

— Isso soa um tanto tentador. — Ajusto minha mão na dela e diminuo o ritmo de nossos passos para algo mais lento. Um ritmo que ela possa seguir com os pés descalços sobre o tapete. Os sapatos dela ainda devem estar jogados no enorme celeiro vermelho. Acho que ela ficou seis minutos inteiros com eles na festa antes de tirá-los.

Ela hesita, um pouco atrasada no ritmo, com a atenção quase toda concentrada em seus passos. Aperto a cintura dela e depois a mão. Achei que estivesse sentada perto da pista de dança por causa de sua resistência moral à diversão. Não por não saber dançar.

— Siga meus passos — digo para ela —, não vou deixar você cair.

— Eu sei que não vai — murmura ela, olhando para baixo. É o mais discreto dos elogios, e o suficiente para que eu a puxe um pouco mais para perto, cada sopro de sua respiração esquentando a base da minha garganta. Gosto da sensação dela em minhas mãos. Gosto da sensação do corpo dela junto ao meu. Como uma daquelas lâmpadas tremeluzentes que coloquei em torno das árvores ontem à noite, às duas da manhã, tentando tornar este dia tão especial quanto Stella merece.

Um sorriso se forma no canto de sua boca enquanto ela entra no ritmo que estabeleci, observando, pensativa. Sempre tenho a sensação de que Nova quer abrir minha cabeça e dar uma olhada lá dentro.

É bem provável que eu não só deixasse, mas agradecesse pelo prazer.

— Você subornou o DJ?

— Oi?

— A música.

— O que tem a música?

— Mudou para uma música mais lenta assim que eu vim pra pista.

Eu subornei o DJ. Os vinte dólares mais bem gastos da minha vida. Eu teria dado o Rolex se ele tivesse tentado negociar. Limpo a garganta.

— Um cavalheiro não conta seus segredos.

Ela me encara.

— Que foi?

— Você. Um cavalheiro. — Os dedos dela deslizam sob um dos meus suspensórios. Ela brinca com ele e o puxa, fazendo-o bater contra meu peito.

Todo meu sangue flui em uma única direção, e tenho que me forçar a continuar dançando. Temos que seguir o ritmo. Nova não costuma corresponder ao flerte. Ela alimenta, claro, depois muda o rumo da conversa para algo mais trivial.

Temos uma primeira vez.

Estreito os olhos. Estou desconfiado.

— Pois saiba que eu posso ser um cavalheiro e tanto.

— Pode sim, com certeza.

— Eu adoraria mostrar.

Ela se aproxima mais de mim e sinto um leve aroma de madressilva. Papel e tinta recém-derramada.

— Tenho certeza que sim.

Não sei o que pensar quando ela concorda tão fácil assim. Minhas conversas com Nova costumam parecer uma batalha, ela armada até os dentes com pedras e eu vestindo uma fantasia fofa de coelho. Curioso, decido arriscar e movo meu polegar um pouco mais para cima, onde o vestido dela afunda nas costas. Eu percorro a pele nua, e um gemido escapa dos lábios dela, seu corpo como que querendo mais do meu toque.

Estou desnorteado.

E um pouco excitado.

Tá bom, muito excitado.

— O que está acontecendo com você? — pergunto.

— Como assim?

Olho intensamente para a mão dela, que ainda está brincando com a alça do meu suspensório. Ela sorri para mim, toda predadora, e tira a mão do meu peito. Eu deveria estar com medo, mas estou muito fascinado com os dedos dela brincando ao longo do decote de seu vestido. É como se ela tivesse derramado tinta prateada sobre a pele, aderindo às suas curvas. O corte do vestido emoldura a tatuagem entre seus seios quase perfeitamente.

Ela passa um dedo com a unha bem-feita na tatuagem.

— Um cavalheiro diria que gosta da minha tatuagem, eu acho.

Limpo a garganta e olho fixamente para ali. Parece que não consigo desviar o olhar de jeito nenhum.

— Eu gosto de todas as suas tatuagens.

— Só que mais dessa aqui — ela encoraja.

Ela reclina o corpo em meus braços e olha para si mesma. Ela tem uma rosa de um vermelho profundo tatuada entre os seios, com o longo caule descendo pelo esterno.

Não consigo parar de olhar.

Adoraria mordê-la. Adoraria muito.

Volto a olhar para os olhos dela. Levo um minuto inteiro para me dar conta do que estávamos falando. Para minha sorte, Nova estava concentrada no movimento dos nossos pés e não no tempo que demoro para responder.

— Já chega — protesto —, pode ir se explicando.

Ela pisca algumas vezes, toda inocente.

— Explicar o quê?

— Por que você está flertando comigo?

Um rubor leve surge nas bochechas dela. Acho que gosto mais disso do que da rosa no meio dos peitos dela.

— Você sempre flerta comigo — ressalta ela.

— E você costuma me mandar procurar minha turma — respondo com uma risada. — Por exemplo, nem três minutos atrás. Quando gritei para você do outro lado da pista de dança.

Ela bufa, resmunga e desvia o olhar por cima do meu ombro. Eu rio de novo, encantado, a saia dela roçando na minha calça a cada movimento dos nossos pés. A música parece distante, nada além de mim, de Nova e das luzes cintilantes acima de nós. Ela com uma pétala de flor no cabelo e segurando minha mão.

— Então, eu estava pensando...

— Uau.

— Fica quieto. Me deixa terminar.

Senti um calor intenso de repente, bem na base da minha coluna. Adoro mulheres autoritárias. Cerro os punhos e volto a relaxar.

— Tá bom.

Ela respira fundo.

— Bom. Você sabe que ando muito ocupada com o estúdio de tatuagem. Me disseram que seria bom se eu — ela coça a nuca — desse uma relaxada.

Ela me encara. Eu respondo com o mesmo olhar. Se ela queria que eu deduzisse qualquer coisa a partir disso, vai ter que me explicar melhor.

— Relaxar é muito bom — tento.

Uma linha discreta surge entre as sobrancelhas dela. Os lindos lábios se franzem.

— Quer que eu indique meu acupunturista? — ofereço. — Porque ele é... muito bom. — Juro que meu vocabulário vai além de *muito bom*.

Ela pisca para mim.

— Não, Charlie. Não estou pedindo o contato do seu acupunturista.

— Massagem terapêutica?

— Não.

— Ioga com cabras?

Ela suspira.

— Por mais chocante que pareça, não quero saber de ioga com cabras.

Juro por Deus, preciso de um mapa para me situar na conversa com essa mulher. Nunca faço a mínima ideia do que ela está pensando.

— Então, do que você está falando?

— Estou falando… — Ela exala de forma brusca e olha para mim, mordendo o lábio inferior. Ela o solta e eu mal percebo as marcas deixadas ali antes que ela emende com pressa: — Estou perguntando se você quer ir pra casa comigo.

Meu rosto se contorce em confusão.

— Claro, Nova. Posso acompanhar você até em casa.

— Não, seu idiota. Eu quero que você *vá pra casa* comigo.

Fico olhando para ela sem entender nada.

— Para comer um lanche?

Ela joga a cabeça para trás e olha para o céu noturno, implorando por ajuda. Eu me distraio com a linha de sua garganta e as estrelinhas pretas tatuadas atrás de sua orelha. Elas se transformam lentamente em flores à medida que a tinta desce por seu pescoço, com pétalas delicadas no seu ombro.

— Não tem lanche nenhum — responde ela, ainda olhando fixamente para o céu. Ela inclina a cabeça para trás e me olha com intensidade. Estou sendo avaliado e medido. E é provável que esteja deixando a desejar. — Quer saber? Esquece o que eu disse.

— Eu nem entendi o que você quis dizer.

— Ótimo. Vamos deixar as coisas assim.

— Nova.

— Charlie.

— Nova. — Dou risada. — Como se eu fosse capaz de deixar isso pra lá. Me explica o que quis dizer.

O rubor de suas bochechas fica mais escuro. Seus olhos passam por cima do meu ombro e voltam. Aperto a cintura dela com mais força porque não quero que ela saia correndo por entre as árvores. Percebo que está cogitando isso.

— Não sei, Charlie — desafia ela. — O que acha que quer dizer quando uma mulher pede pra que você *vá pra casa* com ela?

Leva um segundo para que as palavras finalmente façam sentido para mim. Meu peito se aperta, minha boca fica seca e tropeço. Quase caímos de cabeça em um dos pinheiros. Tento nos manter em pé e quase desloco o ombro dela.

— Que merda. Desculpa.

Recupero o equilíbrio no último segundo e giro Nova ao meu redor, com o braço estendido. Eu a puxo de volta para o meu peito e tento não perder a cabeça.

Não consigo respirar. Estou mesmo respirando? Que ruído é esse? Estou tendo um derrame? Acho que estou tendo um derrame. Talvez eu tenha caído em uma das vinte mil caixas que minha irmã deixa empilhadas ao acaso do lado de fora de seu escritório e esteja em algum hospital, dopado com algumas drogas de outro mundo. Não sei.

O incômodo agora é um soco, um leve zumbido em meus ouvidos. A tagarelice constante em meu cérebro deu lugar ao silêncio. Tudo ao nosso redor também. Não sei o que fazer com esse silêncio. Acho que nunca fui pego tão de surpresa em minha vida.

Nova está me observando com uma expressão levemente divertida.

— Está tudo bem aí?

Abro a boca, mas não consigo dizer nada. Volto a fechá-la, depois abro de novo.

— Eu, hum... acho que não.

Apesar de flertar com frequência com Nova, ela nunca demonstrou um pingo de interesse. Nem uma única vez. A maioria das minhas mensagens recebe como resposta um emoji vagamente apático. Eu a classifiquei na categoria de inatingível. Indisponível e desinteressada.

Não que eu tenha deixado isso me impedir, mas... ela quer que eu a leve para casa? Hoje? Romances-relâmpagos com mulheres não são novidade para mim, mas a Nova... eu a vejo toda vez que estou por aqui. Sei como ela gosta de preparar o chá e qual carro ela dirige. Sei o nome das suas irmãs e suas categorias menos favoritas na noite de competição de perguntas.

É a Nova.

Estou com dificuldade para organizar meus pensamentos.

Também não consigo explicar quanto estou excitado. Metade do meu cérebro está tentando entender o pedido dela, enquanto a outra metade está enlouquecendo com as possibilidades. Sou o dr. Jekyll e o sr. Hyde dos pedidos de sexo casual.

Quanto mais tempo fico quieto, mais a expressão dela se desvanece. Ela deixa de me olhar e volta os olhos para os nossos pés, com a boca em uma linha firme. Ela aperta minha nuca e se afasta um pouco de mim. Eu estremeceria se fosse capaz de sentir algo da cintura para cima.

— Pare de fazer essa cara — sussurra ela entredentes.

— Que cara?

— A que você está fazendo.

— Não faço ideia de que cara estou fazendo, Nova. Não consigo ver meu rosto.

Ela bufa, se inclina para trás e pressiona a ponta do dedo no canto dos meus lábios.

— Parece que alguém acabou de enfiar um limão inteiro na sua boca. Dê um jeito nisso.

— Desculpa. — Tento manter a expressão neutra, mas tudo parece entorpecido. Como se eu estivesse embaixo d'água. Não estou convencido de que *não* estou tendo um colapso.

— Está melhor? Dei um jeito?

Ela balança a cabeça, suspira e olha para as árvores ao redor, com o queixo no peito.

Eu a deixei constrangida.

Pior ainda, acho que feri seus sentimentos.

— Nova.

— Esquece o que eu disse.

Não quero rir, mas me sinto um pouco histérico.

— Não tem como, está gravado no meu cérebro.

Vou ouvi-la murmurar *venha pra casa comigo* com sua voz rouca e doce pelo resto da minha vida.

Ela franze a testa.

— Não quero mais falar disso.

— Fale por você.

Ela faz um ruído baixo de frustração. Por fim, volta a olhar nos meus olhos.

— Charlie. Por favor. Não sei o que passou pela minha cabeça. Vamos... vamos falar só de relatórios de despesas.

Um leve ruído de dor sai do fundo da minha garganta.

— Não sei como você espera que eu fale sacanagem com você com tudo isso em jogo.

Ela faz uma expressão divertida.

— Você é ridículo.

Eu sou ridículo. Também estou confuso.

— Nova — digo com gentileza. — Na semana passada, eu disse que seu cabelo estava bonito e você mandou eu segurar a onda. Estou tentando entender como saímos daquilo para isso.

Ela me olha por muito tempo, pensativa. Seus olhos parecem mais escuros esta noite, como uma densa neblina no meio da floresta. Manhãs preguiçosas sob os lençóis, com a chuva batendo nas janelas. Chá na chaleira e nada além de meias e pele nua.

— Você sabe como chegamos nesse ponto — diz ela baixinho. O início de uma confissão, eu acho.

— Me ajuda aí.

Ela morde o lábio inferior de novo. Antes que eu possa ao menos pensar a respeito, estendo a mão e seguro o queixo dela, meu polegar libertando sua boca. É mais forte que eu, uma necessidade que queima meu sangue. Esfrego uma vez. Os lábios dela parecem de seda. A língua dela mal encosta no meu polegar e quase faço nós dois cairmos na árvore de novo.

— Foi assim que chegamos aqui — explica ela, com a voz ainda baixa. — Você vem flertando comigo desde sempre, Charlie. Está surpreso que eu retribua?

— Estou surpreso por você querer que eu te leve pra casa — murmuro.

Volto a colocar a mão na parte inferior de suas costas, com os dedos bem abertos, e depois pigarreio três vezes seguidas sem motivo algum. Ela olha para mim com aqueles cílios dourados, um sorriso brincando nos lábios rosa-pálido.

Eu nos movo pela pista de dança, dolorosamente consciente de cada lugar em que nossos corpos se tocam. Coxas, quadris, peito.

Essa dança que implorei que ela me concedesse virou meu inferno pessoal.

Suspiro devagar.

— Quanto você bebeu hoje?

— O suficiente para ficar com calor e confortável, mas não para me fazer pedir coisas que não quero. — Ela dá um tapinha no meu peito, com um olhar resignado no rosto. — Está tudo bem, Charlie. Vamos terminar essa dança. Eu vou procurar outra coisa para beber. E nunca mais falamos a respeito disso.

Eu a seguro mais apertado. Não estou gostando desse plano.

— Nova…

— Por favor — sussurra ela, ainda tomando o cuidado de desviar o olhar do meu. — Por favor, podemos deixar pra lá?

Faço um aceno brusco com a cabeça, mas minha mente ainda está a mil. Meus pensamentos são como pequenos grãos de areia, acumulando-se lentamente no fundo até eu me sentir sobrecarregado. Meu cérebro é excelente em criar catástrofes. Eu nos giro e um pensamento grita mais alto que os outros.

— Você vai procurar outra pessoa?

— Hmm?

Tocam as últimas notas lentas da música, um trompete solitário ecoando no campo. Entro em pânico. Ainda não estou pronto para deixá-la ir.

Eu nos levo mais perto das árvores, até que as sombras se agarrem aos nossos tornozelos.

— Você vai encontrar outra pessoa? — pergunto de novo.

Ela se solta de mim, mas permanece em meu aperto.

— Pra quê? Pra beber?

Agora sou eu quem está irritado.

— Para ir pra casa com você.

— Ah. — Os olhos dela se iluminam quando entende o que quero dizer, os lábios se contorcendo para o lado. — Talvez…

— Não — interrompo. Se eu a vir conversando com Jimmy, do bar, ou com Alex, da livraria, vou perder a cabeça. Coço a nuca e tento juntar os cacos de mim. Não tenho o direito de perguntar nada a ela, eu sei, mas só de pensar nela perguntando a outra pessoa o que acabou de perguntar para mim, chego perto de cometer um crime.

Meu Deus.

Ela causou um curto-circuito no meu cérebro.

Ela cruza os braços e arqueia uma única e imperiosa sobrancelha.

— Algum motivo em especial para eu deixar que você dite o que eu faço ou deixo de fazer?

— Não estou tentando ditar nada. Só estou… — Passo a mão pelo rosto até parar no meu queixo. Se ela chegar de mansinho perto de qualquer outra pessoa nesse casamento, não respondo por mim. — Você não vai querer perder o bolo — digo sem muita convicção.

— O bolo — ela repete.

— É, o bolo.

— O bolo que está sendo servido há quase uma hora.

— Está acabando rápido. — Faço uma careta. Estou parecendo um idiota. Um belo de um babaca.

Ela ri, zombeteira, e se aproxima mais de mim. Tento recuar, mas estou bem na frente de uma sempre-viva. As agulhas arranham a parte de trás dos meus braços. Um galho desgarrado acerta minha nuca. Parece um revide cármico imediato.

Nova enfia um dedo bem no meio do meu peito.

— Você não tem o direito de me dizer o que fazer.

As bochechas dela ficam coradas. Dessa vez, é raiva e não constrangimento. Ela me cutuca de novo. Estou com uma combinação bizarra de medo e excitação. Ergo as mãos com as palmas para cima.

— Eu sei.

— Ainda mais depois de me dar um fora.

— O quê? Eu não dei, não.

— Deu, sim.

— Eu não dei. Você nem me deixou responder a pergunta. — Seguro o dedo que está cravado em meu peito e afasto nossas mãos para o lado. — Se quiser uma resposta, pergunta de novo.

Seus olhos brilham sob as luzes que piscam sobre nossa cabeça. Ela tem uma leve camada de algo cintilante nas bochechas. Parece que está iluminada.

E irritada. Com certeza está irritada.

— Como é?

— Se quiser que eu leve você pra casa, vou precisar que me peça de novo.

Não me oponho à ideia de uma noite quente e intensa com Nova Porter. Na verdade, parece algo saído de meus sonhos. Ela é linda. Engraçada pra caramba. Sarcástica e com um humor pra lá de afiado. Já pensei em ir para a cama com ela mais vezes do que posso contar. Estou flertando com ela há meses, pelo amor de Deus.

Mas o pedido dela é algo fora do comum. Eu não tinha ideia de que Nova... me via com esses olhos. Estou acostumado a ser uma boa diversão. Um desvio gostoso dos padrões e comportamentos normais. Mas com Nova quero ser uma escolha. Não um capricho. Não um arrependimento.

Então, sim. Preciso que ela me peça de novo.

Ela bufa e abraça o próprio corpo.

— Já estou meio decidida a fingir que isso nunca aconteceu.

Eu me aproximo dela, ainda mais perto do que quando estávamos dançando. Ela inclina a cabeça para trás enquanto me observa com um olhar pesado. Age como se não se deixasse afetar por mim, mas agora estou de olho nela. Tem um grande segredo escondido por trás de toda essa indiferença. A mocinha Ranzinza colocou todas as cartas na mesa quando me pediu para levá-la para casa.

— Você não vai fingir que isso não aconteceu. — Eu me arrisco e acaricio o braço dela, me deliciando com os arrepios que surgem em resposta. — Você vai me pedir de novo.

— Ah, é?

Assinto.

— É. Eu sei ser paciente. — Deixo minha mão cair ao meu lado. — Não precisa me perguntar hoje à noite. Você pode pensar no assunto.

Ela dá uma risada incrédula.

— Ah, muito obrigada.

Eu sorrio porque ela não está se afastando de mim. Está se aproximando, uma mão se enroscando sob a alça do meu suspensório. Ela a puxa, testando-a, e minha mão encontra seu quadril por cima do tecido sedoso do vestido.

— A única coisa em que vou pensar... — Ela inclina o rosto em direção ao meu, o ar de sua respiração alisa minha garganta. Que droga. Ela tem um cheiro incrível. Algo selvagem, sombrio e quase ao alcance das minhas mãos. — É na cara que você fez quando quase nos jogou naquele abeto.

— Era um pinheiro — murmuro de volta. Deslizo a mão pela lateral do corpo dela até que consigo segurá-la pela nuca. Acabo de desbloquear um novo nível de flerte com Nova Porter, e é o meu favorito até agora. — E pelo menos você vai pensar em mim.

— Nos seus sonhos — ela solta.

— Com frequência alarmante e riqueza de detalhes — respondo de volta.

Ela abaixa a cabeça para tentar esconder o sorriso, mas consigo ver os cantinhos dele. Seus olhos se voltam para a pista de dança atrás de mim. Uma música suave flutua ao redor. Os galhos farfalham em uma brisa suave. Ela se arrepia, e eu daria minha jaqueta para ela se estivesse comigo.

E é bem provável que ela pegasse fogo.

— Eu vou... — Ela se desvencilha de mim e acena com a cabeça em direção ao celeiro. Seu sorriso é tênue, suas bochechas estão rosadas, e eu quero saborear os vestígios dessa diversão tão tranquila e rara. — Vejo você por aí, Charlie.

Enfio as mãos nos bolsos.

— Vai ver com toda certeza.

— Beleza.

— Ok.

— Ótimo.

Uma risada discreta surge em seus lábios. Ela sussurra "inacreditável" baixinho. Olha para mim uma última vez e depois caminha na direção oposta, com os ombros para trás e o queixo erguido.

— Finja que isso nunca aconteceu — grita ela por cima do ombro, uma despedida cruel. Está segurando a saia do vestido, os pés descalços saltando pelo caminho.

Eu sorrio ao ver a linha delicada de seus ombros, o tecido prateado deslizando pela curva de sua bunda.

— Acho bem difícil — grito de volta.

3

CHARLIE

NOVA ME LARGA parado em frente a um pinheiro com uma ereção meia bomba e muito o que pensar. Tenho que esfregar o rosto com as duas mãos e fazer alguns exercícios de respiração para conseguir sair de trás da árvore sem passar vergonha.

Não que isso ajude. Meu cérebro parece cheio de minhocas e de seja qual for o perfume que ela estava usando.

Vou até a mesa de Luka e Stella enquanto tento não aparentar que estou no meio de uma crise existencial. Foi muito ousado da minha parte dizer que ela precisa me pedir de novo. Mas não me arrependo. Não vou levar Nova Porter para casa e torcer pelo melhor. Essa cidade é importante demais para mim. Não vou arriscar minha posição nela só porque decidi pensar com a cabeça de baixo.

Quando enfim chego à mesa, Stella está sorrindo com todos os dentes.

— Que foi?

Ela me dá um peteleco no ombro.

— Você sabe muito bem.

Dou uma olhada rápida para Beckett do outro lado da mesa, mas ele está ocupado com a esposa no colo, o queixo no ombro dela e os braços em volta da sua cintura. É bem provável que estejam falando de adotar animais de estimação ou sobre o melhor solo para plantar cenoura.

Não que eu tenha motivos para me preocupar. Nova e eu estávamos apenas dançando. Não importa que ela seja irmã de um dos meus melhores amigos. A irmã mais nova. A irmã favorita. Aquela que ele ainda protege com unhas e dentes.

A que me pediu para levá-la em casa para uma noite de sexo casual.

Eu me forço a olhar de novo para Stella.

— Não sei do que está falando.

Pego a garrafa de champanhe no meio da mesa e dou três longos goles. É doce demais e as bolhas quase me causam um ataque cardíaco, mas é um bom jeito de me distrair do que eu de fato queria fazer: procurar Nova nos campos.

Você sabe como chegamos nesse ponto.

Preciso de um banho gelado e uma bebida forte. Depois disso, outro banho gelado.

Respiro fundo e ignoro a expressão levemente divertida no rosto da minha irmã. Preciso de uma boa distração e tenho a perfeita. Tiro um envelope dobrado com todo o cuidado do bolso de trás da calça.

— Pra você.

Ela fica olhando para o envelope, a confusão estampada no rosto.

— O que é?

— Um envelope.

Ela revira os olhos.

— Um presente de casamento — digo, e dou risada.

Ela me olha séria.

— Você já me deu um presente. Você me deu tipo... seis presentes de casamento.

Ela toca levemente as pequenas safiras em seu brinco, um dos presentes que lhe dei antes de levá-la ao altar. Eu meio que exagerei, mas não consegui me segurar. Stella é minha única irmã — a irmã que eu nem sabia que tinha até a idade adulta. Cresci como filho único, cheio de energia e sem ninguém com quem compartilhá-la. Enchi o saco da minha mãe para me dar um irmão até ter idade suficiente para perceber o que aquele olhar magoado em seu rosto significava e parei de pedir.

E então, um dia, aos vinte e poucos anos, Stella apareceu em nossa porta com um maço de cartas na mão e os olhos iguais aos meus.

No fim das contas, nosso pai não era muito fiel à minha mãe. A primeira de muitas transgressões.

Felizmente, Stella estava aberta à ideia de nos conhecermos e ficamos amigos bem depressa. Gosto de pensar que nós dois estamos tentando compensar todos os anos que perdemos. Ela é a irmã que eu sempre quis. Parte da família que nunca pensei que teria.

Sendo bem sincero, seis presentes para o casamento dela não me parece o bastante. Quero deixar claro o quanto significa para mim passar esse dia com ela. Ter um lugar em sua fazenda de árvores de Natal e na comunidade que a recebeu tão bem.

Luka aparece atrás dela com um sorriso idiota no rosto e apoia o queixo no topo da sua cabeça. Abraçando-a na altura dos ombros e a balança com ele para a frente e para trás, ao mesmo tempo que põe a mão esquerda bem perto do meu rosto. Ele mexe os dedos, com o brilho de seu novo anel de ouro refletindo nas luzes acima de nós.

— Charlie — cantarola ele. — Você sabe o que isso quer dizer?

Stella puxa o braço dele de volta, e as alianças de casamento tilintam quando ela junta sua mão e a do marido.

Eu sorrio.

— Que vocês dois estão casados?

— É, estamos casados. — Todo o rosto dele se ilumina com a palavra, um sorriso se desenhando em sua boca. Ou ele andou bebendo aquela coisa caseira que o Gus nos trouxe, ou está bêbado de amor. Luka é exatamente o tipo de homem que eu teria escolhido para minha irmã, se eu tivesse alguma influência nessa decisão. Luka beija a ponta da orelha de Stella. — E que você é meu irmão agora. Real oficial.

Sinto um aperto na garganta. Talvez eu seja um idiota, mas esse pensamento não tinha passado pela minha cabeça antes de hoje. Eu estava tão concentrado em Stella, em ser exatamente o que ela precisava.

— Meu Deus... — Respiro fundo. Stella arregala os olhos em um leve pânico enquanto meus braços caem frouxos ao meu lado. Respiro de forma irregular. Pareço um balão perdendo ar lentamente. Um submarino afundando. Então, repito: — Meu Deus...

Stella toca meu braço.

— Você está bem? Vai desmaiar...

Ela não consegue prosseguir, espremida entre mim e Luka, com meus braços em volta dos ombros dele. Stella tem um marido, mas eu tenho um irmão. *Um irmão.*

Luka me dá um tapinha nas costas, rindo baixo. Stella sibila de algum lugar entre nós.

— Isso é demais — murmuro em seu casaco. — Retiro o que disse quando você me contou que não voltaria para a cidade.

Eu o chamei de desertor. E outras coisas grosseiras também. Quando ele morava em Nova York, almoçávamos juntos duas vezes por semana em uma delicatéssen no meio do caminho entre nossos escritórios. Luka era uma das poucas pessoas na cidade com quem eu realmente gostava de sair. Nos últimos dois anos, tenho me sentado sozinho naquele balcão idiota, como um boboca triste.

— Então. — Ele se inclina para trás e me dá um tapinha no ombro. Stella volta a respirar e tenta desembaraçar um pouco do cabelo que está preso na alça do meu suspensório. — Talvez a gente consiga convencer você a vir aqui com mais frequência.

Como se eu precisasse de uma desculpa para passar mais tempo em Inglewild. Gosto de como me sinto quando estou aqui. Gosto de quem posso ser. Já venho a cada dois fins de semana, contente em forçar todos a conviver comigo regularmente. Tenho quase certeza de que foi por isso que Stella construiu aquela casa de hóspedes no limite da propriedade. Ela disse que era para um Airbnb, mas eu sei que é para mim.

— Obrigado, isso me faz lembrar... — Pego o envelope de novo e o sacudo. — Seu presente de casamento.

O rosto de Luka se contorce em confusão.

— Você já não deu uns seis presentes para a gente?

Stella inclina a cabeça para trás.

— Obrigada.

Eu os ignoro e forço o envelope nas mãos de Stella. Posso ter comprado seis presentes de casamento para eles, mas este é o que mais me empolga. Esse é o que eu levei os últimos meses para planejar.

Stella abre o envelope e olha para o pedaço de papel em sua mão.

— Passagens de avião? — Ela aproxima o papel dos olhos. — Para amanhã?

— Uhum.

— Para a Itália?

— É o que diz a passagem.

Ela abaixa as passagens com uma careta. Atrás dela, Luka faz o mesmo. Não é... a reação que eu estava esperando.

— Não posso ir para a Itália amanhã.

— Por que não?

Ela gesticula ao seu redor, para a fazenda. Está tentando enfatizar alguma coisa, mas me distraio com Gus, do corpo de bombeiros, em pé em uma mesa, sacudindo a camisa acima da cabeça ao som de Backstreet Boys. Mabel, sua namorada, está sentada em uma das cadeiras abaixo dele, como se não houvesse nada de errado, bebendo calmamente uma caneca de sidra. Acho que está acostumada a vê-lo se comportar assim.

Stella bate na minha cara.

— Porque estamos em setembro e eu tenho que supervisionar a fazenda. É época das abóboras.

— Ah, sim... — Contraio os lábios para reprimir o sorriso e enfio as mãos nos bolsos. — O que as abóboras vão fazer sem você?

A careta piora ainda mais. Ela parece um cupcake irritado em seu lindo vestido rosa. Não consigo levá-la a sério de jeito nenhum.

— Charlie.

Abaixo o queixo e retribuo com o mesmo olhar que ela está lançando para mim.

— Stella. É sério que vocês não estavam planejando uma lua de mel?

— Estávamos planejando passar o fim de semana em Annapolis — comenta Luka, pegando a passagem da mão de Stella e estudando-a. — Por que a data de retorno dessas passagens é daqui a um mês?

Stella suspira, como se eu tivesse tirado um guaxinim da minha calça e colocado em cima de sua cabeça.

— Um mês? Charlie!

— O quê? — Dou risada.

— Não podemos ficar um mês na Itália! Isso é praticamente o início da temporada de Natal! Quanto isso tudo custou? — Ela arranca as passagens da mão de Luka e as aperta em meu peito. — Pode pegar de volta. Presente recusado.

Luka se endireita atrás dela, tentando pegar as passagens. Mas ela parece um macaquinho-aranha irritado, tentando enfiá-la na minha camisa.

— Calma aí, Lalá.

— É, *Lalá*. Ouça seu marido — digo a ela. Quando seu olhar se intensifica, ergo as duas mãos. — Não se preocupe com o custo. Não se preocupe com a fazenda. Nós temos um plano.

Ela estreita os olhos.

— Nós quem?

— Beckett, Layla e eu conversamos.

Ela cruza os braços.

— Então foi uma conspiração?

— Em nome de sua lua de mel? Exato, foi uma conspiração.

Não faço nenhum movimento para pegar as passagens que ela está balançando. Graças a Deus, é só a versão impressa; as passagens de verdade são digitais. Aquele papel parece ter descido nas profundezas do inferno e voltado.

— Layla fez suas malas e elas estão esperando na sua sala. Um carro vem buscar vocês no final da noite para levar a um hotel perto do aeroporto. Seu voo sai de manhã, e tudo já foi resolvido. Vocês só precisam ir aonde mandarem vocês irem.

Stella faz que não com a cabeça, os cabelos escuros voando ao redor dos ombros.

— Isso é muito.

— Não é mesmo.

Eu ganho muito dinheiro. Para mim, é só uma gota de um balde cheio.

— É, sim. É muito. — Seus olhos ficam marejados. — Charlie, eu nunca vou conseguir pagar por nada disso de volta.

Tomo as duas mãos dela entre as minhas, com as passagens de avião amassadas entre nós.

— Não quero que você me pague. É um presente, Stella. Não se paga um presente. — Sinto um aperto na garganta de novo e tenho que limpá-la. Minha voz baixa e eu esfrego meus polegares nos dedos dela. — Você se lembra do dia em que foi lá em casa? Anos e anos atrás?

A mãe dela tinha acabado de morrer e ela queria conhecer o pai biológico. Então, ela o procurou e encontrou nosso endereço, trouxe todas as cartas que a mãe havia escrito ao longo dos anos e que nunca enviara. Ela não sabia sobre mim, não sabia sobre minha mãe e não sabia que nosso pai era uma grande decepção com um histórico de péssimas decisões.

— Quando você estava saindo pela porta, você me disse: "Podemos ser uma família, se você quiser". Bom, é isso que famílias fazem. Sei que nós dois ainda estamos na fase de aprendizado, mas tenho cerca de vinte aniversários, Páscoas e Natais para compensar. É só... juntar tudo, está bem? Me deixe fazer isso por você.

Ela funga.

— Não se dá presentes na Páscoa.

— Ouvi dizer que rolam cestas.

— As cestas de Páscoa não têm passagens de avião dentro.

— Stella.

Ela me agarra com mais força.

— Você não tem que compensar nada — sussurra ela.

Dou de ombros. Ela merece um familiar que não seja uma decepção. Eu quero ser isso para ela.

— Não vamos mais discutir.

— Charlie.

— Stella, é só dizer que aceita. — Exagero um aceno de cabeça, meus olhos arregalados. — Vamos lá. É fácil. Basta dizer: "Sim, Charlie. Vou tirar essas férias muito boas e merecidas com meu marido".

Ela olha para Luka por cima do ombro. Ele limpa um risco de delineador da bochecha dela. Eles têm uma conversa silenciosa e então o corpo dela se curva contra o dele. Ela se volta para mim com um sorriso vacilante.

— Tudo bem.

— Diga.

Ela dá um suspiro alto.

— Sim, Charlie. Vou tirar essas férias muito boas com meu marido.

— Ah. — Luka sorri atrás dela. — Eu adoro essa palavra.

— O quê? Férias?

— Não. — Seu sorriso se transforma em algo satisfeito. — Marido.

Ela sorri para ele, e eu tenho aquela sensação que geralmente tenho quando passo muito tempo perto deles. Como se eu estivesse me intrometendo em algo particular. Como se eles tivessem se esquecido que estou por perto. Desvio o olhar para a pista de dança. Gus agora está tentando escalar uma árvore. Imagino que isso não vá acabar bem.

Um vislumbre prateado chama minha atenção e vejo Nova, de costas para mim. Observo o traço forte de sua coluna, as covinhas na parte inferior das costas. A bunda sob o vestido prateado e a curva de suas pernas. Ela balança para a frente e para trás distraidamente ao som da música, outra mecha de cabelo se soltando do coque e caindo no meio das costas.

— Mas eu ainda tenho uma pergunta.

Desvio o olhar de Nova. Acho que Stella saiu de sua sessão improvisada de amassos com o marido.

— E qual é?

— Quem vai cuidar da fazenda enquanto eu estiver fora? — Sua testa se franze até ela ficar com aquela linha estreita entre as sobrancelhas. A mesma que surge no meu rosto quando fico olhando para a tela do computador por muito tempo. — Tem o canteiro de abóboras e a fogueira, e os passeios de feno começam em breve e...

— Relaxa. Vai ficar tudo bem, tá? Tudo vai ser resolvido.

— Como? Quem vai me substituir enquanto eu estiver fora por um mês?

— Não é óbvio? — Coloco os polegares sob as tiras dos suspensórios e os afasto do peito. Estou prestes a entrar em minha era de fazendeiro. Novo personagem desbloqueado: Charlie caubói. — Eu.

4

NOVA

OBSERVO CHARLIE DO outro lado. Ele está conversando com Stella e Luka desde que saímos da pista de dança, um sorriso fácil no rosto. Decerto não se parece em nada com um homem que acabou de rejeitar minha tentativa desastrosa de sexo casual.

Agi por impulso. Senti a mão dele na minha lombar, vi como o olhar dele se dirigia para a minha boca, senti o clima entre nós e simplesmente... perguntei.

E ele riu de mim.

Depois me disse para perguntar de novo. Provavelmente para que ele pudesse rir mais um pouco.

Isso não vai acontecer. Não vou convidá-lo mais uma vez. Acho que nunca mais vou olhar para ele. Ele reagiu como se essa possibilidade nunca tivesse passado por sua cabeça. Como se ele não tivesse passado os últimos dois anos flertando comigo. Vou ser assombrada por aquele olhar. Vou pensar nisso quando estiver quase pegando no sono e mergulhar em um estado horrível de lembranças.

Por que diabos ele disse não?

Estou com vergonha. E imensamente, incrivelmente grata por Charlie morar a quatro horas e vinte e três minutos da costa. Na próxima vez que eu o vir, vou fingir que isso nunca aconteceu. Vai ficar tudo bem.

Vou remoer isso até a morte e me contorcer de vergonha, mas vai ficar tudo bem. Já passei por coisas piores. E tenho muitas outras coisas para me concentrar que não têm nada a ver com homens de mais de um metro e oitenta de altura com marcas de expressão nos olhos.

— O que você tá fazendo?

Dou um pulo e quase viro a mesa onde só restam algumas fatias do bolo de casamento. Minha irmã Vanessa surge por entre duas árvores como uma vilã de filme, com o rosto meio encoberto de sombra.

— O que eu tô fazendo? O que *você* tá fazendo? — Ponho a mão no peito. — Por que está se passando por Michael Myers? Há quanto tempo você está aí?

— Três minutos, trinta minutos. Não sei dizer. — Vanessa franze a testa e se inclina descuidadamente para um dos lados. Como eu, ela também está sem sapatos, mas tenho a sensação de que no caso dela foi sem querer. Ela olha para as luzes cintilantes, confusa. — Michael Myers. O cara que faz o papel de Austin Powers?

Suspiro. De alguma forma, ela conseguiu transformar essa frase em um grande balbuciado.

Olho para a garrafa de vinho em sua mão, depois a agarro pelo cotovelo e a ajudo a se endireitar.

— Não. O cara dos filmes de terror.

Ela enterra o rosto em meu pescoço.

— Ah.

A combinação de nossos pesos me faz oscilar e eu a abraço com os dois braços, tentando mantê-la firme.

— Nessa?

— Hmm?

— Você estava bebendo da garrafa que os bombeiros estavam distribuindo?

Ela assente.

— Estava uma delícia. Tinha gosto de sch-sch...

Levanto as sobrancelhas.

— Schweppes?

— Não. Eu ia dizer *schnozzberries*. Você sabe. — Ela se inclina para trás e sorri para mim. — A fruta d'*A Fantástica Fábrica de Chocolate*.

Ela tem uma crise de riso. Risadas que aos poucos se transformam em soluços silenciosos.

Ai, caramba. A última vez que vi Nessa assim foi quando ela torceu o tornozelo e teve que parar de dançar por quatro a seis semanas. Passo as mãos nos braços dela.

— Ness. O que tá pegando?

Ela não costuma beber. Normalmente, em eventos como esse, ela se joga na pista de dança, deixando todo mundo no chinelo. Ela se transforma ao som da música, uma alegria contagiante. Beckett sempre tem que arrastá-la para fora da pista no fim da noite.

Mas ela está se escondendo nas árvores com uma garrafa de vinho e uma bebida um tanto duvidosa.

Seu lábio inferior treme.

— O Nathan terminou comigo.

— Quem?

— Meu parceiro de dança.

Minha irmã é dançarina de salão profissional. Ela e seu parceiro Nathan trabalham juntos há quase seis anos. Eu não sabia que, para além disso, eles estavam namorando.

Seco algumas de suas lágrimas com o polegar.

— Quando vocês começaram a namorar?

— Namorar? — Ela dá uma risada rouca e distorcida. — Não, não estamos... namorando. Nós nunca vamos namorar. Ele queria, mas eu disse não, obrigada. Não, senhor. Na-na-ni-na-não. Fui muito educada.

Ela passa as costas da mão na bochecha. A que ainda está segurando a garrafa. Um pouco de vinho escorre por seu peito.

— Ele disse que não conseguia mais ficar perto de mim. Disse que o coração dele não conseguia aguentar e que eu... estava em dívida com ele.

Aquele babaca. Ele disse que eu estava em dívida com ele, mas não é assim que o amor funciona, e agora ele estragou tudo. Ralei tanto na minha carreira para aquele magricela... aquele magricela, ladrão egoísta... ah, ops.

Ela derruba a garrafa, que rola para baixo da mesa do bolo. Eu a detenho pelo ombro quando ela tenta engatinhar atrás da garrafa. Ela pisca os olhos enormes e lacrimosos para mim.

— Talvez eu precise ser mais como você — diz ela.

Afasto seu cabelo da testa. Quando éramos crianças, ela fazia o mesmo por mim quando eu tinha enxaqueca. Eu ouvia seus passos no chão entre nossas camas antes de sentir seu leve peso atrás de mim. Ela nos cobria com o edredom e passava os dedos em meus cabelos até que a dor parasse.

— Como assim?

— Acho que preciso mostrar as garras — resmunga. Ela inclina a cabeça sob meu toque. — Não deixar... que me intimidem. Acho que preciso ter um coração mais peludo.

Minha mão para em seu cabelo.

— Como é?

Nessa bate os dedos em meu esterno.

— Preciso blindar mais meu coração — diz ela com a voz arrastada. — Embalar em plástico-bolha como o da minha irmãzinha.

Ela fala como se isso fosse motivo de orgulho, mas tudo o que consigo notar é a sensação de vazio bem no lugar em que ela está tamborilando em um ritmo irregular. É isso que todo mundo pensa? Que virei uma pessoa fechada para impedir que os outros se aproximem?

A preocupação de Beckett. Os olhos tristes e cúmplices de Harper. A surpresa de Charlie.

O vazio se intensifica. Um dedo se afundando bem na ferida.

Nessa encosta a cabeça no meu ombro e guardo a dor para pensar nela mais tarde. Volto a passar os dedos pelo cabelo dela e respiro fundo.

— Gosto de seu coração do jeito que ele é.

— Coração mole — murmura ela —, mole igual maria-mole.

— É, eu amo seu coração mole igual maria-mole. — Olho por cima do ombro dela e através do aglomerado de árvores para a recepção. A festa ainda está a pleno vapor, com a pista de dança lotada e a música tocando. Meus pais estão na beira de um tapete vinho, minha mãe no colo do meu pai em sua cadeira de rodas, com os braços em volta do pescoço dele, enquanto balançam ao ritmo da música. Beckett e Evie estão juntos em frente a uma das fogueiras baixas, com as cabeças inclinadas uma para a outra. Não vejo Charlie em lugar algum, mas não me permito procurar muito por ele.

Vanessa não pode voltar para lá. Não nesse estado.

Analiso a distância entre nós e o ônibus no estacionamento, esperando com as luzes apagadas para levar as pessoas de volta à praça da cidade.

— Você consegue se equilibrar, Ness?

Ela olha para os pés enquanto reflete, se afastando de mim para ficar reta. Ela me olha com um ar sisudo, o que é difícil de levar a sério por estar com os cabelos bagunçados e a maquiagem nas bochechas. Parece que ela saiu na mão com algum animal raivoso.

— Daria para fazer um quadrado do jazz — fala ela com a voz arrastada —, se você pedisse com muito jeitinho.

— Nessa. — É quase impossível não rir dela. — Você consegue fazer um quadrado de jazz até o ônibus?

Ela se inclina para o lado e estica uma perna à sua frente, com o dedo do pé apontando com perfeição. Em seguida, executa uma série de movimentos que, para meu espanto, são lúcidos e controlados. Acho que sua memória muscular não foi afetada pelo vinho.

Certo. Um tanto inesperado, mas consigo me virar com isso.

Começamos uma caminhada lenta e arrastada até o ônibus. Meu celular, minha bolsa e meus sapatos ficaram na festa, mas não tem problema. Tenho certeza de que Beckett pegará tudo antes de ir embora. Ou posso passar na fazenda amanhã e pegá-los.

Vanessa conta os passos murmurando baixinho. Observo seus pés para ter certeza de que ela não vá tropeçar em uma raiz de árvore. Enlaço meu braço no dela.

— Coração de pedra — murmuro. Alguém com um coração de pedra se certificaria de que a irmã bêbada não passasse vergonha na frente de toda a cidade? Acho que não.

— O que você disse? — grita Nessa na escuridão.

— Nada — suspiro. — Não se preocupe.

VANESSA ESTÁ PRATICAMENTE dormindo em pé quando chegamos em casa. Eu a desperto o suficiente para fazê-la beber um copo inteiro de água e tomar dois ibuprofenos antes de deitá-la no sofá com a colcha que minha mãe fez quando eu tinha seis anos. Todas as borlas nas pontas estão desbotadas e perdendo os fios, mas as cores me fazem feliz.

Depois de me garantir que ela não vai cair das enormes almofadas e morrer no piso de madeira reformado, eu me arrasto até o quarto. Tiro o vestido e o coloco no encosto de uma poltrona estofada, visto uma camiseta velha e me enfio embaixo dos meus cobertores e edredons. Deixei uma das janelas aberta antes de sair e meu quarto está com cheiro de folhas molhadas e da fumaça da lareira ao lado. Do ar fresco da noite e das hortênsias que plantei logo abaixo da minha janela. Fecho os olhos e me esforço para me acalmar, mas me sinto sem amarras, sem chão, escorregando e deslizando em meus pensamentos.

As coisas que preciso fazer antes de abrir o estúdio de tatuagem. A pilha de papéis que deixei em cima da minha mesa. As cadeiras que ainda não montei e as tábuas do assoalho que precisam ser pintadas.

Vanessa e suas bochechas manchadas de lágrimas brilhando sob o luar. Seus dedos batendo em meu peito e suas palavras, silenciosas, mas sinceras.

Um coração embalado em plástico-bolha.

Sei que não sou delicada. Sei que não sou dócil. Posso ser um tanto brusca e ir direto ao ponto. Mas não acho que sou inacessível. Não me acho fria.

Levanto o braço e o viro de um lado para o outro sob a luz amarela desbotada que vem do poste da esquina, verificando as tatuagens que cobrem minha pele. Procurando por uma em particular.

Cinco fios de fita, torcidos e trançados. Cada uma ligeiramente diferente das outras, mas juntas, algo forte e inquebrável.

Passo o polegar sobre ela e franzo a testa, odiando a pressão incômoda logo abaixo das minhas costelas. Quando enfim consigo dormir, tenho sonhos agitados nos quais estou dançando em uma floresta sob um céu aberto e enluarado, com uma mão quente me segurando firme na parte inferior das costas.

Acordo irritada.

Com o universo acima de tudo, mas também com os cobertores em que estou enrolada, com os pássaros piando pela fresta da janela e com o barulho de um carro passando ao longe.

Com Charlie, por mexer com a minha cabeça.

Comigo mesma, por permitir que ele mexesse.

É bem provável que eu não estivesse tão perturbada se ele tivesse vindo para casa comigo.

Saio da cama com dificuldade, pego meus tênis no armário e ponho uma velha calça de moletom que roubei de Beckett no ensino médio. Desço a escada na ponta dos pés e saio pela porta da frente, com o corpo ainda não totalmente desperto, mas a cabeça e o coração precisando de um pouco de movimento e da respiração para me organizar.

Corro até que os fantasmas dos constrangimentos da noite passada não estejam mais agarrados aos meus calcanhares. Até que eu não esteja pensando em nada.

Quando volto para casa, minhas pernas estão bambas; e parece que meus pulmões, queimam com o ar fresco da manhã. Mas minha mente está desanuviada e tudo parece estar no lugar. O máximo possível, ao menos.

Nessa está sentada no sofá quando entro, com meu cobertor enrolado nos ombros. Ela franze a testa para mim e coça o olho esquerdo.

— Bom dia. — Me espreguiço e tombo para a frente com um gemido, tentando alongar as costas. — Como está se sentindo?

Ela me olha de soslaio e murmura algo que com certeza desagradaria nossa mãe. Tiro os tênis e jogo minhas chaves na mesa da cozinha com um barulho.

— Nova — reclama ela. — Você tá tentando me matar?

— Acho que você se encarregou disso sozinha ontem à noite, quando bebeu tanto daquela bebida duvidosa que até fez uma serenata para os meus gnomos de jardim quando chegamos.

Ela se sentou no jardim da frente de casa e arrancou todos os enfeites do canteiro, enfileirou-os e cantou música após música até que o sr. Hale, do outro lado da rua, apareceu em sua varanda e ameaçou chamar a polícia. Azar dele que o único policial de plantão na noite passada era o xerife Dane Jones, e a última vez que o vi, ele estava dançando com o marido na pista de dança.

Nessa se inclina de forma dramática sobre o braço do meu sofá.

— Você foi correr? Qual é o seu problema?

O meu problema é que fiz um papelão na frente de Charlie Milford ontem à noite. Recebi um fora em frente a um pinheiro e depois tive que levar minha irmã bêbada para casa sem que nossos pais vissem.

Sinto que, de alguma forma, estou revivendo meus dias de escola, com uma dose extra de rejeição.

— Não tem problema nenhum — murmuro.

— Então por que está fazendo essa cara?

Porque não faço ideia do que Charlie está pensando. Porque virei a balança do nosso relacionamento e pedi algo puramente físico, desbloqueando uma parte do meu cérebro que não consegue parar de pensar nisso. Charlie me disse ontem à noite que eu acabei com ele, mas acho que acabei comigo mesma.

Olho de relance para Vanessa. Só consigo ver os olhos dela por cima do sofá, como um crocodilo mal-humorado descansando na água parada.

— Não sei, Ness. Porque a vida é dura?

Ela faz que sim com a cabeça, sagaz.

— Saquei.

Vou até a geladeira e pego uma tigela de morangos cortados para mim, a caixa de ovos e um pouco de bacon para minha irmã. Estou ansiosa para mudar de assunto.

— O que tá pegando entre você e o Nathan?

Seus olhos se estreitam até se tornarem fendas.

— O Nathan — sibila ela.

— Isso.

— Ele é um idiota.

— Foi o que você disse. — Quase oitenta e duas vezes, ao som de várias músicas de séries do início dos anos 90. — Ele quer namorar você?

Ela se levanta do sofá, graciosa como uma dançarina, mesmo em seu estado deplorável. Sob a luz do começo da tarde fica mais fácil ver as manchas de vinho em seu vestido. Meu cobertor se arrasta atrás dela no chão. Tenho certeza de que há uma mancha de baba em meu estofado.

Ela manca até a cozinha e desliza para um banco de madeira que roubei da estufa de Beckett. Ela tira um morango da embalagem e dá uma mordida.

— Ele disse que me amava.

— Imagino que o sentimento não seja recíproco.

Ela suspira.

— Não é. Nem mesmo sei se ele *sente* alguma coisa. Acho que ele confundiu proximidade com intimidade durante todos esses anos. Me disse que nos damos bem juntos e que não tem problema em dançar, mas... não sei. Eu disse que não sentia a mesma coisa e ele falou — ela passa dois dedos na testa e suspira — algumas coisas bem zoadas.

— Que tipo de coisas zoadas? — Agarro o cabo da frigideira de ferro fundido em que estou fritando o bacon. Posso ser a caçula de quatro irmãos, mas sou tão coruja com meus irmãos quanto eles são comigo.

Ela balança a mão, mas não deixo de notar a careta que faz.

— Isso não importa agora.

Importa para mim.

— Você quer que eu risque o carro dele com uma chave?

Sua boca se contorce em um sorriso reprimido.

— Não, não quero que você risque o carro dele. — Ela pega outro morango. — Mas eu me reservo o direito de mudar de ideia.

— Nada mais justo. — Eu viro o bacon. Beckett vai me ajudar a riscar o carro dele. — O que você pretende fazer?

— Bom — ela suspira —, não tem muito a ser feito. Ele não é mais meu parceiro. Não tem como voltar atrás. E eu não quero competir sozinha. Talvez seja hora de pendurar meus sapatos de dança.

Minhas mãos congelam sobre a panela. Vanessa dançou a vida inteira. Minha mãe gosta de brincar que ela saiu sambando do útero. Não consigo imaginá-la desistindo disso.

Ela dá uma olhada em um pedaço de bacon crocante e queimado.

— Não me olha desse jeito. Tem muitas formas de dançar sem ser em competições. Eu vou dar um jeito.

— E eu vou riscar o carro dele.

— Combinado.

Tomamos o café da manhã enquanto Vanessa resmunga algumas coisas na bancada. Abro a janela acima da pia para deixar o ar fresco do outono entrar e ela liga o rádio em uma estação que é pura estática. Ele costumava ficar na oficina do meu pai e eu gosto de tê-lo como companhia; o botão de volume tem uma marca de tinta de um polegar na qual eu gosto de encaixar o meu. Parte do leve e descompromissado aperto no meu peito começa a desaparecer conforme Nessa fala sem parar do outro lado da bancada, cortando frutas com agilidade e enchendo minha xícara de café fresco.

Observo as árvores do lado de fora da janela balançando para a frente e para trás na brisa, com as folhas começando a ficar vermelhas, brilhantes e queimadas pelo sol.

Eu me pergunto o que Charlie está fazendo agora de manhã. Se ele está voltando para Nova York ou se ficou para comer os waffles de abóbora e canela com cobertura crocante que servem na lanchonete durante o outono. Até que horas ele ficou no casamento e se já percebeu que tinha agulhas de pinheiro presas no cabelo.

Penso na mão dele nas minhas costas. Em como seu rosto alegre se transformava em algo mais caloroso à medida que dançávamos juntos. Os lábios se torcendo enquanto ele pensava. Acho que nunca o vi tão sério. Eu me pergunto se é assim que ele ficaria em cima de mim. Embaixo de mim. Se o toque dele seria tão exigente assim.

Eu me contenho e faço uma careta.

Eu não deveria estar pensando em Charlie.

— Vi você dançando com o Milford ontem à noite — comenta Nessa, tomando um gole de café. Quase atiro meu muffin para o outro lado da sala.

Ela ergue as sobrancelhas.

— Eu não estava tão bêbada assim — ela se defende, confusa com a minha reação.

— Você cantou "Greased Lightnin'" para o meu bebedouro de pássaros.

— Certo, entendi. — Ela apoia o queixo na mão. — Mas eu me lembro de você dançando com o Charlie. Uma das últimas coisas que lembro. O que foi aquilo?

— Não posso dançar com meus amigos?

Ela me avalia com os olhos do outro lado do balcão.

— Desde quando você é amiga do Charlie?

Eu franzo a testa.

— Sempre fui amiga do Charlie.

Nessa abaixa o queixo.

— Hmm.

— O que isso quer dizer? Esse "hmm".

Ela dá de ombros.

— É só um "hmm". Eu não sabia que vocês eram amigos a ponto de dançar juntos. A propósito, quando foi a última vez que você dançou voluntariamente? Você berrou comigo quando tentei te fazer dançar no festival do solstício.

— Eu não berrei.

— Berrou, sim.

— Dançar em um casamento é bem diferente de dançar no meio da praça da cidade às duas da tarde.

— Não muito, mas tudo bem.

Suspiro e aperto minha nuca. Tudo parece tenso, da base da minha cabeça até a extensão dos meus ombros. Qualquer alívio que minha corrida tenha me proporcionado já se evaporou. Se eu não tomar cuidado, vou acabar tendo uma enxaqueca, e não tenho tempo para isso.

Vanessa me observa com atenção.

— A dor de cabeça está começando?

Eu balanço a cabeça.

— Só estou estressada. Falta um mês para o estúdio abrir. Tem muita coisa a ser feita.

— Você precisa se cuidar.

Aperto minha nuca mais uma vez e solto. Repito o processo. Minha família tem boas intenções, mas não é como se eu pudesse ignorar algum dos itens na minha lista de tarefas. Sei quais são meus gatilhos. Sei quando estou me esforçando demais. Tenho noção dos meus limites e conheço meu corpo.

— E você precisa de um banho — retruco. — Parece que você rolou no meu quintal ontem à noite.

— Mas eu rolei mesmo.

— Exatamente. — Aceno com a cabeça em direção à escada. — Está cheio de coisas no banheiro de hóspedes. Fique à vontade. — Ela desce da banqueta com a caneca de café nas mãos, os ombros curvados para não deixar meu cobertor cair. — Nessa — chamo antes que ela desapareça. — Posso pegar seu celular emprestado?

— Deve estar sem bateria, mas pode, sim.

Eu o encontro embaixo de um travesseiro e o desbloqueio. Vou até o nome de Beckett e digito uma mensagem.

NOVA

Por favor, resgate meu celular no campo.

NOVA

É a Nova, aliás.

Ele leva um segundo, mas três pontos aparecem.

BECKETT

Da próxima vez, me avisa quando estiver indo embora.
O pai queria enviar uma equipe de busca.

Eu bufo. Se alguém queria enviar uma equipe de busca, provavelmente era Beckett.

NOVA

Não precisa de equipe nenhuma. A Vanessa dormiu aqui ontem à noite.

BECKETT

Imaginei. O Alex disse que viu vocês duas entrando no ônibus.

Terei que agradecer ao Alex, então.

Em resposta, uma foto dos gatos de Beckett aparece no celular, Cometa e Empinadora, duas bolas de pelo enrodilhadas na ponta do sofá. Beckett adotou um bando de animais nos últimos dois anos. Tudo começou com uma família de gatos que ele encontrou em um dos celeiros. Logo vieram dois patinhos e uma vaca. Ele tentou adotar um guaxinim, mas Evie vetou.

Aproximo o celular dos olhos. Parece que os gatos estão usando minha bolsa como uma espécie de saco de dormir.

NOVA
Isso é tão fofinho que devia ser crime. Eu nem quero mais essa bolsa de volta. Eles precisam dela mais do que eu.

BECKETT
Estava torcendo para isso amolecer seu coração.

Eu franzo a testa.

NOVA
Por quê?

NOVA
Meu celular virou fertilizante?

BECKETT
Não. Ele está com o Charlie.

Eu jogo a cabeça para trás e resmungo para o teto. Eu me jogaria no chão se tivesse garantia de que conseguiria levantar de novo. É claro que o Charlie o encontrou.

NOVA
Ele não pode entregar pra você?

Imatura? Talvez. Mas não tenho a mínima intenção de ver o Charlie pela próxima década.

BECKETT
Ele disse que pode deixar na padaria da Layla. Ela vai abrir amanhã.

BECKETT
Ou que, se você precisar hoje, ele pode ir aí entregar.

Charlie Milford na minha casa e pisando na minha varanda? Só se for por cima do meu cadáver. Não, obrigada. Prefiro buscar o celular na padaria da Layla quando ele estiver a caminho de Nova York.

Posso passar um dia sem celular.

Suspiro e estalo o pescoço.

NOVA
Diz pra ele deixar na padaria, por favor. E me mande fotos dos patos.

5

CHARLIE

O DIA JÁ começou muito bem.

O sol brilha no céu azul-celeste, os pássaros estão cantando e Luka deixou o café bom na cozinha da casa de hóspedes. Stella está oficialmente fora do país, o que significa que ela pode parar de me enviar uma mensagem a cada sete minutos para perguntar se tenho certeza de que quero cuidar da fazenda e, pela primeira vez em anos, não há um único alerta urgente em meu calendário.

Também estou com o celular de Nova no bolso de trás. Uma garantia de que vou vê-la hoje.

Nota dez em todas as categorias.

Fecho a porta ao sair e desço para a varanda, a grama seca farfalhando sob minhas botas. O tempo está começando a mudar, o verão começando a dar lugar ao outono. As manhãs são mais frescas, as cores mais brilhantes. Gansos sobrevoam o céu em bandos, uma formação perfeita, com seus chamados ecoando pelos campos.

Não estou acostumado com esse tipo de trajeto. Pinheiros em pequenas fileiras em vez de arranha-céus. Um canteiro de abóboras em vez de um caubói seminu tocando violão. Embora meu cérebro tenha certa dificuldade de se adaptar ao silêncio, eu gosto dele aqui. Consigo ouvir os ruídos deste lugar quando presto atenção. O vento assobiando pelos campos e o sussurro dos galhos balançando suavemente. O barulho de um trator em algum lugar ao longe.

Meu celular toca e eu reviro o bolso para pegá-lo, equilibrando meu café com o braço. Quase tropeço em uma vinha de abóbora, e quando atendo estou reprimindo um xingamento.

Sou respondido com um segundo de silêncio. Depois, uma voz seca e divertida.

— Parece que a vida rural está te fazendo bem.

Seguro meu café direito e agradeço a Deus pelas canecas de viagem com tampa fechada. Eu me arrumei para essa ocasião, com minha melhor camisa de flanela, e preferia não andar por aí com uma enorme mancha de café.

— Bom dia, Selene.

Ela murmura algo que eu não consigo captar. Meu trabalho tem sido flexível e me permitiu trabalhar a distância esse mês, mas minha assistente, Selene, não consegue compreender por que eu iria querer algo do tipo. Acho que ela nunca saiu de Nova York por livre e espontânea vontade.

— Como estão os espantalhos, fazendeiro?

Aperto os olhos para enxergar mais longe.

— Ainda não vi nenhum.

— Não acredito.

— Pois acredite. — Uma rajada de vento passa por entre as árvores, entrando pela gola da minha camisa. Eu deveria ter trazido minha jaqueta. — Estou caminhando por uma plantação de abóboras. Se isso satisfaz qualquer fantasia sua sobre o que tenho feito por aqui.

— Se por fantasia você quer dizer pesadelo acordado, então sim. Isso é exatamente o que imaginei que você faria quando me disse que passaria um mês na fazenda. — Ela suspira e eu ouço o tilintar de um copo ao fundo. O tilintar de um copo e... nada mais. Nada do som ambiente que costumo ouvir quando ela está em sua mesa, na salinha em frente ao meu escritório, meio escondida atrás de uma parede de plantas feitas por ela mesma.

Franzo a testa.

— Onde você está agora?

— Estou trabalhando — responde ela —, fazendo meu trabalho. Não sei, não.

— Selene. Você está na minha sala?

— Claro que estou. Você não está usando. — Há uma pausa e ouço uma gaveta ser aberta. — Você tem mais post-its do que qualquer homem da sua idade deveria ter.

— Eles me ajudam a me manter organizado — murmuro. Post-its estrategicamente posicionados, listas e alarmes de telefone são as coisas que mantêm meu cérebro caótico focado. — Não importa. Só não beba todo o meu café.

— Que tal se eu substituir o que usar?

— Tudo bem. — Às vezes, parece que Selene está comandando o show e eu estou apenas acompanhando. — Essa ligação tem algum propósito ou você só quis saber como estou?

Ela faz um som que me diz que está se divertindo.

— Quando foi que me viu verificar como você estava?

— Você ligou quando eu estava doente no ano passado e perguntou se eu precisava de sopa.

— Porque eu estava com medo de que você morresse e eu ficasse com um daqueles trastes inúteis do outro setor.

Meus lábios se contraem em um sorriso. Selene tem razão. Aqueles caras são uns babacas. Minha empresa está cheia de babacas.

Ainda assim.

— Já conversamos a respeito disso. Você não pode dizer traste no trabalho.

— Posso quando estou no seu escritório e a porta está fechada. Você sempre tira uma soneca aqui? É muito silencioso. Não consigo ouvir nada pela porta.

— Não, eu não tiro cochilos no escritório. — Por mais que sinta vontade às vezes. Outras vezes, quero jogar minha cadeira de escritório pela janela e gritar para o vazio. — Você precisa de alguma coisa? Esqueci de alguma reunião?

Anoto toda a minha agenda com os minutos exatos no celular. Se não fizer isso, perco o controle. Achei que tivesse deixado esta manhã livre de propósito, mas é possível que algo tenha surgido no fim de semana enquanto eu estava concentrado no casamento de Stella.

E distraído com Nova.

— Não, você não se esqueceu de nenhuma reunião. — Ouço papéis e saltos no chão do meu escritório. Uma gaveta se abre e se fecha, e o zumbido de uma máquina. Acho que ela encontrou a Nespresso. — Eu só queria avisar. Você tinha cerca de dez mensagens do seu pai no telefone do escritório. E duas do sr. Billings.

Xingo entredentes e esfrego os nós dos dedos na testa. Meu pai quase afundou a empresa há cerca de três anos com suas péssimas decisões. Ele não só estava ignorando os interesses dos clientes e investindo dinheiro de forma imprudente em nome deles, como também estava fazendo comentários inadequados para várias funcionárias. Não é preciso dizer que a diretoria decidiu destituí-lo de seu cargo de forma rápida e discreta.

— Qual é a probabilidade de o sr. Billings estar ligando por causa de algo que meu pai contou para ele?

— Ah, é seguro dizer que as probabilidades são grandes.

Meu pai tem tido... dificuldade em se desvencilhar de seu cargo. Ele me liga toda semana com "conselhos" sobre o que devo fazer. E mantém contato com a maioria de seus antigos clientes. Aqueles que não se importavam com a forma como ele agia ou com quem ele prejudicava no processo. Os que foram designados para mim como "legado" quando meu pai foi demitido.

Suspiro e respiro fundo. Uma nuvem de fumaça começou a subir da chaminé da padaria de Layla, com um toque de canela trazido pelo vento. Esse lugar é minha prioridade no momento. As besteiras do meu pai podem esperar. O sr. Billings também.

— Você pode reservar trinta minutos para o sr. Billings hoje à tarde? Vou colocar panos quentes na situação.

— E seu pai?

Eu exalo, meu hálito condensa no ar frio da manhã.

— Pode deixar que eu cuido disso.

Em algum momento. Quem sabe.

* * *

O DISCRETO SINO acima da porta informa minha chegada, o cheiro de manteiga derretida e maçãs caramelizadas me atingindo em cheio. Deixo escapar um gemido estrondoso que vem do fundo do peito. Assim tão cedo, há apenas algumas pessoas na loja. Clint, do corpo de bombeiros, está sentado em um dos sofás no canto, tomando uma caneca de café. E Cindy Croswell está ocupada no balcão de comida para viagem, usando fones e recolhendo caixas brancas.

Adoro tudo na fazenda, mas minha parte favorita talvez seja a padaria. As janelas do chão ao teto se alinham na metade da frente, com pinheiros roçando o vidro de todos os lados. Sofás aconchegantes com almofadas e cobertores de tricô ficam encostados nas paredes. Mesas de bistrô com tampo de mosaico e cadeiras umas diferentes das outras ocupam o centro, e um balcão corre ao longo da parede dos fundos. Vitrines com todas as guloseimas imagináveis em ambos os lados, e uma pequena porta levando aos fundos.

É sempre aconchegante, mas parece muito mais acolhedor durante o outono. É a versão do lar que eu sempre desejei quando estava sentado à mesa grande demais na sala de jantar formal dos meus pais, comendo uma refeição encomendada e deixando o silêncio incômodo se estender. Aqui a sensação é de conforto e pertencimento. Layla fazendo torta de maçã nos fundos e vasos com flores secas por toda parte. O cheiro de palitinhos de canela, cardamomo e pimenta-da-jamaica no ar.

Talvez eu passe a viagem toda trabalhando daqui.

Caleb espreita pela meia-porta vaivém que dá para a cozinha, os olhos castanhos procurando alguma coisa. Assim que me vê, dá um sorriso, esse sem-vergonha charmosão. Sinto que ele está sempre sorrindo ou olhando para Layla com olhos de coração como o do emoji. Fico feliz que sua paixão não correspondida de longa data tenha dado certo para ele.

— E aí, cara? Não estava esperando você. — Ele inclina a cabeça para trás. — A Layla está fazendo uma torta...

— Torta folhada com recheio de maçã e caramelo, Caleb! — grita Layla.

O sorriso dele fica ainda maior.

— Torta folhada com recheio de maçã e caramelo. Se quiser voltar depois...

Como se eu fosse ignorar esse convite. Vou para trás do balcão e sigo Caleb até onde Layla está segurando uma tigela enorme em uma mão e uma espátula na outra. Ela mistura tudo na tigela e sorri para mim.

— Oi. Precisa de ajuda com alguma coisa?

— Não, só estou visitando. — Jogo minha bolsa embaixo do balcão onde Caleb está apoiado. Ele tem um croissant amanteigado na mão e outro no prato à sua frente, com a boca cheia enquanto mastiga. Como era de esperar, está olhando para Layla com corações de desenho animado flutuando em sua cabeça.

Suspiro e roubo o croissant de seu prato. Ele tenta protestar, mas enfio quase tudo na boca.

— Pensei que, já que estou por aqui — murmuro enquanto mastigo a massa folhada e amanteigada —, posso muito bem aproveitar as vantagens.

Layla parece entretida. Caleb, irritado.

— Esse croissant era meu — murmura ele.

— Eu faço outro pra você — oferece Layla.

Ele se endireita e olha para a noiva.

— Obrigado, Layla.

Reviro os olhos e engulo o resto do croissant. Não sei como fiquei cercado de casais perdidamente apaixonados, mas cá estamos nós. Adoro ver meus amigos felizes, é claro, eu só queria...

Não sei. Não sei o que desejo. Gostaria que fosse eu? Acho que não. Não tenho vontade de estar em um relacionamento. Nunca desejei isso para mim. Já vi de perto como os relacionamentos podem transformar a pessoa em alguém irreconhecível, desesperado por uma saída. Não, obrigado.

Queria poder estar com eles sem me sentir deslocado. Como uma metade perdida em uma sala cheia de peças perfeitamente combinadas. Não quero ser um estorvo. Não quero ser um... projeto ou algo que eles achem que precisam consertar.

Arregaço as mangas da minha camisa de flanela.

— Você precisa de uma mãozinha?

Layla assente.

— Você pode substituir o Caleb. Ele está cuidando do caixa enquanto eu coloco as tortas no forno. Nico ligou dizendo que estava doente e o Caleb precisa ir para a escola.

Caleb é professor de espanhol do ensino médio e, a julgar pelo relógio, está dez minutos atrasado. Ele olha para o relógio, xinga e atravessa a cozinha. Dá um beijo no topo da cabeça de Layla, pega um croissant de uma bandeja de resfriamento e depois dá outro beijo logo abaixo da orelha dela. Todo o rosto dela se encolhe com seu sorriso encantado e algo em meu peito se contrai, só uma vez. Caleb se endireita e me lança um olhar vagamente acusatório, por causa do croissant, acho eu, e desaparece pela porta sem dizer mais nada.

Uma Layla de bochechas rosadas olha para mim com um sorriso envergonhado.

— Me desculpe.

Ergo as mãos.

— Não tem por que se desculpar.

Ela dá de ombros e continua batendo a massa na grande tigela de metal.

— Eu só… sei como é.

— O quê?

Ela faz um aceno abarcando tudo.

— Tudo isso. O amor em Lovelight. Podemos ser um tanto exagerados, sei disso.

Pego um pano de prato e dobro bem, só para ter algo para fazer com as mãos.

— Você merece, Layla. Não esconda sua felicidade por minha causa. Eu estou muito bem.

Talvez seja isso. O que mais me incomoda é quando eles sentem a necessidade de pisar em ovos. É como se todos estivessem esperando que eu desmorone com meu estilo de vida de solteiro perpétuo, quando a verdade é que… eu não quero o que eles têm. Não quero me submeter às expectativas de outra pessoa e ficar aquém delas. Não quero construir algo com alguém apenas para que isso se deteriore com o tempo. O casual é o que mais me convém e, por mais que esteja acostumado a querer coisas que não mereço e não posso ter, um relacionamento não é um anseio meu.

Layla arqueia uma sobrancelha. Eu dou risada.

— Estou mesmo! Por que todo mundo sempre me olha assim quando eu digo isso?

Ela estala a língua e coloca a tigela na beirada do balcão para pegar o saco de confeiteiro. Ela faz o trabalho aqui parecer fácil, mas sei que não é bem assim.

— Porque você merece mais. Você merece... — Ela olha em volta da cozinha, o olhar pousando em uma pilha de bolos em miniatura ao lado do forno. Ela aponta para eles. — Um bolo inteiro, Charlie.

Eu pisco para ela.

— Hum.

— Você merece o bolo inteiro e me preocupo que esteja se contentando com... petiscos.

Ah. Pronto, é isso. Esfrego o queixo e tento conter meu sorriso.

— Eu gosto de petiscos, Layla.

— Tudo bem.

— Depois de comer um, você não consegue parar.

Ela faz uma careta para mim.

— Essa analogia ficou nojenta.

— Você que começou.

— Foi. — Ela pega um pouco do caramelo da tigela e o coloca com cuidado no saco de confeiteiro. — E quero ter a última palavra, obrigada.

— Você não prefere falar da sua briga com o Beckett?

Todo o rosto dela se contorce em uma careta.

— Não, não quero falar sobre aquele idiota duas caras.

Eu dou uma gargalhada.

— Tudo isso porque ele casou escondido?

Ela pega outra colher cheia de caramelo e a enfia no saco de confeiteiro.

— Tudo porque casou escondido sem convidar a gente. Eu sei que ele não queria uma festa grandiosa, mas poderia ter dito alguma coisa. — Ela resmunga baixinho. — Eu tinha planejado o bolo dele e tudo mais.

— O que você ia fazer?

— Um bolo doce de abobrinha com azeite de oliva, creme de limão e glacê de cream cheese. — Ela suspira. — Teria sido perfeito.

Nossa, parece perfeito mesmo.

— Você ainda pode fazer, sabe?

Seus olhos se iluminam.

— Posso mesmo! Posso fazer e jogar na varanda dele.

Não era o que eu tinha em mente.

— Ou...

— Ou eu poderia fazer e jogar na cara dele — conclui ela. — Você tem razão. Ia ser mais satisfatório assim.

Fico olhando para ela. Para uma mulher tão pequena, ela com certeza tem muitos pensamentos vilanescos. O sino toca na frente da loja e eu tomo isso como minha deixa.

— Vou... — Aponto o polegar para trás.

— Tente vender os cupcakes de chocolate com avelã — ela me interrompe. — Tem outra fornada para mais tarde.

— Entendi, chefe.

Mas, quando passo pela porta, passo a achar que não vou conseguir vender cupcake algum.

Porque Nova Porter está do outro lado do balcão, com um cotovelo apoiado na vitrine. Saia de veludo cotelê vermelho-escuro. Meia-calça preta e All Star. Uma jaqueta de couro gasta sobre uma camiseta desbotada dos Ramones. Ela olha para mim e todo o seu rosto se transforma em uma nuvem de tempestade.

Sorrio diante de seu choque e, em seguida, tiro o celular dela do bolso de trás da calça.

— Procurando por isso?

6

NOVA

DOU MEIA-VOLTA E caio fora.

Não preciso de celular. No estúdio novo tem uma entrada para telefone fixo. Vou comprar um daqueles telefones de disco e já está bom demais. Quem precisa de acesso ao e-mail na palma da mão? Eu não.

Charlie ainda está aqui. Em Inglewild. Por que ele ainda está aqui? Deveria ter voltado para Nova York, fazendo o que quer que seja que ele faz com aqueles ternos elegantes. E meu celular deveria ter sido deixado no balcão ao lado da caixa registradora.

Não em sua mão direita, enquanto ele se atrapalha para sair da padaria atrás de mim, o sino quase se soltando do cordão vermelho em que Layla o pendurou. Eu o ignoro, atravessando depressa as árvores que cercam a padaria.

Talvez eu tenha sorte e ele tropece em uma raiz. E caia de cara no chão como o grande idiota que é.

— Nova, calma aí, rapidinho. Será que dá pra… — Ele tenta agarrar meu braço, mas eu o afasto, e continuo a andar. Não quero ter essa conversa com ele. Não quero ter nenhuma conversa com ele. Eu o convidei para voltar para casa comigo, ele disse não, e só quero ignorá-lo pelo resto da minha vida. Eu o ouço suspirar e acompanhar meu passo um pouco atrás. — Você não ia fingir que nada aconteceu?

Paro de forma abrupta. Ele quase tromba em mim, parando no último segundo possível. Ele está vestindo uma camisa de flanela hoje. Algo que parece macio e quente, com as mangas enroladas até o cotovelo. Uma mistura de azul-claro e cobalto que combina com os olhos dele. Que droga. Não quero ficar reparando nos olhos dele.

— Me dá meu celular, por favor.

Ele coloca as mãos atrás das costas.

— Não.

— Não?

— Uhum. Minha resposta é não.

Resisto à vontade de bater o pé. Charlie me faz reagir da maneira mais impulsiva possível.

— Por que sua resposta é não?

— Porque eu quero falar com você e, se eu entregar o celular, você vai escapar entre as árvores. De novo.

Ele está certo. E errado também. Porque eu não preciso do meu celular para fugir. Giro em meu calcanhar, preparada para fazer exatamente isso, quando ele me segura pelo cotovelo, dessa vez com gentileza.

— Nova — diz ele, irritado. — Espera um segundo.

Mantenho o olhar no chão baixados.

— Eu já disse que não quero falar sobre isso.

Dois dias não mudaram nada para mim. Só fizeram com que a vergonha ficasse pior. Quanto mais eu paro para pensar, mais minhas bochechas ardem e o aperto no meu peito fica mais forte. Quero esquecer que aquilo aconteceu e não consigo se Charlie continuar tocando no assunto.

— Precisamos falar sobre o que aconteceu — insiste.

Resignada, ergo a cabeça e olho nos olhos dele. Ele parece sério, se não confuso, com as sobrancelhas escuras franzidas em concentração. Ele levanta a mão e bate com o polegar na minha testa franzida.

— Por que essa cara?

Eu afasto a mão dele.

— Não quero falar sobre o que aconteceu — repito.

— Por que não?

— Porque eu não quero... — Deixo escapar um suspiro. — Não quero ser uma piada.

Não quero parecer tão vulnerável, a voz falhando de um jeito que me frustra. Ele contrai os lábios em uma careta parecida com a minha.

— E quem disse que você é uma piada?

Ele disse. Quando riu na minha cara.

— Me desculpe, tá? — Chuto as pedras a meus pés. — Eu não deveria ter pedido... o que pedi. Eu me deixei levar pelo momento e interpretei errado os sinais. Me desculpa se te abalei, ou coisa do tipo, mas não quero que fique jogando isso na minha cara. Faz eu me sentir ridícula, e odeio me sentir ridícula. Então, vamos só... seguir em frente.

Ele me encara durante um tempo, a expressão ilegível.

— Você acha que estou tirando sarro de você?

— Não está?

— Não — responde ele apenas. Ele passa os dedos pelo cabelo escuro, arrastando a mão pela nuca. — Não, nem um pouco.

— Você disse não — retruco com calma. — Você riu de mim.

— Eu não... Nova, você me deu vinte segundos para responder antes de tentar retirar o que disse. E eu não ri de você.

— Você me disse para perguntar de novo.

Ele arregala os olhos, um cometa no céu azul da meia-noite. Ele dá um passo para perto de mim, o bico de suas botas encostado no meu All Star. Tenho que inclinar a cabeça para trás para continuar olhando para seu rosto. Às vezes me esqueço de como ele é alto. Para além da nossa dança entre as árvores, não sei dizer se alguma vez estivemos tão próximos um do outro.

— Porque se é isso que você quer de verdade, preciso que me diga. Não estou rindo de você. Não estou tirando sarro de você. Preciso que você tenha certeza. Preciso saber que é a mim que você quer, não uma pegação aleatória debaixo dos lençóis.

Pisco para ele, que paira acima de mim, e tento avaliar a sinceridade de suas palavras. Eu penetro na nuvem do meu constrangimento e analiso nossa dança juntos de outro ângulo. Eu queria que fosse fácil, algo rápido e divertido, e eu... eu não dei muitas chances ao Charlie, não é?

Eu perguntei e Charlie saiu cambaleando. Ele me pediu para explicar e eu pensei o pior dele. E então, eu...

Bom, eu fugi.

— Ah — eu digo, sem saber o que fazer.

Ficamos olhando um para o outro abrigados pelas árvores. O cheiro é de pinho, seiva e algo quente e delicioso da padaria de Layla. A loção pós-barba de Charlie e meu condicionador de coco. Em algum momento, ele me segurou pelo cotovelo de novo, seu polegar traçando o couro desgastado da minha jaqueta.

— Achei que *você* estivesse tirando sarro de *mim* — explica ele calmamente, olhando nos meus olhos. Tudo o que ouço em sua voz é a mais pura sinceridade, com um toque de uma compostura tímida. Um sorriso se contrai no canto de sua boca, uma covinha rasa aparece em sua bochecha.

— Por quê?

— Porque não achei que você pudesse querer algo do tipo de mim — responde ele apenas. — Pensei que você estivesse... — Ele tosse, à beira de uma gargalhada. — Pensei que estivesse fazendo algum tipo de comentário sobre minha vida amorosa, não fazendo um convite. Eu... Sendo sincero, Nova, é claro que eu quero. Estou bem empolgado, na verdade. Fogos de artifício, confetes. Ponto de exclamação. — Ele se aproxima de mim e abaixa a cabeça para olhar nos meus olhos. — Mas cabe a você decidir, certo? Se é o que você quer, me pergunte de novo.

— Não estou à procura de um relacionamento.

Ele dá de ombros.

— Nem eu. Mas não é disso que estamos falando, certo?

— Olha, Charlie, eu não sei mais do que estamos falando.

Um sorriso lento se abre em seu rosto. Seus olhos deslizam para minha boca e se fixam nela.

— Pode continuar se enganando.

Sim, sei do que estamos falando. Seu corpo grande pressionado contra o meu. Mãos que se agarram e pele suada. O desejo da outra noite não desapareceu. Pensei que desapareceria, enterrado como estava sob meu constrangimento. Mas ele ainda está lá. Um zumbido baixo. Um zumbido suave, mas insistente.

Eu quero Charlie.

Inclino a cabeça para o lado e considero.

— Por que você não me pergunta?

— Porque quero que você faça a pergunta — repete ele. Não estou acostumada a ver esse lado de Charlie. O arco de sua sobrancelha. A paciência, a gentileza e a seriedade em cada linha de seu rosto. A camisa de flanela. Ele quer que eu tome a decisão. — Como eu disse, pode pensar um pouco. Vou continuar por aqui.

Ele dá dois passos para trás, aumentando a distância entre nós. Pega o meu pulso. Abre a palma da minha mão e põe o celular ali. Percebo que ele colocou um papel de parede novo para mim. Uma foto do rosto dele, bem de perto, sorrindo e com uma xícara de café na boca. Ele deve ter tirado a foto assim que chegou em casa depois do casamento, com aqueles malditos suspensórios bem visíveis no cantinho da foto.

— Para você apreciar — explica. — Fiquei em dúvida se colocava essa ou uma foto sem camisa na frente do espelho, mas essa me pareceu mais apropriada.

Reviro os olhos e guardo o celular no bolso de trás da calça.

— Obrigada.

— Posso mandar a foto sem camisa também, se quiser.

— Anotado.

Ele sorri, voltando à versão indiferente dele com a qual estou acostumada.

— Eu também tenho isso. — Ele balança um saco de papel branco na frente do meu rosto.

— O que é?

— Um cupcake.

— Eu não quero.

Ele suspira e insiste em dar o saco.

— A Layla me disse para vender os cupcakes, então você vai ganhar um.

— Mas você não está vendendo. Está dando para mim.

— Eu vou pagar por ele.

— Eu não quero.

Seu maxilar se contrai e relaxa. Eu gosto disso, talvez até demais.

— Aceita o cupcake. Ele é seu. Você pediu, lembra? Mas o cupcake foi burro demais e não disse as coisas certas.

Deixo escapar uma gargalhada, alta demais na quietude das árvores. Que situação ridícula eu me enfiei. Charlie pisca, seus ombros finalmente relaxam com uma expiração lenta. Seus lábios se contraem nos cantos.

— Tudo bem, eu fico com o cupcake. — Seguro a parte superior do saco e o aperto no meu peito se afrouxa. Dou uma olhada no interior. Chocolate com avelã. Estou torcendo para ter recheio de ganache. — E o que você está fazendo aqui? — pergunto dentro da sacola.

— Está perguntando para mim ou para o cupcake?

— Pra você.

— Ah. — Ele mexe no punho da camisa, os dedos esfregando o material macio. — Eu queria falar com você.

Eu desenrolo a parte superior do saco que ele havia esmagado e deslizo meus dedos para dentro, passando pela parte superior do cupcake. Enfio o polegar na boca e o chocolate com avelã explode em minha língua. Dou um gemido baixinho. Os olhos de Charlie ficam turvos. Ele se inclina para o lado.

— Eu quis dizer aqui. Na fazenda. O que você está fazendo na fazenda?

— O quê? — pergunta ele, com a voz em algum lugar distante.

— Charlie.

— O quê? — pergunta ele de novo, gritando um pouco.

Eu dobro a parte de cima do saco de novo. Vou comer o cupcake depois.

— O que você está fazendo em Lovelight? Achei que já estivesse em Nova York.

— Ah. — Ele aponta com o polegar por cima do ombro, ainda parecendo um pouco atordoado. — Eu trabalho aqui agora.

— Na... padaria?

Ele faz que sim com a cabeça.

— Acho que em toda parte. Onde quer que a Layla e o Beckett precisem de mim. Estou substituindo a Stella enquanto ela está na lua de mel.

Eu não sabia que ela teria uma lua de mel. Até onde tinha ouvido falar, ela e Luka planejavam ficar por aqui durante a colheita e a temporada de férias antes de fazerem algo juntos na primavera.

— Presente de casamento — explica Charlie, vendo minha expressão confusa.

— Muito generoso da sua parte.

Ele chuta uma pedra com a bota. Ela vai quicando pelo caminho. Em algum lugar do outro lado das árvores, duas senhoras riem, as vozes se aproximando da padaria.

— Ela merece. Merece mais do que isso, mas esse é um bom começo.

— E em Nova York não se importam que você esteja aqui?

— Meu trabalho é de boa. — Ele se aproxima de novo e eu me afasto até que um galho de pinheiro cutuque o espaço entre minhas omoplatas. — Estou mais interessado no que você tem a dizer a respeito.

— Eu não me importo. — Aperto o cupcake no meu peito. — Por que eu me importaria?

— Porque — diz ele, estendendo a mão para brincar com o zíper da minha jaqueta. Ele o puxa para cima e depois para baixo. E para cima de novo. — Agora você não pode me evitar como estava planejando.

— Eu não estava planejando evitar você. — Minto na cara dura.

— Uhum. É por isso que você saiu correndo da padaria assim que me viu.

— Eu não saí correndo.

Eu andei em um ritmo muito rápido. Há uma diferença.

— Bom. É melhor se acostumar a ver esse rostinho bonito, Nova — murmura, divertindo-se. — Tenho a sensação de que vamos nos encontrar muito.

Tenho trinta e quatro e-mails e sessenta e duas mensagens de texto esperando por mim quando finalmente verifico minhas notificações. O rosto sorridente de Charlie me encara na tela, e tenho de passar o polegar em seu maxilar para desbloquear o celular.

A cada vez que o faço, parece uma ofensa contra mim mesma.

Apoio os pés no canto da mesa, nos fundos do estúdio de tatuagem vazio, e dou uma olhada nas mensagens. A maioria delas é da minha família, na noite do casamento, tentando descobrir para onde eu tinha ido. Algumas são mensagens automáticas de sites de emprego em que estou cadastrada. E vinte e sete são de Charlie, começando mais ou menos na mesma hora em que encontrei Nessa nas árvores.

Mas nenhuma foto sem camisa.

Uma pena.

CHARLIE
Nova, volte aqui.

CHARLIE
Não use isso como desculpa para nunca mais falar comigo.
Eu sei insistir muito bem. Você sabe disso.

Dou risada e rolo a tela mais um pouco.

Uma mensagem dizendo que ele encontrou meu celular no campo. Uma piada ridícula sobre a dança de Montgomery na recepção. Um olá pela manhã quando ele acordou no dia seguinte e uma foto granulada e borrada de uma xícara de café no balcão da cozinha. Uma descrição do pãozinho que ele comeu no café da manhã. Outra foto de duas camisas de flanela em cima da cama.

CHARLIE
Sei que estou com seu celular e que você só vai ver isso mais tarde, mas qual das duas você acha que vai realçar meus olhos?

Todos os motivos pelos quais eu queria levá-lo para casa voltam com força total. Ele é engraçado. Não se leva muito a sério. Faz com que eu me sinta desejada e... é gostoso pra caramba. Apesar da calça engomada.

Eu poderia estabelecer os termos e ele os respeitaria. Eu sei que ele respeitaria. Seria conveniente, com certeza. Principalmente agora que ele vai ficar na cidade. Essa válvula de escape cairia bem.

E se a atração que paira entre nós em uma espessa névoa serve de indicação, a coisa vai ser boa. Melhor do que boa. Talvez, sem essa vontade de Charlie me atrapalhando, eu consiga focar no que eu deveria.

Tudo o que preciso fazer é pedir para ele de novo.

CHARLIE
Eu já falei que você estava linda com aquele vestido prateado? Não me lembro.

CHARLIE
Às vezes, acho que você é a coisa mais linda que já vi.

Mordo o lábio inferior e bato a unha do polegar na borda da capinha do celular.

CHARLIE
Além disso, estou cem por cento disposto a uma noite de sexo tórrido.
Só para constar.

CHARLIE
Com você. Se isso não ficou claro.

CHARLIE
Estou à disposição, Novinha.

7

CHARLIE

— ONDE VOCÊ ESTÁ?

Olho em volta do escritório de Stella. Cada uma das superfícies está coberta de pilhas de papéis aleatórios, pastas pardas umas em cima das outras, prestes a cair. Já é o meu quarto dia aqui e ainda não consegui desvendar o sistema de organização disso tudo. Estou começando a achar que o certo a se fazer é jogar tudo para o alto e torcer pelo melhor.

Mas não é isso que meu pai quer saber. Ele tem uma pergunta em mente, mas prefere ficar nessa conversa-fiada a perguntar.

Por que você não está em Nova York?

— Estou trabalhando remoto — respondo, trazendo meu notebook um pouco para a esquerda e quase deixando cair a pilha de aromatizantes com cheiro de pinho no chão. Coloco o celular entre o ombro e a orelha para pegá-los e abro a gaveta de cima para enfiar tudo lá dentro. Mas na gaveta deve ter por volta de outros sete mil aromatizantes, e eu não conseguiria enfiar outro nem que quisesse. Jogo todos no colo. — Onde você está?

Ele odeia quando sou evasivo de propósito. E também quando puxo conversa. Tenho quase certeza de que ele me odeia por pura birra, mas isso não me impede de atender suas ligações, com uma esperança ridícula de que, dessa vez, as coisas possam ser diferentes.

— Estou na casa da sua mãe — diz ele, parecendo distraído.

A casa cuja chave ele não deveria ter porque minha mãe o expulsou há quase dois anos, antes de iniciar sua jornada de redescoberta. Ela viajou pelo mundo todo no último ano, em uma vibe meio *Comer, rezar, amar.*

Fico feliz por ela. E… frustrado por *eu* ter que lidar com esse babaca.

— Por que você está aí?

— Relaxa. Sua mãe está na Cidade do Cabo. Ou coisa do tipo. — Ouço o barulho de um copo do outro lado da linha. Ao que parece, onze da manhã é uma bela hora para começar a beber.

Aperto a ponta do meu nariz.

— Você não deveria estar aí, esteja minha mãe em casa ou não. Ela não ia gostar. *Eu* não gosto. Você tem sua casa. Vai pra lá.

Ele bufa, um ruído que parece carregar a mensagem *tanto faz o que sua mãe gosta ou não gosta*. Ele já deixou isso bem claro. Empurrou todo o processo de divórcio com a barriga e encrencou com minha mãe por cada pequeno detalhe.

E, ao que parece, não devolveu as chaves de casa.

Preciso lembrar de trocar as fechaduras.

— Vim pegar algumas coisas no escritório. O advogado dela está aqui, se certificando de que tudo corra do agrado dela.

Relaxo os ombros. Fico mais tranquilo ao saber que ele está acompanhado. Mas ainda assim vou trocar as fechaduras.

— E você decidiu fazer uma parada no carrinho de bebidas?

Ele não me responde.

— Onde você está e por que não está no escritório?

— Estou trabalhando remoto — repito. Meu pai e eu nunca tivemos um bom relacionamento. Durante toda a minha vida, fiz de tudo para atingir suas expectativas inalcançáveis. Sempre achei que se eu pudesse me esforçar um pouco mais, ser um pouco mais inteligente, ele poderia notar. Poderia se orgulhar. Mas a cada avanço meu, ele faz questão de me menosprezar.

Ainda assim, não consigo me impedir de tentar. Não sei por quê..

— Eu ouvi quando você falou a primeira vez — resmunga ele. — Estou perguntando o motivo.

Suspiro e esfrego a nuca, reclinando-me na cadeira de Stella. Ela range de forma sinistra e, em seguida, me projeta na posição horizontal com um tranco brusco. Pisco os olhos para o teto.

— Vim ajudar a Stella por algumas semanas.

Ele fica em silêncio por tanto tempo que olho para a tela do celular a fim de me certificar de que ele ainda está na linha. Recoloco a cadeira da escrivaninha em uma posição razoável.

— Algumas semanas? — repete ele, por fim. — E por que ela precisaria de algumas semanas de ajuda? Você tem que estar aqui, cuidando dos seus clientes. Tive notícias do Wes Billings, sabia? Ele não está nada feliz com seu desempenho.

Wes Billings não está feliz com o desempenho de ninguém nas últimas seis décadas.

— Você esqueceu que tem responsabilidades aqui? — acrescenta ele. — Um emprego?

Porque isso sempre foi o mais importante para meu pai. Não a família. Não os relacionamentos. Mas o trabalho, os clientes e quanto dinheiro ele pode ganhar. Sua reputação e o que o setor pensa dele.

— Estou ciente de que tenho um emprego, e é por isso que tomei providências para trabalhar remotamente.

Beckett aparece na porta, batendo os dedos na moldura da porta, com um de seus gatos pendurado no ombro. Afasto o celular do ouvido e o coloco sobre a mesa, o som distante e metálico do discurso do meu pai ora aumentando ora diminuindo. Ponho a ligação no mudo quando Beckett se acomoda na cadeira à minha frente.

— Está tudo bem? — pergunta ele, enquanto a voz do meu pai fala mais alto e mais rápido. Quero jogar meu celular pela janela. Quero enfiá-lo embaixo de todos os aromatizantes da Stella.

— Tudo bem, sim. Ele vai continuar falando por algum tempo. Obrigado por ter vindo.

Beckett assente e estica as pernas. A gata em seu ombro cutuca a lateral da cabeça dele com o nariz e depois desce pelo braço até o colo dele. Acho que é Empinadora. Ou Cometa. É difícil diferenciar os quatro gatos. Ela se enrodilha, e ele descansa a mão em suas costas. Ele parece relaxado, contente.

Talvez eu devesse ter um gato.

Pego o celular de novo.

— Você deveria focar no seu trabalho. Seu legado. Nosso legado.

Ele não parecia tão preocupado com o legado quando estava agindo como um grande idiota no escritório.

— Entendi. Olha, pai, preciso desligar. Surgiu uma emergência de trabalho.

O rosto de Beckett se enruga em confusão.

— Que tipo de emergência? — grita meu pai.

Uma intervenção entre o fazendeiro e a padeira porque eles ainda não estão se falando, e meu traço tóxico é querer que todos se deem bem o tempo todo.

— Não posso compartilhar os detalhes do cliente — refuto.

Ele suspira. Consigo imaginar exatamente a cara que ele está fazendo. Decepção e exaustão, a base do nosso relacionamento.

— Você precisa tomar jeito, Charlie. Está me fazendo passar vergonha.

Pressiono dois dedos na ponte do nariz e ignoro o familiar ardor da frustração. Isso também não é novidade. É o papel que sempre consegui desempenhar perfeitamente para o meu pai. A vergonha da família. A criança desobediente. Não importa quanto dinheiro eu ganhe ou quão bem eu me saia, ele sempre vai me ver como o filho barulhento demais, que arranjava encrenca com os professores por falar muito e que nunca conseguiu entregar a lição de casa no prazo.

Sou um adulto. É ridículo que meu pai ainda consiga me fazer duvidar de mim mesmo e pensar demais.

— Entendido — consigo dizer. — Por sorte, nós dois estamos acostumados com isso. Da próxima vez que precisar falar comigo, entre em contato com a Selene. Ela pode reservar um tempo na minha agenda.

— Charlie, você precisa...

Encerro a ligação e jogo o celular na mesma gaveta dos aromatizantes de pinho, só para tirá-lo de lá de novo e colocá-lo em cima de uma pilha de papéis com a etiqueta TEMP. DE ABÓBORA, com a tela virada para baixo. Não quero perder nenhuma mensagem de Nova. Se ela resolver mandar mensagem.

Ela não mandou nenhuma nos últimos quatro dias, mas, como eu disse, sei ser paciente.

Beckett limpa a garganta do outro lado da mesa. A gata massageia a coxa dele com as patinhas.

— Você quer conversar a respeito disso? — pergunta ele, conseguindo soar só um pouco hesitante.

— Na verdade, não. — Cruzo as pernas e quase derrubo outra pilha de arquivos. Esse escritório vai me dar urticária. — Era a ligação semanal do meu pai para se certificar de que eu não manchei o nome da família.

Beckett me olha e põe o boné com a aba para trás, o cabelo loiro-escuro escapando pela fresta.

— Seu pai parece ser um idiota.

Solto uma risada.

— Ele não só parece, ele é. E, por falar nisso, você ouve muito bem.

— Uma vida inteira dedicada a ouvir — responde ele, simples assim. — Ou uma vida inteira passada com três irmãs.

E eu estive flertando com uma delas. Mandei mal, se a falta de comunicação dela servir de indicação. Felizmente, sou poupado de responder quando Layla surge na porta com uma bandeja nas mãos.

Ela se detém na soleira e olha para Beckett. Seus olhos se estreitam.

— Você — rosna ela.

E lá se vão as chances dessa reunião ser tranquila.

— Pode entrar — digo apenas —, sente-se. Vamos fazer uma reunião.

— Que tipo de reunião?

— Uma reunião necessária. — Aponto para o assento vazio ao lado de Beckett. — Sente-se.

Ela permanece de pé, apertando a borda do papel-alumínio até dobrá-lo.

— Vou ficar de pé.

Beckett suspira.

— Layla, para com isso.

Ela vira a cabeça na direção dele.

— Você tem algo que gostaria de me dizer?

Ele engole em seco.

— Ainda estamos nessa?

— Sim. Ainda estamos nessa. — Ela rasga o papel-alumínio que cobre a bandeja e a estende em minha direção, sem desviar o olhar de Beckett nem por um segundo. — Toma, Charlie. Quer uma fatia de pão de abobrinha?

Pão de abobrinha que, por um acaso, é o favorito de Beckett. Ele solta um gemido quando a bandeja passa em frente ao seu rosto, a ponta dos dedos na ponte do nariz. Dou de ombros e decido que não tem como essa situação ficar pior. Eu poderia muito bem comer alguma coisa. Pego um pedaço com o que devem ser dez mil gotas de chocolate e mordo.

Beckett parece ofendido.

— Certo — digo, com a boca cheia de migalhas —, essa é a chance de vocês dois resolverem essa história toda. E, depois de hoje, chega de brigas. — Gesticulo na direção de Layla. — Você primeiro.

Ela apoia a bandeja na cadeira vazia e cruza os braços.

— Não, obrigada. Tenho mais duas fornadas de donuts de sidra de maçã para fazer agora cedo...

Beckett se mexe em seu assento. Layla nem sequer olha para ele.

— E saberei se alguém entrar na minha cozinha para roubá-los. Estou ocupada demais para essa conversa.

— Layla — Beckett suspira. — Me desculpe por não ter dado a chance de você fazer meu bolo de casamento. Você poderia... — Ele arrasta a mão ao longo do maxilar com um olhar de sofrimento. — Você poderia fazer agora, se quisesse? Tenho certeza de que ficaria delicioso.

O elogio não surte efeito. Layla vira a cabeça devagar, estreitando os olhos.

— Você acha que merece meu bolo? Depois de tudo?

Ele encosta a cabeça na cadeira e suspira. Empinadora salta de seu colo e se esconde embaixo da escrivaninha.

— Estou me esforçando, Layla. Juro que estou. Odeio ficar brigado com você. — Ele olha para o pão de abobrinha e engole em seco. — O que posso fazer para melhorar a situação?

Ela o observa por um longo minuto. A tensão paira no ar. Parte de mim quer ir embora, mas outra parte tem medo do que pode acontecer se eu for.

Por fim, Layla curva os ombros para a frente, derrotada.

— Eu nem sabia que você estava pensando em pedir a mão dela — reclama —, você não me contou. Você me contou que a Clarabelle destruiu a quarta coleira de couro e me contou a que horas os patos costumam comer, mas nunca mencionou que planejava casar com a Evie. — Ela funga. — Eu deveria ter participado. Com um bolo e um belo de um discurso. Mas, em vez disso, você fugiu no meio da tarde e se casou em um... carrinho de cachorro-quente.

Beckett pisca, se mexe na cadeira e depois limpa a garganta. Ele parece desconfortável, e por um bom motivo. Ninguém gosta de ver Layla chorar.

— Ele não celebrou nosso casamento. Só serviu de testemunha.

— Quem?

— O vendedor do carrinho de cachorro-quente.

— Tanto faz. — Ela vira o rosto para o outro lado. — Eu não me importo.

Ela se importa, e muito. É por isso que nós três estamos sentados em um silêncio constrangedor que só é interrompido pela gata de Beckett cravando as unhas na madeira sob a mesa de Stella.

— Layla — diz Beckett. — Me desculpe por não ter contado. Foi... foi uma decisão no calor do momento. — Layla bufa, mas Beckett se endireita na cadeira, a mão brincando com o boné de novo. — De verdade. Foi mesmo. Eu nem pedi a mão dela, eu só... acordei e ela estava na cozinha, fazendo café. Estava com uma meia de cada par e tinha uma marca do travesseiro na bochecha, e eu, sei lá, perguntei se ela queria se casar comigo. Eu nem sequer tinha uma aliança. Nem um plano. Obviamente.

Layla olha para ele, avaliando a veracidade de suas palavras.

— Então de onde veio aquela esmeralda chique?

Eu me aproximo da mesa e puxo a bandeja de pão de abobrinha para o meu colo, encantado.

As pontas das orelhas de Beckett ficam vermelhas.

— Tinha uma loja de penhores na rua de baixo do cartório.

Eu resmungo.

— Você comprou a aliança da sua esposa numa loja de penhores?

Beckett dá de ombros e olha para as próprias botas, arrancando com os dedos um pouco do estofado que sai da almofada surrada em que está sentado. Stella precisa muito trocar os móveis desse lugar.

— Nenhum de nós queria esperar. Ela disse que não importava.

Layla estende a mão e dá um tapa no braço dele.

Beckett se encolhe para longe dela.

— Que porra é essa?

— Droga, Beckett! Não posso ficar brava agora! Foi tão romântico. — Ela vira a cadeira e desaba nela, o material de veludo fazendo um barulho estranho. — E perfeito para vocês. Só fico chateada por não ter participado. — Ela aponta o dedo na cara dele. — Eu deveria ter participado.

Ele afasta a mão dela com um tapa.

— Tudo certo.

— Eu ainda quero fazer o bolo.

Ele se anima.

— Tudo mais do que certo.

Bato palmas atrás da escrivaninha. Reatar laços. Restaurar relacionamentos. Pedir… feno. Essa reunião é oficialmente um sucesso. Estou a dezesseis mil quilômetros de distância da minha outra vida, onde tudo é brilhante, meu celular não para de tocar e meu cérebro pula de uma coisa para a outra sem tirar um segundinho para respirar. Onde me sento sozinho em um escritório e vejo o mundo girar sob meus pés.

Algumas coisas me agradam em Nova York. Gosto do anonimato e da imensidão da cidade. Gosto do meu apartamento e de como ele nunca fica totalmente escuro, o brilho da cidade à noite como um milhão de estrelas caídas do lado de fora da janela. Gosto do metrô sob meus pés nas manhãs frias e do café em copinhos de papel azul, quente entre as mãos. Cachorros--quentes em papel encerado e a correria da multidão durante a manhã, todos se movimentando juntos. Gosto de me perder, mas às vezes...

Às vezes, acho que sinto falta de ser conhecido.

Sinto falta de um lugar em que eu possa me encaixar. Pessoas que se lembram de que eu gosto de pão de abobrinha com gotas de chocolate extra. Uma cadeira estofada coberta com um veludo verde horrível, com um dos apoios de braço balançando toda vez que tento apoiar o queixo na mão. Um gato se esgueirando entre minhas pernas enquanto tento descobrir como fazer Beckett concordar com um jantar em que ele pode ou não ser o centro das atenções.

Layla dá um tapinha na minha mão.

— Ei, onde você foi parar?

Passo a mão no rosto.

— Lugar nenhum. — Por toda parte. — Desculpa, estou aqui. Estou prestando atenção.

Fui diagnosticado com TDAH quando criança, depois que meus pais me arrastaram para uma quantidade absurda de médicos para "resolver o problema". Palavras do meu pai, não minhas. Se meu pai pudesse pagar para que tudo isso desaparecesse, ele o teria feito. Ele ainda enxerga isso como seu maior fracasso paterno, essa coisa que significa que meu cérebro funciona um pouco diferente do de todo mundo. Na infância, eu era hiperativo. Falava pelos cotovelos. Tinha dificuldade para me concentrar e interagir com os outros enquanto meu cérebro estava em um ritmo acelerado. Eu esquecia onde colocava minhas coisas e onde deveria estar em determinados momentos. Ficava ansioso e depois triste, e depois triste por estar ansioso.

Como adulto, é mais fácil. Aprendi a ir a favor do meu cérebro em vez de ir contra ele. Mas, de vez em quando, ainda me perco.

Layla sorri para mim.

— Quer que eu repita o que acabei de dizer?

— Quero, por favor.

— Estávamos falando sobre o festival da colheita.

Franzo a testa.

— Que festival da colheita?

Beckett se inclina para a frente, e Layla permite que ele pegue algumas migalhas da bandeja com os dedos.

— Todo ano a cidade organiza um festival da colheita — explica ela. — Mas, esse ano, eles querem que seja um festival bem grande. Uma espécie de atração turística ou coisa do tipo. A Stella faz parte do comitê.

Meu joelho sobe e desce embaixo da mesa. Empinadora se afasta e volta para o colo de Beckett.

— Ninguém mencionou isso durante o nosso planejamento. Ou mencionou? Tivemos várias semanas de reuniões secretas pelo FaceTime enquanto tentávamos resolver todos os trâmites para que eu assumisse a administração da fazenda enquanto Stella e Luka estivessem em lua de mel. Não me lembro de ter ouvido falar de um comitê, mas às vezes tenho dificuldade em acompanhar os detalhes.

Beckett dá de ombros.

— Me fugiu da mente.

Layla brinca com a barra da saia.

— Da minha também.

Eu olho para um e para o outro.

— Por que vocês estão agindo de um jeito esquisito?

Layla diz "Não estamos agindo esquisito" ao mesmo tempo que Beckett resmunga "Você quem está agindo esquisito".

Eu franzo a testa. Os dois trocam olhares.

Layla suspira.

— Nenhum de nós… quer fazer parte do comitê.

Beckett cruza os braços.

— Se vocês me obrigarem a fazer parte desse comitê, eu peço as contas na mesma hora.

— Por favor, não faça isso. — Coço o maxilar. Não faço ideia de como plantar… nada. E Stella ficaria furiosa se voltasse para a fazenda sem nenhum agricultor. — Qual o problema com o comitê?

— Eles se reúnem às quintas-feiras — explica Layla. — Quinta-feira é noite de pizza no Matty. O Caleb não gosta de perder.

Faz sentido. Caleb adora uma pizza de pepperoni com borda grossa.

Eu olho para Beckett.

— E você?

Ele arqueia uma sobrancelha. Ah. Claro. Beckett não gosta de falar com a maioria das pessoas. Imagino que uma reunião do comitê da cidade seja demais para ele.

— Isso quer dizer... — A esperança se acende. — Posso fazer parte do comitê? Posso ficar no lugar da Stella?

Layla pisca algumas vezes.

— Você quer fazer parte do comitê?

— Claro que quero. Por que eu não iria querer?

Droga, estou tentando entrar em um comitê da cidade de Inglewild há anos. É o suprassumo do drama, e já me cansei de ouvir falar deles na rede de comunicação secreta.

Meu celular pisca com uma mensagem. Eu o pego da mesa, esperando que seja Selene para me atualizar da minha agenda com uma sequência de comentários divertidos sobre lidar com as ligações do meu pai. Mas quase derrubo o maldito celular quando vejo o nome de Nova. Olho de relance para Beckett, mas ele está vidrado na bandeja de pão de abobrinha em seu colo. E Layla está ocupada com o celular, provavelmente mandando alguma mensagem safada para Caleb envolvendo croissants.

O que é bom, porque quase caio da cadeira quando vejo o que Nova enviou.

Uma foto dela em frente a um espelho comprido, o celular em uma mão e a outra nos botões da camisa. Ela claramente desabotoou alguns para tirar a foto, com a rosa entre seus seios à mostra. Uma unha preta e brilhante traça o caule da rosa.

NOVA

Você me deu um novo papel de parede. Nada mais justo que eu faça o mesmo.

Salvo a foto no celular no mesmo instante. E então olho para Beckett de novo.

Ele está conversando com Layla sobre adicionar mais gotas de chocolate ao pão de abobrinha, sem se preocupar com o ruído que provavelmente acabou de escapar da minha boca.

Graças a Deus.

CHARLIE

Já estamos na fase das mensagens sensuais? Vai ser assim agora?

NOVA

Foi você quem começou.

Não sabia que a foto que coloquei como papel de parede tinha tido esse efeito nela, mas é bom saber.

CHARLIE

Gostei dessa nova etapa.

NOVA

Aposto que sim.

CHARLIE

Alguma coisa que você queira me perguntar? Já que estamos nesse ponto?

NOVA

Sim.

Dedico toda minha atenção aos três pontos no meu celular.

NOVA

Você viu que a srta. Beatrice está fazendo latte com açúcar mascavo?

Escondo meu sorriso com a mão, os dedos roçando com força meu maxilar. Nova Porter gosta de *provocar.*

CHARLIE

Que crueldade, mulher.

CHARLIE

E não, eu não vi. Obrigado por me informar.

NOVA

☺

— Tudo bem por aí? — pergunta Beckett

Eu mantenho a cabeça abaixada. Estou sorrindo que nem um idiota.

— Tudo bem.

Melhor do que bem.

Nova está correspondendo ao flerte.

8

NOVA

— O QUE VOCÊ tem contra abóboras?

— Não tenho nada contra abóboras. Só não acho necessário encher a fonte com elas. — Uma pausa. — E como se enche uma fonte de abóboras, pra começo de conversa?

— Empilhando, idiota. Eu vi uma foto no Pinterest. Parecia tão artístico.

— Você tem Pinterest?

— Eu gosto de arte.

— O que você entende de arte? Você mal consegue escrever o próprio nome.

— A arte está nos olhos de quem vê. Certo, Nova?

Ignoro as brigas de Gus e Montgomery e passo para a próxima folha em minha pilha. Decidi imprimir os currículos que enviaram para a vaga de recepcionista porque, ao que tudo indica, eu gosto de sofrer. Achei que seria mais fácil do que uma tela, mas a pilha gigante de papel me faz sentir como se estivesse em uma roda de hamster que não leva a lugar nenhum e, ao mesmo tempo, destrói uma floresta inteirinha. Sinto que estou sendo nada produtiva e que estou atrasada com tudo.

E ainda me distraio com o Charlie. Aliás, me distraio *muito*, especialmente depois que *começamos a trocar mensagens picantes*. Recebi uma série de fotos nas últimas trinta e seis horas. Charlie com um suéter branco grosso e aconchegante. Charlie com um cupcake de chocolate e avelã a meio caminho da boca. As botas de Charlie ao lado de um pinheiro. Uma joaninha na ponta de seu polegar. Uma foto do rosto dele bem de perto, encantado com a joaninha na ponta do polegar. Um vídeo de sete segundos dele gritando ao telefone por causa da joaninha na ponta do polegar. Uma foto de corpo inteiro dele em frente ao espelho do banheiro da pousada da fazenda, com os três primeiros botões da camisa abertos, o dedo nos botões da mesma forma que os meus estavam na foto que eu mandei.

Eu queria ver o que Charlie faria se eu pressionasse. Acho que agora ele está fazendo o mesmo.

— Isso não é verdade. Algumas obras de arte são ruins. Fui a uma exposição no Museu de Arte Visionária...

— O quê?

— E tinha um poodle rosa gigante. Um poodle. Feito de tule. Tenho quase certeza de que tinha rodinhas. Como isso é arte?

Gus suspira, como se Montgomery tivesse puxado uma faca e o apunhalado direto no coração.

— Você não pode estar falando da Fifi.

— Quem diabos é Fifi?

— Fifi é uma escultura cinética no Museu de Arte Visionária, em Baltimore — digo sem olhar para cima. — E eu não entendo o que ela tem a ver com abóboras na fonte no meio da cidade.

Estou começando a me arrepender de ter me inscrito nesse comitê. Na época, achei que seria uma boa maneira de conhecer as empresas locais. Eu cresci aqui, mas quero que as pessoas me vejam como mais do que a pequena Nova Porter, a garota que costumava pichar as paredes dos celeiros no ensino médio.

Quero que as pessoas me vejam como uma empresária séria. Esse pode não ser meu primeiro estúdio oficial, mas é o primeiro que realmente parece meu. Eu divido no litoral um estúdio com outros artistas, um espaço que todos nós compartilhamos. Aluguei minha cadeira no canto dos fundos e fui criando minha clientela por meio do sistema de cooperativa. Esse estúdio é só meu. O primeiro que é meu de verdade.

Tatuagem & Selvagem em Inglewild. O lugar onde cresci. A cidadezinha minúscula que amo de todo o coração.

— Estou falando de arte! — grita Monty e eu estremeço. Posso amar essa cidade, mas não amo esse comitê. Quase toda quinta-feira, às 18h30, sinto um grande arrependimento.

Organizo minha papelada em uma pilha e a coloco de lado. Além de Gus e Montgomery, o comitê do festival da colheita é formado pela sra. Beatrice, da cafeteria; Stella, da fazenda; e Alex Alvarez, da livraria. A sra. Beatrice compareceu à primeira reunião, ouviu Gus e Montgomery discutirem por seis minutos, pegou a bolsa e saiu da sala. Desde então, ela não voltou mais.

— Chega de falar de abóboras. — Saiu mais ríspido do que eu pretendia. Alex olha de relance para o livro surrado em seu colo e enfia os óculos no nariz. Montgomery pressiona a mão no peito como se eu o tivesse ofendido. — Nós só... não precisamos nos preocupar com instalações artísticas no momento. Gus, você conseguiu as autorizações de que precisamos com o Dane?

Ele se inclina para trás na cadeira e dá uma mordida enorme em uma fatia de pizza. É a noite da pizza no Matty, e não consigo acreditar que tenho de comê-la na minúscula sala dos fundos da livraria com esses pamonhas.

— As licenças são distribuídas pelo corpo de bombeiros.

Tento me transformar em uma versão paciente de mim mesma.

— Você conseguiu as autorizações do corpo de bombeiros?

Considerando que ele e Monty são dois terços do corpo de bombeiros e ambos fazem parte desse comitê, não deve ter sido difícil. Gus estende a mão para Monty, e eles se cumprimentam com um "toca aqui" bem agressivo.

— Aprovado.

— Certo. — Não faço mais nenhuma pergunta. — Alex, você preparou a comida e a bebida?

Ele coloca o livro de lado com óbvia relutância. Tenho um breve vislumbre de uma mulher na capa em um vestido azul, com as saias levantadas enquanto corre para longe. Ele percebe que estou olhando e vira o livro depressa.

— Quase lá. É só formalizar as coisas, passando de um evento colaborativo para barracas com comida à venda. E convencer a Cindy Croswell de que ela não pode servir chili feito numa panela elétrica.

— Cara, eu adoro o chili dela. — Gus franze a testa. — Qual o problema com a panela elétrica?

— Ela não tem como servir chili de uma panela elétrica na sua minivan. É esse o problema com a panela elétrica.

Gus abre a boca para argumentar, mas é interrompido quando a porta da sala dos fundos se abre. Ela bate com tudo na mesa, fazendo-o dar um grito.

— Foi mal. — A voz baixa de Charlie é cheia de hesitação. Ele dá dois passos à frente, a luz quente da livraria se espalhando com ele. — Aqui é... — Ele se inclina para trás para olhar a placa na porta que diz NÃO ENTRE com uma pequena caveira e ossos cruzados. Um dos meus melhores trabalhos. — Esse é o comitê do festival da colheita?

— Com certeza! — Montgomery consegue dizer, com a cabeça enterrada na última caixa de pizza. — Estávamos falando do chili agora mesmo.

— Não estávamos discutindo sobre o chili — digo.

Charlie inclina a cabeça em minha direção. Hoje ele parece mais Charlie, o Investidor, com uma camisa de cambraia azul-clara enfiada em uma calça azul-marinho. Os dois primeiros botões estão abertos. Um paletó cor de caramelo com a gola levantada. O rosto dele se ilumina, como se tivesse acabado de receber o brinquedo que esperava de presente.

Eu franzo a testa.

— Olá, Nova. Não sabia que você fazia parte do comitê.

A porta se fecha e ele tenta passar por Alex. Não sei por que insistimos em nos encontrar no depósito dos fundos da livraria. Não é como se estivéssemos fazendo algo ilegal. Não há espaço suficiente nem para três pessoas aqui, muito menos para cinco e algumas pizzas.

— Alex também faz parte do comitê do festival da colheita — provoca Alex enquanto Charlie levanta a parte de trás de uma cadeira para poder passar. Os braços de Charlie flexionam debaixo do casaco, e eu preciso olhar para o meu bloco de notas. — Gus e Montgomery também.

— É, estou vendo. — Charlie dá uma olhada no livro de Alex. — Kleypas? Legal, cara. Eu disse que você ia gostar.

Não sei o que pensar ao descobrir que Charlie recomenda romances históricos para seus amigos. Ele termina de contornar Alex e pega o único assento disponível na sala minúscula. A cadeira range quando ele a arrasta pelo chão, bem ao meu lado.

— Oi, Charlie. Quer um pedaço?

Montgomery estende um pedaço de pizza de muçarela meio comido na direção dele, mas Charlie nem chega a olhar. Está muito ocupado sorrindo para mim, tirando aquele casaco de aparência macia dos ombros.

— Estou bem. Obrigado, Monty.

Monty dá de ombros e morde outra vez a pizza.

— Você vai assumir o lugar da Stella no comitê enquanto supervisiona a fazenda?

— Vou. — Ele solta o peso na cadeira, a coxa pressionada na minha por baixo da mesa.

Tento me afastar, mas não tenho para onde ir. Ele abaixa a cabeça para que sua boca fique perto da minha orelha, o braço esticado sobre o encosto da minha cadeira enquanto se arruma. Ele é grande demais para esse cômodo minúsculo.

— Pode me atualizar do que perdi?

Fico olhando para ele, com a mente em branco. Só falamos de abóboras e chili. Nada disso é relevante, e estou muito ocupada olhando para todas as minúsculas diferenças na aparência dele. A vida na fazenda combina com ele. Charlie está despenteado pelo vento, com um leve cacho atrás das orelhas, onde a linha do cabelo encontra o colarinho. Já faz alguns dias que não faz a barba, que agora cobre seu maxilar. Quanto mais eu olho, mais ele esboça um sorriso lento, os olhos enrugados de diversão.

— Bom, nós estávamos... — Perco o fio da meada quando ele ajeita a gola do meu suéter oversized, para que fique reta em minha clavícula. Ele traça a borda de uma pétala de flor que tenho tatuada com o polegar e depois apoia o braço no encosto da minha cadeira de novo. Meio segundo que mal configura um toque e meus ossos parecem vibrar. Engulo em seco e tento falar de novo. — Nós estávamos...

— A Nova estava gritando com a gente — interrompe Montgomery. — Ela disse que não podemos servir chili na parte de trás de uma van.

— Faz sentido — responde Charlie, com os olhos ainda fixos em mim. Para ser mais específica, nas tatuagens que dançam ao longo de minha clavícula e meu ombro. Ele engole em seco e se vira para o resto da sala. — Isso é parte da receita da Cindy? Isso da van?

Eu bufo. Às vezes esqueço que Charlie conhece Inglewild muito bem. Ele pode até morar em Nova York, mas com certeza está por dentro dos acontecimentos da cidade.

O resto da sala se perde em conversas sobre refeições servidas em veículos e começo a divagar enquanto rabisco as margens do currículo de alguém. Estou dolorosamente consciente da presença de Charlie ao meu lado. O calor do corpo dele e o do seu perfume. Ele cheira a algo limpo. Sabonete e cedro. Roupa limpa e a floresta logo após a chuva. Folhas sob as botas e vento nas árvores. Toda vez que ele se mexe na cadeira, sua coxa toca a minha.

Estou perdida.

Algo recorrente com Charlie.

— Nova?

Pisco algumas vezes e ergo o olhar. Todos estão olhando para mim, com diferentes graus de diversão no rosto. Montgomery, presunçoso, levanta uma sobrancelha.

— Olha só quem não está sendo produtiva agora — murmura ele.

— Cala a boca. — Atiro a caneta na direção dele, mas ela passa a uns bons sete centímetros dele. — Do que estávamos falando?

— Você já fez o levantamento das empresas? Finalizou as contribuições para o leilão silencioso? Perguntou quem quer patrocinar a escultura de abóbora?

— Chega de falar da escultura de abóbora. — Estremeço.

Não fiz nada do que ele perguntou. Quando Stella estava aqui, o plano era dividir essas tarefas meio a meio. Mas isso ficou em segundo plano com... todas as outras coisas que tenho para pensar.

— Cuido disso essa semana — digo depressa, ignorando o vazio que sinto no peito. Odeio deixar as coisas passarem. Odeio ficar para trás. Vou precisar repensar minha agenda e descobrir como vou visitar todos os pequenos comércios da cidade em vez de apenas metade. Talvez eu possa... acrescentar sete horas a cada dia. — Vou fazer uma planilha e trago na próxima reunião. Me desculpem.

Montgomery mastiga uma borda de pizza.

— Não se preocupe. Temos tempo.

Mas isso só me deixa mais preocupada. Eu disse que faria e não fiz. Acrescento isso à minha lista mental, tentando ignorar o pensamento que sussurra que estou fazendo coisas demais. Que o fato de eu estar me desdobrando em mil significa que não consigo fazer nada bem-feito.

Charlie arruma o braço no encosto da minha cadeira e seus dedos roçam minha nuca. Eu me arrepio e depois me aproximo mais. O corpo dele fica rígido ao meu lado. Todos os meus pensamentos turbulentos se aquietam e perdem corpo. Eu guardo tudo até que possa lidar com isso novamente.

Eu consigo. Sou capaz.

Ele se inclina mais perto fingindo pegar a caneta que eu não joguei do outro lado da sala.

— Você falando de planilhas, Novinha?

Viro a cabeça e olho para ele.

— Não sei se você já ouviu dizer — lambo o lábio inferior só para provocar, querendo ver a linda cor que os olhos dele refletem na luz suave desse cômodo minúsculo —, mas adoro uma boa planilha.

Ele geme, um som suave e inconsciente que vem do fundo de sua garganta.

— Você gosta de me torturar?

Eu sorrio para ele.

— Muito.

Ele sorri e se reclina na cadeira, ampliando o espaço entre nós e fingindo ouvir o que quer que Alex e Montgomery estejam discutindo. Uma brincadeira do tanque em que a pessoa sentada caia dentro de... sidra de maçã? Charlie cutuca meu joelho com o dele.

— Só para constar — diz —, eu também gosto.

FICO PARA TRÁS enquanto todos saem da sala, com um fichário velho e rachado aberto na mesa à minha frente. Deve ser de 1958. Cada pequena empresa tem a própria página com um endereço e informações de contato.

A primeira página é a do cinema que ficava na esquina da Albermarle com a Park Street. Agora é uma cervejaria, mas ainda exibe filmes domingo sim, domingo não.

Essa pasta é uma pequena história de Inglewild, cada página acompanhada de anotações de quem a fez. Coisas como: *Compre geleia de morango, não de damasco*; *Não pise no terceiro degrau, está mais frágil porque a Barb é pão-duro demais para mandar consertar*; *O melhor sanduíche de bagel que já comi*; e *Se você chegar antes das quatro no sábado, poderá conseguir uma boa mesa.*

Algumas folhas ficaram desbotadas e amareladas com o tempo, enquanto outras estão nítidas e brancas. Viro as folhas até o fim e traço com os dedos a mais recente adição — um logotipo que eu mesma desenhei com flores retorcidas e rastejantes, *Tatuagem & Selvagem* em letras longas e inclinadas. Ainda não há anotações, mas espero que isso mude em breve.

— Alex vai fechar. — Charlie está parado na porta com o ombro apoiado na madeira, uma mão no batente e a outra no bolso do casaco.

Fecho o fichário com um suspiro e me espreguiço. Passei muito tempo sentada hoje.

— Não precisa me acompanhar até em casa.

— Não faço por obrigação — responde ele com um sorriso discreto, os olhos fixos nos meus braços e, depois, nos meus olhos. — É porque eu quero.

Posso ouvir Alex mexendo nas prateleiras, apagando luzes e arrumando livros. Ele diz algo para Charlie, que ri, um som baixo e profundo. Ele rola sobre meus ombros e se instala na parte inferior das minhas costas. Um toque gentil me empurrando para a frente.

— Cuidado — diz ele por cima do ombro —, ou eu conto para a *abuela*.

— Fofoqueiro. — Alex ri, pondo fim à discussão. Ele pisca para mim por cima do ombro de Charlie. — Boa noite, Nova. Tranque tudo antes de ir embora.

Ele desaparece pelos degraus que levam ao seu apartamento acima da loja, e ficamos apenas eu e Charlie e um único fio de luzes na frente da loja. Eu o vejo me observando na porta aberta. Ombros fortes. Pernas longas. Membros relaxados. Acho que nunca o vi tão imóvel.

— Tudo bem — digo, inclinando a cabeça. — Você pode me acompanhar até em casa.

— Obrigado.

— Não tem de quê.

Fico de pé e visto meu casaco, com uma das mangas torcida no pulso.

— O quê? — pergunto, a tarefa se tornando mais difícil quanto mais ele me observa.

Ele pisca os olhos uma vez. Lenta e pesadamente.

— O que o quê?

— Por que está me olhando desse jeito?

— Que jeito?

Como se ele tivesse acabado de ganhar alguma discussão que eu não sabia que estávamos tendo. Ele dá um passo à frente e segura meu antebraço, levantando minha manga e desenrolando-a com cuidado. Minha mão passa pelo buraco e ele a agarra.

A mão dele é bem maior que a minha, meus dedos tatuados contrastam com sua pele sem tatuagens. Ele pressiona as palmas das nossas mãos, comparando o tamanho, o polegar batendo na lateral da minha palma.

— Estou só olhando para você. — Ele solta minha mão com um aperto.— Não vai ficar se achando por isso. — E sorri, com aquelas rugas ao redor dos olhos, e aponta a porta com a cabeça. — Vamos.

Está frio quando saímos pela porta da frente, com uma rajada de vento descendo a rua principal e batendo no meu casaco fino demais. Nuvens passam sobre nós, espessas e brilhantes no céu escuro da noite. Tudo brilha em cinza e eu encolho os ombros, tentando me proteger.

Charlie me olha, o rosto meio escondido por trás da gola. Maçãs do rosto e sobrancelhas escuras. Cabelo despenteado pelo vento.

— Quer meu casaco? — pergunta.

Olho feio para ele, que ri.

— Certo, sem casaco.

Ele passa o braço por cima do meu ombro e me puxa para perto. Charlie parece um aquecedor por baixo de toda aquela lã grossa, e eu cedo à tentação e me aproximo mais. Seu corpo se enrijece de surpresa quando ele nos empurra com delicadeza na direção da minha casa, mas eu o abraço pela cintura para virarmos na direção oposta.

Ele tropeça na mudança de direção, mas se reequilibra no mesmo instante. Seus olhos se voltam para a pizzaria no final da rua.

— Não acabamos de comer pizza na livraria?

— Sem pizza. — Eu tiro o braço de trás dele e seguro o fichário com a lista de pequenos negócios contra o peito. — Preciso passar no estúdio para deixar isso.

E garantir que ainda é real, ainda está de pé e tudo está no lugar. Não consigo dormir direito se não conferir pelo menos uma vez ao dia, é o resultado de anos de trabalho duro e o alicerce de todas as minhas esperanças, meus sonhos.

Charlie já esteve no estúdio várias vezes para deixar documentos ou dar em cima de mim, então não penso muito nisso enquanto coloco a chave na fechadura. Ele fica atrás de mim, fazendo o possível para bloquear o vento enquanto mexo nas chaves. Sinto cada expiração dele quente na minha nuca. A lã do casaco pesado dele. Só percebo que ele é a primeira pessoa a ver o resultado final quando entro e acendo as luzes. O estúdio de tatuagem dos meus sonhos. O primeiro que é só meu.

Beckett tem me perturbado há séculos, mas ainda não parecia o momento certo. Coloquei tanto de mim nesse pequeno espaço que não consigo abrir as portas antes de tudo estar perfeito. Quero muito que meu irmão goste. Ele mais do que qualquer um. Ele foi o primeiro a investir em mim, e eu não suportaria se ele não gostasse.

— Você colocou as luzes — aponta Charlie, com um sorriso na voz. — E as flores também.

Meu coração dispara e as minhas mãos ficam úmidas quando Charlie passa por mim em direção ao espaço aberto, com a cabeça inclinada para o lado enquanto observa tudo. Tenho vontade de agarrá-lo pelo casaco e arrastá-lo para o beco. Cobrir os olhos dele com as mãos e gritar a plenos pulmões.

Charlie inclina a cabeça para trás para olhar o teto e os enormes cestos de plantas pendurados nas vigas expostas. Eucalipto, erva-do-diabo e hera transbordando em um dossel verde. Uma parede inteira de plantas do chão ao teto no fundo do estúdio, suculentas surgindo por trás de um véu de samambaias. Paredes vivas entre cada estação de tatuagem, cheias de verde. Ficou do jeitinho que planejei. Plantas por todos os lados. A parte selvagem do Tatuagem & Selvagem.

— Não é o que eu esperava — comenta ele baixinho.

Sinto um frio na barriga enquanto caminho até a mesa da recepção, deixando ali minha pasta e papelada. Colo um post-it em cima e ignoro minhas mãos trêmulas, escrevendo um recado para ligar para os três principais candidatos amanhã.

— O que você estava esperando?

Alheio ao meu nervosismo, Charlie passeia pelo espaço, com as mãos atrás das costas. Ele para em frente à parede de exposição onde recriei todos os meus desenhos de tatuagem favoritos em espelhos dourados gigantes, usando uma tinta branca delicada. Tive que pegar o caminhão de Beckett emprestado para trazê-los para cá. Dirigi por três cidades e os resgatei de debaixo de uma pilha de armadilhas para caranguejo em um mercado de rua.

Charlie traça gentilmente a moldura de um dos espelhos com o dedo e olha por cima do ombro com um sorriso.

— Não sei. Alguma coisa descolada, óbvio. Mas isso é... Não acredito que você tenha ficado esse tempo todo falando que o estúdio não estava pronto. Pra mim está pronto. Está incrível — diz ele. Ele se volta para o maior dos três espelhos e aponta para uma cobra enroscada nos espinhos de uma rosa. — Eu quero essa.

Aliviada, me encontro com ele no espelho. No reflexo, nossas diferenças são quase cômicas. O topo da minha cabeça mal chega ao queixo dele. O casaco de lã dele até os joelhos deve ser de grife, e eu comprei uma jaqueta oversized que encontrei no fundo de um bazar de caridade. Ele olha nos meus olhos e sorri.

— O que você acha? — Ele ergue o braço, flexiona e bate na parte interna do bíceps com a mão. — Bem aqui.

— Você não vai fazer.

Ele faz beicinho.

— Por que não?

— Achei que você fosse querer um Taz. Aquele personagem dos Looney Tunes. — Faço um movimento giratório com o dedo e ponho o dedo no centro do seu peito. — Bem aqui.

— Não posso ter várias tatuagens?

Eu me aproximo dele e deixo meu dedo deslizar pelos botões da camisa. Flertar com Charlie é divertido e uma boa distração das ansiedades que borbulham no meu peito.

— Talvez, se você se comportar direitinho, eu escolha algo especial para você.

Ele faz um som baixo de interesse e segura meu dedo errante.

— É disso que você gosta? Dos comportados?

Deixo escapar uma risada, mesmo com o calor se espalhando pela minha barriga. Tentação, antecipação. Não sei qual dos dois, e não me importo.

— Eu gosto de muitas coisas. É disso que você quer falar?

Ele me olha fixamente.

— Só se você quiser.

Reviro os olhos com um suspiro. E lá vamos nós de novo. Charlie e eu estamos jogando esse jogo desde aquela dança lenta sob as estrelas. Dou um passo para trás, indo até a recepção, aumentando o espaço entre nós.

Charlie passa as mãos pelo cabelo.

— Eu posso ajudar.

Não ergo o olhar da mesa de madeira reciclada que peguei de um celeiro na Fazenda Lovelight, minha atenção está focada em uma agenda de couro, grande e com páginas rosa-claro. As duas primeiras semanas de agendamentos já estão cheias, e isso é um tipo diferente de pressão.

Quero fazer um bom trabalho. Quero ser digna do investimento.

— Em que você pode me ajudar? — murmuro.

— Com o negócio das empresas... para o festival da colheita. Você iria dividir essa tarefa com a Stella, certo?

Olho para ele, ainda de pé ao lado da parede que pintei, com as mãos nos bolsos e uma expressão séria no rosto. Charlie, esperando que eu diga alguma coisa. Charlie, esperando que eu aceite a ajuda que ele oferece com tanta boa vontade. Charlie, esperando que eu flerte com ele mais um pouco ou que peça espaço. Sei que ele aceitaria o que eu quisesse dele, e acho que é isso que faz com que eu me decida.

Fecho a agenda de repente. Quero me livrar dessa sensação de incômodo e ansiedade dentro de mim. Quero tirar esse peso nos ombros só por uma noite. Quero que minha mente vá para outro lugar.

Quero saber qual é a sensação das mãos dele no meu corpo. Quero fazer uma escolha egoísta.

— Sim — respondo.

— Sim?

— Gostaria que você me ajudasse.

Um sorriso divertido brinca em seus lábios.

— Certo.

— Com a questão das empresas e com uma outra coisa também.

Ele assente, confuso.

— Tudo bem. Posso ajudar no que for preciso, Nova. Você sabe disso.

— Ótimo, porque quero que você venha para casa comigo — ignoro o frio na barriga — e que não vá embora tão cedo.

9

CHARLIE

NÃO SEI COMO vim parar na cozinha de Nova com um pote de manteiga de amendoim e um saco de marshmallows, mas longe de mim reclamar. Nova me encara do outro lado da mesa com o queixo apoiado na mão, uma combinação um tanto excitante de impaciência e diversão gravada em seu rosto. Ela ergue a sobrancelha esquerda a cada novo marshmallow que tiro do saco, e fico me perguntando quando serei expulso da casa dela.

Eu adoro provocá-la. Ela faz as caretas mais fofas quando faço isso.

— Uma delícia esses marshmallows — digo, com a boca meio cheia. Não é a minha rotina usual de sedução, mas, quando se trata de Nova, nada é usual. — Obrigado pelo lanche.

— Você mesmo se serviu — responde ela, recostando-se na cadeira. Ela tirou a jaqueta na entrada e não consigo parar de olhar para seu ombro nu ou as linhas das tatuagens que dançam em sua pele. Vinhas retorcidas. Flores brotando entre elas.

Eu poderia passar a noite toda memorizando os traços que decoram seu corpo. E sou bem capaz de fazer isso.

Mas ela precisa me pedir primeiro.

Ela ainda não me pediu.

Mergulho outro marshmallow na manteiga de amendoim. Nova suspira.

— Charlie.

— Hmm?

Ela suspira de novo e eu franzo os lábios para conter o sorriso.

— O que você tá fazendo?

Coloco o marshmallow na boca.

— Esperando que você me pergunte.

E esperando que ela mude de ideia. Não quero pressioná-la. Não quero fazer suposições sobre o que ela quer ou não quer.

Quero ouvi-la dizer.

— Nunca tive que me esforçar tanto para uma noite de sexo casual na minha vida — suspira ela.

— É isso que vamos fazer?

Ela não acha nada engraçado.

— Charlie.

— Você sabe o que eu quero ouvir — digo. Ainda que ouvi-la dizer meu nome naquele tom atrevido provoque coisas em mim também. Ocupo as mãos fechando o pote de manteiga de amendoim enquanto Nova empurra sua cadeira para trás.

O rangido quebra o silêncio da cozinha. Minha garganta aperta enquanto ela se move ao redor da mesa. Será que vai me pedir para ir embora? Será que essa é a gota d'água? Será que fui longe demais, pedi demais? Ainda não entendo por que Nova quer algo comigo.

Mas, em vez de pegar minha jaqueta no gancho do corredor e jogá-la na minha cara, Nova vem até mim de meias e apoia o quadril ao meu lado, na borda da mesa. A barra da saia dela roça meus dedos, e tenho que me inclinar para trás na cadeira para conseguir ver bem o rosto dela.

Ela está com as bochechas rosadas, os olhos escuros e o cabelo formando um emaranhado dourado profundo sob a luz que vem de cima do fogão.

Acho que nunca a vi tão bonita, e eu já olhei muito para Nova Porter.

— Charlie — diz ela, com a voz melosa —, você gostaria de ficar para uma noite de sexo tórrido?

Acho que ela cansou de provocar. Engulo em seco e me remexo na cadeira.

— Eu gostaria. Obrigado por perguntar.

Ela se levanta, deslizando de volta para a mesa à minha frente. Seu joelho cutuca o saco de marshmallows. O pé bate na lateral da minha cadeira.

— Preciso dizer uma coisa antes. — Limpo a garganta, olhando fixamente para o ponto em que a saia dela fica mais alta em suas coxas. — Antes da nossa noite de sexo tórrido.

Ela ergue as sobrancelhas.

— Se disser que preciso latir enquanto transamos, vamos ter problemas.

Dou uma gargalhada e apoio a mão na coxa dela. Abro bem os dedos e aperto suavemente. Ela se arrepia.

— Não. Não precisa latir. Você quer que eu faça isso?

Ela balança a cabeça. A cor em suas bochechas fica mais intensa com meu toque.

Respiro fundo.

— Eu subornei o DJ.

Sua testa se enruga.

— Você o quê?

— Eu subornei o DJ. Na noite do casamento. Eu disse que se ele me visse dançando com você, deveria mudar no mesmo instante para uma música mais lenta.

— Ah. — Seu rosto se ilumina, encantado. — Como você sabia que eu dançaria com você?

Aperto a coxa dela de novo.

— Sou um homem persistente.

— É mesmo.

Ela abre as pernas um pouco mais na minha frente. Meu coração para e depois volta a bater ainda mais forte. É bem provável que eu não sobreviva a esta noite.

— Isso me leva ao meu próximo ponto — consigo dizer com a garganta apertada. Meu Deus, olha só para ela. É a tentação envolta em tatuagens e em um suéter aconchegante, com os pés balançando para a frente e para trás nas meias. Aposto que se eu empurrasse mais os joelhos dela, poderia ver a cor da calcinha que se esconde embaixo daquela saia bonita.

Ela arqueia uma sobrancelha.

— Que é?

Esqueci o que ia dizer.

— O quê?

— Você ia confessar outro segredo sombrio.

— É mesmo. — Eu passo o polegar na meia dela. — Eu queria uma desculpa para tocar em você. Naquela noite. Por isso que queria uma música lenta.

Um sorriso se forma no canto de sua boca.

— Você está me tocando agora.

— É aí que está. Toquei em você uma vez e isso só me fez querer ainda mais. Quero continuar tocando em você. Quero fazer você se sentir bem. — Estou por um fio aqui. Deslizo a mão mais para cima até o interior da saia dela. Sua pele é quente, a meia macia. — Eu quero muitas coisas, Nova.

Quero ouvi-la dizer meu nome de novo. Quero ouvi-la implorar. Quero decifrar cada pedacinho dela até que ela fique desnorteada. Quero deixar minha marca nela, não só com minha boca e meus dentes, mas com a lembrança desta noite e de todas as coisas deliciosas que planejo fazer com ela. Pode ser só uma noite, mas quero que ela pense em mim amanhã. Quero que ela passe algum tempo pensando em mim.

Ela balança as pernas.

— Bom, não posso negar que gosto do rumo dos seus pensamentos. — Ela lambe o lábio inferior e eu observo o movimento, um calor intenso subindo pela minha espinha.

Meus dedos roçam em algo rendado na parte superior de sua coxa. Olho para minha mão e esfrego o polegar para a frente e para trás, pensando. Quando levanto a barra da saia para espiar, ela ri da expressão de espanto que surge em meu rosto.

Meias sete oitavos.

Ela está de meias sete oitavos.

Tiro a mão da coxa dela e a apoio em uma área mais segura, junto ao tornozelo. Descanso a testa no joelho dela e fico ali, balançando a cabeça e tentando me controlar.

— Preciso de um minuto — murmuro.

— Quantos quiser. Não queria te deixar tão atordoado.

Ela passa os dedos pelo meu cabelo.

Eu aperto o tornozelo dela.

— Mas deixou — murmuro.

Isso é bom. É ótimo. Uma única noite e talvez eu consiga tirar Nova da minha cabeça um pouco. Vou me livrar do que quer que seja essa paixonite, e nós dois vamos poder habitar esta cidade com as pessoas que amamos sem toda essa... tensão circulando e me deixando tonto. Sem ficar de rodeios. Apenas uma convivência pacífica.

Nova desliza os dedos pelo meu pescoço.

— Você quer colocar algumas regras? Para hoje?

— Bom, já decidimos que não vamos latir. — Eu me reclino. — Que tipo de regras você tem em mente?

Ela dá de ombros.

— Não sei. Acho que nunca fui tão próxima de alguém com quem fiz sexo casual. Você vai ficar mais confortável se tivermos regras?

Eu apoio o queixo na coxa dela e olho para cima, seguindo as linhas do corpo dela. Ela vacila com a sugestão da posição, os cílios tremulando.

— Ah... — Dou um sorriso e uma bitoca no joelho dela. A perna dela salta. — Gosta da minha cabeça no meio das suas pernas, Novinha?

Ela me dá um peteleco na testa.

— Pare de me distrair. Vamos às regras.

Esfrego o ponto entre minhas sobrancelhas.

— Não sei. Foi você quem falou em regras.

— Seria melhor... não nos beijarmos? — O rosto dela se contrai todo, com uma ruguinha entre as sobrancelhas. — Seria um exagero?

Dou risada.

— Está dando uma de *Uma linda mulher* comigo, Nova?

— O quê? Não. Eu nem sei o que isso quer dizer.

Eu me recosto na cadeira.

— Você gosta de ser beijada? — pergunto.

Ela me avalia. A língua dela espreita no canto dos lábios rosados e eu ajusto minhas pernas. O olhar dela desce pelo meu pescoço, avaliando. Se demora na minha camisa, que está com dois botões abertos. Um calor percorre minha coluna.

— Gosto — responde ela, olhando nos meus olhos. — Eu gosto de ser beijada.

— Então vou beijar você.

Ela assente.

— Que bom.

— O que mais? — pergunto.

Estou quase perdendo o pouco controle que tenho. Quero levantar a saia preta dela para ver a rendinha das meias sete oitavos de novo. Quero saber se ela está com uma calcinha que combina. Quero ver a rosa que ela tem tatuada no meio dos seios e descobrir todas as outras tatuagens que, sei, estão por baixo dos tecidos. Quero traçá-las com os dentes e depois com a língua. E com as mãos.

Seu peito sobe e desce conforme ela respira, o suéter oversized escorrega pelo ombro até ficar preso na curva do cotovelo. Eu me inclino e prendo dois dedos na gola, puxando-o para baixo até vislumbrar uma renda bege. Engulo em seco e arrumo o suéter para cobri-la de novo.

— Seu sutiã tem borboletas — digo, com uma voz sombria. Estou muito ferrado.

Ela pisca para mim, com os olhos pesados.

— Tem, sim.

— Bem pequenas.

Um sorrisinho surge no canto de sua boca.

— É.

— O que mais, Nova?

— O que mais... tem borboletas?

Meu Deus. Agora estou imaginando borboletinhas na calcinha dela também. Talvez na parte de cima daquelas meias justas que ela está usando, que vão até o meio da coxa.

— Não. Que outras regras você quer pôr?

— Não sei, as regras eram para você.

Assinto e coço o maxilar com a palma da mão.

— Tudo bem. Vamos facilitar as coisas.

Eu me levanto e a cadeira tomba atrás de mim. Coloco as mãos na mesa ao lado dos quadris dela e me inclino para a frente até minha testa tocar a dela. Ela segura meus braços, e o pote de manteiga de amendoim rola para fora da mesa. Depois de todos os nossos leves toques, isso é como pular na parte mais funda da piscina. Como se balançar em uma corda e mergulhar de cabeça na água cristalina.

Com cuidado, seguro o rosto dela para impedi-la de se mexer. Traço com o polegar seu lábio inferior.

— Eu vou cuidar de você. Você vai cuidar de mim. Vamos fazer o que der prazer e, se você se sentir desconfortável, me avise. Não precisamos de regras para isso.

Ela assente, o nariz roçando no meu.

— Tá bom.

— Tá bom — repito. — Mas eu quero uma coisa.

Ela sorri, a boca a um milímetro da minha.

— Eu quero mais do que uma coisa.

Deixo escapar uma risada. Sim, eu também quero. Mas quero essa única coisa mais do que todas as minhas fantasias juntas. Caso contrário, não vale a pena para mim.

— Você vai falar comigo amanhã. Não vai se esconder de mim. Eu me recuso a ser um arrependimento, Nova.

Ela se reclina ligeiramente, só o suficiente para que seus olhos possam encontrar os meus. Um lampejo de compreensão brilha ali.

— É claro que vou falar com você. Ainda seremos amigos amanhã. Vai ser só uma noite. Só para matarmos a vontade e depois tudo volta ao normal, pode ser?

A expectativa faz minha pele esquentar. Passo as mãos por baixo das coxas dela e a levanto. Ela solta um gemido fofo e se enrosca em mim.

— Que bom. Vamos lá.

10

NOVA

Charlie me levanta da mesa da cozinha como se eu fosse um maço de correspondências, as mãos grandes dele embaixo das minhas coxas, apertando bem forte, mas sem passar do limite. Ele olha do corredor para o enorme sofá que ocupa grande parte da minha sala, com o maxilar cerrado.

— Quarto ou sofá? — pergunta ele.

Dou de ombros e passo os dedos pelo cabelo na nuca dele, arranhando com as unhas. Seu corpo grande fica tenso e depois relaxa embaixo de mim. O sofá tem suas vantagens — a proximidade é uma delas —, mas quero espaço para me mexer. Quero os meus lençóis macios e sentir o peso dele me acomodando no colchão.

— Quarto — respondo, como se ele já não estivesse indo na direção da escada. Ele tira as botas com entusiasmo, chutando-as para longe. Uma delas bate na quina do sofá e a outra tomba para o lado. Mas ele não se importa, está concentrado demais em subir os degraus, as mãos deslizando pelas minhas coxas até que estejam na minha bunda nua, os dedos apertando mais forte a cada degrau, como se ele não conseguisse se conter.

— Que tipo de calcinha você está usando? — grita ele, parecendo furioso. Seus pés com meias galgam a escada ainda mais depressa e os dedos procuram até encontrar a fina faixa de renda na minha cintura. — Meu Deus — murmura ele.

Achei que essa parte seria estranha. Temos muita intimidade e sei muitos detalhes a respeito dele, tipo o fato de ele devorar os folhados do café da manhã em três mordidas gigantes. Ou como ele gosta de organizar as planilhas por cores, com cinquenta por cento de opacidade. Acho que nunca soube das preferências de planilha de alguém com quem fiz sexo casual antes.

Mas isso é bom. É gostoso ficar enrolada nele que nem uma trepadeira. E fica ainda melhor quando sinto o pau duro de Charlie no meio das minhas coxas. É grosso e grande e roça do jeito certo a cada passo que ele dá, e nós ainda nem começamos. Seguro seus ombros para me ajeitar nele, me deleitando ao vê-lo tropeçar nos últimos três degraus e quase me derrubar.

Ele me apoia no corrimão de madeira no topo e olha para as quatro portas fechadas como se uma fosse o portão de entrada para Nárnia e as outras uma estrada para o inferno. Eu me inclino e mordo a ponta de sua orelha, o ponto exato que fica vermelho toda vez que digo algo que o choca.

Ele suspira alto.

— Qual porta, Nova?

— Escolha uma e descubra.

Ele resmunga e geme ao mesmo tempo. Acho que nunca o vi tão desnorteado. Ele aperta minha bunda de novo.

— Agora não é hora de ser fofinha.

— Por quê? Estou tendo… oh.

Charlie me ergue, um dos braços sob a minha bunda enquanto a outra mão se encaixa com delicadeza no meu queixo. Ele me agarra ali, e eu tenho um vislumbre de um azul brilhante e ardente antes de ele me puxar na sua direção e me beijar.

Acho que ele quer que eu fique quieta ou quer me forçar a tomar uma decisão. Mas não dá certo, porque Charlie está me beijando como se não pudesse esperar nem mais um segundo. Como se estivesse bravo por eu já tê-lo feito esperar tanto tempo. A boca dele é quente, molhada, viçosa e… o ritmo costuma ser mais lento, quando damos o primeiro beijo em alguém.

Costuma ser uma provocação, uma tentativa de dar e receber. Estou acostumada com homens que tentam descobrir aos poucos do que eu gosto, do que eles gostam e como podemos nos encaixar.

Mas não Charlie. Charlie me beija como se tivesse planejado isso desde que me conheceu. Ele beija e suga meu lábio inferior, prendendo-o com os dentes e depois suavizando com a língua. Abro a boca para acomodar a dele, meus quadris procurando pela fricção, o braço nos ombros dele, tentando puxá-lo para mais perto. Nossas línguas deslizam juntas como se pudéssemos brigar desse jeito também, começando com força, mas se acalmando em um ritmo lento e minucioso. Uma pressão molhada e obscena de nossas bocas me faz mover contra ele o máximo que posso, desesperada para aliviar a tensão entre minhas pernas.

Charlie tropeça até uma parede e me pressiona contra ele, a força do nosso impacto tirando todo o ar dos meus pulmões. Um quadro cai no chão. Outro se inclina precariamente para o lado.

Charlie nem liga. Nem eu.

A mão no meu rosto se move e o polegar dele encontra meu maxilar, pressionando até eu abrir mais para ele. Ele me guia do jeitinho que quer, com um som de satisfação ressoando em seu peito quando eu me derreto nos braços dele. Ele desliza a mão espalmada pelo meu pescoço, o polegar descansando suavemente sob os meus frenéticos batimentos. Ele me prende ali, com a mão em concha no meu pescoço, o toque dele devastadoramente delicado.

Quero que ele pare de ser cuidadoso.

— Nova — ele fala na minha boca, ofegante, a outra mão apertando o tecido da minha saia —, me diga onde fica o quarto.

— Ou o quê?

— Ou eu vou comer você aqui mesmo no corredor.

Sinto um aperto intenso entre minhas pernas, uma corrente elétrica descendo pela minha coluna. Encosto a cabeça na parede e sorrio. A mão dele se flexiona no meu pescoço, o polegar subindo e descendo.

— Isso não é um problema — respondo.

— Nova.

Puxo o cabelo dele e dou um beijo em sua boca. Ele está com o lábio inferior inchado e sou capaz de apostar que o meu também está. Acho que nunca fui beijada com tanta intensidade em toda minha vida.

— Primeiro, me beija de novo. Mas... bem rápido.

Não consigo suportar a ideia de não fazer isso de novo, agora, sem parar. Beijar Charlie fez com que todos os meus pensamentos desordenados sejam jogados ao vento. Não sou nada além de sensações. Tons e cores e sentimentos quentes e líquidos.

Ele se entrega para mim, a boca dele encontrando a minha, a mão segurando meu pescoço e me mantendo no lugar enquanto nossos corpos se movem juntos. Prendo seu lábio inferior com os dentes e ele solta um som angustiante. Quero deixá-lo de joelhos. Quero que nós dois fiquemos sem energia e fora de órbita.

— Você tem gosto de cereja — murmura ele, com o nariz cravado em minha bochecha, a boca traçando beijos descuidados, molhados e distraídos ao longo do meu rosto. Ergo a cabeça para dar mais espaço a ele, envolvendo minhas pernas com mais força em sua cintura.

— E você tem gosto de manteiga de amendoim.

Manteiga de amendoim e chocolate amargo. Talvez por causa da sidra com especiarias que ele estava bebendo na livraria. Rebolo contra o corpo dele, que retribui, a fricção perfeita no lugar certo. Então, ele se afasta e me puxa para longe da parede, meu corpo pendurado no dele.

— Quarto, Nova — resmunga ele de novo, dessa vez logo abaixo da minha orelha. — Qual porta?

— A última à esquerda — falo, com a voz leve e firme. Arranho o pescoço dele, que morde a curva do meu ombro em resposta.

Em vez disso, ele vira para a direita e quase nos joga dentro de um armário de lençóis. Eu grito e me enrosco nos ombros dele, enquanto toalhas de mão azul-claras e um tapete de banheiro em forma de suculenta caem ao nosso redor. Acho que uma caixa com a inscrição DECORAÇÕES DE NATAL bate no pé dele.

— Eu disse esquerda. — Dou risada, tentando direcioná-lo com as mãos em seu cabelo. Estamos como uma bolinha de fliperama superempolgada, pulando de uma barrinha iluminada para a outra. Cores e sons misturados com um tilintar agudo, *ding, ding, ding,* ressoando nos meus ouvidos.

— Você tem portas demais — murmura ele, virando-se e por fim encontrando meu quarto. Charlie se espreme pela porta e a fecha com um chute, me jogando na cama em seguida. Alguns travesseiros caem quando quico, o cabelo cobrindo metade do meu rosto. Charlie sobe na cama comigo. A luz da lua que entra pelas frestas da cortina ilumina o rosto dele, me permitindo ver o desejo em seus olhos, os músculos definidos marcados na camisa.

— Nova — diz ele enquanto se posiciona entre meus joelhos, com as mãos apoiadas na cama ao lado da minha cabeça. Uma mão se levanta para tirar o cabelo do meu rosto. — Não sei o que fazer com você desse jeito.

— Você não sabe o que fazer? — Eu me mexo, abrindo mais as pernas para que ele tenha mais espaço, minha saia subindo pelas coxas. A parte de cima das minhas meias está visível, uma faixa de renda preta com delicadas borboletas costuradas por cima. — Acho difícil de acreditar.

Charlie respira fundo.

— Não sei o que fazer com você sendo tão boazinha — explica. Ele se aproxima mais e se ajoelha. Segura a barra da minha saia e levanta, a língua espreitando no canto da boca. — Gostei.

— Do quê? Das meias?

Ele concorda, depois faz que não, depois concorda de novo.

— Da meia também, mas estava falando da sua arte.

Ele traça o sol no meu quadril com o polegar, os raios dourados brilhando até um jardim de flores na parte de cima da minha coxa. As meias são apenas um detalhe. Adoro o fato de ele ter chamado de minha arte e não minhas tatuagens, porque eu também penso dessa forma. Tudo o que se agita no meu coração, expresso na minha pele.

— Ah. Obrigada.

Ele dá risada.

— Viu? É disso que eu estou falando. — Ele move a mão para o outro lado da minha saia, puxando-a até ver a tatuagem de nuvem de tempestade na outra coxa. Uma lua crescente aparecendo por trás. — Acho que você nunca concordou comigo em nada.

— Bom... — Perco a linha de raciocínio, concentrada em vê-lo levantar ainda mais a minha saia. Ele a sobe até que ela vire uma faixa preta em volta da minha cintura, a linda calcinha bege combinando com meu lindo sutiã bege. Também há borboletas ali.

Charlie suspira, como se tivesse enfrentado alguma dificuldade.

— Gosto das borboletas — comenta, a voz áspera.

— Você já falou.

— Falei? — pergunta ele, sem tirar os olhos da renda que se estende por minha pele. — Vale a pena repetir.

Eu brinco com a borda da minha calcinha de cintura alta.

— Foram bem caras.

— Um investimento que valeu a pena.

Eu sorrio para ele.

— Obrigada. Eu também acho.

Ele pisca algumas vezes e segura minha coxa, apertando-a.

— Você costuma usar roupas íntimas bonitas assim?

Eu assinto.

— Quase sempre.

Gosto de como isso me faz sentir. Gosto de vestir algo só para mim. Gosto dos tecidos delicados e das cores diferentes. Gosto de me olhar no espelho quando me visto e ver a renda por cima das minhas intrincadas tatuagens. Isso me faz sentir poderosa. Faz com que eu me sinta forte.

Charlie faz um som.

— Isso vai ser duro.

Olho para a calça dele, para a marca do pau grosso e duro pressionando a braguilha.

— Parece que já está bem duro.

Ele me ignora, a mão saindo da minha coxa e indo até a barra do meu suéter, escorregando por baixo dela até a parte de baixo da minha barriga. Ele aperta.

— Saber que você gosta de usar coisas assim por baixo das roupas, pensar nisso, imaginar como seria... — Ele respira fundo. — Vai ser um milagre se eu conseguir me concentrar em qualquer outra coisa de novo.

Olho para baixo.

— Desculpe pelo transtorno.

— Não é transtorno nenhum — responde ele sem hesitar. Seus olhos se encontram com os meus e permanecem lá. Nos encaramos na calma do meu quarto, e estou encantada com a facilidade e o prazer de ter Charlie assim. Um sorriso discreto surge em um dos cantos da boca dele. Acho que ele sente o mesmo. — Certo, Novinha. O que você quer que eu faça?

Ergo uma sobrancelha.

— Você precisa de instruções?

Ele dá de ombros e começa a desabotoar os botões da camisa, os dedos trabalhando com agilidade no material azul-claro.

— Não preciso, mas gosto. Quero ouvir você me dizer o que quer.

Um calor intenso explode como um foguete no meu peito. Não lembro de ter tido um parceiro que entregou o controle da situação de maneira tão espontânea antes.

Charlie tira a camisa com um movimento dos ombros, seu tronco se flexionando enquanto ele a joga em um canto distante do quarto. Eu me endireito embaixo dele, apoiada nos cotovelos, para poder observá-lo melhor. Sempre soube que ele era forte. Os ternos que ele usa são ajustados com perfeição, abraçando a curva dos bíceps, a extensão de seus ombros. Mas o corpo dele é… toda uma outra coisa, vendo assim.

Ele tem a pele lisa, sem manchas. Uma leve camada de pelos escuros no meio do peito descendo até o umbigo. O cinto está desabotoado, a calça caída na cintura, destacando o oblíquo. Passo meus dedos ali, de um lado para o outro… até que ele incline a cabeça para trás e grunhe olhando para o teto, engolindo em seco pesadamente.

— E se eu quiser que você só fique olhando? — Eu me sento mais para trás e dou um beijo no meio do peito dele, depois apoio o queixo ali, observando-o. Ele volta a me olhar. — Isso seria bom?

Seus olhos brilham. Relâmpagos em uma tempestade.

— Seria muito bom. — Ele segura todo meu cabelo com uma mão só e depois o solta, observando os fios caírem sobre seus dedos. — É isso que você quer? Quer primeiro me mostrar como você gosta?

Sinto vontade de tentar. Adoraria testar todo esse autocontrole tão meticuloso dele. Mas acho que tem algo que quero mais.

Bato na coxa dele e me levanto da cama, apontando para a cabeceira até que ele obedeça minha ordem silenciosa com um risinho rouco. Ele engatinha até lá, com o cabelo todo desarrumado e os ombros se flexionando. Ele se joga nos travesseiros, as pernas esparramadas, tão parecido com todos os pensamentos sujos que já tive. Ele abre o botão de cima da calça e coloca o braço atrás da cabeça.

— Isso está mais parecido com o que eu esperava — diz ele.

— O quê? — Tiro a saia e a atiro na mesma direção da camisa dele.

— Você, mandando em mim. — Ele observa com interesse enquanto seguro a bainha do suéter. Eu o puxo por cima da cabeça.

— Fico feliz por ter atendido as suas expectativas. — Apoio um pé na beirada da cama e pego a parte de cima de uma das meias. Charlie se endireita.

— Não — fala ele.

Minhas mãos param no lugar.

— Não o quê?

Ele arrasta a mão pelo queixo, roçando na barba que ele começou a ostentar desde que começou a viver na fazenda. Eu gosto. Combina com ele.

Quero senti-la no meio das minhas pernas.

— Fica com as meias — pede ele, em voz baixa. Seus olhos sobem pelo meu corpo até se fixarem nos meus. — Por favor.

— Tão educado. — Eu as deixo onde estão e me arrasto de volta para a cama. Charlie me observa subir pelo seu corpo. Ele me segura pela cintura quando enfim me acomodo em seu colo, os polegares traçando formas indistintas no meu corpo. Beijo seus lábios. — Bom menino.

Charlie dá um gemido baixo e aperta minha cintura com mais força.

— Nova. Você precisa me dizer o que quer.

Roço os lábios nos dele de novo.

— Ou o quê?

— Não sei... — Ele respira contra mim, com os olhos bem fechados. Eu gosto muito dessa versão de Charlie, tão entregue. — Eu não pensei direito na segunda parte dessa afirmação.

— Que tal isso? — Seguro os pulsos dele e guio suas mãos até meus seios. Eu as coloco ali, sobre meu sutiã de renda. Ele abre um olho e depois o outro. Sorrio para ele. — Já que você gosta da minha rosa.

— Eu amo sua rosa — diz. — Mas talvez eu goste mais disso.

Ele aperta meus seios, testando o peso deles, os polegares traçando círculos nos mamilos por cima do tecido do sutiã. Arqueio as costas e ele leva a boca ao meu pescoço.

— Aquele vestido prateado quase acabou comigo, Nova.

Dou risada e me mexo no colo dele, perseguindo a fricção. O desejo vem do fundo do meu âmago. É como um latejar bem debaixo da minha pele.

— Você já sabe muito bem o que acho dos suspensórios.

— Eu deveria ter trazido?

Talvez da próxima vez, quase respondo, mas me seguro. Não vai haver uma próxima vez. Essa é a única vez. Só uma, para matar a vontade. Depois, poderemos voltar às planilhas, aos impostos e aos flertes sem intenção com copos de sidra, enquanto Montgomery e Gus discutem sobre as exposições de abóbora.

Mas não quero pensar nisso agora. Só quero pensar nos dedos de Charlie puxando a alça do meu sutiã para o meu ombro, baixando a taça de renda até que não haja nada entre sua boca e minha pele. Ele beija a rosa entre os meus seios, dá lambidas ao longo dela e depois puxa meu mamilo para a boca. Meu corpo estremece e pressiono os quadris para baixo, o zíper da calça entreaberta dele raspando a pele macia das minhas coxas.

— Charlie — sussurro.

Ele não se preocupa em abaixar meu sutiã do outro lado, só em pegar meu mamilo com os dentes, através do tecido de algodão. Ansioso. Eu me esfrego nele, rebolando.

— Acho que você não precisa de orientação — digo, sem fôlego. Meu quarto está em silêncio, exceto pelos sons molhados da boca dele, minhas respirações ofegantes, o suave balançar das minhas coxas contra o edredom enquanto tento subir mais em seu colo. Quero dar mais de mim para ele. Quero que seu corpo grande abra mais as minhas coxas. Charlie ajuda, a boca ainda no meu peito enquanto uma das mãos vai parar na minha cintura, me guiando em um ritmo suave.

— Tira essa calça — exijo num suspiro, a mão deslizando para a braguilha aberta dele. Eu o seguro da melhor forma que posso nesse ângulo. O corpo inteiro dele fica rígido antes de se derreter. Ele me observa com os olhos turvos enquanto eu o acaricio uma vez. Duas vezes.

— Fica difícil de tirar com você fazendo isso.

— Quer que eu pare?

Ele se mexe de modo que eu possa tocá-lo melhor.

— Não foi isso que eu disse.

Poderia ficar olhando para ele assim para sempre, eu decido. Arfando, cabelo todo desarrumado. Bochechas rosadas e as mãos agarradas às minhas coxas. Ele se move comigo, o corpo seguindo o meu quando me afasto, relaxando nos travesseiros quando o aperto.

Esfrego o polegar na cabeça do pau dele, fazendo-o estremecer. Ele inclina a cabeça para os travesseiros, com os olhos fechados. Seus cílios são um leque escuro contra a curva de suas bochechas. Se eu fosse pintá-lo, ele seria traços de roxo ao luar suave. Com toques de lavanda entremeados.

— Chega de provocar — protesta ele, entredentes.

Deslizo a mão mais uma vez, em um movimento lento.

— Acho que o nome disso é preliminar, Charlie.

Ele abre os olhos de repente e se ergue sob mim até me deitar de costas. Deixo escapar um gritinho de surpresa do qual não me orgulho. Ele me segura pelas coxas e abre minhas pernas, encaixando seus quadris entre elas. Ele se esfrega em mim e eu agarro as costas dele.

Sinto o riso dele nos meus seios, seu hálito é um sopro quente no meu pescoço. Ele se abaixa e suga logo abaixo da minha orelha, mandando ondas de prazer que vão até o meio das minhas pernas, onde o sinto duro e pesado contra mim.

Ele se sustenta sobre mim com as mãos, os braços tensionados, a testa colada à minha, o rosto voltado para baixo para que ele possa observar nossos corpos se movendo juntos. Eu também olho, com um gemido preso no fundo da garganta quando vejo o corpo dele pressionando o meu no colchão. Como meus joelhos envolvem a cintura dele, minha pele corada. Todas as minhas tatuagens coladas na sua pele pálida e macia.

— Mal posso esperar para estar dentro de você, Nova. — Ele roça a cintura na minha, o pau atingindo o ponto certo. Eu poderia gozar assim e ele sabe disso. Sorri como um predador, o charme dando lugar a outra coisa. Algo um pouco mais sombrio. Desesperado. Ele se inclina para a frente e aproxima a boca da minha. — Chega de provocar. Agora é a minha vez.

11

CHARLIE

NO SEGUNDO ANDAR do Museu de Arte Metropolitana de Nova York, lá no canto da seção europeia do século XX, tem a pintura de uma mulher escovando o cabelo. Flores rosa pálidas saindo pela janela atrás dela e o cabelo caindo pelos ombros em ondas douradas.

Nova está igual a esse quadro enquanto se move embaixo de mim, o cabelo solto, as flores na pele em vez de nos lençóis atrás dela. O prazer faz com que ela se ilumine como um raio de sol, seu corpo se esfregando no meu com avidez.

— Onde você me quer? — pergunto, minha voz soando como um rugido áspero. Pressiono a mão na cintura dela e deixo meu polegar traçar o caminho por baixo de seu umbigo até o calor no meio das pernas dela. — Aqui? Hmm?

Não acredito que estou vendo ela assim. O sutiã torcido debaixo dos seios e aquela meia-calça escorregando pelas coxas. Quero tirar suas roupas até que ela esteja nua, com suas delicadas tatuagens à mostra. Quero deixar tudo exatamente onde está.

Quero muitas coisas ao mesmo tempo.

— Achei que você tivesse dito que não iria mais provocar — sussurra ela em meu ouvido, a voz rouca fazendo com que tudo dentro de mim se contraia. Meu Deus, geralmente eu consigo me controlar melhor do que isso.

Mas, ao que parece, não com a Nova.

— O nome disso é preliminar — digo com uma risada, meus quadris ainda se movendo contra o dela. Mal nos tocamos e esse já é o melhor sexo da minha vida. Sendo bem sincero, tenho medo do que pode acontecer se eu tirar minha calça.

Ela solta um suspiro baixo e fecha os olhos. Então, se move contra mim com mais força, a perna enroscando na minha coxa. Mordo o queixo dela.

— Você vai gozar pra mim, Novinha? Tão cedo?

— Não fique se achando.

Não estou me achando, estou encantado. Ela pisca e abre os olhos pesados, me observando enquanto me movimento em cima dela.

— Você pode me chupar de novo? — Ela passa os dedos pelo meu cabelo e me guia até seu peito. Vou com muita vontade, acariciando a rosa em seu esterno antes de arrastar o maxilar no peito dela. Aperto o mamilo com os dedos e ela geme, ofegante.

— Meu Deus — sussurra ela —, isso é... hm. Isso é muito bom.

Faço uma meia-lua com meus dentes logo abaixo de seu mamilo rosado. Gosto de deixar minha marca ao lado de todas as outras. Ela arqueia as costas. Eu sorrio.

— Você vai me agradecer por isso?

Ela sorri, apoiando a cabeça na cama. De algum jeito, conseguimos nos virar e agora estamos quase caindo do pé da cama, com as pernas para a cabeceira, perto dos travesseiros. Estamos impacientes, nos agarrando, nos mexendo, rolando e puxando as roupas que sobraram. Eu apoio um dos pés no chão para poder roçar nela com mais força, me esfregando nela como se já estivéssemos transando.

Ela passa a deslizar as mãos nos meus braços, me agarrando ali.

— Você ia adorar, né?

Dou risada e estendo a mão por baixo dela para pegar o fecho de seu sutiã, frustrado com a renda torcida. Ele cede e eu o atiro por cima do ombro.

— Gosto de tudo o que você faz, Nova.

O rosto dela suaviza com isso, um sorrisinho satisfeito que contrasta com a imagem corada e ofegante dela debaixo de mim. Deslizo a mão entre nós até chegar na calcinha dela, e seu sorriso se transforma em uma risada áspera.

— Obrigada, Charlie — murmura ela bem perto do meu ouvido. Abre mais as pernas e eu puxo a calcinha para o lado, tocando onde ela está toda quente e molhada. Faço um barulho constrangedor quando a sinto, mas não me importo. É a Nova. Ela já me viu fazendo o moonwalk em uma fantasia de rena na fazenda de árvores durante as festas de fim de ano. Não estou tentando impressioná-la.

Tudo o que quero é fazê-la gozar.

— Você está tão molhada. Tudo isso é para mim?

Ela murmura, com os olhos fechados, os quadris se movendo em direção ao meu toque.

— Estou pensando no John Stamos.

Eu sorrio.

— Ele te deixar com bastante tesão, então.

Nova abre os olhos, me encarando.

— Deixa. E abaixa a mão e envolve meu pulso, pressionando minha mão com mais força contra ela. Seus quadris se movem na minha direção, me controlando de baixo. Buscando o próprio prazer.

Gostosa pra caralho.

— É, me deixa cheia de tesão.

Enfio dois dedos nela, que morde com força o lábio inferior. Esfrego o clitóris dela com o polegar, em círculos grosseiros que a fazem fechar os olhos de novo.

— Não, não. — Afasto o polegar e ela geme. — Abre os olhos, por favor.

Ela solta meus braços, deixando os dela acima da cabeça e agarrando a borda da cama. Seus dedos se fecham ao redor do metal. Eu a recompenso com meu polegar de volta onde ela quer.

— Quem diria... — Ela perde o fôlego quando eu altero o ritmo dos meus movimentos, pequenos toques que fazem seus pés se moverem freneticamente na cama. — Quem diria que você seria tão mandão?

— Não sou mandão — murmuro, observando o rosa que floresce em suas bochechas descer pelo pescoço até a curva dos seus seios. Sua rosa vermelha parece estar brilhando. — Eu só quero ver você gozar.

Ela assente.

— Tá.

— Tá. — Eu me abaixo, me apoiando no cotovelo acima dela, com a boca pairando sobre a dela. Todo o corpo dela está tremendo sob o meu. — Você acha que está quase lá?

Beijo timidamente o lábio inferior dela e acelero meus movimentos dentro dela. Mais um dedo. Círculos desordenados. Ela não responde com palavras, apenas inspira fundo pelo nariz.

— Sim — sorrio —, você está quase lá.

— Olha você — ela geme —, se achando de novo. Não combina com você, Charlie.

— Claro que combina. — Beijo o canto da sua boca, a curva suave do queixo, o ponto secreto que descobri logo abaixo da orelha. — Eu quero tanto isso, Nova. Acho que mais do que você quer.

Ela ri, apertando com ainda mais força a estrutura da cama. Os nós dos dedos dela estão brancos.

— Não sei, não — ela geme —, eu quero muito.

Assinto com a cabeça no pescoço dela.

— Consigo sentir — sussurro. — Consigo sentir você. Quer mais?

Ela me agarra pela nuca e puxa. Meu corpo se enrijece como se a mão dela estivesse no meu pau. Ela ergue o queixo e me observa com os olhos semicerrados, um lampejo de cinza e azul-esverdeado. Nuvens de tempestade se formando.

— Você vai me satisfazer? — sussurra ela, os lábios se curvando em um sorriso.

— Eu já disse. Vou satisfazer todas as suas vontades.

Mantenho minha mão firme nela, a outra se deslocando para afundar em seu cabelo espalhado pelo edredom. Mais cedo, enquanto estávamos nos beijando, ela gostou quando puxei o cabelo dela. Eu o enrolo na mão para trazer o rosto dela para mais perto do meu.

— Você quer minha boca de novo? — Dou um beijo molhado abaixo da orelha dela. — Me quer de joelhos?

Ela ri, um pouco sem fôlego.

— Acho que eu ia gostar de você de joelhos.

Assinto.

— Aposto que ia. Posso puxar você até a beira da cama para que possa assistir. Manter você bem perto para eu tocar nesses peitos lindos. — Arrasto meus dentes pelo pescoço dela e mordo o lóbulo da orelha. — Anda, Novinha. Me diga o que você quer.

Ela não precisa que eu me ajoelhe. Ela não precisa de nada além de um movimento brusco do meu polegar em seu clitóris e minha boca em seu ouvido, listando todas as coisas que quero fazer com ela. Todas as fantasias que acumulei em meu cérebro sendo despejadas em palavras arfadas no ouvidinho dela.

Ela geme meu nome enquanto goza, os punhos cerrados e o rosto inclinado para o lado. Eu o viro de volta para mim pelo queixo, observando-a chegar ao clímax e desmoronar.

— Não — digo em voz baixa. — Continue olhando para mim.

Ela geme, o corpo todo tremendo enquanto goza, os olhos grudados nos meus. Ela é linda. Mais do que linda. Eu usaria as palavras certas se soubesse quais são.

— Pegue uma camisinha — ordena ela, apontando a mesa de cabeceira com a mão mole. Eu quase caio da cama seguindo a direção indicada por ela, arrancando a gaveta do lugar. Um caderno e algumas canetas se espalham pelo chão. Uma caixa de lenços e uma tira de camisinhas.

Eu a pego e a jogo na cama.

— Um tanto ousado — diz ela, ainda extasiada e mole na beira da cama. Sua linda calcinha está torcida em volta dos quadris, uma das meias enroladas abaixo do joelho. O cabelo bagunçado e um chupão no pescoço. Quero tirar uma foto dela assim e guardá-la em minha carteira. Talvez mandar ampliar e colocar como papel de parede em todo o meu apartamento.

— Você disse uma noite — digo, rastejando de volta para ela. Eu a agarro pelo tornozelo e a puxo até que esteja embaixo de mim. — Não uma vez.

Seus olhos se iluminam, encantados.

— Acho que é verdade.

Eu grunho enquanto tento tirar a calça sem sair da cama. Ela tenta me ajudar, mas suas mãos acabam indo parar dentro da minha cueca. Apoio a testa na clavícula dela quando Nova segura meu pau.

— Nova, estou por um fio aqui.

— Eu sei. Eu gosto.

Mexo meus quadris com ela agarrada a mim por apenas trinta segundos, antes de parecer demais.

— Beleza. Beleza. Preciso de alguns segundos.

Eu saio da cama aos tropeços de novo, todo desastrado, e arranco a calça. Tiro a cueca e me viro de volta para ela. Nova está observando, com os joelhos dobrados no peito, a calcinha no chão, o cabelo jogado sobre um dos ombros. Ela me avalia devagar, sem pressa, me prendendo no lugar com o olhar.

— Você é... — Ela olha nos meus olhos e se demora ali. Engole em seco. — Lindo — acrescenta ela, por fim.

— Um baita elogio. — Dou risada. Ela contorna o lábio inferior com a língua enquanto me aproximo da cama, meu pau tão duro que é quase insuportável. É bem provável que eu dure no máximo meio minuto. Eu a desejo tanto que sinto até meus ossos tremerem.

Eu a seguro pelos tornozelos e depois deslizo as mãos pelas suas panturrilhas. Não consigo superar ela com essas meias. Acho que nunca vou conseguir.

— O que você quer de mim?

— Voltamos nisso, é?

Assinto. Sim, voltamos nisso. Quero fazer exatamente o que ela quer que eu faça. Quero ser tudo o que ela precisa. Que se dane essa história de matar a vontade. Quero que a vontade dela seja tanta a ponto de eu ser seu único pensamento.

— Funcionou tão bem da última vez — consigo dizer.

— Aqui em cima, então. — Ela aponta para a cabeceira da cama. Uma das pontas do lençol se soltou. Todos os travesseiros estão no chão. Sigo sua orientação e me sento com as costas apoiadas na estrutura de ferro forjado preto.

Ela se ajoelha e me segue.

Eu a seguro pela cintura, sibilando entredentes quando ela se posiciona logo acima do meu pau.

— Olá — diz ela, como se estivéssemos em um piquenique e eu não estivesse a um segundo de gozar na barriga dela.

— Oi — grito. Pego uma das camisinhas, mas ela a arranca da minha mão antes que eu possa colocá-la. Ela rasga o invólucro com os dentes e depois a põe em mim. Acho que vou morrer. Eu a observo com os olhos embaçados e desfocados. Não consigo decidir o que quero ver. A mão dela no meu pau ou as coxas tatuadas pressionadas nos meus quadris. Os batimentos dela no pescoço ou os seios nus e inchados, os mamilos rosados me provocando em meio à cascata de cabelos loiros.

Eu me contento com aqueles olhos azuis-esverdeados, estreitados em diversão enquanto me acaricia. Acho que ela gosta de me ver sofrer.

Eu sei que gosta.

— Tudo bem aí? — pergunto, tentando manter o fio da conversa.

Ela ri.

— Prestes a ficar melhor. — Ela me acaricia mais uma vez e depois se ajoelha. Agarro o tecido escorregadio da sua meia esquerda como se me segurar ali fosse salvar minha vida. — Tudo bem aí? — pergunta ela, erguendo o queixo.

— Tudo... — O resto da minha resposta desaparece quando ela começa a sentar, enfiando centímetro por centímetro. Ela rebola devagar, exalando profundamente a cada movimento lento e sinuoso, e precisa parar na metade do caminho, com dificuldade de respirar e as mãos trêmulas.

Fico aliviado em ver que ela também se sente assim. É tão... avassalador... tudo.

— Você aguenta — murmuro. Estou ofegante e meus dedos estão deixando marcas na pele dela. Ela desce mais meio centímetro. — Isso. Você está indo muito bem.

Ela faz um som. Uma bufada, uma risada, um gemido ou uma combinação dos três. Não sei dizer ao certo.

— *Você* está indo muito bem — responde ela, traçando com os dedos formas no meu peito e rebolando. — Tão paciente.

— Não é bem assim. — Dou risada. Jogo a cabeça para trás e a agarro pela bunda quando ela senta de vez, os quadris roçando nos meus. Penso em formulários de impostos obscuros. Depósitos mínimos. A taxa de retorno daquela ação que estou monitorando há duas semanas.

Já estou quase lá, e tudo o que ela fez foi sentar em mim.

— Charlie — ela geme, e algo em meu peito se rompe. Não consigo respirar fundo o bastante. — Charlie.

— Eu sei — gemo. Aperto a bunda dela e a ajeito em cima de mim. Caralho. Ela é uma delícia. Meu corpo é uma tempestade de sensações. Relâmpagos de prazer entre minhas pernas, na parte de trás dos joelhos e na base da coluna. — Porra, Nova.

Ela faz que sim com a cabeça e segura meu queixo. Puxa meu rosto em direção ao dela.

— Me beija — pede ela baixinho. — Me beija enquanto eu cavalgo você.

Concordo.

— Só se for agora.

Colo a boca na dela quando ela começa a se mover, um suave vaivém que, de alguma forma, consegue me deixar ainda mais excitado. Minhas mãos coçam com a necessidade de pegar. De estocar até que ambos fiquemos inconscientes de prazer. Mas gosto do fato de ela estar tirando o que quer de mim. Obtendo exatamente o que precisa do meu corpo sob o seu.

— É bom — diz ela. — Você é muito gostoso.

— Você é mais — murmuro em algum lugar em seu pescoço. Eu a abraço e deslizo a mão pela coluna dela, seguro seu cabelo e puxo a cabeça dela para trás até conseguir mais dela sob minha boca. Traço as estrelas tatuadas atrás da orelha dela com minha língua, e ela se pressiona contra mim com mais intensidade. — Você pode ir mais rápido, Novinha? Estou enlouquecendo.

— Não — diz ela, simples assim. Ela abaixa a cabeça para o lado e seu cabelo faz cócegas em minhas coxas. Ela fica tão linda gemendo. De repente, estou quase lá. — Quero que você goze assim. Bem devagar.

Empurro meu corpo contra o dela.

— Dentro de você? — pergunto entredentes. Só de pensar nisso, tudo fica melhor.

Ela murmura.

— Uhum.

— Você está quase lá?

Tenho o vislumbre de um sorriso em seus lábios.

— Estou. Estou, sim.

Eu movo os quadris para cima enquanto ela desliza para baixo, uma pressão contínua e suave que intensifica mais e mais e mais. Eu me levanto um pouco do colchão e apoio os joelhos atrás dela para que ela possa se inclinar para trás e tocar o meio de suas pernas. Fico olhando fixamente para a rosa no meio dos seios dela. O leve brilho de suor em sua pele e a forma como seu peito balança a cada movimento suave.

Ela estremece e eu sorrio.

— Pensando no John Stamos de novo?

Ela pressiona as mãos na minha barriga e rebola com mais força, mantendo um ritmo lento e profundo.

— Ele é muito bom com as mãos — ela suspira.

Solto uma risada e depois gemo quando ela rebola com mais intensidade. Meu polegar faz o trabalho dele, mais rápido. Parece que tudo está brilhando de forma iridescente, a luz das estrelas dançando no canto dos meus olhos.

— Você vai gozar pra mim de novo, linda?

Ela assente e inclina o corpo para a frente, prendendo minha mão entre nós até que tudo o que posso fazer é estimulá-la gentilmente com o nó dos dedos. Coloco a outra mão em volta da nuca dela e a seguro perto de mim. Quero sua boca na minha quando ela gozar. Quero sentir o tremor que começa em suas pernas e sobe por todo o corpo.

— Depois que você gozar pra mim — diz ela, e então me beija, uma confusão de beijos e mordidas que me faz gemer em sua boca. O desespero me alimenta, o limite subitamente se aproximando de mim, meu orgasmo ao alcance.

Eu a mantenho imóvel com a mão em seu pescoço e a movo da maneira que preciso, gozando em três estocadas bruscas, uma cascata de faíscas douradas.

Eu gemo baixo, uma exaltação ofegante e sem palavras do nome dela enquanto saio de órbita.

Quando consigo me recompor, Nova ainda está por cima de mim, os quadris roçando nos meus.

Ela murmura, satisfeita, quando mudo a posição da minha mão. Eu a toco com cuidado até sentir as pernas dela tremendo, meu corpo ainda dentro do dela. Aquele tremor delicioso e perfeito apertando com força.

— Assim?

Ela faz que sim com a cabeça, o nariz cravado em minha bochecha, a boca aberta no meu queixo. Os dentes raspando e as mãos cerradas apoiadas nos meus ombros.

— Quase lá.

— Isso. — Beijo o canto da sua boca e ela geme. Sua pele é tomada de arrepios, o que me faz sorrir. — Vamos lá, vamos ver.

Seus olhos se estreitam e ela inspira com força, o nariz cravado na minha clavícula. Suas mãos agarram qualquer parte de mim que ela possa alcançar, e eu me agarro a ela com a mesma força.

Depois disso, ficamos deitados juntos, esparramados no meio da cama. Uma perna minha está dormente. O braço direito de Nova está pendurado para fora do colchão. Outro canto do lençol está levantado, e acho que deixei o saco de marshmallows aberto na mesa lá embaixo. Pisco para o teto. Não faço ideia do que fazer agora. Não faço ideia se meu corpo ainda está inteiro.

— Tenho más notícias, Nova.

A frase sai entrecortada. Não consigo recuperar o fôlego.

Ela levanta o rosto do meu pescoço e apoia o queixo no meu peito. Suas bochechas estão rosadas e alguns fios de cabelo presos no seu maxilar.

— O que foi?

— Não sei se isso serviu para matar minha vontade.

— Ah, é? — Ela se levanta e deita ao meu lado na cama, uma das mãos apoiadas sob a cabeça. Eu imito a posição dela e traço as flores em sua coxa com a ponta do dedo, passando por seu quadril e descendo novamente. — Quer que eu seja mais malvada? Pra ver se isso ajuda?

Dou de ombros.

— Podemos tentar.

— Isso é o melhor que você consegue? — protesta ela, com a voz afiada. — Se eu quisesse uma transa medíocre, teria encontrado alguém no Applebee's.

Eu gemo e me deito de costas na cama, com o braço sobre os olhos. Meu pau se contrai ansiosamente contra minha coxa.

Nova começa a rir.

— Não funcionou — murmuro, olhando para ela por trás do meu braço. — Na verdade, acho que piorou.

Ela agarra um travesseiro.

— O Applebee's ainda existe?

— Eu não sei. Você é quem costuma ir lá, procurando novos pretendentes.

— Pretendentes — resmunga ela. — Eu não caço homens, Charlie.

— Para a minha sorte, você apenas passeia pelos campos de árvores. — Dou uma bitoca em seu ombro, penso melhor, me inclino para a frente de novo e dou um beijo molhado em seu pescoço. Ela dá um gritinho e se vira, e eu a sigo pela cama. Capturo sua boca com a minha e ela ri para mim, com as mãos agarrando minhas costas. Nós nos beijamos por um longo momento, com o pé dela subindo e descendo ao longo da minha perna e meus dedos enroscados em seu cabelo. Provavelmente deveríamos ter começado assim, se eu tivesse um mínimo de paciência.

— O que foi que você disse sobre uma noite, não uma vez? — pergunta ela baixinho.

Eu me apoio nos cotovelos acima dela, depois olho por cima do ombro para a ponta da cama. Ainda restam seis camisinhas.

— Preciso de outro lanche primeiro. — Dou um beijo rápido em sua boca, depois me levanto dos lençóis emaranhados. Preciso de carboidrato. Eletrólito. Talvez um expresso da máquina sofisticada na bancada dela. Se eu só tiver uma noite com Nova Porter, vou fazer valer. — Já volto.

Tiro a camisinha e a envolvo com alguns lenços de papel. Pego minha cueca no chão. Nova me observa da cama, com os membros relaxados e emaranhados nos lençóis. Com ela assim, curvada de lado, posso ver uma peônia desabrochando em seu peito, as mesmas pétalas que se espalham pelas suas costas. Ela se aconchega ainda mais em seu ninho de lençóis, algumas mechas caindo sobre aqueles olhos de pedra preciosa.

Eu paro e fico olhando, e depois fico olhando mais um pouco.

— Traz aqueles biscoitos de chocolate que estão no armário — ordena ela.

Eu saio do torpor e faço uma pequena reverência para ela.

— Sim, senhora.

Estou na metade do corredor quando ela grita:

— A manteiga de amendoim também!

12

NOVA

Quando acordo, Charlie está sem camisa, sentado na ponta da cama. Ele está com a calça aberta e meio caída, uma caneca de café na mão esquerda. Fica bem assim.

Mas, infelizmente, ainda está cedo demais.

— Que horas são? — pergunto, a voz arrastada. O quarto ainda está escuro e parece que fui atropelada por um caminhão. Sinto dores em partes do corpo que nem sabia que existiam. — Não faz tipo vinte minutos que pegamos no sono?

Não costumo deixar contatinhos passarem a noite em casa, mas Charlie apagou logo depois da última rodada, a cara enterrada no colchão e o braço em cima da minha cintura. Parecia tão tranquilo, e nem sequer acordou quando cutuquei a costela dele, então deixei para lá.

— Quase — responde ele, a voz baixa e rouca. Ele estava com a mesma voz ontem à noite, com a boca no meu pescoço e perguntando se eu queria gozar. Eu me mexo no lençol. — Ainda é cedo.

Abro um olho, curiosa, e observo enquanto ele tenta abotoar a camisa. Está toda amassada, e falta um botão no meio, mas ele insiste. Fico olhando para o pedacinho de peito nu que mal consigo ver na luz do amanhecer, mexendo as pernas debaixo da minha montanha de cobertores quando vejo o chupão no pescoço dele. Uma fileira inteira de chupões descendo por todo o peito de Charlie, com dois bem na altura do quadril. Ele tinha enterrado as mãos no meu cabelo e me olhava com o maxilar cerrado enquanto eu os fazia, o corpo inteiro tremendo sob meu toque.

Então coloquei o pau dele na boca e ele rosnou meu nome como se fosse uma maldição.

Ontem à noite foi... bom. Estou muito orgulhosa de mim mesma por ter tido essa ideia.

— Eu vou embora. — Ele termina de abotoar a camisa e passa a mão pelo cabelo, abrindo a boca em um bocejo exagerado. Seu corpo relaxa, e ele esfrega a mão no peito. — Mas não queria sair sem dizer tchau.

— Tchau — murmuro, me aconchegando ainda mais nos cobertores. Não lembro de ter colocado a colcha de tricô azul na cama ontem à noite. Também não lembro de ter pegado os travesseiros. Mas estou bem acomodada, com tudo exatamente do jeito que eu gosto.

Ele dá risada.

— É assim, então?

Sorrio no travesseiro.

— Fica à vontade pra tomar um cafezinho.

— Já fiz — responde ele, a voz ainda um pouco rouca. — Vou levar a caneca.

— Tudo bem.

— É minha lembrancinha.

Dou uma risadinha.

— Leva lá no estúdio hoje à tarde que posso gravar pra você: "Nova Porter me levou às nuvens".

Ele ri de novo, mais alto dessa vez, um estrondo na calmaria do meu quarto. Ele se inclina e dá um tapa na minha bunda por cima dos lençóis.

— Nossa, e como. Acho que vou tatuar isso.

A mão dele se acomoda na curva entre minha coxa e minha bunda, me acariciando de leve com o polegar enquanto boceja mais uma vez. Tudo está meio indistinto, como sempre parece nas primeiras horas da manhã, com gansos grasnando do lado de fora da minha janela e o rangido do velho portão de ferro ao lado, que nunca fecha direito. As tábuas do chão rangem e mexo as pernas debaixo dos cobertores, agora nuas, as meias sete oitavos jogadas na beirada da cama como um convite para a devassidão.

— Como você vai voltar para a fazenda? — pergunto, com a cara meio afundada no travesseiro. Imagino Charlie caminhando lentamente pela estrada de terra que leva até Lovelight, com a camisa desabotoada e minha caneca na mão. Uma longa caminhada da vergonha. — Posso te dar uma carona, se quiser — ofereço.

— Não precisa. — Ele aperta minha perna. — Deixei o carro na livraria ontem à noite. Vou lá buscar e volto dirigindo. Vai dar tempo.

— Tempo de quê? — Eu franzo a testa, mas ele está ocupado demais procurando algo embaixo da cama. Ele surge com o cinto na mão, parte do cabelo escuro espetado do lado esquerdo. É injusto que ele seja tão fofo, considerando que fez minhas pernas tremerem tanto que mal consegui ir até o banheiro ontem à noite.

— De não cruzar com seu irmão — explica ele. — Ele começa a trabalhar por volta das cinco.

— Ah.

Charlie me observa enquanto coloca o cinto na calça.

— Imaginei que você fosse querer que ninguém soubesse — comenta ele.

Dou de ombros e me ajeito debaixo dos cobertores de novo, tudo parecendo confuso e distante.

— Tudo bem. Como você quiser. — Eu consigo guardar um segredo. Mas perdi a vontade de continuar essa conversa. Estou exausta. Morta de cansaço. Meus olhos se fecham, já voltando a oscilar entre o sono e a vigília. Escuto enquanto ele anda pelo quarto, recolhendo suas coisas da bagunça que fizemos na noite passada. Pondo as meias. O tilintar metálico de seu relógio de pulso. O baque suave da caneca de café contra a minha cômoda e um xingamento mal abafado quando ele bate o dedo do pé na quina dela.

É uma boa trilha sonora. Não me causa o incômodo que costumo sentir quando alguém está no meu espaço. Eu estou só... contente, acho.

Com sono.

— A chave está embaixo do tapete — balbucio, as palavras pesadas. Vou dormir por muito tempo. — Tranque tudo quando você for embora.

Lábios quentes roçam minha testa e dedos ajeitam meu cabelo atrás da orelha. Ele passa a mão pela minha bochecha uma vez.

— Pode deixar, Novinha.

E eu pego no sono.

— VOCÊ ESTÁ ME deixando apavorada.

— Por quê?

— Sua cara — diz Nessa no mesmo instante — está esquisita.

— Esquisita como?

— Eu não sei. Uma coisa meio sonhadora, olhar-para-o-nada-e-sonhar-acordada. — Ela se joga na maca que reivindicou como sua, a expressão se contorcendo de forma ridícula. — Tipo assim. Você sorriu mais essa manhã do que naquela vez em que o papai fez quatro tipos diferentes de pierogis para o jantar.

— Nossa, eu adoro pierogi.

— Eu sei! — Nessa aponta furiosa para mim, como se eu tivesse acabado de confirmar algo. — É por isso que você está me deixando apavorada.

Charlie deixou um bilhete na minha cafeteira antes de ir embora hoje de manhã, um "Obrigado por me levar às nuvens" rabiscado com uma carinha sorridente que me fez sorrir para a minha caneca, o roupão amarrado na cintura. Também encontrei minha chave no meio do corredor, outro bilhete rabiscado no verso de um recibo da sra. Beatrice que ele deve ter encontrado no bolso. Esse dizia "Para de deixar a chave embaixo do tapete" com uma carinha de desaprovação. Acho que ele deve ter enfiado a chave pelo buraco do correio na porta da frente, após trancar a porta.

— Só estou tendo um bom dia — respondo à minha irmã. A maratona de sexo na noite anterior com certeza ajudou. Meu corpo parece relaxado da melhor maneira possível, com uma dorzinha incômoda toda vez que eu me sento. Deve ser por causa de quando Charlie me debruçou na beirada da cama e me fodeu com tanta força que achei que o estrado ia quebrar.

Apoio a cabeça na mão e olho para o computador. Para minha sorte, Nessa está ocupada com o celular. Quando cheguei ao estúdio hoje de manhã, ela estava esperando na frente, sentada no degrau. Disse que precisava de algo para fazer e sugeri que organizasse as bancadas do estúdio.

Não que ela esteja fazendo isso no momento.

— Tudo bem com você? — pergunto.

Ele suspira pesadamente e joga o celular para o lado.

— Posso arrumar alguém pra você?

— O quê? — Dou risada. — Por quê?

Ela inclina a cabeça.

— Porque eu preciso de alguma coisa pra fazer.

— Então organiza as bancadas como eu pedi.

— Eu preciso de algo melhor para fazer. Anda, Nova. Por favor? Minha vida está indo pelo ralo e isso me faria feliz. Prometo que não vou te arrumar um zé-ninguém.

— Sua vida não está indo pelo ralo — murmuro. Deslizo pela caixa de entrada do meu e-mail sem ver nada. — E eu já disse. Não tenho tempo para um relacionamento agora.

Já estou para lá de sobrecarregada. Não posso me colocar à disposição de outro ser humano. Relacionamentos exigem dedicação, tempo e disponibilidade emocional. Nesse momento da minha vida, não estou pronta para nenhuma dessas coisas.

O sexo casual de ontem é toda a intimidade de que preciso.

Penso em Charlie com a mão entre as minhas pernas e todo o meu corpo esquenta.

— Tudo bem. — Ela faz beicinho. — Posso fazer uma tatuagem, então?

Essa conversa está me deixando tonta. Nessa nunca demonstrou o mínimo interesse em fazer tatuagem.

— De quê?

— Talvez de sapatilhas de balé? — Ela passa dois dedos na parte interna do braço. — Aqui?

Fecho o laptop com uma careta.

— Você está falando sério?

Ela faz que sim com a cabeça, os olhos embaçados.

— As normas sobre tatuagens são bem rígidas em competições, mas acho que não vou mais competir. E toda nossa família têm uma tatuagem sua. Já está na hora de eu ter também.

— Ness. — Eu me aproximo dela e a empurro de leve com o quadril. Eu me deito ao lado dela na maca e rezo para que aguente nosso peso. Não posso me dar ao luxo de comprar uma nova. — Você já se decidiu?

Ela faz que sim com a cabeça e limpa os olhos com a mão.

— Decidi. Abandonei oficialmente o circuito de competições. Nem sei por que estou chorando. Já faz um tempo que estava pensando em fazer isso.

Apoio o queixo no ombro dela.

— Porque é uma mudança e tanto. E o Nathan meio que forçou você.

Ela suspira.

— Ele é um bosta.

— É mesmo.

— Acho que vou deixar você riscar o carro dele com a chave.

— Excelente. Vou avisar o Beckett. Ele teve algumas ideias.

Vanessa se vira para olhar para mim.

— Você contou para o Beckett?

— Pode ser que isso tenha sido discutido no grupo dos irmãos.

— Grupo dos irmãos? — Ela estreita os olhos para mim. — Vocês têm um grupo dos irmãos sem mim?

Temos muitos grupos dos irmãos, com diferentes irmãos, a depender de quem estamos falando. Tenho certeza de que tem algum grupo dos irmãos do qual eu não faço parte.

— Eu posso tatuar você — desvio do assunto —, mas não hoje.

Nessa franze a testa.

— Por que não?

— Porque quero pensar no que vou desenhar, e não quero que você decida isso em menos de dez segundos.

— O Beckett passou mais do que dez segundos pensando em alguma tatuagem dele?

— Não. — Mas agora estou mais velha e mais sábia e estou tentando não depender dos meus irmãos para as coisas. Beckett investiu muito em mim quando eu era mais jovem, mais do que eu merecia. Não vou cometer esse erro de novo. — Além disso, vou entrevistar uma pessoa daqui a pouco.

— Ah. Certo, então. Acho que você não vai querer minha bunda de fora na maca quando alguém entrar.

— Bunda de fora? Achei que você tivesse dito que queria fazer a tatuagem no braço.

— Ainda estou decidindo.

Eu me levanto da maca. Nessa permanece esparramada sobre ela.

— Dá pra ver.

Dou um sorriso e então ouço um e-mail chegar. Esfrego a testa quando mais duas notificações soam.

— Parece urgente — comenta Nessa.

Continuo esfregando a testa, ignorando as manchas difusas no canto dos olhos. A falta de sono e o excesso de cafeína são gatilhos para as minhas enxaquecas, mas tomei uns remédios antes de sair de casa e estou bebendo água como se minha vida dependesse disso. Deve ser o suficiente para me manter em funcionamento.

— Tudo é — suspiro. Tudo é urgente. Tudo é necessário. Ainda estou esperando algumas caixas de materiais. Preciso contratar pelo menos uma pessoa para cuidar do administrativo, e o ideal seria contratar outro artista para atender os clientes excedentes. Preciso terminar de organizar a festa de inauguração em algumas semanas e descobrir como pendurar a maldita placa nos fundos.

Abro o laptop e prendo a respiração, certa de que estou prestes a ser lembrada de outra coisa que esqueci. Mas é só um e-mail do Charlie.

Clico nele, cujo ameaçador assunto é O PLANO.

É um e-mail em branco com uma planilha anexada. Arrumada por cores, é claro, com todas as empresas da cidade. Franzo a testa e pego o celular.

NOVA
Você tinha a intenção de me enviar esse anexo?

CHARLIE
Claro. Eu disse que ia ajudar com as visitas às empresas. A Selene me ajudou a organizar por cores. Não ficou ótimo?

NOVA
Selene?

CHARLIE
A minha assistente.

CHARLIE
No trabalho. Nunca mencionei?

Ele me manda uma série de emojis, três carinhas amarelas com sorrisinhos debochados.

CHARLIE
Por quê? Tá com ciúme, Novinha?

Dou uma risada irônica.

NOVA
Difícil ficar com ciúme quando ainda sinto você cada vez que eu sento, Charlie.

CHARLIE
Porra.

CHARLIE
Porra.

CHARLIE
Você não pode falar essas coisas. Seu irmão vai ficar se perguntando por que eu tô de pau duro enquanto ele fala de fertilizantes.

NOVA
😈

— Você está fazendo a cara de novo — comenta Nessa da maca. Coloco o celular no bolso de trás da calça e tento mudar minha expressão para que não faça... o que quer que esteja fazendo. — E acho que seu candidato chegou.

Eu me viro para olhar. Jeremy Roughman, recém-formado no ensino médio de Inglewild e talvez o adolescente mais irritante do planeta, está parado em frente à minha porta trancada. Está de terno, com uma pasta em uma das mãos, e seu cabelo loiro, que costuma estar bagunçado, está penteado para trás com o que parece ser um gel de nível industrial. Ele lembra um vendedor de carros ou um... divorciado angustiado.

— Não — sussurro.

Vanessa ri.

— Mas é. Ele se passou por outra pessoa?

Ele não colocou seu nome certo no currículo, disso tenho certeza. Ele não se parece nada com Megan Culver, formada em Salisbury em 2012, com ampla experiência em atendimento ao cliente.

— Talvez eu tenha confundido os currículos.

Jeremy bate à porta de novo. Não sei por que, se ele pode ver através da porta de vidro que nós duas estamos olhando para ele. Ele acena discretamente.

Vanessa acena de volta.

Eu suspiro.

— O que eu faço?

— É melhor deixar ele entrar.

Eu me arrasto até a porta e a abro com dificuldade.

— Jeremy.

Ele limpa a garganta.

— Srta. Porter.

Eu franzo a testa. Ele nunca me chamou assim.

— Como posso ajudar? Você está vendendo Bíblia?

— Não. — Ele reflete por um segundo. — Se eu estivesse, você ia querer comprar?

Deixo um sorriso escapar.

— Não, acho que não.

— Beleza. Certo. — Ele ajusta as mangas do terno. Está apertado demais, além de curto. E acho que a camiseta que ele colocou por baixo da camisa tem estampa de sereia. Ou algo... parecido com uma sereia. Jeremy ergue o queixo. — Estou aqui para uma entrevista.

Eu me encosto no batente.

— Você fez um currículo falso, Jeremy?

— O quê? Não! Eu ainda nem te entreguei meu currículo. — Ele abre a pasta, e uma sacola de canetas, um jornal de três dias atrás e um pacote de balas caem no chão. Ele ignora tudo isso e pega uma folha de papel. — Aqui está.

Eu pego o papel, mas não olho para ele.

— Como você sabia que eu tinha uma entrevista marcada para agora?

Ele dá de ombros.

— Jeremy.

— Sim?

— Como você sabia?

— Sorte — diz ele, parecendo inocente demais. — Talvez as estrelas tenham se alinhado?

Vanessa ri atrás de mim. Eu suspiro.

— Jeremy.

— Tá bom! Eu encontrei com ela no café, certo? Sua candidata ou sei lá o quê. Ela estava comprando um latte com a sra. Beatrice e perguntou como fazia para chegar aqui no estúdio. Disse que tinha uma entrevista marcada.

— E onde ela está agora?

Ele coça atrás da orelha, as bochechas corando.

— Ela teve que ir embora.

— Por quê?

— Porque avisei para ela que a entrevista tinha sido cancelada.

Vanessa ri. Ao menos uma de nós está se divertindo com isso.

— Jeremy. — Eu suspiro. — Por que fez isso?

— Porque eu preciso de um emprego.

— Você não está trabalhando com a sra. Beatrice?

Durante toda a minha vida, a rabugenta sra. Beatrice foi a dona da cafeteria na esquina da rua principal. Ela é especialista em bebidas à base de café que, sendo bem sincera, são fora de série. Mas você precisa aguentar o mau humor dela para conseguir uma. Além disso, ela nunca se dignou a dar um nome ao estabelecimento. A maioria das pessoas o chama de "sra. Beatrice" ou "café". Acho que alguém tentou colocar uma placa uma vez, e ela a arrancou antes do amanhecer. O toldo com listras verdes na entrada ainda não se recuperou.

— Eu preciso de uma carreira — enfatiza Jeremy. Ele se remexe no lugar, coça a nuca e brinca com a alça da pasta. — E, além disso, a sra. Beatrice me demitiu.

— Por quê?

— Por algo que não quero discutir com um possível empregador — ele se apressa em dizer.

Bato seu currículo na palma da mão.

— Você foi pego no beco dando uns amassos com uma cliente de novo?

Ele cora.

— Foi só uma vez — murmura ele.

Foram três vezes, e foi bastante discutido em uma reunião da cidade. Ela também foi incluída na versão impressa do boletim informativo da rede de comunicação.

Fico olhando para Jeremy.

— Você fez alguma coisa estranha com o café?

Espero que não. Nunca me recuperaria disso. Eu tomo latte na cafeteria três vezes por semana.

Ele suspira e revira os olhos.

— Eu estava dando bebidas de graça para as pessoas.

— Quantas pessoas?

— Um monte. — Ele coça atrás da orelha. — Tem gente dizendo que eu estava... escrevendo meu número nos cafés para viagem.

— De quem?

— De todo mundo.

— Ah.

Ele murmura, com os ombros curvados para dentro.

— A sra. Beatrice disse que eu precisava parar de atirar para todos os lados. E então me demitiu. E, se eu não encontrar um emprego, não vou poder pagar meu aluguel.

— Você não mora com seus pais? Você não vai para a NYU?

— Estou tirando um ano sabático. E meus pais começaram a cobrar aluguel quando me formei. Eles disseram que isso fortalece o caráter. Olha, posso entrar? As pessoas estão olhando.

Somente uma pessoa está olhando. Gus está parado na porta aberta do quartel dos bombeiros, duas quadras abaixo, comendo um doce pata de urso e observando a nossa interação. Ele acena alegremente quando olho para ele.

Eu aceno de volta. Esta cidade, juro por Deus.

— Você trabalhou para o meu irmão, não foi? Quer mesmo trabalhar para outro Porter?

Ele dá de ombros, apático.

— Foi uma experiência de aprendizado importante.

De acordo com Beckett, foi uma experiência e tanto.

— Por que quer trabalhar aqui, Jeremy?

— Porque não faço ideia do que quero fazer — responde ele depressa, de alguma forma soando mais como um adulto do que qualquer outra vez que eu o ouvi. — Porque estou cansado de as pessoas pensarem que sou um moleque encrenqueiro. Nem preciso ser recepcionista nem nada do tipo. Posso fazer qualquer coisa em que você precise de ajuda. Eu só quero... — Ele joga os ombros para trás e ergue o queixo, confiante. — Quero tentar fazer coisas diferentes antes de escolher uma única para fazer pelo resto da vida.

Certo. Essa parte de "para o resto da vida" soa um tanto dramática, mas entendo o que ele quer dizer.

— Você quer experimentar ser recepcionista?

Ele dá de ombros.

— Recepcionista. Coisas de tatuagem. Você sabe. Tudo.

Eu o observo com atenção. Parece que ele está falando a verdade. E sei como é ser levado pela euforia da formatura, até que você seja deixado apenas com o medo diante do mundo imenso que se abre à sua frente.

— Também sou muito bom com redes sociais — acrescenta ele.

É, eu já vi o que ele faz nas redes sociais. "Bom" é um belo de um exagero. Dou um passo para trás e abro a porta. O rosto de Jeremy se ilumina. Ouço um único aplauso atrás de mim. Nessa de novo, deixando sua opinião clara.

Eu a ignoro.

— Ainda vamos fazer a entrevista — digo a Jeremy. — E ainda vou pensar.

— Certo. Tudo bem.

— Vou querer referências.

Ele estremece, mas faz que sim com a cabeça de novo.

— Tudo bem também.

Suspiro e o deixo entrar completamente. Talvez essa possa ser minha boa ação do… ano. Talvez esse carma se reverta para uma boa inauguração do estúdio. O que Vanessa disse que eu tenho? Um coração embalado em plástico-bolha? Talvez esse seja o primeiro passo para desembrulhá-lo.

— Você acha que eu poderia fazer algumas tatuagens de graça? — pergunta Jeremy.

Fecho a porta quando ele passa.

— Não força a barra.

13

CHARLIE

— ACHO QUE VOCÊ está tentando me matar — protesto, ofegante.

Eu me inclino para a frente, com as mãos nos joelhos. A pá que eu deveria estar segurando está jogada aos meus pés.

Beckett descobriu. Só pode ser isso. Nada mais explica o fato de eu estar no meio do quintal dele, cavando um buraco, em pleno nascer do sol. Achei que ele não tivesse me visto quando voltei de carro para a fazenda na outra manhã, mas talvez tenha visto. Talvez alguma coisa em mim esteja dizendo: *Tive uma transa incrível e de tirar o fôlego com sua irmã dois dias atrás e não me arrependo.*

Então ele me trouxe para o campo atrás da casa dele para me matar bem devagar com um trabalho manual exaustivo.

Eu não deveria ter dormido na casa dela, mas apaguei depois de tudo. Eu não teria ido embora nem que me pagassem.

Beckett ri.

— Não estou tentando te matar. — Ele enfia a pá no chão ao seu lado e cruza os braços. Ele nem está suando. — Você está cavando de um jeito estranho.

— Como eu poderia cavar de um jeito estranho?

— Você está levantando com as costas.

— Não estou, não — respondo automaticamente, mas minhas palavras ofegantes tiram um pouco da força da afirmação. Estou cavando de um jeito estranho porque meu corpo ainda está dolorido depois de todas as estrepolias minhas e de Nova. Passei metade do dia mancando ontem.

Eu me inclino para trás e olho ao redor do campo amplo e aberto. Tudo está em tons de rosa algodão-doce, com um laranja intenso ardendo perto do topo das árvores. E não posso nem aproveitar a vista, porque Beckett está tentando me matar.

— O que estamos... Você precisa mesmo de uma cerca aqui? Isso é algum tipo de pegadinha?

— Não. — Ele coça o queixo e olha para longe. — Já disse que não estou tirando uma com você. Preciso construir uma cerca.

— Pra quê?

— Para as vacas — responde ele, simples assim, como se fosse a resposta mais óbvia de todos os tempos. Ele me ligou às cinco da manhã enquanto eu estava trabalhando nas projeções financeiras de um dos meus clientes e disse que precisava de mim. Quando cheguei, ele me entregou uma pá, apontou para o chão e me disse para cavar. Durante algum tempo, achei que ele estivesse me fazendo cavar minha própria cova.

— A Clarabelle vai ganhar uma cerca?

Ele faz que sim com a cabeça.

— A Clarabelle e o Diego.

— Quem é Diego?

— Um boi.

— Você vai pegar outra vaca? Pensei que Evie tivesse suspendido a adoção de animais.

Ela precisou fazer isso. Beckett estava perdendo o controle. Ele adotou uma família inteira de gatos, dois patos e uma vaca em um único ano. Evie disse que ele teria que parar ou precisaria construir um lugar maior para eles. Em vez disso, ele passou a presentear seus amigos com animais resgatados. Caleb ganhou um cachorro e Layla tem um galinheiro cheio de galinhas resgatadas. Ele tentou fazer com que eu adotasse uma raposa no verão passado, mesmo eu morando em um apartamento em Nova York. Não sei dizer como Luka e Stella conseguiram fugir dessa, mas Beckett já viu quanto a casa de Stella é desorganizada. Ela perderia um animal lá dentro.

— Presente de casamento — explica ele. Ah, verdade. O boi. — A Evie o encontrou em uma fazenda nos arredores de Durham quando estava lá a trabalho. Ele não é grande e estava quase morrendo de fome em um zoológico clandestino. Agora, ele está em um abrigo, mas vamos até lá semana que vem para buscá-lo.

Evelyn viaja com frequência por causa de seu trabalho na Coligação dos Pequenos Negócios Americanos, dando uma mãozinha para pequenas empresas por todo o país. E, ao que parece, encontrando bovinos para seu marido.

— Que legal. — Dou uma olhada no campo. Ao que parece, ainda temos cerca de quarenta e dois mil buracos para cavar. Que Deus me ajude. — Se ele não é grande, precisa de um quintal desse tamanho?

Beckett dá de ombros.

— Decidi que vamos marcar o espaço, mesmo que ele não precise. A Clarabelle foi parar no quintal da Layla algumas semanas atrás e o Caleb quase teve um infarto. Melhor pôr a cerca, acho.

Passo a mão na testa.

— Certo.

Beckett estreita os olhos.

— Tudo bem com você?

— Tudo. — Sempre trabalhando demais e preocupado que Beckett descubra que passei uma noite com a irmã mais nova dele, mas estou bem.

— É o seu pai? — insiste ele.

— O quê?

— Seu pai. Ele ligou para você de novo?

Pego minha pá e vou até o próximo local que Beckett marcou. Esqueci que ele tinha ouvido aquela conversa.

— Não, não ligou. — Também não espero que ele ligue. Seu método preferido de comunicação é mais indireto. Ele gosta de conversar com meus clientes no clube, plantar algumas sementes da discórdia e depois esperar que eu me irrite e ligue.

Finalmente consegui falar com o sr. Billings e tive de convencê-lo a não realocar todo o seu dinheiro. Parece que metade dos meus outros clientes está em um estado semelhante de angústia. Gostaria de saber o que meu pai estava tentando fazer. Estou tentando não pensar muito nele. Ainda estou trabalhando nisso.

Beckett murmura, me observando cavar. Eu olho para ele.

— Você vai ajudar ou...?

Ele franze a testa.

— É trabalho demais pra você?

— A cerca? Talvez, sim. Não vou à academia desde antes do casamento da Stella e, ao que parece, eu estava fazendo tudo errado por lá. — Meus braços estão cansados. Se bem que isso pode ser culpa de Nova... mais especificamente quando a segurei contra a parede do quarto, eliminando a diferença de altura entre nós, as pernas dela ao redor da minha cintura e minha boca em seu pescoço enquanto eu...

— Não estou falando da cerca.

— Ah. — *Para de pensar na irmã do cara na frente dele*, minha mente implora. *Para*. Mas meu cérebro nunca foi muito bom em seguir minhas ordens, e Nova se instalou firmemente em meus pensamentos. Ela, seu sorriso e sua lingerie de borboleta.

E lá se vai aquele papo de matar a vontade.

Eu pisco e depois pisco de novo.

— Do que você está falando?

— Da fazenda — esclarece Beckett. — Administrar a fazenda é pesado demais enquanto ainda trabalha em Nova York?

— Por quê? — A inquietação faz minha barriga se revirar. — Esqueci de fazer alguma coisa? Eu pedi aquele fertilizante chique para você, não pedi?

— Não, não. Você pediu. Eu recebi a fatura. Você tem feito um ótimo trabalho para nós. Não é isso. — Beckett ajeita o boné, o desconforto visível na postura rígida. — É que... você tem trabalhado muito. Ninguém quer ver você se matando para tentar fazer outras pessoas felizes.

— Não estou me matando. Eu consigo. — Tive que ficar acordado até tarde e acordar um pouco mais cedo, mas não há nada que eu mudaria na situação. As necessidades dos clientes ainda estão sendo atendidas em Nova York. Selene está preenchendo as lacunas. Os negócios da fazenda parecem estar fluindo, e até consegui montar aquela planilha para Nova. Sei que tudo isso foi ideia minha, e sei que não fui a primeira escolha para substituir Stella, mas acho que estou conseguindo lidar bem com a situação. — Está tudo bem. Estou me saindo bem.

— Certo. — Beckett bufa. Ele segura o cabo de sua pá. — Meu Deus, parece a Nova falando.

A consciência faz minha pele formigar. O nome dela é um sinal de neon piscando. Sinto que estou deixando transparecer tudo quando pergunto:

— Como assim?

— O estúdio de tatuagem. Ela não parou desde que comprou o lugar. Ela está fazendo coisa demais, mas continua dizendo que está bem.

Eu enfio a pá na terra avermelhada. Engraçado ele ter me comparado com Nova. Ela está muito além do meu alcance, é brilhante, gentil, determinada e um milhão de outras coisas que a fazem brilhar e reluzir. Enquanto estou fazendo o mínimo e lucrando com um cargo concedido por nepotismo.

— A Nova não mentiria para você. E o estúdio é importante para ela. Ela quer que ele seja um sucesso.

Ele grunhe de novo, com os olhos fixos em algum ponto distante. O cata-vento barulhento no telhado da casa dele range com a brisa da manhã. Uma luz se acende na cozinha. Evelyn aparece na janela com seu cabelo comprido amarrado em um rabo de cavalo e um gato no ombro. Ela olha através do vidro e acena quando nos vê. Nós dois acenamos de volta. Meu aceno parece estranho porque não consigo levantar o braço acima do ombro.

— Ela está fazendo o que mais gosta. Veja só o trabalho dela. — Aponto para as tatuagens que o punho enrolado de sua camisa de flanela revela. — Você acha que ela deveria estar fazendo outra coisa?

Ele passa o polegar sobre uma folha de bordo em seu pulso.

— Eu só me preocupo.

— Bom, não se preocupe. — Eu o cutuco com a ponta da minha pá. — Se ela descobrir que você está dando uma de babá, vai ficar pistola. Você sabe disso.

Os olhos de Beckett se estreitam.

— Você vai contar pra ela?

Levanto as mãos, com as palmas viradas para ele.

— De jeito nenhum. Não quero morrer.

Seus ombros relaxam com um suspiro.

— Isso me faz lembrar...

Dou uma gargalhada.

— Ah, que bom. Fico feliz que a frase "não quero morrer" tenha lembrado você de alguma coisa.

Ele me olha feio.

— Minha mãe quer que você vá você no jantar hoje.

— No jantar em família? — O clã Porter inteiro janta em família uma vez por semana. Sempre tive muita inveja do desejo deles de passar tempo juntos. Além disso, a mãe dele faz a melhor caçarola de brócolis e cheddar que já comi na vida. — Isso não é para a... família?

Beckett leva um segundo para responder. Ele se distrai ao ver Evelyn na varanda dos fundos, usando um capote enorme até os joelhos e um par de galochas sujas de lama. Ela tem uma xícara de café em uma mão e um regador na outra, e cuida das plantas no peitoril da janela.

— Não tenho coragem de dizer que ela está regando demais — murmura ele baixinho. — Elas vão morrer em uma semana. — Ele suspira e balança a cabeça, com um sorriso delineando um lado da boca. — E sim. Minha mãe quer você no jantar. Ela disse que está preocupada com as coisas que anda sabendo pela rede de comunicação.

Eu me endireito.

— A rede de comunicação? Não ouço nada dela desde antes do casamento.

Nos últimos dias, estou mesmo com a pulga atrás da orelha. Normalmente, recebo pelo menos sete mensagens por dia. Eu até tentei iniciar minha própria corrente de mensagens, mas recebi um correio de voz do Matty de que suspeitei parecer muito a voz do Gus quando disquei o número. A rede de comunicação está fora do ar. Não consigo descobrir o motivo.

Beckett grunhe.

— Que sorte a sua.

— Você ouviu alguma coisa?

— Ouvi falar dos lattes com açúcar mascavo, se é a isso que você se refere.

Não é. Eu estreito os olhos.

— Eu fui expulso da rede de comunicação?

É bom que não tenha sido. Fiz por merecer o meu lugar. Transmito mensagens fielmente, não importa o que esteja fazendo. Certa vez, interrompi uma reunião com um cliente para poder me trancar no banheiro e ligar para Matty e contar sobre a promoção de dois tacos de peixe por um na barraquinha da praia. Eu levo isso muito a sério.

— Você pode perguntar pra minha mãe. — Beckett joga uma pá de terra por cima do ombro. Por pouco não atinge meus sapatos. — No jantar.

Eu me apoio na minha pá. Nova e eu trocamos mensagens algumas vezes desde que transamos, mas não tenho certeza de onde isso se encaixa no espectro de *como se comportar depois de uma noite de sexo.*

— As suas, hã… — Coço o queixo. — Irmãs vão estar lá?

Beckett não ergue os olhos de sua pá.

— No jantar?

— É — digo, com um pouco de ênfase demais. Não estou me saindo muito bem nisso de manter a calma.

Beckett grunhe.

— Vão. O jantar é *da família,* lembra?

— E sua mãe quer que eu vá?

— Foi o que ela disse.

— Tem certeza?

Beckett se endireita, bufando, para lá de cheio dessa conversa. Ele levanta o boné para que eu possa apreciar a força total de seu olhar.

— Você pode vir por bem, ou pode desapontar minha mãe quando eu te arrastar pela porta dos fundos. A escolha é sua.

A segunda opção tem algo implícito. Que decepcionar a mãe dele pode ter outra consequência. Possivelmente envolvendo o punho esquerdo dele.

— Eu vou por bem.

Beckett volta a cavar seu buraco.

— Que bom.

* * *

ESTOU INQUIETO.

Estou inquieto e não consigo decidir qual livro comprar. Que tipo de livro diz *obrigado por me receber em sua casa para um jantar em família. Não sei o que achar desse convite, mas ainda assim estou grato*? Um thriller? Um romance sobrenatural? Algo de não ficção?

— Por que você não leva flores? — Alex sugere de detrás do balcão, com o nariz enterrado em outro romance histórico. Ele mal disse duas palavras desde que entrei aqui.

Pego um livro com um gato gigante na capa e o viro, passando os olhos pela quarta capa. Poderia muito bem estar em um idioma estrangeiro. Nada está falando comigo no momento. Meu cérebro parece ter me abandonado, meus pensamentos se misturam uns aos outros. Já pensei mais do que deveria nesse convite para jantar.

— Quero causar uma boa impressão. Qualquer babaca pode levar flores. A sra. Porter gosta de livros.

— Você traz flores para minha avó o tempo todo.

— Isso é porque sua abuela adora flores e você deve levar às pessoas o que elas gostam de ganhar. — Alex faz uma careta por trás de seu livro. — Não faça cara feia só porque sua avó gosta mais de mim.

Decidi levar o livro do gato. No mínimo, ela vai gostar da capa. Na pior das hipóteses, ela pode deixá-lo na pequena biblioteca que sei que ela tem fora do salão de beleza onde trabalha. Assobio e atiro o livro para o outro lado da sala. Alex o pega antes que ele o acerte no rosto e o coloca no lugar.

— Causar uma boa impressão — murmura ele. — Como se eles não soubessem quem você é.

Esse é o problema, acho. A família Porter sabe muito bem quem eu sou. Sou o Charlie divertido, sempre barulhento, que às vezes leva a noite de perguntas muito a sério. Sou o cara que só quer saber de diversão.

Mas também gostaria de ser o cara que ganha um lugar na mesa por ser atencioso e gentil. Gostaria de não ser uma piada ambulante o tempo todo. Coincidência ou não, eu também gostaria de ser o cara de quem uma Porter em particular não se arrepende.

Talvez eu devesse levar um livro para ela também.

Vou até o balcão e me encosto nele.

— O que deu em você?

— O que quer dizer com isso?

— Você está resmungando desde que entrei aqui.

— Não estou, não.

— Está, sim.

— Não, não estou.

Olho para ele e arranco o livro de suas mãos.

— Não subestime até onde estou disposto a levar isso, Alex Alvarez. Você está parecendo um rabugento de carteirinha. O que houve?

Alex suspira e desaba na velha cadeira de couro que mantém atrás do balcão. Ela range e geme sob seu peso.

— A abuela fez tres leches pra você.

— Você está bravo por causa de tres leches?

Ele suspira.

— Entre outras coisas — murmura ele, baixinho.

Eu coço a testa.

— Sim. Ela me fez tres leches. — Ela pediu para Caleb trazer para mim. Quando abri o papel-alumínio, estava faltando todo o canto esquerdo. Ele tinha canela grudada no colarinho e um olhar de raiva no rosto quando me entregou, sem o menor arrependimento.

— Ela geralmente faz para mim — resmunga Alex.

Dou um sorriso.

— Sorte sua que sei dividir.

Alex levanta as sobrancelhas.

— Ah, é? Eu me lembro bem de você gritando e enfiando carnitas na boca da última vez que ela trouxe sobras para você e eu pedi um pouco.

É verdade. Fiz isso mesmo. Mas eu só almoço com a abuela uma vez por mês e ele pode vê-la sempre que quiser. Ela é a avó dele. Eu me inseri na família Alvarez com o mesmo jeito desengonçado com que pareço fazer todo o resto, mas não posso me sentir mal por isso. Não quando ganho tres leches.

— Ainda sobrou um pouco. Levo pra você na próxima reunião do festival da colheita.

— Ah, sim, o comitê. — A cara de bobo de Alex se transforma em algo presunçoso. — Ouvi dizer que você se ofereceu para ajudar a Nova em suas visitas.

— Onde ouviu isso?

Alex dá de ombros.

— Na rede de comunicação.

Que droga. Eu sabia. Bato com as mãos no balcão. Derrubo uma caneca cheia de canetas e uma pilha de post-its.

— Por que não estou recebendo as porcarias das mensagens da rede de comunicação?

Alex retorna ao seu livro, tentando encontrar onde tinha parado. Ele dobra o canto da página sempre que precisa marcar, como um selvagem.

— As mensagens estão pausadas. O Barney, da fazenda, ficou sem créditos.

— Ninguém precisa de créditos para mandar mensagens.

Alex balança a mão por cima da cabeça.

— Você entendeu o que eu quis dizer.

Não faço ideia do que ele quis dizer.

— Como você está recebendo informações se a rede de comunicação está fora do ar?

Alex ergue os olhos do livro e logo volta a baixá-los. Ele vira mais duas páginas e depois volta três.

— Eu não disse que a rede de comunicação não está funcionando.

Ele está sendo irritante de propósito. Olho para o meu relógio. Não tenho tempo para isso. Já estou correndo contra o tempo para o jantar, e não vou me atrasar porque Alex não quer cooperar. Pego o livro e o enfio embaixo do braço.

— Vamos conversar sobre isso mais tarde — resmungo.

— Claro. — Ele nem tira os olhos do livro. — Diga a Nova que eu mandei oi.

— Não vou jantar com ela.

Ele vira outra página.

— É provável que ela esteja lá.

— Sim.

— Então diga que mandei oi.

— Por que você está falando assim?

Um sorriso surge no canto de sua boca.

— Assim como?

— Eu não tenho tempo para isso. — Caminho em direção à porta, mas mudo de ideia e volto. — Você acabou de perder a chance de comer tres leches.

Alex deixa o livro cair no balcão e me lança um olhar afrontoso.

— O quê? Por quê?

— Por causa da sua atitude. — Eu abro a porta. — Você não merece.

A CASA DOS Porter fica bem no limite da cidade, um rancho extenso com uma ampla varanda e persianas brancas. Um jardim gigante na frente, repleto de flores silvestres e tomateiros. Estaciono atrás da caminhonete de Beckett e subo depressa a rampa que construíram para a cadeira de rodas do sr. Porter, com um vinho debaixo de um braço e o livro com um buquê de flores no outro. No meio do caminho decidi que parecia ridículo dar só o livro, então voltei até Mabel e peguei um buquê. Acabamos conversando por quinze minutos sobre buquês e peônias, depois um cliente me ligou quando eu já estava no carro e passei mais sete minutos parado na rua principal, convencendo-o a não realocar metade de suas economias em uma carteira de investimentos diferente.

Mais um feito do meu pai. Uma punição indireta, provavelmente, por ter interrompido nossa ligação no outro dia.

A porta se abre antes de eu bater, e Nova aparece na soleira. Da última vez que a vi, ela estava desgrenhada e perfeita, nua na cama com os cobertores puxados até o queixo, pouco depois de acordar. Agora ela está de pé, com o quadril encostado na porta, o cabelo para trás em uma longa trança e um suéter branco simples de aparência felpuda. Calça jeans escura e meias de lã.

Uma afeição calorosa e surpreendente preenche meu peito. Ela está uma graça.

— Ei — digo, tentando fingir que não tropecei na rampa ao vê-la. — Esperando na janela?

— Nos seus sonhos. — Ela se arrepia com o ar frio, as meias arrastando no chão. — Eu vi seus faróis na entrada da garagem e você estava demorando para chegar aqui. Eu estava começando a me preocupar.

Pisco para ela enquanto limpo minhas botas no capacho.

— Adoro quando você se preocupa comigo.

Um sorriso brinca em seus lábios. Ela passa os dedos sobre eles, como se estivesse tentando escondê-lo.

— Entra, Romeu. Está um gelo.

Ela me conduz para dentro e fecha a porta, encostando as costas nela, com as mãos para trás. Eu a observo enquanto tiro a jaqueta, feliz por tê-la sozinha por um minuto, quer ela estivesse esperando por mim ou não.

— Eu ia te mandar uma mensagem — digo, mantendo a voz baixa.

— Sobre o quê?

— Hoje à noite.

Seu rosto se contorce em confusão.

— O que você quer dizer com hoje à noite?

— Eu queria perguntar se você concordava. Depois de... tudo.

— Tudo, é? — Ela fica na ponta dos pés para olhar por cima do meu ombro, depois se endireita. Acho que está verificando se há alguém por perto. Um sorriso recatado se desenrola em seus lábios. — Andou pensando em mim, Charlie?

Isso parece um eufemismo. *Tudo* o que eu faço é pensar nela. Hoje de manhã, enquanto abotoava a camisa, vi de relance um chupão no meu quadril no espelho. Fiquei olhando para o nada por vários segundos, meio excitado, com um desejo tão forte de voltar para aquela cama com ela que parecia um soco no peito.

Eu me aproximo dela até que ela tenha que inclinar a cabeça para trás a fim de me olhar nos olhos.

— Eu já disse — respondo em voz baixa. — Penso em você com uma frequência alarmante e uma riqueza de detalhes. — Pego a trança que está caída em seu ombro e dou um leve puxão. — Os detalhes estão ainda mais nítidos agora. — Seus olhos brilham e um sorriso surge em um dos cantos de sua boca. Deixo cair a trança. — Você tem certeza de que não tem problema eu ter vindo?

— É claro que não tem problema. Nós dissemos que nada mudaria, Charlie. Você tem permissão para vir jantar na casa dos meus pais.

— Eu sei o que dissemos, mas não quero incomodar — murmuro.

Não sei qual o protocolo para interagir com uma pessoa que passou uma noite com você e que também é sua amiga. Nunca tive que fazer isso antes.

Ela me observa por um longo momento. Ouvimos uma risada. Uma cadeira range no chão e talheres batem nos pratos. Família. Ou, pelo menos, o que sempre imaginei que soasse como uma família.

— Você não está incomodando — afirma ela, por fim. Ela olha para o livro e o buquê em minha mão e ergue o queixo. — Você trouxe um presente para mim?

— Claro que não. — Eu os tiro de seu alcance. — É para a sua mãe. Por quê? Quer que eu traga flores pra você, Novinha?

É fácil voltar a ser como éramos um com o outro, mas, de qualquer forma, quase tudo é fácil com Nova. Acho que uma parte de mim estava preocupada que ela criasse uma distância entre nós. Ou talvez fingisse que a outra noite nunca aconteceu.

Mas ela não está me evitando nem agindo de forma diferente.

Ela ainda é a Nova.

O alívio faz meus ombros relaxarem.

Ela sorri para mim.

— Gosto de comprar minhas próprias flores.

Dou risada.

— É, eu sei. — Sem pensar, arrasto meus dedos ao longo de sua barriga. Agora conheço esse pedaço dela, a tatuagem que está por baixo desse suéter. A flor em suas costelas e as pétalas que flutuam em suas costas. — Você também é boa em desenhar flores.

— Gosto de pensar que sim.

Algo pesado inunda o espaço entre nós quando deixo minha mão vagar pelo tecido macio do suéter dela. Ela respira com dificuldade quando minha mão sobe mais, se aproximando da curva de seu seio. Fico imaginando se ela está usando algo rendado e delicado por baixo. Aposto que sim.

Nossos olhares se cruzam. De tão perto, ela é mais cor do que forma. Verde de vidro marinho e azul tão profundo que quase se confunde com preto. Piscinas naturais. Um milhão de tesouros escondidos sob a superfície.

Os pratos tilintam mais longe na casa e outra explosão de risos ressoa pelo corredor. Retiro minha mão e limpo a garganta, colocando a garrafa de vinho nas mãos dela.

— Toma.

— Ah. Isso é para mim?

— Também não. Mas você pode levar para a cozinha.

Ela ri e empurra a porta, encostando o ombro no meu no caminho para a cozinha. Isso provoca uma sensação boba dentro do meu peito.

— Muita generosidade da sua parte.

— Sou um homem generoso.

Ela se vira para olhar para mim, com a trança balançando no meio das costas.

— Eu sei muito bem disso.

— Nova... — Eu me engasgo quando nós dois entramos na cozinha. Olho para o espaço aberto, esperando que Beckett se jogue em cima de mim com uma faca de carne. A última coisa que preciso é pensar em como Nova interpreta minha generosidade em um cômodo cheio de parentes dela. — Se comporte.

Ela dá risada e coloca o vinho na bancada. Algo que cheira a tomilho e manteiga está fervendo no fogão, uma cesta de pães no balcão. As luvas de forno estão jogadas ao lado da pia. Nova pega a cesta de pães e aponta com a cabeça para os fundos da casa.

— Pode relaxar. Está todo mundo no solário para o jantar.

— No solário? — Franzo a testa.

Nova dá de ombros.

— Minha mãe gosta de comer sob as estrelas e meu pai gosta de fazê-la feliz. Beckett instalou uma lareira no inverno passado. É bonita.

É mais do que bonita.

Uma grande lareira de pedra toma conta de um lado do solário, com as chamas dançantes refletidas nas janelas de vidro de todos os lados. O espaço inteiro brilha, tanto com a luz da lareira quanto com as luzes penduradas no teto. A noite se aproxima do lado de fora, a condensação se formando na base das vidraças, em um halo de branco enevoado. E no centro está uma longa mesa de madeira, cheia dos irmãos Porter discutindo. Alguém grita algo sobre aspargos e uma confusão começa. Uma colher de pau voa sobre a mesa.

Acho que ninguém percebe quando Nova e eu entramos.

Nova passa por mim e deixa os pãezinhos no meio da mesa, pegando dois do topo antes que os irmãos ataquem.

— Olha só quem eu encontrei espreitando na entrada da garagem — anuncia ela.

A sra. Lucy Porter ergue os olhos da cabeceira da mesa, com um sorriso fácil no rosto e o queixo na mão. Entrego a ela as flores e me inclino para beijar sua bochecha.

— Me desculpe pelo atraso. Eu me enrolei. — Hesito, depois ergo o livro. — Também parei para pegar isso para você.

Ela estica as mãos.

— Para mim?

Faço que sim com a cabeça e olho para Nova do outro lado da mesa. Ela revira os olhos e murmura *puxa-saco.*

Eu dou de ombros. É verdade. Fico mais feliz quando as pessoas ao meu redor estão felizes. Fico desconfortável quando há tensão, e quero que gostem de mim. Nunca vi nenhuma dessas coisas como algo ruim.

— Sente-se, sente-se. — Lucy gesticula para a cadeira ao lado dela. — Me desculpe por não ter conseguido impedir que esses bárbaros comessem. A Harper se transforma em uma leoa quando está com fome.

— É noite de macarrão com queijo. — A voz flutua de algum lugar próximo ao final da mesa. Parece que há três conversas diferentes rolando, pelo menos uma delas em um nível de decibéis que parece desnecessário para ambientes fechados. Harper e Vanessa estão gesticulando loucamente, e o sr. Porter está usando sua faca para ilustrar algo na mesa. Evie está meio de pé em sua cadeira, inclinada sobre Beckett, acenando e apontando. Nova parte um pãozinho e acompanha a conversa com os olhos semicerrados e calculistas. Um celular está apoiado em uma caçarola holandesa meio vazia, e o pai de Evelyn aparece na tela, com as mãos cruzadas sob o queixo e os óculos escorregando do nariz.

Parece a Bolsa de Valores... só que mais agressivo.

— Eles estão falando sobre o último episódio de *Real Housewives* — explica Lucy.

Beckett, esparramado em sua cadeira do outro lado dela, não tira os olhos de seu prato.

— Já faz quarenta e cinco minutos.

Eu o estudo com todo o cuidado. Há uma razão para ele ter escolhido um trabalho em que passa a maior parte do tempo no campo.

— Aguentando firme?

Ele assente e aponta para os ouvidos. Ele está usando protetores auriculares de espuma, sensível ao nível de ruído nesse lugar minúsculo.

— O chocante é que, mesmo com isso, ainda consigo ouvir tudo o que está acontecendo.

Lucy dá um tapinha em seu braço.

— Você sabe como as garotas ficam quando estão todas juntas.

Beckett grunhe.

Mas não são apenas as garotas. O sr. Porter e o sr. St. James parecem ter muitas opiniões sobre as mulheres de Nova Jersey. Eles se unem contra Harper e Vanessa, trocando um "toca aqui" de comemoração pelo celular depois de um argumento final muito detalhado e obviamente ensaiado.

— Seu pai é um fã de longa data das donas de casa da série? — pergunto a Evelyn.

Evelyn revira os olhos.

— Acabei de descobrir isso.

— Talvez, se você e seu marido decidissem se comunicar melhor com suas famílias, nós teríamos encontrado interesses em comum mais cedo — diz a voz estridente no celular. O pai de Evelyn ajeita os óculos no nariz com as duas sobrancelhas levantadas. Acho que Layla não é a única que está chateada por ter perdido o casamento.

— A culpa é minha, sr. St. James. — Beckett enfia a cabeça para se fazer ver na tela, com as pontas das orelhas vermelhas. — Eu não podia esperar para me casar com sua filha.

A mesa solta um resmungo coletivo. Nova vaia e joga um pedaço de seu pãozinho na testa de Beckett. Evelyn sorri atrás de Beckett, e seu pai ri do outro lado do celular.

— Você não está arrependido.

— Não. — Beckett abaixa a cabeça. — Não mesmo.

Lucy me passa vários pratos para que eu possa me servir, e eu me sento e observo. Não faço ideia do que esteja acontecendo, mas fica muito claro que todos estão se divertindo. O sr. Porter inclina o celular para poder continuar sua conversa com o sr. St. James. Não apenas uma família de sangue, mas também uma família construída.

Nova está mais quieta, acrescentando um comentário discreto de vez em quando que faz todos caírem na gargalhada. Meus olhos sempre voltam para ela — aquela maldita trança sobre o ombro e uma mancha de tinta na gola do suéter. Estou olhando para ela mais do que deveria. Sei disso. Mas quero saber o que a faz rir. Quero capturar todos aqueles sorrisos relutantes, no momento em que eles florescem em seu rosto. As bochechas rosadas e o nariz arrebitado.

— Então, Charlie. — Lucy põe as mãos em cima de seu livro novinho em folha e me encara. Aquele tipo de olhar que alguém aperfeiçoa depois de criar um monte de filhos e não ter levado desaforo de nenhum. — Me diga como você está.

— Estou bem — respondo, pegando outra garfada cheia de algo regado com um molho picante e que cheira a paraíso. O rosto dela se contorce em uma descrença cômica, e eu rio. — Ouvi dizer que esse convite era para verificar meu estado de saúde.

— É mesmo? — Ela vira o rosto para o filho. Beckett continua mexendo no macarrão em seu prato. Ela suspira e franze os lábios. — Eu só queria ter certeza de que você está bem. Você assumiu muitas responsabilidades.

Dou de ombros.

— A fazenda basicamente funciona sozinha. Tudo o que faço é comer pãezinhos de canela na padaria. E, de vez em quando, cavo buracos para cercas.

— Isso não é verdade. — Beckett espeta um pedaço de brócolis com o garfo. — Você organizou o sistema de arquivamento da Stella. Que, desde que a conheço, nunca foi um sistema propriamente dito.

— E usou seu charme para convencer o vendedor de laticínios da Layla a baixar os preços — acrescenta Evelyn, com o queixo apoiado no ombro de Beckett. — Você também consertou o buraco no telhado do galpão do trator.

Eu quase me matei fazendo isso também. Não sei o que me levou a pensar que eu podia trocar telhas, mas isso não me impediu de subir naquele telhado. Deslizei até a metade e consegui me segurar no cata-vento em forma de bengala doce. Nunca fiquei tão feliz pelas compras temáticas impulsivas de Stella.

— Você gosta do trabalho na fazenda? — pergunta Lucy.

— Gosto, sim. — Gosto de acordar e ouvir os pássaros nas árvores. Gosto de ficar na janela dos fundos do chalé de hóspedes e ver a dança dos vaga-lumes. Gosto de ir até a padaria e tomar uma xícara de café com Caleb enquanto Layla fica indo de um lado para outro na cozinha. Gosto de trabalhar na caixa registradora e conhecer cada pessoa que passa pela porta. Gosto de incomodar Beckett para que ele fale comigo. Gosto dessa sensação de pertencimento, ainda que não seja exatamente a realidade. — Nem parece que estou trabalhando.

— Assim que é bom. — Lucy sorri, esfregando o nariz com os dedos da mesma forma que Beckett faz. — Talvez você devesse pensar em uma mudança de carreira.

— Mas o que eu faria com todos os meus ternos? — Eu sorrio e pego a salada que Evie me oferece. — Não, isso é temporário. Estou apenas dando a Stella o descanso que ela merece.

— E o que *você* merece?

Eu me detenho com o garfo a meio caminho da boca. A conversa do outro lado da mesa foi retomada, aumentando o volume. Evelyn está pendurada nos ombros de Beckett, com os dois braços em volta do pescoço dele, os dedos entrelaçados, ambos com a atenção voltada para Harper e para o que quer que ela esteja tentando ilustrar com uma tigela do tamanho da cabeça dela nos braços.

Lucy não vacila, com o queixo apoiado na mão.

— O que quer dizer com isso? — pergunto.

— O que você merece, Charlie?

— Eu... não sei. — Dou risada. Tento desviar o foco do quanto estou perdido com essa pergunta. — Com certeza não mereço esse jantar, disso eu sei.

Não estou falando apenas do macarrão com queijo picante que é tão bom que deveria ser proibido. Estou falando do convite, de estar aqui. De ter um lugar reservado para mim, mesmo que temporariamente. De me oferecerem comida, responder perguntas e fazer parte da interação descontraída de uma família que se ama. É como sentar na frente de uma lareira e sentir o calor. Estar aqui na beirada me faz sentir saudade de um lugar em que nunca estive.

O sorriso de Lucy diminui, com um sentimento de compreensão estampado nas linhas do rosto.

— Bom, então acho que você deve tentar descobrir.

— Sua receita de macarrão com queijo?

Na outra ponta da mesa, Nova se inclina sobre Vanessa para enfiar o garfo na tigela de Harper. As três caem em uma gostosa gargalhada. Eu desvio o olhar.

— Não, Charlie. — Lucy me entrega outra tigela. — Como aceitar as coisas sem se perguntar o que fez para merecê-las.

14

NOVA

— O QUE ESTÁ acontecendo com você?

Entrego outro prato a Beckett, com espuma até os cotovelos. Ele ficou quieto durante o jantar, mais do que o normal. Ele costuma ser bastante reservado, ainda mais quando estamos todos juntos e fazendo barulho, mas algo parece estranho hoje. Ele fica me olhando preocupado com o canto do olho, como se eu estivesse prestes a ter um piripaque.

Será que ele sabe sobre Charlie? Será que está bravo?

Será que eu me importo?

— O que você quer dizer com isso? — pergunta ele devagar, arrastando o pano de prato pelos cantos da caçarola.

— Quero dizer que você fica me olhando com esses olhos de cachorro pidão. — Eu me viro para ele e faço uma careta exagerada. — Assim... O que tá pegando?

Ele me lança outro olhar rápido e silencioso, com a boca arqueada para baixo. Eu quero enfiar meu dedo na bochecha dele e gritar *viu?*, mas não faço isso. Só continuo lavando a colher de servir que Harper estava usando como se fosse o talher dela e espero Beckett dizer alguma coisa.

— Quando foi a última vez que você teve dor de cabeça?

— Você quer dizer enxaqueca ou dor de cabeça?

— Enxaqueca — corrige ele, com a voz baixa, como se tivesse medo de dizer a palavra muito alto.

Eu adoraria que minhas enxaquecas fossem como dores de cabeça. Em vez disso, é uma experiência que recruta o corpo inteiro. Quando eu era criança, Beckett e minhas irmãs me ajudavam a passar por elas. Acho que eles nunca conseguiram se esquecer. Eles ainda me veem como alguém de quem precisam cuidar.

— Não ultimamente — respondo, evasiva.

Beckett não aceita essa resposta.

— Nova.

— Acho que deve fazer um mês — suspiro. Na verdade, foi há três semanas, logo antes do casamento, e eu estava com tanta dor que não consegui sair da cama um dia inteiro. Meus remédios não ajudaram. Tive que ficar deitada e esperar a dor passar.

— Foi ocular? — pergunta ele.

Faço que não com a cabeça. Dessa vez, não perdi a visão. Senti apenas dor e um pouco de dormência geral nas mãos e nos pés.

Ele bufa.

— Está acontecendo com mais frequência.

Eu me viro em frente à pia, passando as mãos na água. Sei exatamente o rumo que essa conversa vai tomar e não tenho interesse em discutir como controlar minha dor com meu irmão. Não posso desacelerar agora. Não posso deixar nada de lado. Tudo o que está lá precisa estar, e eu preciso continuar indo em frente se quiser ter alguma chance de alcançar os objetivos que tanto almejo.

— Estou me virando — respondo —, não precisa se preocupar comigo.

Ele resmunga algo que não ouço, enxugando um prato de forma agressiva. É um milagre que o prato não tenha se partido ao meio.

— Mais alguma coisa incomodando você? — Coloco mais detergente na esponja que tem o formato de uma espiga de milho. Minha mãe está mesmo comprometida com o tema agricultura na cozinha. — Agora é a hora.

Ele suspira.

— Vanessa mencionou que passou no estúdio outro dia.

— E passou. Ficou falando de namoro e tatuagens, e depois foi embora. Acho que ela precisava de companhia.

Beckett assente e estende a mão para o próximo prato.

— Ela disse que está bonito.

Ah, certo. Agora já entendi qual é o problema.

Ainda não deixei meu irmão ver o estúdio. Ele vem pedindo há meses, mas sempre desconverso. Ele ainda não está pronto. Preciso pendurar a luz e quero mudar algumas plantas de lugar. As estações de trabalho ainda não estão bem montadas e estou sentindo falta de cadeiras. Quero que tudo esteja perfeito quando ele o vir pela primeira vez.

— Ainda tem muita coisa para fazer — explico, relutante.

Beckett faz um som de frustração e fecha a torneira. Meus dedos ainda estão cobertos de espuma. Eu a abro de novo, mas ele a fecha mais uma vez. Aparentemente, voltamos às nossas versões adolescentes.

— Que palhaçada é essa, Beck?

Ele joga o pano de prato sobre o ombro e cruza os braços.

— Quando é que eu vou ver o estúdio?

— Quando ele estiver pronto. — Tento abrir a torneira de novo. Beckett afasta minha mão.

— E quando vai ser? — pergunta ele.

Eu sacudo o sabão e pego o pano de prato dele, tentando secar meus dedos em vez de olhar para o rosto dele. Minha resposta sincera é nunca. Não acho que algum dia estarei pronta para que Beckett veja o estúdio. A aprovação dele significa mais para mim do que a de qualquer outra pessoa e, embora eu saiba que ele a daria sem hesitação, quero fazer por merecer. Quero conquistá-la.

Beckett passou a vida inteira se sacrificando pela família — por mim. Quando nosso pai perdeu o movimento das pernas em um acidente na nossa infância, Beckett abandonou a escola para começar a trabalhar e sustentar a família. Quando decidi que queria ser tatuadora, ele se ofereceu para ser meu primeiro cliente. Quando eu disse que queria abrir meu próprio estúdio em Inglewild, ele saiu pela cidade atrás de terrenos e me enviou informações sobre imóveis, ainda que eu saiba que ele detesta falar com as pessoas. Ele sempre acreditou em mim.

E o que fiz por ele? Como retribuí todos os seus sacrifícios? Montei um estúdio de tatuagem que ainda nem está pronto. Estou indo aos trancos e barrancos, mal conseguindo segurar as pontas. Tenho pavor de que o estúdio não corresponda às expectativas dele. Tenho pavor de que *eu* não corresponda às expectativas dele. Que ele olhe para o estúdio e encontre algum defeito. Que ele se arrependa de ter confiado tanto em mim.

— Amanhã te mando umas fotos.

O semblante dele se fecha ainda mais.

— Por que você não quer que eu vá?

— Eu quero que você vá. Eu só… — Ajeito o cabelo atrás da orelha. — Preciso de mais tempo.

— Para quê?

— Para… — Para que tudo esteja perfeito. Para que a dor no meu peito diminua. — Para as plantas.

— As plantas — repete. — O que tem as plantas?

Franzo os lábios enquanto penso.

— A hera precisa crescer.

— Nova.

— É verdade. Ela ainda nem passou do vaso. Estou esperando as vinhas caírem, para que pareça… — Faço um gesto estranho com a mão. Não faço ideia do que estou falando. — Para que pareça que você está em uma selva ou algo assim. Selvagem. Tatuagem & Selvagem. Entendeu?

— Entendi. — Beckett ainda está com a testa franzida para mim. — E quando vai ser isso? Quando as plantas vão ficar do jeito que você quer?

Charlie escolhe esse momento para entrar na cozinha, com os braços carregados de xícaras e tigelas e um prato gigante de cerâmica em forma de trator. Ele está sorrindo para o prato, como se fosse a melhor coisa que já viu.

— Onde sua mãe conseguiu isso? É incrível. — Ele arruma a louça em seus braços para poder olhar mais de perto, inspecionando os gatinhos pintados à mão ao longo da roda, alheio ao confronto na beira da pia. — Foi feito sob encomenda?

Estive dolorosamente consciente da presença dele a noite toda. Se eu pensava que transar com ele faria com que ele se tornasse menos atraente, ficou provado durante o jantar que essa hipótese estava errada. Passei a noite o espiando de canto de olho, com aquela camisa azul-clara e o colarinho desabotoado. Fiquei me perguntando se, ao puxar o colarinho para baixo, os chupões que deixei ainda estariam lá. Se talvez agora estejam em um roxo mais profundo. Que cores poderiam ficar se eu colocasse minha boca neles de novo.

Eu limpo a garganta. Eu não deveria ter esses pensamentos sobre Charlie na cozinha dos meus pais, ao lado do meu irmão. Eu não deveria ter esses pensamentos sobre Charlie, ponto.

Uma vez e acabou. Para matar a vontade.

— Foi — respondo, agradecida pela interrupção, mesmo que seja em forma de Charlie. Não quero mais falar sobre o estúdio com Beckett. Ele verá quando for a hora. — Beckett comprou para ela no Natal.

— Que legal. — Charlie olha de relance para cima, o sorriso oscilando quando ele percebe como Beckett está tentando me fuzilar com o olhar, os braços ainda cruzados. Os olhos de Charlie se movem rapidamente de um lado para o outro enquanto ele avalia o ambiente, com uma seriedade incomum na expressão. — Está tudo bem por aqui?

Os dedos dele roçam no meu braço enquanto ele põe a louça suja na pia e fica por perto depois. Uma demonstração silenciosa de apoio.

— Está tudo bem, sim. — Eu abro a torneira de novo. Beckett deixa.

— Estávamos falando de heras — diz Beckett, com a voz seca.

— Ah, legal. Aquelas no estúdio da Nova? Estão lindas.

Fecho os olhos. *Merda.*

— Beckett — começo. Mas ele já está balançando a cabeça, olhando para as botas. Ele não parece bravo. É pior do que isso. Parece magoado.

— Sou o único que ainda não viu?

— Ele passou lá bem rapidinho — tento explicar. — Ele estava me levando para casa depois da reunião do festival da colheita e...

— Tudo bem — interrompe Beckett. Mas não está tudo bem. Ele não olha para mim, e sua boca é uma linha reta. Sinto um aperto no estômago.

A única coisa que sempre quis evitar foi decepcionar meu irmão, e parece que, de alguma forma, consegui fazer isso. — Eu, hã... — Ele larga o prato que estava secando e joga o pano no balcão. Coça a nuca, um tique nervoso que faz meu coração ficar apertado. Ele me lança um olhar breve e depois desvia os olhos, como se não suportasse me ver. Sinto um ardor nos olhos. — A escolha é sua, Nova. Passo lá depois que você abrir. Ou... não. O que você quiser. Não se preocupe com isso, tá bom?

— Beck, eu... — Minha voz fica presa na garganta.

Ele faz outro movimento brusco com os lábios e sai da cozinha. Escuto as botas dele no piso de madeira, o estalido suave da porta do solário abrir e fechar. As vozes ficam mais altas e depois abafadas de novo. Suspiro e pressiono a mão na testa. Um pouco de detergente cai no meu nariz.

— Que escolha?

Deixo minha mão cair e olho para Charlie.

— Beckett ainda não viu o estúdio — explico.

Ele franze a testa.

— Por que não?

— Porque... — Deixo minhas mãos sob a água corrente, a espuma escorrendo dos meus dedos tatuados, descendo pelo pulso e as tatuagens ali. — Você já sentiu o peso das expectativas de outra pessoa? Sei que ele não faz por mal, mas a crença inabalável dele de que posso fazer qualquer coisa que eu queira só me faz sentir... — Claustrofóbica. Aterrorizada. Desmerecedora. — Me faz sentir como se eu não pudesse falhar. Como se não houvesse espaço para isso.

Solto a confissão como se fosse um balão, vendo-o flutuar para cima, para cima, em direção ao teto. Gostaria que o fato de deixar as palavras saírem da minha boca me fizesse sentir melhor, mas só me sinto vazia. Vazia, exausta e triste.

Charlie faz um som baixo, os dedos alcançando a ponta da minha trança da mesma forma que ele fez ao chegar. Ele puxa uma vez e a sensação é a mesma, a onda de calor que desliza sobre meus ombros em resposta.

— Ninguém se importaria se você falhasse. Especialmente o Beckett.

É a coisa errada de dizer. O peso em meus ombros aumenta ainda mais.

— Eu me importaria — sussurro. Não consigo fazer minha voz ficar mais alta. — Eu me importaria muito.

— Não foi isso que eu quis dizer, Nova.

Estou frustrada comigo mesma. É muito fácil descontar essa frustração no homem ao meu lado. Não quero conversar. Não quero ser consolada. Não quero essa pequena e tremeluzente fagulha de calor que acende no meu peito quando Charlie se aproxima de mim. Eu não deveria querer nada dele. Isso ultrapassa os limites que traçamos um para o outro.

Eu só quero terminar de lavar essa louça e ir para casa. Assistir a um filme idiota e cair no sono ao som de uma claque de risadas.

— Você pode parar com tudo... — balanço a mão ensaboada entre nós — isso?

Charlie solta minha trança.

— Parar com o quê?

— Esse exame das minhas emoções. Não preciso disso. — Pego o prato de trator e começo a esfregar furiosamente o queijo grudado nele. — Não somos... — *Um casal,* eu quase digo. — Não somos nada, Charlie.

Ele fica quieto ao meu lado. Não há nada além do som da água e da esponja contra o prato. Sinto meu coração se acelerar.

— Amigos não se certificam de que seus amigos estejam bem? — pergunta ele por fim.

Eu dou uma gargalhada.

— É isso que nós somos?

Amigos discutem do jeito que nós discutimos? Eles transam e depois fingem que nada aconteceu? Eles se provocam, se alfinetam e se mordem? Eu não sei o que somos um para o outro, mas não parece uma amizade.

Charlie fica imóvel, seu corpo em uma postura tensa. Ele se afasta um pouco, até que haja exatos cinco centímetros de espaço entre nós, sem nenhum ponto de contato.

— Eu achava que sim, mas estou vendo que não. — Pelo canto do olho, vejo-o passar a mão no maxilar. Ele dá uma risada incrédula. — Pelo visto, sou apenas o cara com quem você curtiu um momento. Anotado, Nova. Muito obrigado por esclarecer qual é o meu lugar.

Não foi isso que eu quis dizer.

— Charlie...

— Tá tudo bem. Você está certa. Foi isso que combinamos. — Ele me dá um sorriso forçado e aponta com a cabeça para a mesma porta por onde Beckett acabou de sair. — Vou me despedir dos seus pais e ir embora. — Ele faz uma pausa. — Não vou cometer o mesmo erro duas vezes.

Ele sai sem dizer mais nada, e eu fico encarando a pia.

— Bom — digo para os gatinhos pintados que me julgam com seus olhinhos pretos —, ferrei com tudo.

15

CHARLIE

— O QUE VOCÊ quer fazer em relação ao portfólio do Wyatt?

Coço a nuca e olho de canto de olho para as planilhas que cobrem a mesa da cozinha da casa de hóspedes. Estou acordado desde as três da manhã para colocar os e-mails de Nova York em dia e falando com Selene desde as seis, tentando administrar a verdadeira zorra que é minha carteira de clientes.

Vou ter que falar com meu pai o quanto antes. Se ele acha que fazer com que um monte de homens de meia-idade entre em pânico e mude todos os seus planos de poupança ajuda a formar caráter, tenho novidades para ele.

Isso é irritante. E pouco profissional. E uma burrice.

— Será que podemos convencê-lo a investir em um foguete que lance o traseiro dele para o espaço?

— Nossa. — Selene se recosta na cadeira da minha mesa no escritório, do outro lado do computador, e toma um longo gole da minha caneca de café. — Alguém está bem ousadinho hoje.

Ela está impecável do outro lado da tela. Um terno cinza-escuro com um belo corte e uma blusa branca acetinada por baixo. Seu cabelo escuro está preso em um rabo de cavalo, e ela está com seu velho delineado preto de gatinho, que ela chama de trajes de batalha.

Enquanto isso, parece que fui até o inferno e voltei. Estremeço quando vejo meu reflexo no canto superior direito da videochamada. Minha camisa está do avesso e eu nem me preocupei em me pentear antes de atender a chamada. Acho que tem granola seca no meu colarinho.

— Foi a barba? — pergunta ela. — Ela veio com um transplante de personalidade?

— Eu não tenho barba — murmuro. Passo a mão nos pelos ralos que cobrem meu maxilar. — Tenho uma leve penugem facial. Um começo de barba.

— Ou seja, barba. E não diga "penugem", soa estranho. — Selene me olha e cruza as pernas, tomando mais um gole de café. — Andou inalando pesticidas demais por aí?

— Não. Só estou de mau humor. — Dormi muito mal essa noite. Meu cérebro não parava de revirar as palavras de Nova. Aquela risadinha sarcástica. *É isso que nós somos?*

Vai saber o que nós somos. Ao que parece, não somos amigos. Não tenho o direito de me importar com ela; só de transar com ela. Acho que, quando ela disse que queria matar a vontade, isso significava me tirar de sua vida também.

— Certo. — Respiro fundo e estalo o pescoço. Não vale a pena ficar mais estressado refletindo a respeito disso. — O que mais você tem para mim?

Selene empilha algumas pastas, separadas por cores e com vários post-its, e as coloca ordenadamente na complexa estrutura organizacional que mantenho atrás da minha mesa. Eu deveria dar um aumento para ela. Ela garante que tudo continue nos trilhos.

— Tenho um conselho pra você.

Bato a cabeça duas vezes no teclado.

— Não, obrigado.

— Você precisa cortar relações com seu pai.

Eu resmungo mais alto.

— Eu sei.

Fica silencioso do outro lado do computador. Eu me inclino e descanso o queixo no mouse do notebook. A única parte de mim visível na tela do computador é o topo da minha cabeça, e assim está ótimo. Selene não precisa ver um desastre em tempo real.

Ela pisca algumas vezes.

— Sendo sincera, achei que você fosse ser mais osso duro de roer.

— Eu sei que ele está causando problemas, mas... — Mas tenho dificuldade em confrontar as pessoas. Eu sou confiante até certo ponto, e prefiro fazer um monte de trabalho extra a ter que falar diretamente para o meu pai que ele está sendo um pé no saco. Sou do tipo que gosta de agradar as pessoas, e não importa que a pessoa que estou tentando agradar seja um babaca. Meu cérebro só reconhece aquela sensação incômoda de decepção. — É isso mesmo que ele quer.

— Ele quer que você se afaste dele?

— Não. Quer que eu ligue para ele para dar a atenção que ele tanto deseja. Ele me atiça e provoca até conseguir o que quer. É um narcisista. Entre outras coisas. Se eu não ceder aos caprichos dele, ele vai continuar provocando até que eu ceda.

— Então, o que você vai fazer?

Aperto minhas têmporas, tentando aliviar a dor de cabeça que sinto se formar devido à tensão. Meus braços e minhas costas estão doloridos do trabalho no campo de ontem, e estou apenas... cansado.

— Eu vou dar um jeito.

Selene ergue as sobrancelhas.

— Quando você vai dar um jeito?

Meu Deus. Ela está trabalhando comigo há muito tempo. Ela conhece todos os meus mecanismos de fuga.

— Essa semana. Vou cuidar disso essa semana.

— Quer que eu coloque na sua agenda?

Um sorriso abatido se forma no canto da minha boca.

— Que nome você vai colocar?

— Vai ser um "Não perturbe" chamado "Tomando uma atitude". Vou agendar a chamada, com uma hora antes para surtar e uma hora depois para relaxar.

Dou risada.

— Isso seria ótimo. Obrigado. — Penso por um segundo e passo as mãos pelo cabelo de novo. — Você pode pôr a cor azul nele?

Passo o resto da manhã enterrado em e-mails infernais, o compromisso na minha agenda para ligar para o meu pai é uma contagem regressiva ameaçadora na minha visão periférica. Não sei se vou aguentar passar o resto da semana com esse bloco azul pairando sobre minha cabeça.

— Porra. — Suspiro e pego o celular, discando o número que me recuso a salvar, mas que, de todo modo, já sei de cor.

Ele deixa cair na caixa postal, é claro que deixa. Quando eu finalmente cedo, ele me enrola.

— Você ligou para Brian Milford, consultor financeiro independente. — Resmungo alto. Ele não deveria dar consultorias para ninguém. — Por favor, deixe seu nome e número e eu retorno a ligação.

O celular apita. As palavras saem em um turbilhão.

— Aqui é o Charlie Milford e eu agradeceria se você parasse de dar consultorias financeiras independentes. Se era atenção que você queria, então toma. Me liga.

Pouso o celular na mesa com cuidado, ainda que minha verdadeira vontade seja jogá-lo pela janela. Não gosto de ficar com raiva. Não gosto de perder o controle. Detesto essa tensão que fica se agitando na minha cabeça e no meu peito. Meus pensamentos ganham velocidade até que eu não consiga distingui-los, um fluxo contínuo de estresses, lembretes e partes de conversas. É como enfiar a cabeça debaixo d'água em um concerto, tudo abafado por um som sem fim e indistinguível.

Você está perdendo o controle, minha mente sussurra. *Concentre-se. Você está ficando para trás. As pessoas estão contando com você e você está desabando. De novo.*

Respiro fundo pelo nariz.

E expiro de novo.

Fico sentado assim, respirando, por um tempo. Minhas mãos relaxam lentamente, os punhos cerrados voltando a se abrir, meus pensamentos cada vez menos atropelados. Observo um cardeal-vermelho pela janela, sentado na borda de um comedouro para passarinhos. Ele bica algo ali, abre as asas e sai voando.

Se eu abrisse a janela, ajudaria. Ar fresco sempre ajuda a desanuviar minha mente. Mas parece que não consigo me levantar da cadeira.

Lucy me perguntou o que eu merecia e talvez seja isso. Talvez seja exatamente para isso que eu esteja destinado. Essa cadeira, nessa cozinha, nessa casa que não é minha. Em um lugar ao qual não pertenço. Com amigos que são amigos da minha irmã, mas que tomei como se fossem meus. Tão longe de Nova York e de todas as minhas responsabilidades. A vida que construí lá, tentando sair da sombra do meu pai.

Enquanto tudo o que estou fazendo aqui é me encolhendo em uma jaqueta que não cabe em mim.

A voz de Nova: *É isso que nós somos?*

Eu não faço a mínima ideia.

ALGUÉM BATE À porta do chalé. A única fonte de luz na cozinha é a luz do pôr do sol que entra pelas janelas, pintando tudo de um laranja queimado e enferrujado. A mesa está mais organizada, mas meu cérebro, não. Passei o dia inteiro hiperfocado em riscar coisas da minha lista de afazeres e não parei para almoçar. O tempo se tornou um conceito fugaz, uma noção vaga.

Eu sinto isso quando me levanto e me arrasto até a porta, meu corpo rangendo e os joelhos estalando. Não sei quem estava esperando, mas certamente não é Nova no segundo degrau da varanda, com uma caixa de pizza do Matty nas mãos e um lindo gorro preto na cabeça. Seus cabelos loiros estão soltos em ondas ao redor dos ombros, as bochechas coradas pela luz do dia. Ela franze a testa quando me vê.

— Você fez a barba — diz ela.

Esfrego minha bochecha macia. Às vezes, recorrer à minha rotina me ajuda a recomeçar. Depois da reunião com Selene, fiz tudo o que sempre faço em uma manhã na cidade, tirando a curta viagem de metrô e uma xícara de café mais cara do que deveria.

Também pulei a parte do terno. Vesti um moletom da Fazenda Lovelight e uma calça de moletom preta que acho que usei duas vezes. Não costumo usar roupas esportivas na cidade.

— Sim — aponto com a cabeça para a pizza nas mãos dela —, está fazendo entregas para o Matty agora?

Ela olha para a caixa como se tivesse esquecido dela. Seus dedos se apertam nas bordas.

— Um bico — diz ela baixinho, com um movimento dos lábios.

Resisto ao desejo de preencher o silêncio entre nós e encosto o ombro no batente da porta. Ela veio aqui porque tem algo a dizer. Não vou apressá-la.

Também não vou facilitar as coisas para ela.

Ela chuta uma tábua torta do assoalho e respira fundo.

— Eu fui uma verdadeira babaca ontem.

Dou de ombros. Ela foi sincera. Impôs seus limites. Isso não faz dela uma babaca.

— Não, você não foi. Eu te pressionei e não deveria ter feito isso. Você não precisa falar comigo sobre nada. Sei quais são os parâmetros do nosso relacionamento.

Eu sei qual é a minha função. Sou o momento divertido. O intervalo entre as coisas mais sérias. A piada e a risada fácil. Nova deixou bem claro o que queria de mim. Eu me deixei levar achando que tivesse direito a qualquer outra coisa. Que ela me desejaria para qualquer outra coisa.

Ela pisca algumas vezes e sobe um degrau. Sinto o cheiro de muçarela e manjericão. Minha barriga ronca em agradecimento.

— Eu fui uma babaca — repete ela —, não deveria ter dito aquilo.

— Que parte?

— A parte em que eu disse que não éramos amigos. — Ela inclina a cabeça para o lado, me observando. Faço o possível para não recuar. — Eu estava frustrada comigo mesma e descontei em você. Pensei que poderia compensar com uma pizza. — Ela ergue um pouco a caixa em suas mãos. — Quer comer?

Forço um sorriso e tento me apegar a algo familiar.

— Você? A resposta é sempre sim — brinco.

Ela franze a testa e seu rosto se suaviza.

— Não faz isso — diz ela calmamente.

— Isso o quê?

— Isso, esse teatrinho.

Eu olho para baixo, com uma sensação de vazio na barriga. Como se eu tivesse acabado de pisar no vazio e não conseguisse ver onde está o chão. Suspiro.

— Eu não quero uma pizza de pena, Nova.

— Não é pizza de pena — responde ela —, é pizza de pepperoni.

Luto para não sorrir. Queria que ela não fosse tão engraçada. Isso facilitaria muito as coisas para mim.

— Que fofo.

Ela suspira e se aproxima. Encosta a caixa de pizza em meu peito. Olho para ela e ergo as sobrancelhas.

— É uma pizza de massa grossa, com queijo extra e pepperoni duplo. Comprei porque sei que é a sua favorita. E sei que é a sua favorita porque somos amigos. Agora, eu gostaria de entrar e comer essa pizza antes que esfrie. Com você.

— Como amigos — esclareço.

Aquele sorriso discreto surge em sua boca de novo.

— É. Você pode me contar como foi seu dia e eu vou contar do meu. Podemos fazer alguns planos para o festival da colheita e vou roubar alguma coisa pra beber da sua geladeira. Depois, vou para casa e voltamos a nos ver mais para o final da semana.

— No final da semana?

— Isso.

Eu penso na possibilidade. Parte de mim ainda está triste com a noite passada, mas há uma parte maior de mim que está cansada de ficar sentado nessa casa sozinho.

— Eu escolho o que vamos assistir — concordo por fim.

Seu sorriso se alarga antes de ela ficar séria de novo, com os lábios pressionados. Ela se balança nos calcanhares, as tábuas da varanda rangendo sob suas botas.

— Tudo bem.

— E eu vou comer todas as bordas.

— Tudo bem também.

— E vou ocupar a maior parte do sofá — aviso.

Eu ocupo muito espaço, quero dizer para ela. *Sou barulhento e às vezes não sei como parar de falar. Sou intenso e tenho consciência disso. Não consigo descobrir como me adequar, mas estou tentando. Prometo que estou tentando.*

Ela dá de ombros.

— Não preciso de muito espaço para ficar confortável.

Eu empurro a porta e a abro mais atrás de mim. O sorriso de Nova se alarga. Sinto meu coração dar cambalhotas ao ver isso e, mais uma vez, tenho que me lembrar de que Nova Porter não é para mim. Ela já me deu tudo o que poderia me dar, e posso me contentar com isso ou não ter nada. Essas são minhas opções.

— Pode entrar, então.

Ela passa por mim e entra na casa, seu braço roçando no meu.

— Espero que você tenha molho de pimenta.

Eu a vejo entrar na cozinha, segurando a pizza com uma das mãos enquanto tenta tirar o casaco. Sinto um aperto no peito ao vê-la ali. Movendo-se como se não quisesse estar em nenhum outro lugar. Eu respiro fundo.

— É claro que tenho. — Fecho a porta da cabana. — Não sou um selvagem.

Nós nos espalhamos no sofá com a pizza.

Nova se acomoda no canto, sentada em cima das pernas, enquanto eu me espalho do outro lado, com as pernas apoiadas na mesa de centro e o braço estendido no encosto. Ela coloca uma fatia da pizza em um prato lascado com arvorezinhas de Natal na borda e pega a caixa para si, abrindo-a no colo.

— Você não quer um prato?

— Já tenho um prato. — Ela mostra a caixa e a balança na minha frente.

Eu a empurro de volta para o colo dela, não quero passar metade da minha noite esfregando manchas de gordura do sofá de Stella.

— Um prato de verdade.

— O que você tem contra caixas de papelão, Charlie?

— Nada. Eu só gosto de combinar a louça com a comida.

Ela ri enquanto eu zapeio pelos canais, procurando algo para assistirmos. Paro no canal de televendas e ela vaia. Paro de novo em um programa sobre cuidados com cães só para ouvi-la rir.

Seu rosto se ilumina quando eu paro no canal de filmes clássicos, Katharine Hepburn ocupando toda a tela. Jogo o controle na mesa de centro e pego o prato de pizza que havia colocado de lado. Ela olha para mim por trás da tampa de seu prato improvisado com uma expressão de surpresa.

— Que foi? — pergunto.

— Que foi o quê?

— Essa cara que você fez.

Nova dá de ombros, com um deles se aproximando da orelha. Ela coloca um pouco de molho de pimenta em cima da fatia e dá uma enorme mordida. O canto da sua boca fica sujo de molho de tomate.

— Você não tem cara de quem gosta de clássicos — comenta ela com a boca cheia. Ela engole e passa o polegar no lábio inferior, mas não o molho. Não consigo tirar os olhos dele.

— Você vai perceber que sou um homem de bom gosto — consigo dizer.

Ela dá risada.

— E é mesmo.

O jantar é silencioso enquanto evitamos tópicos mais delicados. Assistimos à TV e conversamos sobre banalidades. Gus e Montgomery e seu desejo de fazer uma exposição artística de abóboras. A sra. Beatrice e seus cafés com açúcar mascavo. O xerife Dane e seu marido, Matty, e se Beckett os forçará ou não a adotar um cachorro o quanto antes.

— Estou surpreso que ele ainda não tenha feito isso.

Nova concorda.

— Acho que aquele boi que ele ganhou da Evie serviu para acalmar meu irmão por enquanto.

Uma calma que normalmente tenho dificuldade em encontrar, sentado aqui em um sofá pequeno demais, com o joelho de Nova encostando no meu, a borda da caixa de pizza embaixo da minha coxa, o molho de pimenta sendo passado de um para o outro e uma cerveja dividida entre duas canecas que não combinam na mesinha de centro.

— Então. — Apoio minha caneca no braço do sofá, observando Katharine Hepburn girar pela sala com uma taça de champanhe. — Quando você pode me incluir na sua agenda? Para minha tatuagem.

— Você ainda está nessa, é?

— Eu quero uma tatuagem, de verdade. — Descanso a cabeça no sofá e cutuco o joelho dela. Ela me cutuca de volta com o pé coberto pela meia e o deixa ali, enfiando-o embaixo da minha coxa quando não protesto.

Ela estreita os olhos.

— O que você quer?

— Eu não sei.

— Onde?

— Também não sei.

— Normalmente, com base na minha experiência profissional, se alguém não sabe que tipo de tatuagem quer ou onde quer fazer, é porque ainda não está pronto para uma tatuagem.

Tomo um gole da cerveja morna da caneca em forma de quebra-nozes, meus olhos fixos nos dela. Sua pele reflete os tons de azul e cinza da luz da televisão, os cabelos em uma onda prateada sobre os ombros. O gorro dela está na mesa da cozinha. Seus sapatos estão jogados ao lado dos meus.

— O que você escolheria para mim? — pergunto.

— Um escorpião — responde ela na lata. — Na bunda.

Meu sorriso parece ridículo. Grande demais. Feliz demais.

— Se você quiser ver minha bunda de novo, Novinha — dou outro gole na caneca —, tudo o que precisa fazer é pedir.

— Obrigada por avisar. — Ela ri. O brilho em seus olhos azul-esverdeados é um lampejo de calor. Fumaça sobre águas agitadas.

Meu cérebro empolgado volta para nossa noite juntos, me fazendo lembrar dela deitada embaixo de mim, um dos joelhos na minha cintura e as mãos acima da cabeça. Ela tinha me olhado do mesmo jeito. O mesmo tipo de interesse calculado. Como se estivesse pensando no que fazer primeiro.

Uma noite, eu disse a mim mesmo. *Para matar a vontade. Não se imponha. Não seja intenso demais. Aceite o que ela quiser dar e não peça mais. Não pressione.*

Limpo a garganta e desvio o olhar. Tomo outro gole da minha caneca só para ter algo para fazer com as mãos.

— Como você decidiu o que tatuar no Beckett? Ele não sabia o que queria, certo?

Ela balança a cabeça. Uma pequena linha de expressão aparece na ponte de seu nariz. Quero apertar meu polegar nela até que desapareça. Afastar os pensamentos que a colocaram ali. Sempre fui rápido em esvaziar minha mente, mas acho que Nova se apega demais a isso. Ela não abre mão de seus pensamentos, suas inseguranças e suas preocupações, deixando-os zumbir como um enxame em seu cérebro.

— Não — diz ela, pensativa. — Bem pensado. Ele só me disse para fazer o que eu quisesse.

Eu me lembro do que ela disse ontem à noite sobre o peso das expectativas de outra pessoa, como ela se sente esmagada por isso.

— E você quis tatuar flores e estrelas nele?

Beckett tem o braço esquerdo todo tatuado de constelações e planetas girando em roxos e azuis do ombro até o pulso. No direito, ele tem uma floresta. Flores, trepadeiras e árvores imponentes. Todas as coisas que agora sei que são especialidades de Nova, cores e linhas delicadas e um sombreamento perfeito. O trabalho dela é de fato incrível.

— Eu queria que ele tivesse as coisas que mais ama com ele aonde quer que fosse. — Ela pisca algumas vezes e olha para a caixa de pizza em seu colo. Fica brincando com a borda da caixa. — Beckett abriu mão de muita coisa para garantir que todos nós tivéssemos o que queríamos. Ele sempre se colocou em último lugar. Parecia o mínimo que eu poderia fazer.

Observo seu rosto com cuidado, iluminado pela luz da televisão.

— Por que você ainda não quer que ele veja o estúdio?

Ela traça o Y em MATTY.

— Eu não sei.

— Sabe, sim.

Nova bufa e me olha. Eu ergo as sobrancelhas em resposta.

— Eu só... quero que esteja perfeito. — Então continua, mais baixinho: — Quero que ele sinta orgulho de mim.

— Você não acha que ele vai sentir?

— Não é que eu não ache que ele não vai sentir orgulho. — Ela limpa algo da bochecha com a manga da camisa. — Sei que ele vai. Sei que sente. Mas eu nunca fiz nada para merecer isso dele, fiz? Ele sempre... sentiu orgulho, apenas. Ele me deixou fazer todas aquelas tatuagens nos braços dele quando eu ainda não deveria estar tatuando ninguém. Ele largou a escola e desistiu dos próprios sonhos para que eu pudesse sonhar. Quero que ele entre e sinta que tudo isso valeu a pena. E eu ainda não me sinto pronta. Tem algumas coisas que ainda quero fazer antes que ele veja. — Ela me olha de relance e abraça as pernas. — Isso é ridículo?

— Não, não é ridículo. — Encosto a mão em seu tornozelo e traço a saliência do osso delicado com meu polegar. — Mas você não precisa ser perfeita, Nova.

— Preciso — sussurra ela, com a voz embargada. — Preciso, sim.

Eu me seguro para não dizer que ela está errada. Que dar o melhor de si é o suficiente. Que ela merece tudo o que tem.

— Você vem para a fazenda porque precisa vir?

Ela balança a cabeça.

— Como assim?

— Por que você vai na padaria da Layla?

— Porque aquele cupcake de chocolate e avelã mudou minha vida.

Eu aperto o tornozelo dela.

— E por que você compra sua árvore de Natal aqui? Todo ano.

— Porque são árvores bonitas — responde ela, ainda perplexa. — E o Beckett me mataria se eu comprasse uma de plástico.

— Você acha que tem que sustentar esse lugar só porque seu irmão é dono de uma parte dele?

A expressão dela se torna mais suave ao entender meu ponto.

— Não. Eu gosto, só isso.

Eu me permiti traçar sua pele macia uma última vez antes de soltá-la, deixando as mãos repousarem em meu colo. Arregalo os olhos de forma exagerada.

— Que interessante, não?

— Sutil, Charlie. — Ela me cutuca com o pé de novo e depois se afasta, voltando a se sentar em cima das pernas. — Eu vou falar com ele.

Faço que sim com a cabeça. Certamente não sou um especialista em interações familiares saudáveis, mas gosto da ideia de Nova e Beckett se darem bem.

— Acho que ele ia gostar.

— E você?

— O que tem eu?

Ela se inclina para a frente e pega sua caneca da mesa de centro, mantendo os olhos em mim enquanto dá um gole com todo o cuidado.

— Você vem pra cá com bastante frequência, para um homem que vive e trabalha em outro estado.

Fico grato pela pouca luz e pelo brilho bruxuleante da televisão.

— Eu exagero? — pergunto com cuidado.

Ela fica quieta até que eu me vire para ela.

— Não. Não exagera. Não se estar aqui te faz feliz.

Estar aqui me faz sentir como... como se minhas partes mais pontiagudas pudessem ser suavizadas e se tornassem algo tolerável. Como se eu não precisasse encenar. Todas as coisas que me prendem em Nova York não parecem tão sufocantes quando estou aqui. É mais fácil respirar o ar com aroma de pinho tomando uma xícara de café da sra. Beatrice e devorando um croissant da padaria de Layla.

— Sim, estar aqui me faz feliz — é o que eu consigo dizer.

Ela faz que sim e volta a assistir à televisão. Enquanto isso, eu a observo. Suas tatuagens parecem mais escuras na pele sob a luz fraca, como os traços largos de um pincel. Um polegar manchado com tinta úmida. Ela sorri gentilmente para algo na tela, e as perguntas que estavam descansando no fundo da minha mente voltam à tona. Ela me revelou um de seus segredos e eu quero saber o resto. Quero saber tudo.

— Qual a sensação? — pergunto.

Ela se vira para mim.

— Do quê?

— Do seu trabalho. Por que quis virar tatuadora? Por que não quis fazer outra coisa?

— Porque... — Seus olhos se voltam para cima e depois para baixo de novo. — Acho que porque eu gosto da permanência da tatuagem. A ideia de que alguém, em algum lugar, está andando por aí com o que pintei em sua pele. — Ela sorri, tímida. — Nosso corpo é uma coisa formidável, não é? Para mim, é um presente que alguém confie em você dessa forma. Uma honra, na verdade.

— E, ainda assim, você não quer fazer o escorpião na minha bunda?

O rosto dela se ilumina de novo, com os olhos rindo.

— Não, Charlie. Eu não vou fazer um escorpião na sua bunda. Ou um Looney Tunes no meio do seu peito. — Ela se recosta no braço do sofá e olha para mim. Olhos calmos, confortáveis no silêncio que se estende entre nós. É uma honra ter isso, essa quietude que pode ser sentida. Essa sensação calorosa e tranquila.

Estou bastante consciente do meu coração batendo forte. Um tum-tum--tum que sinto nas palmas das mãos.

— Pense nisso.

Tomo outro gole de cerveja.

— Na sua bunda?

— Também. Mas em qual tatuagem eu deveria fazer.

Ela me observa, dessa vez com uma expressão séria.

— Vou pensar — responde ela.

— Obrigado.

Aquele sorriso discreto surge de novo. Ela olha para a janela acima do meu ombro, depois se reclina no braço do sofá para verificar as horas no micro-ondas. Sua camisa se levanta, e eu vejo a pele macia de sua barriga. A curva suave do quadril. Eu conheço essa pele. Já a senti sob as mãos, na boca. Já a tive colada na minha, sua respiração ofegante em meu ouvido. O riso no escuro.

Ela é tão macia. Cada centímetro dela.

Engulo em seco e desvio o olhar.

— É melhor eu ir embora — anuncia ela.

Concordo e me levanto, esticando o pescoço.

— Eu acompanho você até a porta.

Ela bufa e pega a caixa de pizza, recolhendo os restos do nosso jantar e limpando a mesa de centro.

— Acho que, se você esticar o braço, consegue tocar as duas extremidades da casa com a ponta dos dedos. Não tem por que me acompanhar até a porta.

— Eu quero — insisto.

Mas ela tem razão. A casa é minúscula. É mais um estúdio do que qualquer outra coisa. Stella disse que a construiu para o caso de alguém querer alugar o lugar para um fim de semana na fazenda, mas, até onde sei, sou a única pessoa que já ficou aqui. O primeiro andar é aberto, com um sofá verde de tamanho médio dividindo a sala da cozinha, uma pequena mesa de madeira que, nesse instante, está com as pilhas de coisas do meu trabalho. A escada leva a um pequeno loft, com uma cama king-size e uma cômoda.

É a parte de trás da casa que a transforma em algo especial. São todas as janelas, assim como a de Layla. De manhã, você não vê nada além de colinas douradas e pinheiros de Natal bem alinhados. A fumaça da casa de Layla ao longe e o barulho de Beckett em seu trator. A casa parece maior. Como se ela se estendesse até os campos e além.

Agora é apenas uma noite azul-escura, as estrelas como um cobertor acima. Um reflexo de mim e Nova nas janelas escuras.

Eu poderia me abaixar e pegá-la no colo. Diminuir a distância entre nossas bocas e apaziguar aquela fome que arde em meu peito até que seja satisfeita. Eu poderia me perder nela, na forma como ela me faz sentir, no calor que sei que existe entre nós.

Ela ainda tem um pouco de molho de tomate no canto da boca. Eu estendo a mão para ela sem pensar, hipnotizado pela visão dela sob o luar. Minha mão encosta em seu maxilar e os lábios dela se entreabrem quando meu polegar toca sua boca. Ela suspira, trêmula. O desejo retumba como um tambor em mim. Aquela sensação de calor, suavidade e brilho em meu peito se transforma facilmente em um inferno.

— Molho de tomate — explico, esfregando uma vez. Minha voz é baixa, rouca. As pontas dos meus dedos escorregam para o cabelo logo atrás da orelha dela e, sem conseguir me segurar, traço com o polegar a curva de seu lábio inferior. Ela fica ofegante sob o meu toque, mas não olho para seus olhos. Não consigo. Só consigo olhar para o rosa suave de sua boca e meu polegar no canto dela.

O que ela faria se eu colocasse meu polegar em sua boca? Será que daria aquele gemido cheio de desejo, como fez na outra noite? Será que ela me deixaria arrastar o dedo, passando pela garganta até aquela linda rosa vermelha entre seus seios? Ela suspiraria meu nome? Será que ela gostaria disso?

Nova ergue o rosto, aberta, receptiva e, *porra,* confiante. Parece que ela quer que eu a beije. Eu quero beijá-la. Mas estou sempre vendo as coisas que quero ver, e não posso confiar que sou o que ela quer agora.

Eu entendo. Entendi o que ela disse sobre a confiança ser como uma dádiva. Porque nesse momento, com ela me olhando assim, quero ganhar essa confiança. Quero ser digno dela.

E não vou pressioná-la. Não quando ela foi tão clara sobre o que quer.

A sensação é como se eu estivesse andando na lama, mas me afasto dela. Pego a caixa de pizza de suas mãos e vou até a cozinha. Ela não diz nada e, quando me viro de novo, está colocando o gorro na cabeça. Ela sorri e... Eu devo ter imaginado isso. Seja lá o que for que acabou de acontecer. Porque tudo está exatamente como sempre esteve entre nós.

Sem tensão. Nenhum olhar secreto de desejo.

Só eu e Nova aproveitando o momento juntos.

— Obrigado pela pizza — digo a ela.

Ela assente e veste a jaqueta.

— Obrigada pelo filme.

Eu a acompanho até a porta e a abro. Ela desce a escada até o carro estacionado atrás do meu, um Chevy que tem mais ou menos dezessete vezes o tamanho dela.

— Vejo você essa semana? — pergunta ela.

Eu me encosto na porta. Sinto que preciso de apoio.

— Para quê?

Ela sobe na caminhonete e se acomoda no banco do motorista. Abre a janela com três movimentos do braço. Me faz sorrir saber que ela dirige esse carro velho. Aposto que deve ter sido um presente do pai ou do irmão.

— Visitar os negócios — explica ela, mandona como sempre. — Me busca no estúdio quando você quiser ir.

— Como você quiser — grito de volta.

Ela sorri para mim pelo para-brisa.

— Sempre.

Eu aceno enquanto ela sai com o carro. Nova desce a trilha em sua caminhonete gigantesca, levantando terra à medida que avança, as lanternas traseiras desaparecendo na curva. Fico ali parado até ficarmos apenas eu e o luar, a poeira assentando lentamente e os estranhos vaga-lumes que piscam no escuro.

E, pela primeira vez em muito tempo, o silêncio não me incomoda.

16

NOVA

EU QUASE BEIJEI Charlie na cozinha dele.

Eu queria beijá-lo, e não faço ideia do que pensar disso. Já se passaram três dias e não consigo parar de lembrar da expressão dele. Sincero e cansado. Vulnerável e honesto. Seu polegar no meu lábio inferior e nossos rostos tão próximos que bastaria um empurrãozinho para levar minha boca até a dele.

Eu gostei. De tudo. A pizza, a conversa, o filme e a mão dele no meu tornozelo. Foi o mais próximo que cheguei de ficar aconchegada com outra pessoa em anos, e foi... bom.

Agradável.

Confuso.

Mas bom.

Jeremy derruba algo na frente da loja com o espanador que descobriu sob uma pilha de caixas. Ele não tem feito muita coisa desde que chegou hoje de manhã.

— Quando vai ser a grande inauguração?

Fecho um arquivo e abro outro, confirmando mais uma vez os números na tela com os números na planilha. Parece que tudo está no lugar certo, mas, em vez de me sentir calma e confiante, estou paranoica com a possibilidade de ter esquecido alguma coisa. Sobretudo porque passei grande parte da manhã olhando para o nada e verificando meu celular para ver se Charlie tinha mandado alguma mensagem.

— A inauguração oficial é no dia 15 de outubro. Mas vamos ter uma pré-inauguração logo, logo. — Ergo o olhar quando Jeremy faz um som confuso. — Uma festa só para convidados — explico. — Influenciadores e outros tatuadores, para que eles possam divulgar a marca e, com sorte, trazer mais clientes.

Não estava tão certa a respeito dessa estratégia no início, mas, dez minutos após enviar os convites, já havia atingido a capacidade máxima de convidados. Layla vai fazer minibolos em forma de suculentas, e aluguei um food truck de tacos para ficar na frente. Bolo, tacos e pequenas tatuagens de uma lista de flashes que imprimi em um papel-cartão sofisticado, com *Tatuagem & Selvagem* impresso em letra cursiva na parte superior. Tiro as folhas de flashes de uma gaveta e passo o polegar sobre ela. São todas marcas registradas do meu estilo — um buquê com uma fita vermelha, uma mão segurando estrelas —, cores e traços delicados que posso reproduzir com rapidez e facilidade.

Estou animada. Animada e nervosa. Ontem à noite, Charlie disse que eu não preciso ser perfeita, mas preciso sim. Ô se preciso. Precisa dar certo. Não só porque é meu sonho, mas porque muitas pessoas desistiram de coisas que amavam para que eu chegasse até aqui. Se eu falhar agora, se eu perder o foco nem que seja por um segundo, meu castelo de cartas poderá desmoronar ao meu redor.

Queria que fosse mais fácil acreditar em mim mesma. Queria que fosse mais fácil acreditar que tudo vai continuar de pé. Que eu fiz por merecer. Mas a síndrome do impostor paira sobre minha cabeça como uma nuvem de tempestade que não consigo afastar.

Fecho a pasta e enfio o polegar no meio da testa. Ao que tudo indica, eu entro em pânico mesmo quando as coisas estão indo bem. Que incrível.

— Ah. Posso vir?

— Ao evento? — pergunto. Jeremy faz que sim com a cabeça. — Você vai ajudar?

Ele dá de ombros.

— Claro.

— Então, sim, você pode vir.

Ele se levanta e espana a moldura de um espelho, olhando para mim com o canto do olho.

— Posso fazer uma tatuagem?

— Não.

A porta do estúdio se abre e Charlie surge. Está vestindo um casaco caramelo caro com a gola levantada e um suéter verde grosso por baixo. Uma luz se acende em mim, um nó de expectativa no fundo da minha barriga.

Eu o encaro. Ele sorri.

— Oi, Novinha. Sentiu minha falta?

Senti. Infelizmente, acho que era isso.

— Não. — Vou digitando de leve e finjo estar ocupada com algo importante. — Por quê? Você sentiu minha falta?

Ele se dirige à mesa e apoia nela uma pasta e dois copos de café.

— Desesperadamente — diz ele, ainda com aquele sorriso. Ele olha por cima do ombro para onde Jeremy está fingindo tirar o pó enquanto eu finjo digitar. Nós formamos uma dupla e tanto. Nada nunca vai ser feito nesse estúdio. — Você sabe que o Jeremy está mexendo nas suas amostras de tatuagem?

Jeremy bufa.

— Estou tirando o pó delas.

O rosto de Charlie é pura confusão.

— Por quê?

— Porque eu trabalho aqui — responde Jeremy, soando presunçoso demais para alguém que está empregado há menos de setenta e duas horas.

Charlie se volta para mim com as sobrancelhas erguidas. Eu levanto as minhas em resposta.

— Que foi?

Charlie pega um dos cafés, abre a tampa para ver o que tem dentro e depois o entrega para mim.

— Nada.

Eu o pego e seguro com as duas mãos. Está quentinho, e tem cheiro de canela e abóbora, meu café favorito de terça-feira da sra. Beatrice. Charlie pega o outro copo e se apoia na minha mesa.

— Mesmo?

Ele dá de ombros e pega umas das minhas opções de tatuagem.

— Você tem coração mole, Nova Porter.

Pego a folha da mão dele e o coloco de volta na pilha.

— Não, não tenho. — Aparentemente, tenho o coração embalado em plástico-bolha. Um coração de pedra, se for para acreditar no que meus irmãos dizem.

Ele murmura e pega outra folha de flashes.

— Tem, sim. Por baixo dessas tatuagens se esconde alguém toda sentimental. Mas não se preocupe. — Ele pisca e sinto arrepios percorrerem minha pele como uma chuva de faíscas. — Seu segredo está a salvo comigo.

Talvez eu esteja a salvo com ele, mas estou começando a achar que não estou tão a salvo *dele*. Nem meus segredos, nem esse sentimento no peito toda vez que ele está por perto. Como se alguém estivesse me empurrando para baixo e me puxando para cima ao mesmo tempo.

Estou escancarada, transbordando de desejo. Não entendo como isso aconteceu. Não tenho vontades, e não me distraio. Não como duas vezes do mesmo prato.

Mas acho que Charlie pode ser a exceção a essa regra. Minha vontade deveria ter acabado, não aumentado.

Ele olha para a folha em sua mão e o balança no ar.

— Para que serve isso?

— Festa exclusiva para influenciadores — responde Jeremy da frente da sala. Por Deus, esqueci que ele estava aqui. — Você não está convidado.

— É mesmo? — Charlie ignora Jeremy e olha para mim, com uma sobrancelha escura levantada. — Eu não fui convidado, Nova?

— Você quer ser convidado?

— Depende. — Ele bate a folha na palma da mão. — Você vai poder me tatuar?

— Não sei. Oompa-Loompas minúsculos não estão entre as opções.

Seus olhos azul-marinho se fixam em uma das tatuagens no canto inferior direito. É uma pequena peônia, com as pétalas em plena floração. É igual à tatuagem nas minhas costelas. Seu olhar se volta para mim e para a camiseta velha que tenho amarrada na cintura, pensando. Eu me preparo para o impacto, mas a cantada insinuante não vem. Ele volta o olhar para a folha em suas mãos e limpa a garganta. Como se não quisesse ser pego fazendo algo que não deveria.

— Uma dessas aqui seria legal — diz ele, ignorando o comentário sugestivo embrulhado em um laço que deixei cair em seu colo. Não sei se é porque Jeremy está aqui e claramente ouvindo ou porque ele de repente passou a se preocupar em manter um limite entre nós. Mas isso dói.

Ontem à noite, fiquei com o rosto voltado para o dele e esperei por um beijo que não veio. A sensação agora é a mesma. Como se ele estivesse tomando cuidado para fazer a escolha certa, quando ele nunca foi cuidadoso comigo. Ele também não foi descuidado, mas foi... honesto. Agressivamente transparente com o que quer que estivesse passando em sua mente. Ele dava desculpas para se manter perto e não parava de flertar comigo.

E agora ele está do outro lado da mesa fingindo estudar um papel e guardando seus pensamentos para si mesmo. Pensei que era isso que eu queria. Tudo guardado em caixas organizadas. Mas não estou gostando nem um pouco.

Pego o papel de sua mão.

— Não, você ainda não pode fazer uma tatuagem.

— Você tem algo especial planejado para mim?

Dou risada.

— Ô se tenho.

Uma tatuagem no seu pescoço com os seguintes dizeres: *Esse homem vai atrapalhar todos os seus planos tão bem elaborados. Ele será sua maior distração.*

— Vou cobrar você depois. Enquanto isso... — Ele coloca a pasta que carregava debaixo do braço na mesa. — Aqui.

— O que é isso?

— É o formulário para seus impostos federais. Não encontrei em meio à sua papelada.

— Que papelada?

— A papelada que está na mesa da cozinha.

Tomo um discreto gole do copo de café. Está do jeitinho que eu gosto, até a canela polvilhada por cima.

— Quando foi que você viu a papelada na minha mesa da cozinha?

— Quando eu estava esperando a sua cafeteira terminar o café — diz ele, baixando a voz para um tom áspero. — Enquanto você dormia.

Quando eu estava nua na minha cama, ele quer dizer, e ele estava andando pela minha casa com a calça desabotoada e um pouco caída nos quadris, com os olhos sonolentos e o cabelo bagunçado.

Ele bate na parte superior da pasta.

— Você precisa preencher isso com o resto dos papéis.

Eu a abro e olho para a parte de cima da folha de papel. Charlie já preencheu a maior parte das informações, até o meu número de identificação comercial. A sensação de coceira e claustrofobia de antes volta com força, pressionando meus ombros.

— Não acredito que esqueci isso — murmuro.

— Pois é. Não acredito que você esqueceu esse único documento dos setecentos que precisa preencher para abrir uma empresa no estado de Maryland. — Ele se inclina sobre a mesa e me mostra a linha em branco na parte inferior da página. — Assine aqui e eu envio ele para você.

— Você não precisa fazer isso.

— Fico feliz em ajudar.

Eu sei que ele fica e isso, de alguma forma, torna tudo pior. Que ele me traga meu café favorito e os formulários que esqueci de preencher e não peça nada em troca. Eu gostaria de saber o que ele quer. Gostaria de saber também o que eu quero.

Assino no espaço que ele indicou e jogo o papel na gaveta superior da minha mesa. Eu mesma vou enviar. Não preciso de mais nenhum favor de Charlie.

Ele sorve o café, fazendo mais barulho do que o necessário, de propósito.

— Alguém já te falou que você é teimosa?

— Com uma frequência alarmante e riqueza de detalhes — respondo. Dou um sorriso amarelo. Ele dá risada e aponta para a porta com a cabeça.

— Pronta para ir?

— Aonde?

— Visitar os negócios — explica ele. — Você disse que queria fazer isso essa semana.

Não tenho a menor vontade de caminhar pela cidade com Charlie agora. Ainda me sinto muito exposta, muito distraída, muito... instável. Mas é algo que precisa ser feito, e eu prometi.

— Claro — suspiro.

Charlie ri.

— Seu entusiasmo é contagiante.

Eu me levanto da cadeira e pego meu casaco. Charlie está satisfeito consigo mesmo, me observando travar uma batalha com as mangas do meu casaco e se divertindo muito.

— Para de fazer essa cara — protesto.

— Já falamos disso, Novinha. É a única cara que eu tenho.

— Bom, é uma cara de besta — resmungo.

Charlie ri, um lampejo de dentes brancos, com os olhos franzidos nos cantos.

— Claro que é. — Ele toma outro gole de seu café, sem pressa, e pisca para mim. — Deve ser por isso que você olha tanto para ela.

ESTOU O PURO suco do caos.

Mal-humorada, frustrada e consciente demais da presença de Charlie. A extensão dos seus ombros sob o casaco e o cheiro do seu perfume. A linha forte do maxilar e a forma como ele torce o corpo grande para me proteger do vento que continua soprando meu cabelo. Ele tenta conversar comigo e eu resmungo em resposta, perdida em meus pensamentos.

É por isso que não namoro. É por isso que não tenho relacionamentos. Eu deveria estar concentrada no festival da colheita e no estúdio e, em vez disso, estou preocupada com o fato de Charlie não ter me beijado em sua cozinha. Eu detesto sentir que não sei o que estou fazendo, e nunca tive a menor ideia de como me comportar em relacionamentos.

Eu me sinto boba. Infantil. Uma garota boba com uma paixonite.

Desistimos de qualquer tentativa de conversa em nossa segunda parada na rua principal, em pé na loja de discos como duas pessoas que nem se conhecem. Charlie é encantador e eu... só fico mexendo em discos de punk rock dos anos 80 em vez de tentar fazer o que me propus a fazer. Estou apenas fazendo o que é preciso, presa em minha mente e nessa tensão estranha que parece não ceder.

Ele ainda está tomando bastante cuidado, chega até a ser irritante. Tomando o cuidado de manter uma distância educada entre nós. De falar apenas quando falo com ele. Cuidado, cuidado, cuidado. Ele não bate no meu ombro nem me provoca com suas ideias de tatuagem depois da nossa terceira parada. Ele mantém a cabeça baixa, as mãos dentro de algum limite invisível que nunca estabelecemos. Todos os seus toques são educados e breves e, enquanto estou ocupada tentando não pensar muito nisso e por que sinto uma marreta no meio do meu peito, ele está agindo como o filho pródigo de Inglewild.

Era isso que você queria, eu me lembro. *Foi isso que você disse para ele que queria.*

Em todo lugar que vamos, parece que alguém quer falar com ele. Eu morei aqui minha vida inteira, mas ele cumprimenta pessoas que nunca vi antes com um sorriso e um aperto de mão, perguntando pelos netos e animais de estimação como se todos fossem parentes há muito tempo perdidos. A atenção e os votos de felicidade fazem com que ele se ilumine, e eu sou a nuvem negra de tempestade que o persegue.

— Como você conhece todas essas pessoas? — resmungo enquanto Becky Gardener acena por cima do ombro. Entrei e saí de três lojas enquanto ela e Charlie estavam na calçada conversando sobre receitas de pasta de feijão. Ele concordou em escrever a dele para ela e deixá-la na creche. Algo relacionado com Terça dos Tacos. Não sei dizer. Além disso, não me interessa.

Charlie coça atrás da orelha e olha para o sol. Ele tira um par de óculos escuros do bolso e os coloca. Mais uma vez, fico arrasada com o fato de ele ser tão bonito e, em seguida, fico irritada por ter notado isso. Eu nunca notava.

Mas então ele me comeu em doze posições diferentes no meu quarto e assistiu um filme da Katharine Hepburn comigo e agora não consigo parar de notar.

Charlie olha para mim por cima de suas lentes escuras.

— Eu passo muito tempo na cidade, Nova. Eu sei quem é quem.

Mas há uma diferença entre passar um tempo em algum lugar e saber a data do recital de dança de um, as alergias de outro e quem tem filhos que precisam de uma ajudinha no beisebol. Ele sabe os detalhes. Ele se preocupa com eles. Ele se empenha.

— Por quê? — pergunto. Charlie está aqui quase todo fim de semana, mesmo antes de se comprometer a supervisionar a Fazenda Lovelight para a Stella. — Por que você passa tanto tempo aqui?

— A Stella mora aqui.

— Você nem sempre a visita quando vem para cá.

Um meio-sorriso se insinua em sua boca enquanto ele empurra os óculos de volta para o nariz.

— Você tem me seguido?

— É difícil não notar você, Charlie. Ainda mais quando você está vestindo um tutu e bebendo de um barril na noite de perguntas.

— O tema era balé — murmura ele, se referindo à regra da cidade, defendida com ardor e há muito tempo, de que todas as noites de perguntas e respostas devem seguir um código de vestimenta relacionado ao tema. Ele chuta uma pedra na calçada. — Meus amigos estão aqui — diz ele mais baixo, olhando para o chão. — O Alex e o Caleb. O irmão de vocês. O Luka.

— Você não tem amigos na cidade?

— Tenho — responde ele, mas não parece muito seguro dessa resposta. Ele suspira. — Eu gosto daqui.

— Você gosta daqui.

— É. Eu gosto daqui. — Não consigo ver seus olhos por trás das lentes escuras dos óculos. — A comida é boa.

— Você mora em Nova York e acha a comida daqui boa? A daqui?

A sra. Beatrice faz um café da manhã decente e a pizza do Matty é excelente, com certeza, mas não é Nova York.

— Foi isso que eu disse, não foi? — Seus lábios estão torcidos para baixo em uma careta. É uma expressão estranha para ele. Não combina com seu belo rosto. — Qual é a desse interrogatório?

— Estou tentando entender você.

— Tudo bem, boa sorte com isso. Quando descobrir alguma coisa, me conte. — Ele encosta o ombro no meu e acena com a cabeça em direção ao Rooted, um prédio alto e abobadado de vidro no final do quarteirão. A estufa da Mabel é a nossa última parada do dia. — Vamos terminar. Sei que você tem mais a fazer.

O comentário dele estraga ainda mais meu humor. Se eu quisesse fazer outras coisas, estaria fazendo. Por alguma razão que desafia a lógica, o que estou fazendo com Charlie hoje é o que quero mesmo fazer. Assim como quis levar pizza para ele na outra noite. E quis que ele me beijasse em sua cozinha, e quero que ele me beije agora.

E isso está me deixando de mau humor.

Quando estamos atravessando a rua, eu o pego tentando alcançar meu cotovelo, mas acaba enfiando a mão no bolso da jaqueta. Isso faz com que meu autocontrole vá pelo ralo.

— O que você estava tentando fazer?

Ele pisca para mim.

— Estou... atravessando a rua com você.

— Com as suas mãos — enfatizo. — O que você estava tentando fazer com as mãos?

Ele olha para as mãos nos bolsos, como se a explicação para minha explosão repentina estivesse ali.

— Minhas mãos estão nos bolsos.

— Eu sei que estão. Mas por quê?

— Porque está... frio? — Uma pergunta para responder outra pergunta. Suas sobrancelhas estão franzidas em confusão. — Por que estamos discutindo isso?

Eu gostaria de saber. Eu queria conseguir entender esse sentimento confuso e retorcido que está fazendo uma bagunça feia no meu peito. Esse... desejo que não vai embora.

— Você fica... — Eu engulo o resto da frase, frustrada. Subo na calçada e digo a mim mesma que preciso me controlar.

Charlie me puxa para um beco entre o boliche e o bar. É a primeira vez que ele me toca de propósito o dia todo e, no mesmo instante, solta meu cotovelo para tirar os óculos de sol, pendurando-os no seu suéter verde. A gola do suéter desce, expondo a cavidade de sua garganta. Eu olho para aquele pequeno pedaço de pele em vez de encarar seu rosto.

Ele abaixa a cabeça e tenta me olhar nos olhos.

— O que está acontecendo com você?

— Eu? O problema é você. — Eu o cutuco com força no peito. De alguma forma, estamos sempre nessa situação, discutindo por nada. — Você mudou.

Seus lábios se achatam em uma linha.

— Não mudei, não.

— Mudou, sim. Você está... — Penso em nossa conversa na cozinha, na noite em que tudo isso começou. Ele me disse que não transaria comigo se isso fosse mudar as coisas entre nós, mas é ele quem está mudando. — Você está se escondendo de mim.

O maxilar dele cerra com força.

— Não estou.

— Está, sim — retruco. — Você está agindo diferente, e não faço ideia do motivo.

— Nova.

— Nem vem — protesto. Isso está me fazendo sentir como se eu estivesse imaginando coisas, e não estou. Eu sei que não estou. — Pensei que tivéssemos resolvido as coisas. Você ainda está bravo com o que eu disse na casa dos meus pais?

— Não, não estou — murmura ele, mas passa a mão no cabelo, puxando levemente as pontas. — Eu não cheguei nem perto de ficar bravo, Nova. Nós estamos bem. Está tudo bem.

— Nós não estamos bem. — Eu cruzo os braços, apertando meu casaco com mais força ao meu redor. O pouco espaço entre nós poderia muito bem ser de um quilômetro. — O que mudou? Por que você está agindo assim?

— Assim como?

— Todo educado — vocifero, como se a palavra me ofendesse pessoalmente. Ele está agindo como uma versão diluída de si mesmo. Como se, para começo de conversa, nunca tivéssemos sido amigos.

— Eu sei que é difícil de acreditar, Nova, mas eu posso ser uma pessoa educada e madura.

— Comigo, não — reclamo. — Comigo, você é você mesmo. Não tenta ser nada além do Charlie.

E isso é o que mais dói, acho. A parte que irrita. Ontem à noite, em uma cozinha que era pequena demais para conter todo o seu ser, Charlie foi mais ele mesmo comigo do que antes. Ele não tentou se moldar a nada que não fosse exatamente quem ele é. Um homem honesto e gentil. Sem roupas extravagantes ou respostas engraçadas. Sem flertes ou insinuações. Só o Charlie, do jeito que ele é, para além de todo o resto. Ele não estava encenando.

E, hoje de manhã, ele apareceu no estúdio e agiu como se nada tivesse acontecido.

— Estou tentando... — Ele bufa, com os olhos brilhando. — Estou tentando fazer o que você quer.

— E o que eu quero?

— Eu adoraria saber, porra! — explode ele de uma vez, uma energia frenética estalando como corrente elétrica. — Eu adoraria saber o que você quer, Nova. Isso tornaria tudo isso muito mais fácil.

— Eu quero que você aja normal comigo.

— E o que é normal, hein? — Ele arrasta a mão pelo maxilar recém-barbeado. Seu olhar grudado no meu, a frustração em seus olhos. — O que é normal para nós, Nova? Às vezes discutimos, às vezes rimos, mas na maioria das vezes você não suporta olhar na minha cara.

— Isso não é verdade — digo a ele.

— Não? — Ele se aproxima até que eu esteja pressionada contra a parede de tijolos, seu peito roçando no meu. Eu respiro fundo. — Eu gosto de você, Nova, mas não tenho a menor ideia do que é normal para nós. Não estou agindo diferente de propósito. Estou apenas... tentando me controlar perto de você.

Meu peito parece prestes a explodir. Tudo está por um fio. O estúdio, a briga com meu irmão, Charlie e todas as coisas que eu não quero sentir. Estou sendo puxada em muitas direções e tudo é culpa minha. Por que isso é tão difícil para mim? Por que eu me enfio nessas situações? Por que coloco... tanta pressão em mim mesma para ser perfeita em todos os sentidos?

Por que sinto que se eu quiser muitas coisas, vou perder tudo?

Sinto o coração acelerar. Inclino a cabeça para trás e olho para Charlie, deixando de lado todas as coisas que eu deveria ou não deveria estar pensando, sentindo e fazendo. Eu me permito estar bem aqui. Neste lugar. Com ele.

Eu me permito querer.

— Bom, para com isso — digo.

Charlie olha para mim, exausto, com uma mão apoiada na nuca. Ele a tira com um suspiro e se apoia na parede ao meu lado, com a palma da mão contra o tijolo, seu corpo comprido inclinado em exasperação. Ombros caídos.

— Certo, tudo bem — diz ele. — O que eu preciso parar?

— Parar de se segurar perto de mim — digo a ele, e então faço exatamente o que queria fazer todos os dias desde que ele me deixou na minha cama, com um post-it de carinha sorridente e um chupão no pescoço. Faço o que eu disse a mim mesma que não podia fazer.

Fico na ponta dos pés, seguro o rosto de Charlie e o beijo.

17

NOVA

Ele leva um segundo.

Fico na ponta dos pés com a boca colada na dele e espero, com as duas mãos apoiadas com gentileza em seu maxilar. Chupo seu lábio inferior e ele solta um murmúrio. Passo a língua ali e ele suspira.

Retribua, eu imploro com a boca na dele. *Me mostra que não sou a única que se sente assim.*

Arrasto as unhas pelo seu cabelo e ele estremece. Eu afasto um pouco o rosto para respirar, meu nariz roçando o dele, meus olhos bem fechados.

Eu espero.

E então Charlie puxa minha boca de volta para a sua e me beija como se quisesse me devorar.

Ele parece confuso, desesperado, a mão que está em minha nuca treme. Mas eu estou igualmente carente, me arqueando para longe da parede a fim de pressionar o corpo no dele, um gemido sussurrado em sua boca quando ele me agarra com força e me empurra de volta.

— Nova — sussurra ele no canto da minha boca, uma expiração trêmula. — Você disse que só queria um caso de uma noite.

Assinto e deslizo as mãos até a gola do casaco dele, puxando-o para mais perto. Não há espaço entre nossos corpos, mas ele esteve longe do meu alcance o dia todo e estou cansada disso. Quero sentir o peso dele me prendendo. Quero que ele se aperte contra mim até eu perder o ar.

Ele cede aos meus puxões incessantes e se aproxima, deslizando o joelho entre minhas coxas e apoiando a mão na parede atrás da minha cabeça para que meu cabelo não fique preso no tijolo.

— Achei que uma vez seria suficiente — explico com calma. — Costuma ser.

Ele se reclina, me observando com atenção. Suas bochechas estão rosadas e seu lábio inferior um pouco inchado. Ele parece atordoado, confuso e deliciosamente fora de si. Como se eu tivesse acabado de dizer que está chovendo sapo ou que preenchi o formulário de imposto de renda errado.

— Uma vez não foi suficiente? — pergunta ele. — Comigo? — Uma fina nota de descrença vibra por baixo de suas palavras. É quase imperceptível, mas está lá. Às vezes esqueço que, apesar de seu sorriso fácil, Charlie também tem inseguranças. Inseguranças que ficam mais claras quanto mais eu observo.

Algo em meu peito se revira e faço que não com a cabeça.

— Não foi suficiente.

— Por que você não disse nada?

Volto a apoiar a cabeça na parede e o encaro.

— Eu estava esperando que você dissesse alguma coisa.

Ele pisca duas vezes, ainda perplexo.

— Estava?

Eu concordo.

— Sim. Achei que minhas intenções eram óbvias. É por isso que passei a manhã toda tão irritada.

— Não estava nada óbvio, e você sempre está irritada.

— Obrigada, Charlie. Você leva jeito com as palavras.

— Como você deixou suas intenções óbvias? — pressiona ele. — Você me disse no jantar que não queria que fôssemos amigos e agora está me dizendo que está brava por eu não ter beijado você. Estou tentando te acompanhar, Nova. Mas é difícil.

Eu estremeço.

— Eu sei. Não estou sendo justa. — Brinco com o botão do casaco dele. — Vou me esforçar para ser sincera com você, mesmo que eu não tenha certeza do que quero. Está pronto?

Ele concorda.

— Ontem à noite, na sua cozinha, achei que você ia me beijar. Eu queria que você tivesse me beijado.

Algo em seu rosto se suaviza.

— Eu também queria beijar você.

Respiro fundo e digo a mim mesma para ser corajosa.

— Tenho pensado em você todos os dias desde a noite que passamos juntos.

— É claro que pensou — murmura ele. — Eu não dei um segundo pra você respirar. Eu queria que você pensasse em mim.

— Mais do que isso — sussurro de volta. Estamos nos aproximando lentamente. Meu nariz roça o dele. — Eu quero você, Charlie. Não consigo parar de pensar em todas as coisas que não conseguimos fazer.

Ele aperta minha mão, ainda presa na sua, depois a levanta e dá um beijo rápido nos meus dedos.

— Tudo bem — diz ele, com um brilho de cumplicidade nos olhos. Eu já vi esse olhar antes. Em uma pista de dança feita de tapetes velhos e na quietude do meu quarto. Uma provocação e uma promessa, dois em um. — O que nós vamos fazer a respeito disso?

Gosto muito dessa palavra. *Nós.* Mas sinto a implicação dela como um beliscão bem no meio do meu peito.

— Eu quero levar você para casa comigo, mas...

Charlie interrompe o resto da minha frase, se abaixa e rouba outro beijo. Ele me segura pelo maxilar para me manter no lugar, enfiando a língua na minha boca. Ele é exigente e bruto, seus dentes raspam em meu lábio inferior. Quando ele se afasta, nós dois estamos respirando pesadamente.

— Sim — diz ele. — Isso.

Eu fecho os olhos com força, depois abro, respirando fundo.

— Ainda não quero um relacionamento — completo com cuidado. Não quero que essa coisa com Charlie pareça algo em minha lista que precisa de atenção. Quero viver isso com ele sem ter que me preocupar com o que significa ou com o que virá depois. É egoísta, mas é tudo o que consigo fazer no momento.

Aperto a gola do casaco dele. Eu a aliso para baixo e depois a ajeito para cima de novo.

— Sei que parece que estou te induzindo, mas quero deixar tudo bem claro e...

Ele me interrompe de novo, com os lábios suaves dessa vez. Ele roça a boca na minha de um lado para o outro, um sorriso nos cantos.

— Eu sei, Nova. Eu entendo. — Ele passa a mão nas minhas costas, me puxando para mais perto dele e me afastando da parede, seu polegar traçando cada saliência da minha coluna através do meu casaco. — Não me importa em que categoria vamos colocar o que temos, desde que a gente continue tendo.

Minhas mãos deslizam da gola para o peito dele.

— Você quer continuar tendo isso?

— Eu quero se você quiser — murmura ele.

— Eu quero — respondo baixinho. — Mas só se você estiver de acordo.

— Você quer algo casual? — pergunta ele. Eu assinto. Sua mão desce pelas minhas costas com movimentos amplos e abrangentes. — Eu não me importo de manter tudo casual. Eu mesmo só vou ficar aqui até o fim do mês. Casual faz mais sentido para nós dois.

Concordo.

— Faz.

— Sem expectativas — diz ele com facilidade, um sorriso brilhante percorrendo sua boca. Ele nunca chega a se refletir nos olhos, não é? — Eu trabalho melhor desse jeito.

Eu franzo a testa. Manter as coisas casuais não tem nada a ver com ele, mas comigo. Essa parte de mim parece em pedaços, enferrujada por falta de uso. Meu coração embalado em plástico-bolha.

— Podemos chamar de *negócios casuais* — digo devagar.

Ele aperta minha cintura.

— O que isso quer dizer? — Ele ri.

— Negócios casuais — repito, a ideia crescendo em mim. Sim, é exatamente isso que eu quero. Algo casual mas com parâmetros, para que nenhum de nós possa machucar o outro.

Enfio o dedo na gola do suéter dele e o puxo para mais perto.

— Quer dizer que isso só vai durar o tempo que nós quisermos. Também quer dizer... — Ergo o queixo e mordisco de leve seu lábio inferior. — Que, se eu estou transando com você, ninguém mais está.

Ainda estou entendendo o que quero e o que não quero, mas tenho certeza de que não quero dividir Charlie com mais ninguém.

Os olhos dele ficam escuros e ele parece sem ar, cada inspiração levando um segundo a mais. Observo com interesse quando ele passa a língua pelo lábio inferior. Não tenho o direito de dar uma de possessiva, mas é o que estou fazendo, e acho que ele gostou.

Acho que ele gostou muito.

— Você está usando linguagem corporativa para me deixar com tesão, Nova?

— Não foi essa a intenção.

— Os resultados parecem estar a seu favor. — Ele flexiona os dedos apoiados na minha nuca. — Negócios casuais — repete ele, pensativo.

Faço que sim com a cabeça, envolvendo sua cintura por baixo do casaco.

— É o que posso oferecer a você nesse momento. O que acha?

Ele inclina meu queixo para cima com os dedos e me dá outro beijo. Eu me inclino para ele.

— Acho que devíamos voltar para sua casa.

Acho que estamos fazendo uma cena e tanto.

Charlie e eu não estamos sendo exatamente discretos enquanto caminhamos depressa pela rua em direção à minha casa. Ele mantém a mão nas minhas costas, enquanto estou com as mãos enterradas nos bolsos da minha jaqueta, mas não paramos de nos olhar de canto de olho.

— Claro que posso verificar seu termostato — grita ele quando paramos em uma faixa de pedestres, os alunos do período da tarde descendo do ônibus da escola primária do outro lado da rua.

Eu o encaro.

— Que termostato?

— O que está quebrado — grita ele de novo.

— Oi?

— Estou criando um motivo plausível para ir até sua casa no meio da tarde — explica ele pelo canto da boca.

— Você acha mesmo que alguém se importa?

— Posso pensar em várias pessoas que se importariam.

Ele tem razão. Esta cidade se preocupa demais com o que cada um está fazendo em seu tempo livre. Isso seria manchete na rede de comunicação. Brinco com o zíper da minha jaqueta. Puxo para cima e depois para baixo. Para cima de novo.

Charlie se aproxima e pega minha mão, puxando o zíper para cima até que ele encoste no meu pescoço.

— Nova — diz ele com todo o cuidado, olhando para a frente. — Chega de puxar o zíper.

— Minha camiseta manchada da Blondie é tentadora demais para você?

Ele olha para mim.

— *Você* é tentadora demais para mim.

O ônibus parte e Charlie desce da calçada. Ele não espera que eu atravesse com ele, dois passos meus para cada um dele.

— Acho que nunca vi você andar tão rápido.

— A motivação é grande — fala ele por cima do ombro.

Até chegarmos na rua da minha casa e vermos a calçada inteira bloqueada por um bando de gansos, suas cabeças escuras balançando enquanto caminham. Deve haver uma centena deles, grasnando uns para os outros. Nós dois cambaleamos até parar, Charlie me segurando pelo braço enquanto me posiciona atrás dele.

— Que diabo está acontecendo? — murmura ele. — Que porra é essa?

— Parece um bando de gansos.

— Todos os gansos da Costa Leste estão aqui?

É bem provável. São muitos. Acho que estão indo para a fonte do outro lado da rua. Charlie tenta dar um passo à frente, e o que está mais próximo de nós bate as asas em sinal de alerta. O ganso logo atrás dele grasna.

Seguro a parte de trás do casaco dele e o puxo para trás, com o braço em sua cintura.

— Acho que é melhor esperar eles irem embora.

Charlie grunhe e joga a cabeça para trás, o maxilar e a linha do pescoço em relevo contra o céu azul brilhante. Sinto uma pontada no fundo de minha barriga.

— Se vamos esperar, você precisa parar de me olhar desse jeito — murmura ele, olhando para mim com o canto do olho.

— Que jeito?

— Como se estivesse tramando alguma coisa.

Eu pisco inocentemente e o rosto dele se transforma em algo sério e tenso. Olhos de crepúsculo. No meio da noite, Charlie acima de mim na cama, com olhos intensos. Maxilar tenso e uma mecha de cabelo escuro caindo na testa. Um homem levado ao limite. A versão encantadora e desenfreada de Charlie. Aquela de que senti falta quando ele entrou no meu estúdio hoje de manhã.

— Tenho muitas coisas em mente — digo, em voz baixa. Ele emite um leve som de súplica. Eu rio. — Eu já disse. Não consigo parar de pensar em todas as coisas que não chegamos a fazer. — Passo um único dedo sobre os dedos dele. — Você quer ouvir no que tenho pensado?

Ele agarra minha mão e começa a nos puxar por entre os gansos. Um deles bica meu tornozelo, e eu faço um som constrangedor, me achegando a Charlie. Ele aperta minha mão com mais força e anda mais rápido.

— Você pode me contar tudo o que tem pensado quando chegarmos na sua casa.

— Se um ganso me morder, eu não vou contar nada.

— Gansos mordem?

— Eu prefiro não descobrir.

Os gansos não mordem, mas não estão felizes com o fato de Charlie estar abrindo caminho entre eles. Pressiono meu sorriso no meio das costas dele enquanto ele resmunga e xinga, com a mão estendida para trás a fim de me segurar pela frente da jaqueta, me mantendo por perto. Assim que nos livramos dos gansos, Charlie me puxa até que eu esteja na frente dele, nos guiando pelo resto do caminho até o meu quarteirão e subindo os degraus da frente como se não pudesse esperar nem mais um segundo.

Entramos pela porta da frente e começamos a nos agarrar no mesmo instante, eu tirando o casaco dele pelos ombros enquanto os dedos dele vão parar no meu zíper. Algo se rasga, um botão voa pelo corredor e eu rio encostada no queixo dele. Somos um borrão de mãos se agarrando e beijos desajeitados, descoordenados e bagunçados, tropeçando um no outro.

— Você deveria ter me contado antes — murmura ele na minha boca, uma das mãos se livrando do cinto e a outra me segurando pela nuca. Suspiro e enfio as mãos por baixo do suéter grosso dele, o tecido se amontoando nos meus pulsos. Percorro as laterais do corpo dele, o peito, os músculos suaves da barriga. O corpo dele enrijece e depois relaxa, uma corda sendo puxada até ceder. Ele larga a calça de lado e agarra meu queixo, segurando meu rosto próximo ao dele.

— O quê? — arfo em sua boca.

— Você deveria ter me dito que me queria de novo. — Ele dá beijos molhados do meu maxilar até o pescoço, mordiscando a curva do meu ombro e puxando minha camiseta para o lado. Eu me arqueio e me aperto ainda mais nele. — Eu teria dado tudo o que você quisesse, Nova.

Eu sei que teria. Mas eu também quero que ele tenha o que quiser. Eu o guio para trás até que a parte posterior dos seus joelhos batam no sofá da minha sala, empurrando-o pelos ombros até que ele se sente. Ele me olha fixamente, com as pernas esticadas, seu corpo grande ocupando quase todo o sofá. O suéter dele está um pouco puxado para cima, revelando a trilha de pelos escuros logo abaixo do umbigo. Gosto dele assim, com o cinto de couro solto e o pau pressionando na calça. Totalmente entregue. Passo a língua em meu lábio inferior.

Ele dá um tapinha no joelho uma vez. Dou um sorriso.

— Ah, é? — pergunto.

Ele se inclina para a frente até conseguir colocar as mãos atrás das minhas coxas.

— É. — Ele puxa uma vez e eu caio em seu colo. Apoio os cotovelos nos ombros dele, minha boca pairando bem acima da dele enquanto me acomodo. Dou um beijo no seu nariz. Porque eu posso. Porque eu quero. E porque o rosto dele se ilumina quando faço isso.

— Olha só você sendo gentil — murmura ele, as mãos subindo pela parte de trás das minhas coxas, os dedos se flexionando na curva da minha bunda. — Quem diria que você tinha isso aí dentro?

— Estou prestes a ter outra coisa aqui dentro.

Ele dá uma gargalhada, rápida, encantada.

— Nova Porter, o que diabos vou fazer com você?

Passo meus dedos pelo seu maxilar, descendo pelo pescoço até as clavículas. É um prazer delicioso tocá-lo assim depois de ter me convencido de que não deveria. É como provar uma torta de maçã depois de ter decidido só comer salada. Quero cravar meus dentes nele.

Charlie recosta a cabeça no sofá e me observa com olhos pesados, enquanto meus dedos dançam pelo seu peito até se enrolarem na barra do suéter. Dou um puxão e ele levanta os braços com um sorriso de canto. Puxo de novo o suéter até que esteja sobre sua cabeça e tudo o que reste seja a pele nua e os músculos lisos de Charlie sob a luz suave da minha sala. Ele espalha os braços no encosto do sofá enquanto eu me acomodo em seu colo, os músculos dos braços se contraindo. Quero morder esses músculos também.

— Como você me quer, Novinha?

Meu sorriso se torna afiado e Charlie engole em seco, o pomo de adão subindo e descendo. Eu me aproximo ainda mais até que nossos quadris se toquem e minha boca esteja a um sussurro da dele.

— Eu gosto quando você me pergunta isso — confesso.

— Eu gosto de perguntar. — Ele flexiona as mãos no topo do sofá. Está se segurando, esperando por uma orientação, e eu também gosto disso.

— Eu sei que gosta. — Seguro a barra da minha camiseta para tirá-la. Meu cabelo cai pelos ombros e Charlie arfa como se tivesse levado um soco no peito. Arrasto meu dedo pela rosa entre meus seios. — Você quer me tocar, Charlie?

Ele está ocupado olhando para a renda cor de lavanda na minha pele, o sutiã sem bojo que mal me cobre. É chique e pouco prático, e eu adoro isso.

Ele lambe o canto da boca.

— Você precisa mesmo fazer essa pergunta?

— Você não é o único que gosta de palavras — digo.

Seus olhos encontram os meus, um lampejo de percepção que brilha e desaparece como um único fogo de artifício no céu escuro da noite.

— Sim, Nova. Eu quero te tocar. — Ele se afasta do encosto do sofá até ficarmos frente a frente, o peito dele apertado no meu. Uma das mãos dele encontra o meio das minhas costas, com os dedos bem abertos. — Quer saber todos os jeitos que pensei em tocar você desde que saí da sua cama?

Faço que sim com a cabeça e envolvo seu pescoço com os braços. A pele dele é tão *quente*.

— Quero, por favor.

Sua outra mão encontra o lado do meu rosto, dedos enredados no meu cabelo. Ele guia minha boca até a dele e beija suavemente meu lábio inferior. E mais uma vez quando suspiro contra ele.

— Já pensei em beijar você um milhão de vezes. Talvez mais do que isso. — Ele arrasta o polegar no meu lábio inferior e eu o mordo. — Pensei nessa linda flor no meio dos seus lindos peitos e em beijá-la também. — Ele dá risada. — Quanto você quer saber?

— Tudo.

— Tudo, é?

— É. — Retomo o esforço abandonado com a calça dele e deslizo o cinto pelas alças, jogando-o para trás de mim. Ele levanta os quadris enquanto eu a desabotoo e abro o zíper, nós dois nos mexendo e puxando para tirá-las. Elas ficam presas no tornozelo dele quando suas mãos se acomodam nos meus quadris, sua testa pressionada contra a rosa que ele tanto gosta, a respiração ofegante e pesada através da renda delicada.

— Eu queria beijar você na minha cozinha e queria arrancar seu suéter. Queria colocar você de joelhos e enrolar sua trança no meu punho. Porra,

Nova. — Outro suspiro explode de dentro dele. — Toda vez que olho para você, só quero mais. Quero te deixar com essa renda e ao mesmo tempo rasgá-la. Quero foder você até que nenhum de nós dois consiga se mexer.

Entrelaço minhas mãos nas dele e aperto.

— Tá bom.

Ele passa a boca nas pétalas da minha rosa vermelha e olha para mim por entre os cílios.

— Você quer?

— Uhum, vamos fazer isso. Tudo isso. — Aperto a mão dele de novo. — Por onde você quer começar?

Seus olhos escurecem, a mandíbula cerrada enquanto pensa.

— Eu quero fazer você gozar.

Minha barriga se contrai, um calor quente e líquido no local onde nossos quadris estão pressionados um contra o outro. Eu me mexo no colo dele e volto a me mexer quando sinto o comprimento duro dele fazendo pressão no lugar certo.

— Ainda estou de calcinha — digo.

Ele inclina a cabeça para o lado e suspira, alegre, como se tivesse acabado de se lembrar e estivesse satisfeito com isso. Ele enfia os dedos na alça do meu sutiã, passando o dedo indicador por baixo. Sorri ao ver o discreto laço que mantém tudo junto.

— É um desafio, Nova?

Eu me forço a sair do transe em que caí, rebolando no colo dele, perseguindo aquela sensação de tontura e calor, e tento acompanhar a conversa.

— O quê?

Ele toca meu sutiã com o nariz, os lábios mal roçando meu mamilo através da renda.

— Acha que consigo fazer você gozar com sua calcinha exatamente onde está?

Dou risada.

— É bem provável que sim. — Penso na última vez em que estivemos juntos. Como foi fácil me entregar para ele. — Por quê? Está duvidando das suas habilidades?

— Não. — Ele puxa o pequeno laço de novo, girando-o de um lado para o outro. — Só estou me sentindo um pouco competitivo.

— Competindo com quem? Com você mesmo? — Eu rebolo com mais força no colo dele, um roçar áspero que faz com que ele aperte minha cintura. Ele geme algo que soa como meu nome e eu o sinto no fundo da minha barriga. Atrás dos meus joelhos e sob minhas costelas. Gosto *muito* de como ele diz meu nome.

— É bom ter objetivos, Nova.

Dou risada.

— Aposto que consigo durar mais do que você.

— Você acha mesmo? — Ele inclina a cabeça para o lado. Não saímos do sofá e acho que não vamos sair. Estamos ansiosos demais. A fricção está perfeita desse jeito, o corpo dele embaixo do meu e meus joelhos abraçando seus quadris. Afundo meus dedos no cabelo dele e mudo o ângulo, rebolando ainda mais forte no colo dele. — Não era você que estava implorando por mim no beco?

— Eu não estava implorando.

Ele mordisca de leve minha orelha.

— Parecia que estava.

— Vamos ver quem vai implorar por quem. — Rebolo mais uma vez no colo dele. — Que tal vermos quem consegue fazer o outro gozar primeiro?

Ele sorri para mim, encantado.

— Ah, adorei a ideia. — As mãos dele vão parar na minha cintura, me ajudando a me mover contra ele. Ele recosta a cabeça no sofá e me observa, com os olhos azuis quentes. — O que eu vou ganhar quando fizer você gozar?

— Meu prazer não é uma boa recompensa?

Seu sorriso se alarga.

— Eu estava pensando em algo mais... concreto.

— Por que parece que você quer minha calcinha?

Ele ri, acompanhando meu ritmo constante com um rolar suave dos quadris. Por um segundo, perco o fio da conversa e, em vez disso, persigo a fricção.

— Você sempre tem as melhores ideias, Novinha. Mas roxo não combina muito comigo.

Continuo me esfregando nele, minhas mãos passando sobre a renda que cobre meus seios.

— Mas combina comigo. Não é?

— Combina mesmo. — O rosto de Charlie relaxa um pouco, os olhos grudados no lugar em que meus dedos brincam com a renda. Eu aperto meu mamilo com o polegar só para ver como a pele dele fica rosa de desejo, mas a sensação é tão boa que eu faço de novo, me empurrando com mais força nele. Ele engole em seco uma vez e depois engole em seco de novo, segurando minha mão a seguir.

— Não conta se você ajudar. — Ele puxa minha mão para seu peito nu e a pressiona ali, com os dedos entrelaçados nos meus. Sua outra mão segura meu seio, retomando meus movimentos suaves com o polegar. — O que você quer?

— O quê? — arfo.

— Se você vencer — diz ele. — O que você quer se me fizer gozar mais rápido do que você?

— Você está falando sério?

— Pela primeira vez. — Ele faz que sim com a cabeça, ainda com aquelas carícias enlouquecedoras em meu peito. Ele puxa o sutiã para baixo, fazendo com que ele fique escondido embaixo do meu seio, expondo a ponta do meu mamilo duro, empurrando-o para cima. Ele deposita um beijo com cuidado onde a renda morde minha pele. — Sim, estou falando sério.

— Para alguém tão sério, você está quebrando as regras. — Eu arqueio minhas costas e me pressiono mais contra ele. — Você disse que queria me fazer gozar ainda de roupa íntima.

Ele dobra o outro lado do meu sutiã para baixo.

— Você ainda está usando, não está?

— Acho que sim.

— Me diga o que você quer, Nova. Se você ganhar.

Considero minhas opções. Estou com dificuldade de me concentrar com ele me tocando assim, mas acho que esse é o objetivo. Ele move a mão e o sol incide sobre o relógio em seu pulso. Metal prateado com um mostrador preto clássico. Sorrio e apoio a cabeça no ombro dele, meu cabelo nos envolvendo. Raios de sol dourados, pele quente e canela na ponta da minha língua.

— Seu relógio — digo, minhas mãos mapeando sua pele macia. — Quero o seu Rolex quando você gozar primeiro.

— Vamos ver. — Ele belisca meu mamilo e meu corpo se curva sobre o dele. De certa forma, é melhor do que eu me lembro, estar com Charlie assim. Tudo parece amplificado, elétrico. Seu braço se enrola em volta da minha cintura e ele me inclina para o lado, me pressionando nas almofadas do sofá. Suas mãos se atrapalham com o botão da minha calça jeans e então ele a arranca em três puxões bruscos, meu corpo se movendo pelo sofá a cada puxão.

— Tem alguém ansioso... — digo, soltando uma risada.

— Não faça de conta que não está querendo isso desde que te beijei no beco — responde ele, a expressão concentrada e o jeans jogado em algum lugar atrás dele. Ele me segura pelos tornozelos e arrasta as mãos para as minhas panturrilhas, atrás dos meus joelhos até a parte interna das minhas coxas. Ele traça todas as minhas tatuagens com os olhos e depois com os dedos, com movimentos suaves e relaxantes que me fazem balançar sob ele. Estou sendo memorizada. Apreciada. Devorada.

Seu toque se firma e ele levanta minha perna, enganchando meu pé no encosto do sofá. Fico deitada embaixo dele e deixo que ele me mova como quiser.

— Você pensou em me tocar assim também? — sussurro, com o coração batendo descontroladamente. A tensão no meio das minhas pernas é insuportável. Terei sorte se durar um minuto.

Talvez menos do que isso quando descubro o que ele pretende fazer. Charlie se abaixa sobre mim, colocando seus ombros largos entre minhas coxas. Seu corpo comprido se estende pelo sofá e ele arrasta um beijo que é mais de dentes do que língua até a parte interna do meu joelho.

— Tenho pensado nisso mais do que em qualquer outra coisa.

E então ele coloca a boca em mim por cima da renda da minha calcinha. Ele mantém uma mão espalmada na minha barriga e a outra na parte interna da minha coxa, para que eu não consiga me mexer. Eu esperava algo rápido, desesperado, tão bagunçado e ansioso quanto nossos beijos enquanto cambaleávamos pelo corredor. Mas ele é lento e metódico, tolerante em sua apreciação minuciosa. A renda faz com que tudo pareça mais áspero, o tecido arranhando e o calor da língua dele. Nunca fui devorada dessa forma antes. Nunca fui tocada com tanto cuidado, cada movimento minucioso entre minhas coxas com a única intenção de me levar à loucura.

E é o que ele faz. Cada vez mais e mais, mesmo quando tento me agarrar às rédeas do meu controle. Ele me beija através da renda e eu o observo se mover sobre mim, a mão em minha coxa apertando como se quisesse segurar o máximo possível de mim. Seu cabelo escuro roça minha barriga, e eu gemo, os olhos azul-safira piscando para os meus enquanto sua boca me toca. Faço outro som engasgado e ele se inclina para trás, sorrindo para minha perna.

— Como você está, Novinha? — Ele me toca com o polegar enquanto suga com a boca uma marca na parte interna da minha coxa, bem ao lado de uma tatuagem de lavanda. — Aguentando firme? Não faz muito tempo que comecei a chupar você.

— Sinto que estou, ah... — Jogo a cabeça para trás no sofá e rebolo na mão dele, perseguindo aquela tensão deliciosa. Eu tenho certeza de que vou gozar mais rápido. Já estou no limite, minha perna tremendo no encosto do sofá onde ele a enganchou. — Eu posso aguentar — sussurro.

— Sim, você pode.

Charlie faz um som de satisfação, levando a boca de volta à minha perna até onde sua mão ainda está esfregando a renda da minha calcinha. Ele beija o lacinho na frente que combina com os lacinhos do meu sutiã.

— E eu tenho certeza de que você vai conseguir um tempinho — diz ele, com a voz baixa. Ele tira a mão da minha coxa e eu olho para baixo, observando enquanto ele ajusta a frente da cueca. Ele se acaricia uma vez e fecha os olhos. Ele os abre e me dá um meio sorriso. — É. Você não está tão atrasada quanto pensa.

— Isso é bom.

Eu não me importo, de verdade. Só quero mais dessa sensação de leveza e falta de ar. Estou desfeita de tanto desejo, todas as minhas ansiedades em outro lugar. Somos apenas eu e Charlie e todas as coisas que ele me faz sentir.

Ele parece concordar, pois coloca a boca em mim de novo sem dizer mais nada, seu ritmo suave e provocante se transformando em algo forte e desesperado. Ele me deixa cada vez mais louca, uma mão deslizando pelo meu tronco até o peito. Ele passa o polegar sobre minha rosa e depois me agarra com força, beliscando meu mamilo. A forte explosão de dor e a pressão áspera de sua boca são suficientes para quase me fazer chegar lá, e o grunhido baixo que vibra entre minhas pernas me faz perder o controle. O calor me disputa por todos os lados, uma força intensa que se desenrola e desenrola e desenrola. Tenho que fechar os olhos. Tenho que segurar a almofada ao lado da minha cabeça com as duas mãos e me controlar para não gozar.

Ele me segura pela cintura enquanto me faz ficar apoiada nas mãos e nos joelhos. Obedeço de bom grado, com as pernas tremendo e o cabelo no rosto. Meu corpo está repleto de pontinhos de luz. Um raio de sol atravessou um vidro rachado, com arco-íris girando pela sala.

Eu registro vagamente o som de alumínio sendo rasgado, o barulho de tecido sendo retirado do caminho. Charlie puxa minha calcinha para o lado e a segura com o polegar, depois se empurra para dentro de mim com uma explosão de ar, gemendo e arfando.

— Porra — diz ele. Ele se mantém imóvel contra mim, as mãos me apertando pela cintura, e repete: — Porra.

Eu sou toda sensação. Uma risada de êxtase, meio delirante, sai de mim. Ele é tão gostoso. Do jeito certo. Exatamente o que eu estava precisando. Estico a mão para trás e pego a mão dele no meu quadril, precisando senti-lo. Precisando estar conectada a alguma coisa enquanto estou em contato com ele. Precisando estar conectada a alguma coisa enquanto toda essa luz dourada percorre meu corpo. Ele aperta minha mão.

— Você vai ganhar, Novinha — ele suspira, seu corpo se movendo contra o meu. Ele entrelaça nossos dedos no meu quadril e me segura com mais força. — Porra, você é tão gostosa. E você está...

Ele passa a mão pela lateral do meu corpo, por cima das tatuagens que enfeitam minhas costelas.

— Você está tão bonita que acho que vou ter um infarto — murmura ele. Ele sai de dentro de mim, geme e volta a entrar meio segundo depois. Se ele estava tentando se conter, não está fazendo um bom trabalho. — Você vai ganhar, eu tenho certeza. Vou durar mais dez segundos, no máximo.

Outra risada se transforma em um gemido quando ele acelera o ritmo. Não me importa quem vai ganhar essa competição estúpida.

— Acho que nós dois ganhamos, você não acha?

Ele não me responde com palavras. Apenas move seu corpo contra o meu, um ritmo suave que ganha velocidade e ferocidade à medida que sua compostura começa a se desfazer. Ele bate com a mão na parte interna da minha coxa, e o estalo faz com que minhas pernas se abram mais. Eu afundo ainda mais no sofá com um gemido, meus seios nus roçando no tecido macio a cada investida.

Sinto que estou começando a subir de novo e Charlie xinga atrás de mim, algo doloroso e faminto, seus quadris assumindo um ritmo mais selvagem, descontrolado. Meu orgasmo é doce e surpreendente quando ele me agarra de novo, os leves tremores fazendo com que eu me contorça em seus braços; um dos meus joelhos cede e nós dois caímos do sofá.

Dou uma risada e grito, meu corpo se debatendo, mas Charlie me puxa para cima dele, com minhas costas em seu peito, perseguindo seu prazer e extraindo o meu. O ângulo faz com que ele deslize mais fundo, minhas pernas se abrem sobre as dele. Eu apoio a cabeça em seu ombro, e ele coloca a mão na base da minha garganta, me segurando contra ele, com sua respiração áspera em meu ouvido. Estou cercada por ele da melhor maneira possível, segura e apertada na gaiola de seus braços. Passo meus dedos pelo antebraço dele e o incentivo a pressionar minha garganta com mais força, e o corpo dele fica rígido contra o meu. Ele faz um som em meu ouvido, com o polegar traçando levemente meu ponto de pulsação. Alívio. Descrença. Prazer profundo.

Nós caímos, Charlie meio em cima de mim. O corpo dele está muito quente e a minha roupa íntima está retorcida no meu quadril. Minha perna esquerda está quase toda dormente.

Estou quieta e completamente, maravilhosamente desfeita.

Charlie tira o braço da minha cintura, e eu resmungo de descontentamento. Ele dá uma risadinha e uma bitoca na minha nuca.

— Calma aí — explica ele —, você precisa receber o seu prêmio.

Algo frio e pesado desliza pelo meu pulso. Eu abro os olhos com dificuldade e vejo Charlie pondo o Rolex em mim. O relógio parece exagerado no meu pulso muito menor, ele é muito pesado, a pulseira larga demais. Mesmo assim, estendo e dobro o braço, admirando o brilho dele à luz do sol.

— Combina comigo — comento.

Charlie apoia a cabeça na mão, com uma das pernas sobre a minha. Nossos olhares se cruzam, e tenho o prazer de ver o sorriso dele começar nos olhos e se espalhar pelo rosto até todo o seu corpo se iluminar com ele.

Ele se recosta no sofá, o rosto colado em meu braço. Solta um gemido profundo e resmunga de agradecimento.

— Combina mesmo.

18

CHARLIE

EU SOU UM IDIOTA.

Um grande, enorme, gigantesco idiota.

Eu sabia que ia acabar.

Sabia que estava indo além dos meus limites, pensando que poderia conseguir uma única vez.

Mas eu tinha esperança. Esperança de poder me agarrar à possibilidade de manter essa... impossibilidade. Sei que não mereço, mas é assim que funciona a esperança, não é? Você não consegue racionalizar aquele balãozinho no seu peito.

— Acho que você está sendo um tanto dramático com essa questão dos cupcakes, cara. — Caleb dá uma mordida no cupcake em questão. O último de maçã com canela e cobertura crocante. — A vitrine está metade cheia. Com certeza você consegue encontrar alguma outra coisa que queira.

Eu não quero mais nada.

— Eu queria *esse* cupcake.

Caleb dá de ombros, sem se importar.

— Bom. O azar é todo seu, né? — Ele dá outra mordida e eu preciso me segurar para não arrancar o cupcake da mão dele. — Se tivesse vindo mais cedo...

Eu tinha a intenção de vir mais cedo, mas passei uma hora e meia ao telefone com meu pai, discutindo o que ele deveria e não deveria estar fazendo. A lista era enorme. Basicamente, ele não deveria fazer nada do que está fazendo. Ele não concordou com isso. A conversa acabou não dando em nada.

Eu queria um cupcake para me sentir melhor.

Um cupcake em específico.

Aquele cujos restos Caleb está segurando.

Passo a mão na nuca. Claro, Layla tem outros cupcakes na vitrine, mas era aquele sabor que eu queria. Acordei pensando nele. Passei o dia todo pensando nele. É o meu cupcake favorito, e agora tudo em que vou conseguir me concentrar é no fato de que não pude nem sentir o gosto dele.

É bem provável que eu esteja descontando minha ansiedade em outra coisa.

Saí da casa de Nova hoje de manhã antes do nascer do sol, com uma espessa camada de nuvens cobrindo tudo de cinza. Acordei com ela esparramada sobre o meu peito nu, o cabelo no meu rosto e nossas pernas entrelaçadas. Tentei me desvencilhar sem acordá-la, mas, toda vez que eu me movia, ela enfiava os dedos frios entre minhas coxas e resmungava. Uma pequena e agressiva craca. Quando finalmente consegui sair da cama, ela murmurou algo sobre biscoitos, deu um tapa na minha bunda e rolou para o lado. Levou todos os cobertores com ela, enrolados sobre o ombro em um amontoado no meio do colchão.

Essa coisa com Nova é inesperada. Passei essa semana inteira na casa dela ou no estúdio de tatuagem, aproveitando ao máximo isso de negócios casuais. Sei que nosso tempo está contado, que é temporário, mas não consigo evitar voltar para a cama com ela. Tentei me segurar, mas tudo que consegui fazer foi nos frustrar. Então agora estou me entregando. De novo e de novo. Enquanto eu ainda estiver por aqui.

Caleb enfia o resto do cupcake na boca e eu franzo a testa. Entre isso e o incidente do tres leches, ele está por um fio para lá de fino. Tem sorte de que sua noiva está nos fundos da cozinha, provavelmente brincando com facas. Tenho medo demais dela para dar uns tapas nele.

Caleb sorri para mim com a boca cheia, como se soubesse exatamente o que estou pensando.

— Sabe o que eu queria saber — diz ele, enquanto engole a comida —, onde você foi naquela noite?

— Que noite?

— Era pra você ter assistido ao jogo comigo e o Alex. Ele tentou ligar, mas caiu direto na caixa postal. Está tudo bem?

Foi direto para a caixa postal porque meu celular estava em algum lugar embaixo da cama de Nova, que estava no meu colo, minhas mãos na cintura dela e minha boca ocupada em traçar cada centímetro de tatuagem que eu pudesse encontrar. Só fui perceber que meu celular tinha sumido na manhã seguinte.

É assim que as coisas são com Nova. Quando estou com ela, é como se o tempo e o espaço desaparecessem, restando apenas sua risada abafada e seu cabelo loiro-escuro. Toques cuidadosos e sorrisos maliciosos. Ela me reduz a cinzas com um simples toque de seu dedo.

Meu celular vibra no bolso de trás da calça e eu o pego. Vejo o nome de Nova na tela. Olho de relance para Caleb, mas ele está ocupado olhando para a vitrine com um ar sonhador, talvez tentando descobrir com o que vai se empanturrar a seguir.

— É. — Limpo a garganta e depois a limpo de novo. — Sabe como é. Coisas do trabalho.

Abro a mensagem.

NOVA
Você deixou sua camisa na minha casa.

CHARLIE
Deixei?

Deve ter sido a camisa que ela arrancou de mim assim que entrei no seu quarto. Coloquei o suéter por cima da camiseta quando saí hoje de manhã, cansado demais para procurá-la na escuridão do quarto.

NOVA
Deixou.

Meio segundo depois, uma imagem aparece. Nova em pé em frente àquele maldito espelho no canto do quarto, minha camisa fazendo seu corpo pequeno parecer ainda menor, uma faixa de pele visível da garganta até a calcinha de renda que ela está usando. A rosa entre seus seios emoldurada com perfeição. Mordo a bochecha por dentro.

Caleb me dá um olhar de reprovação.

— Você tem trabalhado demais.

Aproximo o celular do peito, caso ele fique curioso.

— É — resmungo —, trabalho.

Outra foto aparece embaixo dessa. A camisa está escorregando por um dos ombros, a protuberância do peito dela me provocando. Mais meio centímetro e eu conseguiria ver tudo.

Digito uma resposta rápida.

CHARLIE
Fica melhor em você do que em mim.

NOVA
Melhor ainda no chão.

Outra foto. Nova com o braço cobrindo os seios no espelho, minha camisa aos seus pés. Uma perna cruzada na frente da outra, marcas na forma de dedos na curva do quadril. Um sorriso malicioso enquanto morde o lábio inferior.

— Cacete — sussurro.

Caleb parece preocupado.

— Está tudo bem?

Coloco o celular no bolso de trás e tento me acalmar. Se Caleb achar que fiquei de pau duro por causa dos croissants de Layla, é bem capaz de me dar um chute nas bolas. A promessa de violência é suficiente para acalmar o sangue que corre em minhas veias. A imagem de Nova usando apenas a lingerie de renda vai ficar gravada na minha memória pelo resto da minha vida. Quando estiver em meu leito de morte, vou pedir que projetem essa foto no teto acima de mim.

Talvez seja essa a tatuagem que eu devo fazer.

— Tô bem — murmuro.

Caleb não parece acreditar.

— Você não parece bem.

— Mas estou — digo mais uma vez, fazendo o possível para manter o tom firme. — Estaria ainda melhor se você não tivesse comido o cupcake que eu queria.

Ele me ignora.

— Eu não sei como você dá conta de dois trabalhos.

Dou de ombros e me ocupo com um recipiente cheio de canudos de papel. Eu os reorganizo até que estejam todos nivelados.

— Conta como trabalho se é algo que você ama fazer?

Caleb zomba.

— Você ama trabalhar com investimentos?

Não. Na verdade, estou começando a achar que odeio. Mas é tarde demais para que eu escolha um caminho diferente. Construí minha vida em torno da carreira e de tudo o que conquistei em Nova York. Essas viagens que faço a Inglewild e Lovelight me permitem recuperar um pouco o fôlego. Felicidade em parcelas. Tenho medo de que, se eu desejar mais do que já tenho, tudo se dissolva em uma nuvem de fumaça. É melhor me contentar com o que posso ter.

— Adoro meu salário. — Estico a mão sobre o balcão e pego um doce pata de urso com glacê de mel da vitrine. Enfio metade na boca. — Eu adoro dinheiro, Caleb.

— Sabe, acho que você diz isso para si mesmo só para não ter que pensar muito sobre o assunto. — Caleb cruza os braços e apoia o quadril no balcão da frente. — Olha pra você. Você nem está de relógio.

Um frio sobe pela minha coluna. Não estou usando meu relógio porque Nova conseguiu me desarmar em dois minutos. Ela venceu, afinal, e eu amei cada segundo.

Layla se espreme para fora da cozinha, com um lenço rosa enrolado no rabo de cavalo, com estampa de moranguinhos. Ela carrega uma bandeja de tortinhas que parece maior do que ela. Caleb se adianta no balcão e a pega antes mesmo que ela peça.

Layla sorri em agradecimento, limpando as mãos no avental.

— Quem está sem relógio?

Caleb está ocupado demais olhando para as tortinhas de abóbora como se fossem a resposta para seus problemas.

— Charlie — responde ele, sem erguer o olhar.

Layla olha para o meu pulso vazio, depois para o meu rosto. Ela estreita os olhos e inclina a cabeça para o lado.

— É um relógio de prata? Mostrador preto?

Dou mais uma mordida no doce e faço que sim com a cabeça.

— É.

— Hmm — murmura ela, com a boca torta. Uma sensação desconfortável começa a subir pela minha nuca. É o mesmo olhar que ela deu para Beckett no dia em que entrou no escritório e percebeu que tinha caído numa armadilha. Ela está me analisando, tentando me entender. Engulo o resto do doce e tento não me mexer.

— Por que a pergunta?

— Por nada — diz ela, com ar de tranquilidade, mas seu rosto diz o contrário. Layla parece querer arrancar aquele lenço do cabelo e me estrangular com ele.

Ela lança um olhar rápido para Caleb e fica observando enquanto ele coloca as tortas na vitrine do jeito que ela gosta. Ela morde o lábio.

— Só estou pensando se devo fazer outro café ou não — diz ela devagar, soando fria. Ela olha para mim e aponta para a cozinha. — Vem me ajudar com a cafeteira na cozinha.

Não parece um pedido, mas uma ordem. Tenho certeza de que ela não precisa de ajuda com a cafeteira. Eu a vi fazer um bolo de três camadas dois dias atrás, com folhas comestíveis que ela colocou com uma pinça especial. A cafeteira requer cerca de um oitavo dessa atenção e dedicação.

Acho que ela quer me levar à cozinha para que não haja testemunhas.

Ficamos nos encarando, cada um de um lado do balcão. Ela estreita os olhos, inclina a cabeça e... eu sei que ela sabe. Ela sabe de mim e Nova. Não faço ideia de como.

Eu faço que não com a cabeça.

— Não, obrigado.

— Não foi um pedido. Vem me ajudar com a cafeteira.

— Na verdade, tenho uma reunião. Preciso ir.

— Você pode ir para a sua reunião depois de me ajudar — diz ela entredentes. Acho que ela está tentando fingir um sorriso. Não deu muito certo.

Caleb termina de arrumar as tortas e coloca a bandeja no balcão dos fundos.

— Posso ajudar você com a cafeteira — oferece ele.

Ela se vira para olhá-lo, e um pouco da severidade desaparece de seu rosto.

— O Charlie pode me ajudar. Você tem aquele grupo de estudos antes da aula da manhã, lembra?

Ele olha para o relógio na parede atrás do balcão.

— Ah, que merda. É verdade. — Ele se abaixa e pega a mochila, colocando-a no ombro. Segura o queixo dela com uma das mãos e lhe dá um beijo rápido na boca. — Vejo você mais tarde?

— Com certeza — responde ela, sorrindo. Ele deixa a mão deslizar pelo rabo de cavalo dela e pelo lenço rosa de seda enrolado no cabelo, puxando-o de leve. O sorriso dela fica suave, e ela agarra a camisa dele com força, puxando-o para mais perto. Eu desvio o olhar, brincando com os canudos de novo. Layla colou pequenas abóboras de papelão em alguns deles. Pego um e fico girando entre os dedos.

Caleb me dá um tapinha no ombro quando dá a volta no balcão.

— Você me deve um fardo de cerveja — anuncia ele, indo em direção à porta.

— E você me deve uma explicação — diz Layla, um leve tom de advertência em sua voz.

A porta bate atrás de Caleb, e ficamos só nós dois, com a correria da manhã já terminada e a frente da pequena padaria quase vazia. Não há ninguém para me salvar, exceto Pete, sentado no canto com uma torta dinamarquesa e uma xícara de café, lendo o jornal e cuidando da própria vida.

Layla aponta para a porta atrás do balcão.

— Vem me ajudar com a cafeteira.

— Eu disse pro Pete que faria as palavras cruzadas com ele.

— Tudo bem, meu jovem — diz Pete, de repente desenvolvendo uma audição extraordinária, pela primeira vez em sua longa vida. — Estou quase acabando.

Merda.

— Até o dezoito horizontal?

— Até ele.

Layla ainda está apontando para a porta.

— Cafeteira.

Eu engulo em seco com força.

— Eu não quero ajudar você — sussurro.

— Não me faça dar a volta nesse balcão.

— Certo. Tudo bem. — Dou a volta na vitrine, tomando o cuidado de me manter longe de Layla, e passo pela porta dos fundos. Tem cheiro de canela. Abóbora e massa de torta amanteigada e crocante. Ainda tem um pouco de recheio na batedeira, no canto da longa mesa de trabalho de metal. Um conjunto de espátulas de silicone e uma grade de resfriamento, vazia e à espera.

Layla começa a recolher os itens sujos e a empilhá-los em seus braços.

— Tem alguma coisa que você queira me contar?

Nova e eu não conversamos a respeito disso, mas tenho quase certeza de que falar para as pessoas sobre nossa situação não se encaixa em negócios casuais. Não parece certo mentir para Layla, mas também não quero quebrar a confiança de Nova. É uma coisa nossa. E de mais ninguém.

— As patas de urso estavam boas hoje — respondo, me esforçando para infundir o máximo de entusiasmo na minha voz. — Você usou sal marinho de novo?

— É, usei sal marinho. É uma receita nova que estou experimentando e coloco na cobertura. — Ela joga os pratos sujos na pia, fazendo bastante barulho. — Mas eu estava me referindo a você e à Nova.

Dou de ombros e tento evitar de fazer qualquer expressão estranha.

— A Nova?

Layla olha para mim.

— É. A Nova. Dessa altura. — Ela ergue a mão na frente do rosto. — Cabelo loiro. Tatuagens bonitas.

Tenho que morder a parte de dentro da bochecha para não sorrir. As tatuagens dela são *muito* bonitas.

Layla arregala os olhos.

— Você sabe. A irmã mais nova do Beckett.

— Eu sei quem é a Nova, Layla. O que você quer saber?

Ela abre a torneira e pega o detergente.

— Por que a Nova está desfilando pela cidade com o seu relógio?

Dessa vez, não consigo evitar o sorriso. Ele se esgueira pela minha boca até que eu esteja sorrindo para Layla do outro lado da pequena cozinha, uma profunda satisfação se instalando em mim. Eu não sabia que ela estava usando o relógio fora de casa. Ela gosta de me provocar com ele quando estamos ambos nus, usando nada além dele no corpo. Acho que ela gosta de me fazer lembrar como foi fácil me deixar de joelhos.

Mas sempre gosto de lembrá-la que faço valer cada momento quando estou lá embaixo.

— Ela ganhou uma aposta — respondo para Layla, esfregando o punho na boca, tentando apagar o sorriso.

Layla arqueia uma única sobrancelha.

— Você apostou seu relógio de dez mil dólares?

Não. Eu apostei algo, e esse algo é o que Nova disse que queria. Ela ganhou a aposta e, portanto, o relógio. Eu teria dado qualquer outra coisa que ela pedisse.

— Não custou dez mil dólares. — Dou de ombros. — E eu tenho outros relógios.

— Interessante.

— É?

Layla enxágua os dedos ensaboados.

— Muito.

— Por quê?

— Esse sorriso idiota no seu rosto, por exemplo. — Ela fecha a torneira e pega um pano de prato em forma de árvore de Natal, secando as mãos enquanto me olha, com a boca firme. — Acho que nunca vi você com essa cara.

— Do quê? De idiota?

— Não — responde ela —, de feliz.

Sinto isso como se uma mão pressionasse o meio do meu peito, me empurrando para trás.

— Eu estou feliz. — Consigo disfarçar o que parece ser um grande aperto na minha garganta. Não sei por que essa palavra me incomoda tanto. — Eu costumo ser um cara bem feliz, Layla.

Estou me divertindo com Nova. É só isso. Um escape para ambos. Não é o que Layla está insinuando.

Ela murmura, me observando enquanto seca as mãos.

— Certo.

— Certo o quê?

Ela dá de ombros e joga o pano de lado. Puxa uma bandeja prata e lisa do armário atrás dela e a coloca na mesa de trabalho. Ela pega uma tigela e a coloca na minha frente.

— Certo. Tudo certo. Vocês fizeram uma aposta. Ela está usando seu relógio. Vamos deixar por isso mesmo. Quer me ajudar a fazer uns scones ou precisa ir para sua reunião de mentira?

Eu pego a tigela que ela me entrega. Depois a colher. Ela se abaixa atrás do balcão e revira algumas gavetas antes de aparecer com um avental rosa-claro, com babados nas bordas. Ela passa o avental pela minha cabeça e amarra na minha cintura. Eu ainda não me mexi nem um centímetro.

— Não era uma reunião de mentira — digo.

Com certeza era uma reunião de mentira.

— Claro.

Estreito os olhos.

— Por que você está sendo tão legal?

Ela pega a farinha do outro lado do balcão e a puxa para mais perto. Então polvilha o tampo da mesa.

— Eu costumo ser uma pessoa bem legal, Charlie — diz ela com um tom de sarcasmo, repetindo minha afirmação anterior. Mas então ela olha para mim e sua expressão se suaviza. — Mas... vai com cuidado, está bem?

Eu sei o que ela pensa. Está estampado em seu rosto. Ela pensa o que todo mundo sempre pensa a meu respeito. Que estou só passando o tempo. Que estou aproveitando Nova antes de voltar para a minha realidade. Mas não é assim. Eu gosto de Nova. Se eu ganhasse a aposta do relógio, pediria outra noite de filmes da Katharine Hepburn. Pizza no colo dela e minhas pernas na mesinha de centro.

Nova que está tomando todas as decisões. Ela que está estabelecendo os limites.

— Não é assim — digo baixinho.

— Assim como?

Ajusto um dos babados do avental para que ele fique bem rente ao meu peito.

— Não tem nada rolando.

Nada que vá durar, pelo menos. Não vale a pena se complicar com isso, já que daqui a poucas semanas nós dois vamos seguir em frente. Vamos cada um seguir seu caminho, e nada além disso.

Layla sorri para mim.

— Ah, Charlie. Meu amor. Eu já fui tão ingênua quanto você. — Ela me passa um copo medidor e um saco de açúcar. — Agora peneire isso aí. E veja se consegue uns mirtilos para mim.

19

NOVA

— Você acha que todo mundo vê as mesmas cores?

Eu estico a cabeça para fora do banheiro e olho para Charlie. Ele está esparramado no meio da minha cama, vestindo apenas uma cueca boxer preta da Calvin Klein, com uma tigela de pretzels cobertos de chocolate e manteiga de amendoim em cima do peito. Ele enfia uma mão na tigela e tira um único pretzel, segurando-o acima do rosto enquanto encara o teto.

Passo a toalha pelo meu cabelo molhado.

— O que você quer dizer com isso?

— Quero dizer, tipo, as paredes do seu quarto são rosa, certo?

Eu olho para a parede do meu quarto e depois de volta para ele estendido nos meus lençóis bagunçados. Dessa vez, nós de fato chegamos até a cama, uma raridade, apesar da frequência com que Charlie esteve em meu quarto nas últimas duas semanas. Ele apareceu com uns formulários de impostos em branco, passou trinta segundos fingindo que estava aqui por um motivo legítimo, depois me pegou no colo, me carregou para cima e me jogou na cama. Ele me fez gozar duas vezes, depois me curvou e se satisfez me segurando pelos quadris com as mãos. Tenho três hematomas discretos no formato dos dedos dele na curva da minha cintura. Acho que gosto mais deles do que das minhas tatuagens.

— Elas têm um tom mais pêssego do que rosa.

Ele se apoia nos cotovelos e joga um pretzel no ar. Ele o pega na boca, fazendo um barulho alto ao mastigar. Não faço ideia do motivo, mas parte de mim acha isso muito atraente. A parte de mim que ainda está extasiada e toda mole, ao que parece.

Charlie percebe que estou olhando e pisca.

— Certo. Pêssego. Como sabemos que nós dois estamos vendo a *cor pêssego?*

Eu olho para a parede e depois de volta para ele.

— Porque é... pêssego?

— Mas como podemos saber? Porque nós dois descrevemos essa cor como pêssego, certo? Mas e se o pêssego que eu vejo for diferente do pêssego que você vê?

Eu jogo a toalha em cima da porta e me arrasto até ele, com o dorso da mão pressionado contra a boca.

— É assim que seu cérebro funciona o tempo todo?

Ele abre um sorriso brilhante e juvenil.

— Você ficaria surpresa.

Duvido muito. Charlie é transparente de uma maneira quase alarmante. Ele acha que sabe esconder bem, mas eu consigo ler seu corpo agora. Ele coloca a tigela de lado conforme me aproximo e estende as mãos para mim. Elas abrem e fecham em um gesto de agarrar. *Vem mais perto,* é o que ele está dizendo. *Vem cá.*

Ele pega minhas coxas e aperta, puxando até que eu esteja sentada em seu colo. Passo os dedos pelo cabelo dele e bocejo, bem na cara dele.

Ele franze a testa para mim.

— Você está cansada.

— Estou.

— Estou ocupando muito do seu tempo.

— Não está — insisto. Talvez esses momentos com Charlie sejam a minha maneira favorita de passar o tempo ultimamente. Todo o resto são prazos e correria e papéis e tarefas a serem riscadas da lista. Mas quando estamos juntos assim, minha mente só se concentra no corpo quente dele sob o meu e na deliciosa dor nos músculos. Desconectada.

Dou outro bocejo e Charlie afunda as mãos no meu cabelo. Ele esfrega a base do meu pescoço, e eu solto um gemido profundo e feio. Ele ri e coloca o braço em volta das minhas costas, me deitando na cama.

— Você gosta de fazer isso — resmungo, com o rosto meio enterrado no travesseiro.

Ele dá risada.

— Parece que você também, Novinha. — Ele escorrega para a beirada da cama e puxa os cobertores presos sob minhas pernas. Eu olho para os músculos no torso dele e não faço nada para ajudar. Ele grunhe e tenta puxar um cobertor, me rolando para o lado, e mexo as pernas sem parar. — Vai com calma aí — diz ele, desviando do meu pé. — Estou tentando te transformar num burrito, do jeito que você gosta.

— Não está fazendo um bom trabalho.

— Estou fazendo um ótimo trabalho. — Ele dá um tapa no meu joelho e tenta tirar um cobertor cinza felpudo que está embaixo da minha cintura. — Você que não está ajudando muito.

Dou risada.

— Ah, é? Não ajudando como?

— Você não sai da frente.

Uma risada escapa de mim, incrédula.

— Ah, desculpa, Charlie. Não percebi que estava na sua frente enquanto você tentava me enrolar.

— Obrigado. — Ele consegue pegar o meu cobertor fofinho e o envolve em torno dos meus ombros. — Desculpas aceitas.

Eu o observo enquanto ele dobra o cobertor da maneira certa para ficar sob o meu queixo. Está muito concentrado em me deixar confortável. Olho para o rosto dele enquanto ele enrola o resto do cobertor nos meus ombros. Acho que ele tem prestado atenção quando me enrolo nos cobertores todas as noites.

Meu sorriso está meio escondido atrás de um cobertor todo estampado de gatinhos. É bom ter alguém cuidando de mim.

O celular dele toca na minha cômoda e ele suspira, com os ombros caídos. Eu me mexo em meu cobertor e o cutuco com o pé.

— Seu pai de novo?

Ele faz um som vago de concordância.

— É.

— Você quer atender?

— Não.

Eu franzo a testa. Ele suspira e puxa o cobertor em volta de mim com mais força.

— Eu sou adulto. Não preciso falar com meu pai se não quiser.

O toque na cômoda para e Charlie suspira aliviado.

— Ele sempre faz isso quando sente que não estou dando a atenção que ele merece. Tem sido pior desde...

Ele não termina o que ia dizer.

— Desde?

Ele coça a nuca e se abaixa, olhando para mim.

— Você quer mesmo falar disso?

A forma como ele faz a pergunta — descrente e um pouco incerta — toca o vazio no centro do meu peito. Será que ele acha, de verdade, que eu não me importaria?

— Quero.

Ele acena com a cabeça e se joga na cama ao meu lado. Tento ficar de lado, enrolada nos cobertores, e ele passa o braço nas minhas costas, me apoiando. Aperta meu quadril e depois desce a mão, dando um tapinha afetuoso na minha bunda através das três camadas de lã.

— Desde que o divórcio chegou ao fim — ele termina com um suspiro. O celular dele começa a vibrar na cômoda de novo e, dessa vez, sinto a onda de tensão que faz seu corpo se enrijecer. — Acho que ele tem se sentido sozinho, mas tenta se conectar comigo de um jeito bem problemático.

Sim, ouvi algumas conversas deles. Da primeira vez, pensei que estivesse espionando uma reunião de negócios. Não havia afeto. Nem calor.

— Você não merece isso — digo baixinho, as palavras soando desajeitadas na minha língua. Não sou boa em confortar as pessoas, mas gostaria de ser. Gostaria de poder fazer com que aquela expressão no rosto dele desaparecesse.

Charlie passa a mão no maxilar, mantendo o rosto afastado do meu.

— É assim que a banda toca — suspira ele. — Não posso ser muito duro com meu pai.

— Por quê?

Ele dá de ombros, e o celular finalmente para de vibrar na mesa de cabeceira. Nós dois ficamos olhando para ele, esperando que comece a vibrar de novo.

— Eu tenho necessidade de atenção. Acho que sou... — Ele engole em seco. — Acho que sou mais parecido com meu pai do que gostaria.

— Não, você não é. — As palavras saem de mim antes que eu pense duas vezes. Charlie me olha com um brilho de diversão nos olhos cansados.

— Você nem conhece meu pai — retruca ele.

— Mas eu conheço *você*.

Charlie não assedia ninguém. Ele não faz as pessoas se sentirem pequenas para poder se sentir superior. Pode ser barulhento e quase irritante, mas também é gentil. Atencioso. Lembra das coisas. Vê os detalhes. Ele se ofereceu para trabalhar em dois empregos de tempo integral para que a irmã pudesse ir para a lua de mel. Me trouxe formulários fiscais no meio da tarde porque sabia que eu provavelmente esqueceria de preenchê-los.

Estou começando a achar que as piadas, os comentários e todas as coisas ridículas em que ele se envolve são uma espécie de compensação. Uma forma de se esconder.

Eu vou para mais perto, frustrada pela impossibilidade de usar os braços. De repente, odeio ter me tornado um burrito de cobertores.

— Você é uma pessoa boa, Charlie.

— São todos os orgasmos falando — murmura ele, me dando um empurrão com o ombro.

— Não é isso — argumento. Ele vira o rosto em direção ao meu e levanta uma sobrancelha. — Ok, talvez um pouco. Você é bom com orgasmos, mas isso não muda o fato de também ser uma pessoa boa. — Eu sabia disso antes mesmo de começarmos a dormir juntos, e tenho ainda mais certeza disso agora. Ele dá risada e meus lábios se torcem. — Preciso listar todas as suas qualidades?

Um sorriso retorce o canto da boca dele.

— Não faria mal.

Eu liberto uma das mãos que estava presa ao lado do meu corpo. Levanto um dedo.

— Você tem um excelente gosto para relógios. — Levanto outro. — Você tem um excelente gosto para mulheres.

— Ambas as afirmações são verdadeiras. — Seu meio sorriso se transforma em um sorriso completo. — Também sou muito gato.

— Razoavelmente atraente, eu diria. — Enfio o braço de volta no cobertor. Inclino meu queixo até que apenas meus olhos estejam visíveis por cima. — Você é gentil. Você é interessado. É fácil de conversar e se esforça para ajudar os outros. Por que é que você tem tanta dificuldade de acreditar que é uma pessoa boa por trás de toda essa fachada?

— Porque... — Ele suspira, passando a mão pelo cabelo. Ele olha ao redor do meu quarto, procurando inspiração na grande tela que ocupa a maior parte da minha parede. Flores silvestres em pinceladas coloridas ousadas. Um céu azul brilhante e sem nuvens. Charlie suspira mais uma vez. — Eu estou apenas fingindo.

— Fingindo o quê?

— Tudo. — Ele engole em seco. — Que eu não sou uma pessoa egoísta.

Eu bufo e reviro os olhos.

— Eu não acredito em você.

Charlie não ri.

— Não precisa acreditar. É a verdade. Você acha que eu vim para Inglewild e me ofereci para cuidar de Lovelight por pura bondade, mas não é nada disso. Estou fazendo isso por mim. Porque precisava de uma desculpa para estar aqui.

Eu pisco para ele.

— Querer algo não faz de você uma pessoa egoísta, Charlie.

— E pegar? — Os olhos dele se fixam em meus lábios e permanecem ali. Sua voz está rouca quando ele pergunta: — Se eu pegar as coisas que quero, isso não me torna egoísta?

Faço que não com a cabeça. Não estamos mais falando da fazenda.

— Não, se for dado de bom grado — sussurro de volta. Um tipo diferente de eletricidade pisca entre nós. Como ligar luzinhas que foram abandonadas em uma caixa no fundo do sótão e descobrir que todas as lâmpadas funcionam. Brilhante e esplêndido. Dourado. Os olhos de Charlie passam de um lado para o outro entre os meus, com uma pergunta brilhando neles.

— Nova, eu...

Um batida rápida e seca soa na minha porta. Ela ecoa pelo meu quarto, e meu corpo se inclina para o lado de novo com um pequeno salto. Charlie me apoia com a mão ao lado do meu corpo, olhando com uma expressão preocupada para a escuridão do corredor.

— Você pediu comida? — pergunta ele.

— Não. — Balanço a cabeça. — Você pediu?

Ouvimos outra batida impaciente na porta. Alguém grita, sua voz é abafada pela madeira.

— Nova! — grita Beckett. — Já cansei de você me ignorando. Abra essa porta.

Nós dois ficamos parados, com a cabeça virada na direção da voz do meu irmão.

— Me diga que você tirou a chave que fica embaixo do tapete — sussurra Charlie.

— Tirei.

Um suspiro profundo sai de dentro do peito dele. Alívio, rápido e repentino. Eu estremeço.

— Eu tirei de debaixo do vaso de planta e coloquei do outro lado da varanda — me apresso a explicar. — Dou três minutos para ele encontrar.

Charlie se lança da cama.

— Achei que tivesse te falado para tirar de lá.

Meus braços lutam com o cobertor enrolado em mim.

— Só porque você me diz para fazer algo não significa que eu vá fazer.

— Tô vendo — retruca ele. A porta da frente balança mais uma vez e Charlie fica de joelhos, tentando pegar suas roupas embaixo da cama. Nem sei como elas foram parar lá. Acontece toda vez. Nos últimos tempos, meu quarto quase sempre parece ter sobrevivido a uma explosão de bomba.

— Eu não estou de calça, Nova.

Consigo por fim livrar meus braços do cobertor.

— Então eu sugiro que você coloque.

Entramos em um turbilhão de movimentos frenéticos e discussões sussurradas. Eu tropeço na ponta do cobertor e caio na cômoda. Charlie quase rasga o braço da camisa ao enfiar os braços nas mangas. Presto o máximo de atenção que consigo na porta, enquanto Charlie murmura uma série de palavrões bem baixinho.

Ele rasteja de volta para baixo da cama e sai de lá com um cinto em uma mão e a calça jeans na outra. Seu peito ainda está quase todo nu, a camisa desabotoada, com uma linha de chupões cruzando suas costelas na forma da Ursa Menor. A minha criatividade aflorou mais cedo, mas agora tudo o que sinto é uma frustração profunda por não ter uma corrente e um cadeado na porta da frente. Talvez eu comece a pôr uma cadeira embaixo da maçaneta como fazia no colégio quando meus irmãos não tinham limites.

Ouço o som inconfundível de uma chave entrando na fechadura. Ao que parece, eles ainda não têm limites. Eu arremesso o suéter para Charlie, acertando em cheio o rosto dele.

— Se esconda — sussurro.

— Eu sou um adulto, Nova. — Charlie caminha pelo quarto até a minha janela com a calça jeans desabotoada. — Não vou me esconder.

— O que você está fazendo?

Ele puxa a janela para cima com uma mão.

— Você não pode pular da janela — sussurro, soando histérica.

— Com certeza posso — responde ele, em um sussurro quase gritado. — Não quero morrer hoje.

— Você disse que era um adulto.

— Um adulto que morre de medo do seu irmão.

— Se você cair, pode morrer.

Charlie pisca para mim, com uma perna jogada sobre o parapeito da janela. Atrás dele, a lua paira pesada no céu noturno.

Seus lábios se inclinam para cima nos cantos.

— Qual é a luz que brilha através daquela janela...

— Meu Deus — murmuro, girando no lugar e saindo do quarto. Bato a porta ao sair. Há um barulho de passos na varanda e então a porta se abre.

20

NOVA

Beckett aparece com uma expressão de desconforto, seus olhos imediatamente encontrando os meus no topo da escada.

— Oi — diz ele, após um momento de silêncio constrangedor. Ele ergue minha chave reserva. — Eu dei um jeito de entrar.

— Estou vendo.

Não vejo Beckett desde a briga na casa dos nossos pais. Parece que foi há uma eternidade. Acho que nunca ficamos tanto tempo sem nos falar, nem mesmo naquela vez em que falei que ele não sabia cultivar alho direito, e ele me deu um gelo a semana inteira.

Ele se remexe no lugar e tira o boné, dobrando a aba entre as mãos.

— Você se importa que eu esteja aqui? — pergunta ele.

Meus ombros relaxam.

— É claro que não. — Desço a escada. Gostaria que ele tivesse aparecido vinte minutos depois e não soubesse da minha chave reserva, mas não há muito que eu possa fazer agora. — Vamos lá. Vou fazer um chá pra gente.

Beckett me segue constrangido pelo corredor curto. Normalmente o silêncio entre nós é confortável, mas esse é diferente. A dor dele foi — e ainda é — insuportável para mim. Não me aproximei porque não sei o que falar. E agora estou tão confusa quanto antes sobre como começar.

— Achei que você fosse me deixar esperando na varanda — diz ele baixinho, olhando para mim. — Porque você não respondeu. Achei que você pudesse estar com uma crise de enxaqueca e fiquei preocupado. Me desculpe por ter... entrado assim de repente.

— Não... — Suspiro. — Não se desculpe. Eu entendo. Eu... não quero mais evitar você, Beck.

Ele acena com a cabeça e ajeita o boné, com um suspiro pesado.

— Que bom. Porque eu odeio evitar você. — Metade da boca dele se ergue em um sorriso hesitante. — Não conte para as nossas irmãs, mas você é minha favorita.

— É óbvio que sou. Mas eu acho... — O nervosismo mexe com minha barriga, aquele traço de síndrome do impostor que pesa sobre meus ombros se manifestando. A ideia de que não posso dar um único passo em falso sem decepcionar outra pessoa. Beckett, em particular. — Acho que esse é o problema, na verdade.

— Qual é o problema? — pergunta Beckett, sem qualquer vestígio de humor. Ele está alerta, preocupado, procurando o que pode consertar e melhorar. Mas, dessa vez, sou eu quem precisa consertar as coisas.

— Sua fé inabalável em mim — digo baixinho.

Ele fica boquiaberto, magoado, um soco bem no meio do meu peito.

— O que isso quer dizer? — pergunta ele.

Eu aceno na direção de uma das cadeiras na mesa da cozinha e me ocupo preparando o chá que ele gosta em duas canecas. Penso por um momento e então pego a garrafinha de uísque. Preciso de um pouco de coragem líquida. Nunca fui boa em compartilhar o que sinto, especialmente com meu irmão. A pessoa que mais admiro no mundo inteiro. Encho a chaleira, coloco os saquinhos de chá nas canecas e tento encontrar as palavras certas. Tento descobrir a raiz desse peso desconfortável e confuso no meu coração.

— Você sabe por que eu quis abrir meu estúdio aqui? Em Inglewild?

Beckett brinca com o saleiro no meio da mesa.

— Você disse que era porque queria ficar mais perto de casa.

Viro minha caneca nas mãos.

— Isso é verdade. Eu gosto de estar mais perto de vocês. Gosto de ver vocês mais do que a cada duas semanas. Só que, mais do que isso, acho que eu queria... fazer algo que deixasse você orgulhoso.

Beckett franze a testa para mim.

— Eu sempre tive orgulho de você.

— Eu sei. Eu sei. Mas eu... — Olho fixamente para o tampo da mesa e tento desatar o nó no meu peito. Não sei como explicar isso. — Você cuidou de mim a vida inteira, Beck. É isso que você faz. Você cuida das pessoas. — Ele resmunga e eu reviro os olhos. — É — insisto. — E você... Acho que você vê a melhor versão da pessoa que eu sou. Ou a pessoa que eu poderia ser. Você nunca acha que vou fracassar, e eu... acho que, às vezes, isso me faz sentir que não posso fracassar. Não quero decepcionar você.

Somente a ideia de Beckett pensar menos de mim faz lágrimas brotarem nos meus olhos. Minha garganta parece travada demais, meu coração pesado demais. Em algum lugar no fundo, logicamente, sei que Beckett não ficaria decepcionado comigo por causa de um estúdio de tatuagem. Que eu poderia nunca mais ter outro cliente e ele ainda assim estaria morrendo de orgulho. Mas esse é o ponto, não é? Eu quero merecer isso. Quero que seja perfeito.

— É por isso que você ainda não me mostrou o estúdio? — pergunta ele.

Eu concordo.

— Eu quero que esteja perfeito antes que você veja. Não quero que você veja e se arrependa do tempo e da confiança que depositou em mim. Quero que esteja à altura das suas expectativas.

Ele me encara do outro lado da mesa.

— O quê?

E é isso, eu acho. É isso que tem me aterrorizado esse tempo todo. É por isso que eu tenho me esforçado tanto para ser boa em tudo isso. Para fazer tudo sozinha e ser bem-sucedida. Porque Beckett tem me apoiado em silêncio durante todo esse tempo, sem nunca pedir nada em troca. Se ele pode fazer tudo sozinho, eu também deveria conseguir.

— Eu não teria nada disso se não fosse por você. E eu não... não sei como posso te recompensar. — Eu dou um suspiro profundo pelo nariz e engulo em seco. Minha voz está embargada. Minhas mãos tremem. Seguro a caneca com mais força. — Se não fosse por você, eu não estaria abrindo meu próprio estúdio. Provavelmente não estaria nem tatuando, e eu... eu nunca... — Tenho que parar de novo, e me forço a olhar para ele dessa vez. Para ser corajosa. — Você sempre acreditou em mim mais do que qualquer um, Beck. Você apoiou cegamente cada capricho, cada ideia, cada projeto que já tive. Você acha que eu nunca faço nada de errado, e acho que isso me fez pensar que não tenho espaço para errar.

Beckett me observa com uma expressão triste.

— Eu coloquei essa pressão em você? — pergunta ele. — Esse tempo todo... — Ele esfrega o maxilar. — Eu estava machucando você?

— Não, não é culpa sua — respondo depressa. Isso são coisas que eu tenho pensado. Minhas próprias inseguranças que ele, sem querer, aumentou. Isso é algo que preciso resolver por conta própria. Eu só... — Não quero decepcionar você. Não quero que você veja o estúdio e pense que desperdicei a chance que você me deu. Você sempre trabalhou tanto, e eu quase não trabalhei, e não é justo que eu tenha conseguido as coisas que queria quando...

— Já chega — interrompe Beckett com um tom cortante.

Gaguejo até parar de falar, os lábios pressionados para impedir que mais alguma coisa saia. Ele parece sério e confuso, a pequena linha entre as sobrancelhas — uma imitação perfeita da minha — aparecendo intensamente.

O outro lado da minha moeda.

Meu irmão mais velho.

— Já chega — diz ele, com um tom mais gentil.

— Tá bom — respondo, horrorizada quando meu lábio inferior começa a tremer. Eu olho fixamente para o padrão da madeira sob minha caneca e digo a mim mesma que não vou chorar.

A chaleira começa a chiar no fogão. Eu me levanto, agradecida pela chance de me recompor. Não sei o que esperava de Beckett, mas com certeza não esperava que ele fosse encerrar a conversa.

Levanto a chaleira e despejo o chá, o vapor envolvendo meus pulsos.

— Como você pode dizer isso?

Não respondo, e ele nem tenta preencher o espaço com uma explicação. Balanço a cabeça e o ouço se mexer na cadeira.

— Você quase não trabalhou — repete baixinho. — Nova, você vem trabalhando duro há anos para se estabelecer. Talvez eu tenha sido... a primeira pessoa a sentar na sua cadeira, mas isso foi um favor para mim. Não para você.

— Por que você acha isso?

Eu me viro com duas canecas de chá na mão e as coloco entre nós. Beckett se levanta de sua cadeira e dá a volta na mesa até se sentar na cadeira mais próxima de mim. Ele segura minha mão, a tatuagem em seu pulso parecida com a que tenho no meu.

— Gosto de todas essas tatuagens que você me fez. Sempre me senti... — Ele suspira, olhando fixamente para mim. — Você sabe que sou péssimo em dizer como me sinto, mas vou tentar, está bem? — Eu concordo. — Eu me ofereci para ser seu primeiro cliente porque queria ter seu trabalho primeiro. As tatuagens... elas sempre foram uma coisa especial, só para nós dois. Gosto do fato de sermos os únicos em nossa família com essa aparência. Gosto do fato de poder dizer que tenho o primeiro desenho de Nova Porter. — Ele engole em seco. — Tudo o que você tem foram conquistas suas. Não foi por minha causa. Não sou eu quem preenche sua agenda. Não sou eu quem está ralando para inaugurar um estúdio de tatuagem. Tudo o que fiz foi acreditar em você. Foi você quem teve coragem o suficiente para tentar.

Aperto a mão dele.

— Eu sei, mas...

— Nada de "mas" — retruca ele. — É bem simples. Você mereceu tudo isso. Você conseguiu.

Eu fungo.

— Nem sempre é essa a sensação. Às vezes, parece que, se eu errar nessa parte, tudo vai desaparecer. Parece que não vou ter outra chance.

— E como você vai errar, hein? Vai acabar a tinta? Suas plantas não vão crescer do jeito que você quer?

Eu solto uma risada abafada. O rosto de Beckett suaviza de um jeito que raramente parece acontecer, expondo o enorme coração exposto. Ele aperta meus dedos mais uma vez.

— Parte disso é minha culpa, né? Eu não ouvi tanto você, e eu sinto muito por isso. Vou me esforçar, mas também preciso que você se esforce. Sei que você não tem problemas em gritar comigo, Nova Ray Porter. Preciso que comece a falar mais alto.

— Eu vou — respondo. — Prometo.

— Que bom. — Ele se inclina para trás, ainda segurando minha mão. — E não me leve a mal, mas não dou a mínima para o estúdio de tatuagem. O estúdio não importa.

— O quê?

— Não se trata de que cor você pinta as paredes ou dos espelhos gigantes que você tem na frente...

— Você viu meus espelhos?

— Ou de como suas trepadeiras estão, ou de qualquer outra coisa. É por *sua* causa, Nova. É saber se você está feliz com o que está fazendo. O resto é puro detalhe. — O rosto dele se contrai enquanto pensa. — O... fertilizante em cima do solo. Você tem uma terra boa. Um bom solo.

— Eu tenho... terra boa?

Ele concorda.

Eu consigo mais ou menos entender a metáfora que ele está tentando criar.

— Certo, mas...

— O apoio que eu te dei não tem preço. Não é assim que funciona. Sou seu irmão e te amo. Você não precisa atingir uma meta para esse amor fazer sentido. Ele não vai desaparecer e você não precisa conquistá-lo. Ele simplesmente... existe. Já está aí. Eu já te dei.

— Mas você já me deu muita coisa.

Beckett suspira e aperta minha mão com força suficiente para machucar.

— Estou com muita vontade de te dar uma chave de braço agora mesmo — sussurra ele. — É por isso que você não deixa ninguém te ajudar com nada?

Nego com a cabeça, penso melhor e depois faço que sim. É importante que eu faça isso sozinha. Quero provar para mim mesma que tudo o que aconteceu, todo o meu sucesso, todos os meus clientes e a capacidade de transformar meu sonho em um emprego, quero provar que isso não vai desaparecer em uma nuvem de fumaça. Que aproveitei todas as oportunidades e sacrifícios e os transformei em algo incrível. Nada mais vai servir.

Beckett resmunga.

— Bom, para com essa palhaçada. Pedir ajuda não faz com que você seja menos merecedora de nada que já tenha conquistado por conta própria. — Ele se inclina para trás na cadeira e solta a minha mão, arrastando a mão pelo maxilar. — Queria poder *me* dar uma chave de braço. Não consigo acreditar que algum dia te fiz sentir como se você não tivesse espaço para ser algo além de perfeita.

Deixo essas palavras assentarem, desejando sentir o alívio que sei que elas deveriam trazer. Alguns dos nós se soltam, mas ainda não por completo. Suspiro e pressiono os nós dos dedos na bochecha. Tenho a sensação de que essa incerteza é algo que ainda vai levar algum tempo para ser resolvida.

E não tem problema. Pela primeira vez em muito tempo, parece que talvez seja bom que eu ainda não esteja pronta. Assim como meu estúdio. Assim como as plantinhas que rompem o solo e buscam a luz do sol. Estou tentando, e talvez tentar seja o suficiente.

— Talvez... talvez você possa vir dar uma olhada no estúdio — digo devagar. Beckett se mexe na cadeira. — Você pode me dizer o que acha. E ser sincero.

— Se é isso que você quer.

Faço que sim com a cabeça. Eu preciso arrancar o band-aid de uma vez. Preciso parar de ter tanto medo de não corresponder às expectativas de outra pessoa. Porque Beckett está certo. Os detalhes não importam. A lâmpada que ainda não consegui pendurar lá no fundo não vai determinar o sucesso ou o fracasso do meu negócio.

Eu preciso começar a me dar mais crédito.

— Você quer ver o estúdio? — pergunto.

Beckett revira os olhos, depois pega o mel e a garrafinha de uísque que eu trouxe junto com o chá. Ele coloca um pouco na caneca.

— É claro que quero. Estou morrendo de vontade de ver. Eu sei que você tem espelhos porque fico colando o rosto no vidro. A sra. Beatrice chamou o Dane duas vezes por minha causa.

Deixo escapar uma risada. Aperto a mão dele uma vez e então me levanto. Beckett me olha com aquele afeto divertido e irritado. Um olhar que só um irmão consegue aperfeiçoar.

— Tá bom, então. Pega seu casaco.

— Nós vamos agora? — pergunta ele.

Eu concordo.

— Sim. Nós vamos agora.

Beckett está parado na parede dos fundos há dezesseis minutos, olhando para as suculentas no jardim vertical. O jardim se estende do chão ao teto, com plantas se espalhando entre as vigas de madeira reciclada. Minha própria floresta particular.

Eu balanço os pés para a frente e para trás em uma das macas de tatuagem, observando-o, com a caneca de chá que ele insistiu que trouxéssemos.

— Sua terra está muito seca — comenta ele, ainda de costas para mim, traçando a borda de uma folha com os dedos. — E essas aqui vão precisar de mais luz solar se você quiser que elas cresçam bem.

— Elas já têm bastante luz.

— Quem disse?

— A Mabel, que colocou todas as suculentas no lugar.

Ele resmunga algo baixinho, se agachando para dar uma olhada em outra parte mais próxima do chão. Fico feliz que ele esteja dando sua opinião. Fico feliz que ele esteja levando a sério. Se ele tivesse entrado e me dado um elogio genérico, acho que eu não teria acreditado.

Mas gostaria que ele passasse para outra coisa em vez de inspecionar o jardim vertical.

— Tem mais plantas aqui em cima, se quiser dar uma olhada.

— Um segundo — responde ele. Está ocupado demais tirando um pouco de terra da minha parede e olhando para ela na palma da mão. Aproveito a distração dele e tiro o celular do bolso.

NOVA
Você conseguiu sair vivo do meu telhado?

A resposta de Charlie vem no mesmo instante.

CHARLIE
Opa, o que é isso? Você se preocupa com meu bem-estar?

Eu sorrio.

NOVA
Eu me preocupo com meus canteiros de flores.

NOVA
E com suas pernas também.

CHARLIE
Bom, minhas pernas estão ótimas. Não posso dizer o mesmo das suas flores.

Ele manda uma foto de hortênsias pisoteadas. Em seguida, uma selfie dele com pétalas de flores no cabelo. O peito nu. Terra na bochecha. Meu Deus, espero que ele não tenha corrido pela rua assim.

Hesito, mas salvo a foto.

CHARLIE
Tudo bem com o seu irmão?

Eu olho para Beckett, que finalmente se afastou da parede de plantas. Está olhando cada estação de tatuagem com as mãos nas costas, o boné debaixo do braço. O nó no meu peito se solta um pouco mais, e sinto que consigo respirar de novo.

NOVA
Tudo. Tudo bem.

21

CHARLIE

— Charles!

Eu paro no meio da rua e ando de costas até poder espiar na esquina em direção ao Tatuagem & Selvagem. Nessa está pendurada na grade, um monte de papéis enfiados debaixo do braço. Não é a Porter que eu esperava encontrar, e tento não deixar minha decepção transparecer.

Será que fiquei vagando pelo centro de Inglewild por quase uma hora esperando ver Nova? Talvez. Conferi com Mabel os arranjos florais para o festival da colheita, só para ter um álibi caso alguém perguntasse, mas não tenho desculpa para a andança sem rumo a que venho me dedicando desde então. Peguei um café com a sra. Beatrice. Conversei com Matty sobre o molho de macarrão dele. Dei três voltas na fonte na praça da cidade. Dei comida para os patos.

Tenho coisas que deveria estar fazendo, mas estou atravessando a rua em direção ao Tatuagem & Selvagem, tentando não olhar pelas janelas como um idiota para dar uma espiada em um cabelo loiro e um sorriso sarcástico. Aceno para Vanessa, mas ela está ocupada demais tentando trancar a porta com um monte de coisas nos braços.

Pego uma pilha de arquivos das mãos dela, e ela solta um suspiro de alívio.

— Obrigada.

— De nada. — Dou uma olhada nos papéis e depois para o topo da cabeça de Nessa. — Te peguei invadindo?

— Eu gritaria seu nome do outro lado da rua se estivesse?

— Pra falar a verdade, acho que gritaria. — De todos os Porter, ela é a mais imprevisível. Na última vez que alguém foi burro o suficiente para nos deixar sozinhos numa festa, quase colocamos fogo no lugar todo.

Coincidência ou não, não fomos mais convidados para o bingo.

Ela sorri para mim e afasta alguns fios de cabelo do rosto.

— Fico lisonjeada, Chuck. Preciso que você leve esses arquivos para a Nova. — Ela termina de trancar a porta e enfia as chaves no bolso da minha camisa. — Ela pediu para eu vir pegar, mas tenho um compromisso.

Eu franzo a testa.

— Por que ela pediu arquivos que poderia muito bem ter vindo pegar?

— Não sei.

— Onde você tem que ir?

— Não é da sua conta.

Nessa tira outro arquivo que estava enfiado na bolsa e o empurra na minha mão. A parte de cima está amassada.

— Só faça o que estou mandando, Charlie. — Ela me dá um tapinha no ombro enquanto passa depressa por mim, me empurrando de leve na grade com o quadril. — Ops, desculpa! — grita ela, a mão erguida acima da cabeça. — Te devo uma!

Ela desaparece antes que eu possa ao menos dizer *De nada*, virando a esquina com a bolsa gigantesca escorregando de um dos ombros. Parado ali, juro que algo se mexe na janela da pista de boliche. Estudo a janela vazia, as persianas balançando devagar para a frente e para trás.

— Maldita rede de comunicação — murmuro para mim mesmo. Todo mundo continua fingindo que não sabe de nada, mas eu sei que tem algo acontecendo. Não ouço nada há semanas.

Já me intrometi o suficiente na vida dos outros para saber quando estão se intrometendo na minha vida. Mas azar da rede de comunicação, ou de Nessa, ou de quem quer que tenha armado esse cenário em particular, porque eu quero mesmo ver Nova. Eles não poderiam ter escolhido um participante mais disposto.

Vou até a casa de Nova e subo os degraus da frente. Estou com vontade dos pretzels cobertos de chocolate com manteiga de amendoim que ela começou a guardar na prateleira alta da despensa. Ela sempre me diz que eles estão em promoção quando vai ao mercado, mas já fui ao mercado diversas vezes e nunca vi esses pretzels em promoção. Ela compra para mim, e acho uma graça que sinta a necessidade de mentir por isso.

Bato na porta. Ninguém responde. Bato de novo.

— Nova — grito —, estou com os arquivos que você pediu.

Meu celular vibra no bolso de trás. Franzo a testa quando vejo o nome dela.

NOVA
Pta

Só isso. Mais nada. Espero um segundo para ver se outra mensagem chega, mas nada.

Posso ver as botas dela perto da porta e as chaves na mesa ao lado da janela. Sei que ela está lá dentro, em algum lugar.

CHARLIE
O quê?

A resposta demora a chegar, os três pontinhos testando a paciência que nunca tive.

NOVA
Deixa naaaaa prrtta.

CHARLIE
Você está bêbada?

Bato na porta de novo, com mais força dessa vez. Meu celular está em silêncio e a casa também. Fico inquieto e olho para o pequeno vaso de lavanda no canto da varanda. A probabilidade de Nova de fato ter me ouvido e tirado a chave dali depois que Beckett a usou é quase nula. Dou um leve empurrão no vaso com o pé e suspiro ao ver o brilho do metal.

— Teimosa — murmuro para mim mesmo, colocando-a na fechadura e entrando na casa. Vou derreter essa maldita chave e fazer um colar com ela. Vou atirá-la de um precipício.

Fecho a porta ao entrar.

— Nova?

Ouço um baque forte vindo de algum lugar no andar de cima. Penduro minha jaqueta ao lado da dela em um gancho que tem o formato de um rabo de gato e ponho os arquivos na mesa. Os degraus da escada rangem quando subo; meu coração está na garganta. A casa de Nova é quase sempre repleta de sons, luzes e cores. Agora está tudo quieto demais. Escuro demais.

Abro a porta do quarto dela. Há um caroço no meio da cama, com o cabelo loiro sobre o travesseiro. Ela se contorce sob o edredom pesado.

— Novinha?

Ela se mexe debaixo do cobertor de novo. Na luz fraca, posso ver seu rosto encolhido de dor, a tensão nas linhas dos olhos e os ombros curvados até as orelhas. Ela está enrolada em uma pequena bola, como se, quanto menor, mais fácil.

— Charlie? — sussurra ela.

Fico com o coração tão apertado que parece que alguém o está comprimindo.

Eu me sento na beirada da cama e esfrego a coxa dela através do cobertor. A linha discreta entre suas sobrancelhas diminui.

— Você está com enxaqueca, querida?

— Tô — sussurra ela, os olhos ainda bem fechados. — Pedi para a Nessa me trazer os arquivos. O que você está… — Ela faz um som discreto de frustração. — O que você está fazendo aqui?

Eu não respondo à pergunta dela.

— Você não contou para ela que estava com dor, contou?

Nova pisca e semicerra os olhos, pesados. Cada piscada dela dura mais tempo do que deveria. Ela não está olhando diretamente para mim, mas para algum lugar acima do meu ombro.

— Não — murmura ela. — Não contei.

É claro que ela não contou. Porque Nova é teimosa e não faz nada do que dizem para ela fazer. Prefere sofrer sozinha a pedir ajuda a alguém. Suspiro e acaricio a coxa dela de novo. Ela se aproxima mais de mim e toda a minha frustração desaparece quando ela encosta com todo o cuidado a testa no meu joelho, como se aquele pequeno ponto de contato a fizesse se sentir melhor.

Fico olhando para suas mãos entrelaçadas no cobertor. Sua forma pequena se enrola com força.

— Está precisando de alguma coisa? — pergunto baixinho.

— Eu estou bem.

— Nova.

— Estou be...

— Se você disser que está bem, vou surtar. E você sabe como eu posso ser dramático.

Ela dá risada enquanto eu aperto sua coxa.

— Meu remédio — ela finalmente consegue dizer após engolir em seco três vezes. — Eu...

Eu dou espaço para que ela tente encontrar as palavras, mas ela não termina a frase.

— Você, o quê?

— Estou com dificuldade para enxergar — responde ela em um sussurro. — Não consigo... Acho que não consigo fazer isso sozinha.

Sei como é difícil para ela dizer essas palavras e confiar em mim o suficiente. Esfrego seu quadril.

— Tudo bem. Eu posso ajudar.

Ela murmura o nome do remédio e vou procurar no banheiro. Já está lá no balcão com outros dois frascos laranja, como se ela não soubesse qual era o certo antes de desistir e deitar na cama. Leio as instruções minúsculas e ponho um comprimido na palma da mão, depois encho uma caneca em formato de morango com água da torneira.

Ela está encostada nos travesseiros quando volto, o cabelo embaraçado sobre um dos ombros. Eu lhe entrego o comprimido, mas suas mãos estão tremendo tanto que ela não consegue segurar a caneca.

— Calma — digo, envolvendo minhas mãos nas dela. Ela franze o nariz enquanto toma um gole, os olhos sonolentos. Fofa pra caramba, mesmo quando está tentando ao máximo ser intimidadora. Um gatinho sem as garras.

O mindinho dela se estica para enrolar no meu.

— O que mais você precisa?

— Mais nada — murmura ela, já quase inconsciente, puxando as cobertas até os ombros. Ela fica tão diferente assim, uma versão apagada dela. Toda gentil e cansada.

Eu me sento na cama e a observo enquanto ela cai num sono inquieto, o rosto ainda franzido e os ombros curvados. Passo meus dedos sobre sua testa e ajeito as cobertas até ela estar acomodada do jeito que gosta, então me levanto e começo a recolher as roupas, que devem ter sido retiradas quando ela entrou no quarto. Dobro seu suéter grosso e o coloco no encosto de uma cadeira. Recolho uma saia preta e a coloco na cômoda. Encontro sua meia-calça saindo debaixo do cobertor e a puxo. Pego um cobertor extra e o coloco em cima da cortina da janela. Sinto algo parecido com satisfação em meu peito quando ela suspira aliviada com a escuridão. Estou prestes a sair, mas ouço a voz dela e paro na porta.

— Você acha que... — sussurra ela, arrastada e lenta. Suspira fundo, os dedos se mexendo em cima das cobertas. — Você poderia ficar um pouco?

A mão dela no lugar onde eu estava. Cerro o maxilar, determinado. Nunca tive alguém para cuidar. Não sei se sou bom nisso, mas vou fazer o meu melhor. Por Nova.

— Posso, claro. — Fico olhando para ela por mais um segundo, um nó na garganta. Tento engolir em seco, mas o sentimento só se aprofunda. Aquela sensação de algo apertando meu coração, puxando, puxando, puxando. — Vou ficar o tempo que você quiser, Novinha.

Ela dorme por horas, até o sol começar a assumir um tom laranja por cima da pia da cozinha. Saí por alguns instantes para pegar meu computador e algumas coisas no supermercado, usando a chave escondida debaixo do vaso, mas na maior parte do tempo não arredei o pé daqui. Eu me sento na cozinha, esperando.

Ouço movimento lá em cima. O som suave de pés se movendo pelo quarto e o rangido das dobradiças da porta do banheiro. Os degraus rangem enquanto ela desce, e então Nova aparece na cozinha, tentando conter um bocejo com a mão e com um roupão de pelúcia rosa enrolado na cintura.

Ela parece confortável. Aconchegante. Nunca vi esse roupão, três tamanhos maior e escorregando de um dos ombros. Fico imaginando onde ela o escondia.

— Como você está se sentindo?

Ela responde com um grito, os olhos arregalados, e bate as costas no batente da porta. Ela alcança o objeto mais próximo, uma pequena estatueta de gato que eu apostaria meu Rolex, já não mais meu, que Beckett entalhou na varanda dele. Ela o lança pela cozinha e ele me acerta bem no meio da testa.

Ficamos nos encarando de cada lado da cozinha, Nova com a mão no peito.

— Você ainda está aqui — suspira ela.

Franzo a testa e esfrego o que tenho certeza que vai virar um belo de um galo. Acho que devo ficar grato por ela não ter acertado meu olho.

— Você me pediu para ficar.

— Eu pedi?

Faço que sim.

— Pediu.

Quer dizer, eu saí, mas foi para comprar frutas e Gatorade. Não sei o que ela gosta de comer quando tem enxaqueca. Queria que ela tivesse opções.

Ela continua me encarando, como se tentasse entender por que estou sentado na mesa da cozinha com meu notebook e o resto dos pretzels de manteiga de amendoim. Ela tem marcas de travesseiro na bochecha e seu cabelo está uma bagunça. Ela passa a mão nele como se isso fosse ajudar, e eu tenho que abaixar o rosto atrás da tela do notebook para esconder o sorriso. Merda, ela é uma graça. Mesmo enquanto se arrasta até a pia, ainda em silêncio, pegando um copo e enchendo-o na torneira, lançando olhares furtivos para mim como se eu não estivesse vendo exatamente o que ela está fazendo.

— Eu achei que tivesse sido um sonho — comenta ela depois de outro longo silêncio.

— Ah. Eu, hã... — Será que ela quer que eu vá embora? Exagerei ficando aqui na cozinha? Pegando a chave dela? Olho para o pulso em busca de um relógio que não está lá. Um velho tique nervoso. — Posso ir embora.

Ela balança a cabeça.

— Não.

Certo.

— Eu cortei algumas frutas para você. Está na geladeira. — Eu encaro fixamente meu computador. Não sei por que, mas achei que melão seria uma boa ideia. Ela nem deve gostar de melão. É assim que se cuida de alguém? Não faço ideia. — Não sabia se você estaria com fome ou não — acrescento de forma desajeitada.

Quando olho para cima, ela está me estudando, apoiada na pia, um braço envolto na cintura.

Ela ainda não diz nada.

— O que foi? — pergunto.

— Você cortou frutas?

É uma pergunta que não soa como uma pergunta.

— Cortei?

Não vou contar que também comecei a lavar as toalhas e reorganizei a coleção de revistas dela. Ou que comprei uma abóbora e a coloquei na porta da frente porque parecia legal. Sei que ela anda ocupada demais para decorar a casa. Eu estava a mais ou menos uma hora de esculpir a abóbora.

Ela toma um gole d'água.

— Que fruta?

— O quê?

— Que fruta você trouxe?

— Morango — respondo. Vi alguns na geladeira dela dois dias atrás, só três sobrando no fundo da caixa. Ela vai até a geladeira e a abre, espiando lá dentro. — Também peguei melão e uva.

Ela se inclina mais para dentro da geladeira.

— Você cortou a uva?

Sim. Vi um vídeo enquanto rolava o feed do meu celular ensinando a cortar uvas em coraçõezinhos. Gostaria de não ter feito isso.

— Elas vieram assim.

Ela me olha por cima do ombro.

— Vieram?

— Uhum.

— Interessante. — Ela pega a bandeja de frutas e a coloca na mesa, depois se joga na cadeira ao meu lado e estica as pernas com um gemido. Pega um pedaço de morango e dá uma mordida.

Não consigo parar de olhar para ela.

— Como você está se sentindo?

Ela dá de ombros e mexe em outro pedaço de fruta. Um pedaço de melão que cortei em forma de estrela.

— Bom. Meio zonza. Sempre demora um pouco para eu me recompor depois de uma enxaqueca.

— Alguma dor?

Ela mastiga a estrela de melão lentamente.

— Um pouco — responde ela baixinho —, mas vai passar.

Ela vai comendo, e eu vou observando-a, um único feixe de luz dourada atravessando lentamente o chão de madeira da cozinha. Ela parece gostar do silêncio, seu joelho roçando o meu por debaixo da mesa. Depois de alguns instantes em que ela não me pede para ir embora, abro meu notebook de novo e começo a olhar os e-mails de trabalho, respondendo aos mais irritantes e montando uma lista para a semana.

É tranquilo e calmo de um jeito que eu normalmente não me permito. Ela estende a perna para que seu tornozelo fique cruzado no meu debaixo da mesa, e tento não sorrir enquanto leio um e-mail sobre taxas de juros.

— Charlie — diz ela, depois que todas as uvas e metade dos morangos acabaram. Ela está guardando o melão para o fim, eu percebo. Comemoro mentalmente.

— Hmm?

— Você pode abrir? — Ela faz um gesto com a cabeça em direção à janela acima da pia. — Eu gosto de ar fresco.

— Claro. — Levanto e abro um pouco a janela, deixando o ar do anoitecer com cheiro de folhas secas entrar na cozinha. Os ombros dela relaxam mais um pouco, e eu volto para a cadeira ao lado dela.

— Obrigada — diz ela quando me sento.

— Cuidado, Novinha. — Puxo minha cadeira para mais perto e suas pernas se entrelaçam nas minhas de novo. — Com tanta educação assim, eu vou começar a achar que você gosta de mim.

Ela revira os olhos, um sorriso se formando no canto da boca. Com o cabelo bagunçado e aquele roupão ridículo, o sorriso está sem o calor de sempre.

— Eu gosto de você — responde ela, simples assim.

Um calor explode no meu peito, forte e feroz. É uma reação boba. Estamos dormindo juntos há semanas. Espero que ela goste de mim, pelo menos um pouco. Mas aqui, desse jeito, com os últimos raios de sol tingindo seu cabelo de lavanda e seus pés com meias entrelaçados nos meus, parece mais um segredo compartilhado.

— Eu também gosto de você.

Ela coloca outro pedaço de fruta na boca, me observando com o queixo apoiado na mão.

— Você gosta de mim o suficiente para me dar um beijo?

— Você está... bem o suficiente para isso?

Ela dá risada.

— Eu não tenho tuberculose, Charlie. Eu aguento um beijo.

— Tuberculose. Olha só você, Doc Holliday.

Ela revira os olhos.

— Se você não quiser me beijar, é só dizer.

— Acho que já provei que gosto muito de te beijar. — Levanto da cadeira, as pernas de madeira fazendo um barulho insuportável no chão da cozinha. Ela se encolhe e eu tenho vontade de jogar a maldita cadeira pela janela.

— Tá vendo? — Eu faço um esforço monumental para não apontar o dedo na cara dela. — Não vou te beijar se você ainda estiver com dor.

Ela faz bico.

Eu paro e olho para ela.

A Nova sarcástica de todo dia estaria revirando os olhos com a suavidade da Nova doente. Talvez seja assim que ela normalmente fica ao acordar de uma enxaqueca, ou talvez seja... assim que ela é comigo agora. Uma versão de si mesma que ela não pode ser em outro lugar. Pensar nisso faz um calor subir no meu peito quanto mais tempo eu olho para ela.

— Acho que um beijo faria eu me sentir melhor — fala ela, ainda olhando para mim.

— Bom — digo, uma mão nas costas da cadeira dela e a outra segurando o lado do rosto de Nova. Traço a linha do seu maxilar com o polegar, de um lado para o outro. — Não tenho como contra-argumentar.

Ela inclina o rosto em direção ao meu e puxa a frente da minha camisa.

— Achei que você concordaria.

— Cala a boca.

— Cala vo...

Eu colo a minha boca na dela. Fico ali, no começo de um beijo tímido, me permitindo sentir o cheiro dela. O ar fresco do outono e o leve perfume do seu xampu. O amaciante de lavanda que ela usa nos lençóis e... Nova. Eu reconheceria o gosto dela em qualquer lugar. Com os olhos vendados e dormindo. Meio em pé no meio da cozinha dela. Eu a beijo de novo e de novo, um leve roçar de nossos lábios até seus dedos subirem pelo meu peito, as mãos nas laterais do meu pescoço. Minha mão nas costas da cadeira dela se flexiona enquanto eu a beijo, gentil e devagar, gemendo quando a língua dela toca meu lábio inferior. Abro minha boca para ela e deixo que ela defina o ritmo, deixo que ela pegue o que precisa, outro som vindo do fundo da minha garganta quando nossas línguas se tocam.

Ela tem gosto de sol. De morangos cortados em formas ridículas e... pasta de dente?

Eu me afasto um pouco, nossos narizes ainda se tocando.

— Você escovou os dentes antes de descer?

Ela me dá um beliscão no peito.

— Você ia me beijar com bafo de onça?

Eu sorrio.

— Você estava planejando me beijar?

As bochechas dela ficam coradas.

— Você disse que não sabia que eu estava aqui.

— Eu não sabia mesmo — murmura ela.

— Você estava torcendo para que eu estivesse aqui, Novinha?

— Cala a boca, Charlie.

Ela me puxa de volta para o beijo.

— Sim, Nova — murmuro contra sua boca e a beijo na luz suave da cozinha, uma tigela meio vazia de frutas na mesa à frente dela.

22

CHARLIE

Olho para o pequeno relógio no canto da minha tela pela sétima vez.

— Você tem mais três minutos comigo, Selene, e depois eu tenho que ir.

— Você me manteve informada da contagem regressiva pelos últimos quinze minutos. — Ela nem levanta os olhos da mesa. — Há galinhas que precisam de resgate, fazendeiro Charlie?

— Olha só você. — Eu sorrio. — Lembrou das galinhas.

Ela inclina o queixo e aperta os olhos na câmera.

— Espera. São galinhas de verdade?

— Oito, num galinheiro atrás da padaria. Agora você tem dois minutos para fazer perguntas sobre o trabalho.

Ela fecha um arquivo e repousa as mãos em cima dele.

— Já cobrimos tudo. Essa semana está bem mais tranquila. Acho que seu pai está ocupado com outra coisa.

Ou talvez ele finalmente tenha decidido me escutar. Estou tentando uma abordagem nova, em que estabeleço meus limites em vez de ceder a todas as suas demandas. Mandei um e-mail para ele depois da nossa última e desastrosa ligação e disse que só aceitaria chamadas durante o horário de trabalho, organizadas por Selene. Parece estar funcionando, apesar da úlcera de ansiedade que estou desenvolvendo no processo. Não importa quanto meu pai seja um babaca, ainda tenho dificuldade em pensar que posso decepcionar alguém. Sobretudo ele.

Mas é difícil me importar tanto com isso quando estou aqui. Quando estou cercado de pessoas, projetos e coisas que ocupam meu tempo. Especialmente quando estou dormindo com Nova quase todos os dias. Ou sentado ao lado dela na mesa da cozinha, preenchendo relatórios de despesas enquanto ela folheia uma revista. Ou no quintal da casa de hóspedes, com uma fogueira no tambor de metal e o cabelo dela brilhando como ouro. Não acho que importe nossa situação, sempre que estou com ela, todo o resto perde importância.

— Você está arrumado para uma noite com as galinhas.

Olho para minha camisa e passo a mão pelos botões. Não sei quão chique preciso estar para a festa de inauguração de um estúdio de tatuagem, mas quero estar bem, e Nova disse que gostava dessa camisa.

Ela disse isso com a mão dentro da minha calça, mas disse mesmo assim.

— Não vai ter galinhas. A Nova vai inaugurar o estúdio hoje à noite.

— Nova. — Selene se recosta na cadeira com um sorriso satisfeito. — Tenho ouvido esse nome com bastante frequência.

— Tem?

— Fui anotando no bloquinho da sua mesa. Quer que eu conte?

— Não, obrigado. — Não preciso de um lembrete de quão profundamente estou envolvido nisso. "Ignorante e feliz" é o lema agora. Não vou pensar no que vem depois. Vou só aproveitar o que tenho agora. Sem expectativas. — Posso contar quando voltar para o escritório.

— Aposto que você está ansioso por isso. — Ela arruma o resto da mesa. — Digo, voltar à sua rotina.

Não. Nem um pouco.

Vou sentir falta do jeito que o céu ganha vida à noite, com as estrelas se aproximando pelas janelas largas nos fundos da pequena casa. Vou sentir falta do cheiro das manhãs, do ar frio e das folhas úmidas, das maçãs frescas e da manteiga quente da padaria. Vou sentir falta do cabelo de Nova no meu peito e do joelho dela entre os meus enquanto me seguro na beira da cama, porque ela mal deixa espaço para mim quando durmo com ela. Vou sentir falta de estar aqui de um milhão de maneiras diferentes.

Mas eu não pertenço a este lugar. Essas não são minhas coisas. Estou brincando de faz de conta há semanas, e as algemas estão começando a ficar um pouco apertadas nos pulsos.

— É — digo em vez disso, porque é melhor começar a me convencer agora. — Eu lido bem com rotinas.

QUANDO CHEGO AO estúdio, não há uma única vaga livre na rua principal.

Acabo tendo que estacionar no beco atrás da livraria, a três quarteirões de distância. O som da festa é um zumbido baixo que cresce à medida que me aproximo, as pessoas transbordando pela porta até a calçada. Há música e luzes de todas as cores, cruzando de um lado para o outro entre o toldo do food truck de tacos e a entrada do estúdio.

E, de pé na porta, iluminada por tons de azul, está Nova.

Minha atenção se volta para ela, como sempre acontece. Ela está com o cabelo preso delicadamente atrás das orelhas, bem diferente de quando a deixei em casa com seu roupão felpudo cor-de-rosa. Agora, posso ver as tatuagens que sobem pelo seu pescoço até a curva abaixo da orelha. Já tracei essa tatuagem com a boca. E com a ponta dos dedos também. Seus lábios estão vermelho-vivo, e ela veste um top sem alças que exibe as tatuagens nos ombros e nos braços.

Sinto uma ciuminho quando olho para ela, a cabeça inclinada para trás em uma risada por causa do que o idiota à sua frente está dizendo. Eu o encaro. Camiseta preta com um buraco perto da gola. Botas pretas. Braços cobertos de tatuagens. Eu ajeito os punhos da minha camisa e aliso as mangas. Quero ser o cara que a faz rir. Quero estar ao lado dela. Quero diminuir o espaço entre nós, levantá-la até que suas pernas se enrolem na minha cintura e provar o gosto daquele sorriso.

Mas eu nunca tive muita sorte com o que desejo. As coisas que eu quero quase sempre se tornam coisas que não posso ter, e Nova não é uma exceção a essa regra. Não importa quanto eu esteja começando a desejar que fosse.

A pessoa à frente dela se move e ela inspira fundo, olhando para a multidão. Esta noite representa meses e meses de trabalho duro para ela. Espero que ela esteja orgulhosa. Espero que esteja olhando para todas essas pessoas aqui por causa dela e reconhecendo a força que tem.

Jeremy põe a cabeça para fora da janela do food truck de tacos e os lábios dela se curvam em um sorriso de diversão. Ele grita algo para ela, e ela revira os olhos. Eu já estou sorrindo antes mesmo de perceber, e é nesse momento que ela olha para mim.

É como pisar na rua sem me dar conta de que há um degrau. Meu coração se atrapalha completamente ao ver o rosto dela todo iluminado por minha causa. Olho para trás só para ter certeza de aquele sorriso é mesmo para mim e, quando nossos olhares se encontram de novo, ela está com aquele sorriso torto que me diz que sabe exatamente o que eu estava fazendo e que acha ridículo. *Claro que eu estava olhando para você*, imagino na voz dela. *Não seja bobo.*

Abro caminho entre as pessoas para chegar até ela, seus olhos em mim o tempo todo. Não paro até estar perto o suficiente para encostar minhas botas nas dela, o máximo que consigo me aproximar com toda essa gente ao redor.

Quero beijá-la.

Quero segurar sua mão.

Quero jogá-la sobre meu ombro, voltar para a casa de hóspedes na fazenda e me perder nela.

— Oi — diz ela, e eu quero tanto beijá-la que minhas mãos tremem.

Enfio os punhos cerrados nos bolsos do casaco.

— Oi — respondo —, quanta gente.

Ela assente e olha ao redor de novo.

— O poder de um food truck de tacos.

— Não. — Eu balanço para trás nos calcanhares. — Isso tudo é por você.

Os olhos dela se voltam para os meus. Falei demais, ou não o suficiente. Não sei. Nunca sei ao certo com Nova. Limpo a garganta e aponto com a cabeça em direção ao estúdio dela.

— Você conseguiu pendurar a luz.

Ela olha por cima do ombro, para o letreiro neon na parede do jardim ao fundo. *Tatuagem & Selvagem* brilha em branco.

— O Beckett que deu um jeito nisso — responde ela, se virando para mim. — Enquanto fazia um comentário bem enfático sobre a qualidade do meu solo.

— Vocês se resolveram, então? — Não quis perguntar quando estive na casa dela outro dia. Estava mais interessado em alimentá-la com frutas cortadas em formas ridículas.

Ela assente.

— Nos resolvemos, sim. Ele conheceu o estúdio. Ele e a Evelyn logo vão dar uma passada aqui.

Fico feliz. Talvez ela comece a perceber que não precisa fazer tudo sozinha o tempo todo.

— Vou garantir que meu plano de fuga esteja pronto.

Ela inclina a cabeça para o lado.

— Está planejando aprontar alguma coisa? Vai precisar se esconder do meu irmão?

Não. Só tenho medo de que tudo o que estou começando a sentir por ela esteja estampado no meu rosto. Pela primeira vez, gostaria que estivéssemos em um tipo de relacionamento onde eu pudesse beijá-la na frente de todas essas pessoas sem pensar duas vezes. Estou tão orgulhoso dela, e a única maneira de demonstrar isso é mantendo certa distância, sorrindo como um idiota. As restrições que colocamos nesse relacionamento estão passando a me incomodar. Limpo a garganta.

— Quando você começa a tatuar?

— Daqui a pouco — responde ela. — Queria socializar primeiro. Dizer oi para algumas pessoas.

Ela põe uma mecha do cabelo loiro sedoso atrás da orelha. Meu relógio desliza pelo pulso dela. Eu sorrio, e ela estreita os olhos.

— Que foi?

— Belo relógio.

— Ah, essa coisa velha aqui? — Ela o gira no pulso. — Ganhei numa aposta.

— Deve ter sido uma boa aposta.

— A melhor — responde ela, o sorriso crescendo.

Ficamos ali sob as luzes coloridas, nos olhando. É difícil lembrar do que estávamos falando quando ela me olha assim.

— Você vai guardar um lugar pra mim? — pergunto. Ela levanta uma sobrancelha, e eu esclareço: — Na fila para tatuar. Quero fazer o Oscar, o Rabugento, em cima do meu umbigo.

— Ah, é? — Ela se inclina para mais perto. Eu sinto o espaço entre nós como algo físico. Já me acostumei demais a puxá-la para mim quando quero. Agora tenho dificuldade em me segurar. — Já passamos da fase do escorpião na bunda?

— Quem sabe você não consegue fazer dois encaixes para mim.

— É uma tatuagem por cliente. Vai ter que escolher, Charlie.

Eu cedo à tentação e tiro a mão do bolso. Roço os dedos na borda inferior do top dela. É sedoso e suave. Preto e brilhante. Os cílios dela tremulam, e eu puxo minha mão de volta.

— É difícil decidir — consigo dizer.

Ela me olha, tudo e todos ao redor de nós se tornando apenas uma impressão vaga de vozes e cores. Alguém ri. Outra pessoa chama o nome dela. Ela não vira para olhar. Apenas continua me encarando.

Talvez eu tenha cometido um erro quando disse a Nova que podia manter as coisas casuais. Porque nada do que estou sentindo é casual.

— Fico feliz que você tenha vindo — ela finalmente diz.

Uma frase simples, mas que significa mais para mim do que eu poderia expressar. Na maioria das vezes, sinto como se ninguém me quisesse por perto; sou só o cara que brota com uma garrafa de tequila. Preciso engolir em seco três vezes para conter o nó na garganta antes de conseguir responder, rouco:

— Eu também.

Ela dá dois passos para trás em direção aos degraus do estúdio. Não consigo parar de olhar as luzes coloridas dançando na pele dela. Como de costume, acho que subestimei drasticamente minha capacidade de manter a calma perto de Nova Porter.

— Te vejo lá dentro?

Faço que sim, porque parece que ela está esperando por isso. Ela poderia me dizer para entrar no food truck com o Jeremy e ajudar nas *carnitas*, e eu o faria.

— Sim. Eu e o Oscar, o Rabugento.

— VOCÊ ESTÁ AGINDO estranho — murmura Caleb ao meu lado, com um biscoitinho em formato de suculenta na palma da mão. Ele já comeu seis deles em dez minutos, e eu acho, de verdade, que Nova deveria ter distribuído fichas para pegar biscoitos. Para ele especificamente.

— Não estou agindo estranho — resmungo. Estou sendo cauteloso. Passei os primeiros vinte minutos da festa olhando para Nova enquanto ela trabalhava na sua estação, concentrada, a agulha de tatuagem em sua mão enluvada. Nunca a vi trabalhar. Ela já rabiscou em guardanapos e nas tampas de caixas de pizza. Flores, vinhas e constelações que agora reconheço como parte do estilo dela. Mas nunca a vi assim. Totalmente sintonizada com o que está fazendo, dedicada ao trabalho cuidadoso e delicado de tatuar. Ela se move ao som de uma trilha sonora que só ela consegue ouvir, traçando linhas e realizando movimentos suaves e graciosos. Seu cabelo cai sobre os ombros, e seu rosto está com uma expressão concentrada.

Estou fascinado.

Ela tem uma ficha de inscrição bem na frente da loja, ao lado de um dos espelhos grandes. Apesar de toda minha provocação, ainda não coloquei meu nome nela. Não sei se consigo lidar com as mãos dela em mim em um ambiente com tantas pessoas.

Além disso, ainda não sei o que eu quero.

Como sempre, ao que parece.

— Estou só olhando — digo a Caleb.

Sendo mais específico, o cara que está na maca diante de Nova agora. É o mesmo cara com quem ela estava conversando quando cheguei. Ele está inclinado na direção dela, o cabelo loiro-escuro penteado para trás. Eles não pararam de conversar desde que ele se sentou, e não consigo tirar os olhos deles. Eles ficam bem juntos. Combinam. Esse deve ser o tipo de cara que ela normalmente escolheria.

Aposto que ele é péssimo em fazer sua declaração de imposto de renda.

— Quem é aquele cara? — pergunto a Caleb, segurando meu drinque sem álcool com mais força. Nova não está servindo álcool no evento por motivos óbvios, mas como eu gostaria que estivesse. — Aquele com quem a Nova está falando.

Sobre o que diabos eles estão conversando? Ela tem uma fila, pelo amor de Deus. Um cronograma a seguir. Uma tatuagem por cliente. Isso está bem claro no final da ficha de inscrição.

— Não faço a menor ideia, mas talvez você devesse tentar olhar para outro lugar por alguns minutos. Você não sabe ser discreto — responde Caleb, jogando o resto do biscoito na boca. — Eu não sabia que você queria tanto uma tatuagem — murmura ele para si mesmo.

Desvio o olhar dos dois.

— E você não tem autocontrole nenhum. A Layla já não faz biscoitos o bastante para você?

Ele já está olhando com desejo para a mesa no fundo, onde Layla montou a parte de comes e bebes.

— Eu nunca me canso de comer as coisas dela.

Faço uma careta.

— Para de ser nojento.

Um rubor toma as bochechas dele enquanto ele me lança um olhar zangado.

— Não quis dizer desse jeito. Quis dizer os biscoitos.

— Claro que quis.

— Tipo comer eles quentinhos.

— Tenho certeza que os biscoitos quentinhos dela são muito bons.

Caleb fixa os olhos em mim.

— Vou te dar um soco bem na cara.

— Você não teria coragem — respondo, meus olhos voltando imediatamente, como se fossem ímãs, para Nova e o idiota na maca. Ela ri de algo que ele diz, e eu quero virar uma mesa. Quero pegar a agulha de tatuagem que repousa na mão dela e riscar qualquer traço que ela fizer nele. Não quero que ele ande por aí com uma marca permanente dela enquanto as minhas uma hora vão desaparecer. Não parece justo.

— Você podia colocar seu nome na lista, sabia?

— Não. — Consigo desviar meus olhos de Nova e olho para o meu pulso, onde não há um relógio. Outra marca deixada por Nova. As impressões digitais dela estão por todo meu corpo. A frustração me consome. Não consigo ficar aqui parado mais tempo, observando todas as coisas que quero e não posso ter. É uma forma única de tortura a que eu não quero mais me submeter. — Acho que vou embora. Tenho umas coisas para colocar em dia.

Caleb franze a testa para mim.

— Tem certeza?

— Tenho, só queria dar uma passada.

A testa dele se franze ainda mais.

— Ela vai se perguntar para onde você foi.

Será que vai? Acho que não. Ela está com a casa cheia e tem muitas coisas para chamar sua atenção. Vou tirar a noite para reorganizar tudo e me colocar nos eixos. Nova foi bem clara quando disse o que queria. Não irei além desses limites. Não é justo para nenhum de nós.

— Vou me despedir antes — concedo. Posso ser um cavalheiro, apesar da sensação apertada e ansiosa que parece um enxame de abelhas preso no meu peito. Solto um longo suspiro. — Vai pegar seus biscoitos.

Caleb dá um tapinha no meu ombro e me sacode.

— Tem certeza de que está bem?

— Para de me perguntar isso. — Suspiro. — Estou bem.

Estou bem, estou bem, estou bem... exceto que não consigo parar de pensar em uma mulher que não deveria estar pensando, e tenho quase certeza de que estou nutrindo sentimentos que não podem ser classificados como negócios casuais. E não é uma piada de mau gosto? Querer algo que está tão fora do meu alcance que chega a ser ridículo?

Caleb desaparece, e eu me arrasto até a estação de Nova, ignorando os pensamentos que pipocam na minha cabeça. *Você deveria ficar. Você prometeu. Vai decepcioná-la. Não consegue lidar com o que disse que podia lidar. Não tem o direito de achar que merece o tempo dela, a atenção dela. Ela disse casual, e você concordou. Você concordou.*

Pare de agir assim. Seja melhor.

Preciso de ar fresco. Preciso de uma bebida. Preciso parar de olhar para Nova enquanto ela conversa com outra pessoa, enquanto eu uso toda a minha força de vontade e mais um pouco para não tocá-la.

Ela me olha quando bato na divisória que separa a estação dela do resto da loja. Seu rosto se ilumina. Isso me desestabiliza.

— Você é o próximo?

Faço que não com a cabeça e a expressão dela muda. Eu odeio me sentir tão bem com isso.

Mantenho meu olhar firmemente longe do homem que ainda está sentado na cadeira à frente dela. A bota dele está quase tocando a dela, e isso faz a frustração rasgar meu peito por dentro. Não quero que ninguém mais toque nela. Não quero que ninguém mais olhe para ela. *Ela é minha*, grita uma voz dentro de mim, mas ela nunca foi minha.

— Estou indo embora. Queria te avisar porque... — Porque sou um masoquista, pelo que parece. Limpo a garganta. — O estúdio está incrível, Nova. Estou muito orgulhoso de você.

— Pensei que fosse ficar para fazer uma tatuagem — diz ela, e eu quero ficar. Quero lhe dar tudo o que ela quiser, sempre, mas não sou uma boa companhia agora.

Balanço a cabeça.

— Outra hora, pode ser? — Tento sorrir, mas não dá muito certo. — Quem sabe eu ligo e marco um horário. Vai ser divertido dar trabalho para o Jeremy.

Os lábios dela se torcem.

— Você não precisa marcar um horário para fazer o Papa-Léguas na lombar.

— Mas precisaria se quisesse fechar o braço com anões de jardim.

— Isso levaria várias sessões.

— Exatamente o que eu quis dizer.

Ela sorri para mim e empurra o banco com rodinhas para trás.

— Vou te acompanhar até a saída.

Dou um sorriso e balanço a cabeça. A festa está cheia de pessoas que querem vê-la. Posso achar a saída sozinho.

— Pode ficar. A gente se vê antes do fim de semana.

— Tem certeza?

— Tenho.

Bagunço o cabelo dela porque não sei como me despedir sem beijá-la. Ela empurra minhas mãos para longe, e algo dentro de mim se acalma com a inclinação pesada das sobrancelhas dela. Viu? Eu consigo fazer isso. Consigo voltar aos papéis que criamos para nós mesmos.

— A gente se fala depois, Novinha.

Eu atravesso a multidão em direção à saída nos fundos, relaxando assim que escapo para a escuridão do corredor. Aqui atrás, posso tirar a máscara. Estou exausto, mas aliviado, encostado na parede e tomando um pouco de ar.

Até que algo se choca comigo por trás, e alguém agarra meu braço, me puxando à força para mais fundo no espaço estreito.

— Que por...

Nova me arrasta para seu pequeno escritório, fechando a porta atrás de nós e mantendo as luzes apagadas. Tudo o que consigo ver é sua silhueta e o brilho de seu cabelo. O cheiro de tinta e cerejas ácidas.

Ela se vira e se aproxima, erguendo o queixo para olhar meu rosto.

— O que está acontecendo com você? — ela explode, em um sussurro acusatório.

— Comigo? — Massageio o braço onde ela trombou em mim. — Não sou eu que estou agredindo pessoas em corredores escuros.

— Não, você só ficou me encarando do outro lado da sala com a cara fechada.

Franzo a testa.

— Eu não estava de cara fechada.

Era mais uma expressão do tipo o-que-diabos-estou-fazendo-e-quero-beijar-a-Nova, se temos que dizer de que tipo de expressão se trata.

— Estava, sim — diz ela, se aproximando. — E você com certeza estava me encarando.

É claro que eu estava. Não consigo parar de olhar para ela. Também não consigo parar de querer, e esse é exatamente o problema.

Suspiro e tento encontrar algo para olhar que não seja a decepção no rosto dela. Não consigo lidar com isso. O interruptor de luz na parede é uma excelente escolha.

— O que você está fazendo aqui atrás? Essa é a sua festa.

— E eu posso chorar se eu quiser — diz ela, no ritmo da música de Lesley Gore, segurando minha mão e apertando. — E posso te seguir por corredores escuros e perguntar por que você está indo embora menos de uma hora depois de ter chegado. Está tudo bem?

— Claro que está. — Engulo em seco, e o som parece alto demais, mesmo com os ruídos abafados da festa entrando pela porta fechada. — Eu tenho... umas coisas de trabalho para resolver.

— Agora?

Concordo.

— É.

Ela suspira.

— Charlie.

— Nova.

— O que está acontecendo com você?

Eu me agarro ao fim do meu autocontrole enquanto uma onda quente de frustração sobe pela minha espinha. Estou tentando me conter a noite toda, e sinto como se estivesse à beira de tomar uma decisão ruim. Não tenho motivo para ficar chateado. Nenhum motivo para me importar com quem ela fala ou deixa de falar.

Mas estou chateado, e eu me importo.

Estou morrendo de ciúmes.

E estou irritado por estar morrendo de ciúmes.

Solto a mão dela e coço a sobrancelha, dando um passo para trás. A sala está muito escura, meus pensamentos pipocando, e Nova está perto demais. Nunca faço boas escolhas quando sou encurralado.

— Nova, eu...

— Qual o problema?

— Nada. — Sinto meu coração acelerar. Estou morrendo de medo de dizer algo de que me arrependa depois. — Eu vou embora.

— Não.

— Sim. — Meu Deus, essa mulher. Ela está sempre me pressionando. Eu costumo gostar disso, mas preciso ir embora. Estendo a mão para a porta atrás de mim. — Nos vemos no fim da semana. Festival da colheita e... essas coisas.

Ela se aproxima e põe a mão na porta, fechando-a de novo. Seu peito encostado no meu. Posso sentir a respiração dela no meu pescoço.

— Me conta — diz ela.

Meu coração está disparado. Sou uma garrafa agitada e prestes a estourar. Estou pensando em muitas coisas, sentindo muitas coisas. O filtro que mal consigo manter nos meus melhores dias está frágil e prestes a desmoronar.

— Contar o quê?

— Por que você está se escondendo de mim? — Ela inclina o rosto mais perto do meu, parecendo querer ler as respostas no meu rosto. — O que está acontecendo?

— Não é...

— Se você disser "não é nada" mais uma vez, vou te trancar nessa sala comigo. E não vou deixar você sair até que me fale a verdade.

Não é o castigo que ela acha que é. E, antes que eu perceba, meu autocontrole se desintegra, e a frustração passa a me guiar.

— Tá bom. — Cedo à tentação e deslizo a mão por baixo do cabelo dela, apertando a parte de trás de seu pescoço. Parece que faz uma eternidade que não a toco. Como se estivesse evitando há eras tocar tudo o que quero. Ela se curva para mim, a mão ainda na porta. — Você quer saber o que está acontecendo?

— Quero — sussurra ela, se pressionando ainda mais contra mim.

— Quando você disse negócios casuais, estava falando para mim ou para você?

Ela pisca duas vezes, o olhar e a respiração pesados. Ela gosta do jeito que estou tocando nela. Gosta do fato de eu estar sendo grosseiro.

— O quê?

Eu me inclino mais perto para roçar meus lábios na orelha dela. Seus ombros tremem um pouco. Algo escuro e possessivo se desenrola no meu peito.

— Você disse que, se está transando comigo, ninguém mais transaria. — Mordo a orelha dela de leve, só uma vez. — Essas regras também se aplicam a você?

— Charlie... — Ela suspira, tombando a cabeça para o lado. — Eu sabia que você estava chateado.

— Eu não estou chateado.

— Você parece chateado.

— Eu não estou chateado — repito. Mantenho a mão no pescoço dela e com a outra eu a seguro pelo quadril, nos levando de volta da porta em direção à mesa perto da janela. Seguro-a ali, talvez com mais força do que deveria. — Só estou tentando esclarecer.

— Esclarecer o quê?

Eu deslizo os dedos do quadril até o umbigo dela e abro o botão de sua calça. Minhas mãos estão tremendo. Quero que ela esqueça qualquer um que não seja eu. Quero dominá-la da mesma forma que ela me domina. Quero tantas coisas que sem sombra de dúvida não deveria querer, e ainda assim não consigo parar de querê-las. Puxo o zíper para baixo e deslizo a mão por dentro da calça.

— Sou o único que pode te tocar assim?

Nova suspira enquanto eu a toco por cima de sua calcinha rendada, e depois geme quando a puxo para o lado e deslizo a mão para dentro dela. Sua pele nua está quente e molhada. Arrasto os dedos nela, que agarra minha camisa com força.

— Charlie.

— Abra as pernas — ordeno. Ela faz o que eu peço, apoiando mais seu peso na mesa atrás de si. A coisa dentro de mim que está no controle ruge de satisfação. Eu adoro poder pedir isso a ela com uma sala cheia de gente do outro lado da parede, e ela obedece. Adoro que, quando a penetro mais forte, ela tenta abrir ainda mais as pernas, para sentir ainda mais de mim. Recompenso-a com um toque mais forte dos meus dedos e seguro seu queixo com a outra mão, mantendo-a quieta para que eu possa tocá-la do jeito que quero. Traço meu polegar nos seus lábios inchados. — Sou só eu, Nova?

Ela pega meu polegar com a boca e chupa. Aperto os dentes e torço a mão para pressionar dois dedos dentro dela. Gemo quando ela solta um suspiro cheio de prazer. Porra, eu amo esse som.

— Nova.

Ela joga a cabeça para trás e eu deslizo o polegar, úmido da sua boca, pelo pescoço, até o colo, mais abaixo até os seios cobertos pelo tecido apertado do top. Eu puxo o material brilhante para baixo e beijo minha rosa favorita, os seios dela comprimidos contra a bainha. Mais um centímetro, e eu poderia tê-la seminua nessa mesa.

— O quê? — Ela suspira, movendo os quadris e se apertando com mais força em mim. Buscando meu toque.

— Sou o único que pode fazer você se sentir assim?

Torço minha mão, os dedos roçando a renda da calcinha. Eu os mexo mais rápido, meu antebraço se flexionando. Ela suspira e depois geme, as mãos deslizando da mesa para meus ombros. Ela empurra meu casaco até ele ficar pendurado em mim e agarra minha camisa social. Aquela que escolhi porque ela disse que gostava.

— Sou o único que consegue arrancar esses gemidos de você? O único que te deixa assim? — pergunto. O único som na sala é nossa respiração ofegante e minha mão se movendo entre as pernas dela. — Sou, não sou? Você não sente isso com mais ninguém, sente? Eu sei exatamente do que você precisa.

Ela balança a cabeça.

— Você sabe.

— Tudo o que tem que fazer é aceitar, não é? Você sempre me deixa fazer o que eu quero.

Ela murmura, as mãos apertando e soltando minha camisa.

— Deixo — suspira ela.

— Mas também faço com que seja bom pra você. Não faço?

Ela abre os olhos e me encara.

— Sempre — diz ela baixinho. — Você sempre faz com que seja bom.

— Me diga. — Mexo a mão com mais força dentro da calça dela. Ela puxa o ar entre os dentes. — Diga.

Eu queria que fosse uma ordem, mas sai da minha boca como uma súplica. Mesmo quando estou controlando o prazer dela, estou de joelhos por ela.

Eu roço a boca na dela.

— Pode dizer, por favor?

Os punhos dela na minha camisa relaxam, e ela desliza as mãos por dentro, direto na minha pele. Ela traça as linhas das minhas costas, desenhando tatuagens temporárias cujo desenho só ela conhece. Eu suavizo o toque entre as pernas dela e estimulo lentamente seu clitóris. Exatamente como ela gosta.

— É só você. — Ela me dá um leve empurrão com o nariz e enterra o rosto no meu pescoço, as mãos me segurando firme. — Você é o único, Charlie.

A mão que ainda está na nuca dela aperta.

— Que bom — sussurro, a boca perto de sua orelha. Ela goza com um gemido, as pernas tentando se fechar em torno da minha mão. Mas eu coloco meus quadris entre as coxas dela e a guio pelo resto do caminho, até seu corpo relaxar e as unhas dela pararem de marcar minha pele. Espero que ela tenha deixado marcas. Talvez eu peça para ela tatuá-las em mim, para que toda vez que as veja no espelho eu me lembre dela exatamente assim. Olhando para mim sob a luz da lua que entra pela janela, com o queixo apoiado no meu peito, parte do cabelo grudado no pescoço e um sorriso satisfeito nos lábios borrados de batom.

Tiro a mão da calça dela e puxo o zíper para cima. Abotoo o botão. É mais fácil me concentrar nessas tarefas do que encarar o vazio que se abre bem no meio do meu peito. Eu não deveria ter feito isso. Não deveria ter forçado esse assunto. Não deveria ter...

— Charlie.

Eu a seguro pela cintura e encosto minha testa na dela. Fecho os olhos com força.

— Desculpa — sussurro.

Ela faz um som baixo, divertido.

— Eu sei que você não está se desculpando por ter me feito gozar.

— Eu não deveria ter...

— Sido honesto comigo? Me feito gozar assim? De qual dos dois você mais se arrepende?

Penso por um segundo.

— Nenhum — finalmente suspiro. Me afasto um pouco e olho para ela, tentando ajeitar o batom com os dedos, que ainda estão úmidos dela, mas só consigo piorar as coisas. Ela bate na minha mão, e eu a deixo cair ao lado do corpo.

— Isso não foi... Eu não deveria ter... — Eu paro e inspiro profundamente pelo nariz. — Vamos falar sobre isso quando você não tiver um estúdio cheio de pessoas te esperando.

Ela entrelaça os dedos nos meus.

— Você vai ficar?

— Eu não sei se devo.

Um dos motivos é o volume na minha calça. O outro é meu péssimo humor.

— Fica, por favor. — Ela aperta minha mão. — Eu quero que você fique.

Estudo o rosto dela.

Droga.

Eu daria a essa mulher qualquer coisa que ela pedisse.

Dou dois passos para trás, ainda segurando sua mão. O rosto dela se entristece, mas eu a puxo comigo. Estendo o braço com uma mesura exagerada, apontando para a porta. Vou precisar trazer meu lado mais brincalhão à tona se quiser sobreviver ao resto da noite.

E vou precisar de dez minutos sozinho neste quarto escuro.

— Depois de você. — Dou um tapinha na bunda dela enquanto ela passa por mim em direção à porta, com saltinhos fofos que não deveriam me fazer sorrir, mas fazem. Eu me inclino para fora da porta, sussurrando alto: — Mas vai arrumar seu batom primeiro.

23

NOVA

MUDO O LETREIRO da porta do lado ABERTO para o FECHADO e me viro, apoiando as costas no batente.

A noite foi incrível. Muito além das minhas expectativas. Acho que parte de mim estava com medo de que as pessoas que confirmaram presença não aparecessem, mas elas vieram. O estúdio ficou lotado a noite toda. Evelyn me mostrou o celular dela antes de sair. O feed de pessoas que fizeram check-in na Tatuagem & Selvagem estava cheio de cor. Fotos de tacos, tatuagens e biscoitos em forma de flores.

Eu estava em busca dessa sensação. Não é exatamente um *Eu consegui,* mas um *Eu consigo fazer isso.* Tenho pelejado desde que decidi abrir o estúdio, e pela primeira vez eu me sinto... bem. Feliz. Em paz.

Como se eu de fato pudesse fazer isso.

Parte disso vem de meses e meses de trabalho duro, e outra parte vem do olhar no rosto da minha família quando eles pisaram aqui hoje à noite. A risadinha de Beckett quando o fiz sentar na maca para uma pequena tatuagem, bem ao lado da folha de bordo que fiz nele mais de uma década atrás. Seu discreto *Que orgulho de você, garota,* quando limpei com um lenço a folha de bétula recém-tatuada.

Mas parte disso também é por causa do Charlie. Charlie, que apareceu na minha casa dois dias atrás com frutas frescas e uma abóbora, e decidiu reorganizar metade do primeiro andar. Charlie, que espantou aquela sensação de ansiedade com sua própria maneira de me distrair. Charlie, que sempre faz com que eu me sinta segura e consiga pedir com facilidade o que preciso.

Charlie, que me levou a um orgasmo avassalador com os dedos no meu escritório, e agora está no fundo do estúdio com um saco de lixo gigante, recolhendo copos de plástico com o meu logo impresso. Ele ficou porque eu pedi, mesmo sabendo que ele não queria.

— Vocês artistas são bagunceiros demais — comenta ele lá do fundo da loja. Ele murmura algo sobre Caleb e os biscoitos, e joga um prato no lixo junto com o resto. — Acho que já peguei quase tudo.

Eu circulo pela minha estação e desabo no banco. Ele se move para trás.

— Eu não pedi para você ficar para fazer bico de faxineiro.

Ele larga o saco de lixo no corredor dos fundos e caminha na minha direção.

— Então por que você pediu pra eu ficar?

Porque ele estava magoado e tentou esconder. E eu não gosto quando Charlie está magoado.

Além disso, quero dar uma coisa a ele.

Dou uma batidinha na mesa à minha frente.

Ele pisca para a mesa.

— Você quer que eu limpe a mesa?

— Não, Charlie. Eu quero que você sente.

— Na mesa?

— Se quiser, mas também pode sentar ao lado dela. O que preferir.

— Para quê?

Pego um par de luvas novas e as coloco.

— Para a sua tatuagem.

As sobrancelhas dele se levantam.

— Você finalmente vai ceder? Vai fazer um escorpião na minha bunda?

— Se é isso que você quer, claro. Mas eu tinha outra coisa em mente.

Ele dá dois passos na minha direção. Está me olhando como se eu fosse desafiá-lo e tirar um molde do Garibaldo, de *Os Muppets*.

— O que você tinha em mente?

Dou outra batidinha na mesa e depois aponto para o banco ao lado.

— Senta e eu te conto. — Estico o punho da luva e o solto, fazendo um estalo. — Ou mostro, acho.

Charlie se joga no banco à minha frente, olhando fixamente para a mesa entre nós. Seus olhos se erguem até os meus e ficam ali, o azul-cobalto brilhando como safiras sob a luz suave do estúdio. Seu cabelo ainda está bagunçado pelas minhas mãos e há uma leve barba por fazer ao longo do maxilar. Ele parece cansado. Exausto.

Hesitante.

— Tudo bem se não quiser — digo baixinho. — Vou entender se tiver sido só uma brincadeira.

Ele não desvia o olhar de mim.

— Eu não estava brincando. Só que… — ele passa a mão na nuca — não sei o que quero.

— Tenho uma ideia.

— Ah, é?

Assinto.

— Quero te mostrar.

Um sorriso levanta um dos cantos da boca dele.

— É o emoji de cocô?

— Talvez. Você vai ter que ver?

Pego uma caneta esferográfica preta do meu estojo. Hoje fiz os estênceis porque é mais fácil para tatuagens rápidas, mas normalmente eu desenho à mão com esferográfica antes de finalizar com a tinta. Sinto que isso me dá mais liberdade. Cada corpo é único, e gosto de adaptar minhas linhas a cada um.

Pego o resto dos meus suprimentos e os enfileiro ao meu lado. Meu corpo age no piloto automático, esse ritual é um conforto familiar. Mas sinto o olhar de Charlie em mim o tempo todo, seus olhos suaves e curiosos, absorvendo cada detalhe. Ele não faz perguntas, embora eu saiba que deve estar se coçando de vontade. Ele apenas observa, em um silêncio incomum.

Estendo a mão para a dele, e ele a encara.

— O quê? — pergunta.

Agito os dedos.

— Sua mão, por favor.

— Vai ser nos dedos?

Dou risada.

— Taí uma ideia.

Suas mãos grandes ficariam bem com tatuagens. Imagino linhas escuras decorando seus dedos enquanto suas mãos me seguram, como ficariam quando ele apertasse minhas coxas. Preciso de um segundo para me recompor.

Ele pousa a mão na minha com um sorriso.

— Eu adoraria saber o que se passa nessa sua cabeça.

— Tenho certeza que sim.

Aperto a mão dele nas minhas, esfregando meu polegar com a luva sobre seus dedos. Ele tem uma cicatriz logo abaixo do mindinho. Uma constelação de sardas no pulso. Tantos detalhes que ainda não notei nele. Tantas coisas a descobrir. Traço ambos e viro a mão dele. Começo a desabotoar o punho da camisa e puxo a manga. Ele está usando uma camisa de cambraia, de um azul tão claro que parece quase cinza.

— Estava pensando bem aqui — digo com a voz suave, meu indicador traçando uma linha no interior do pulso dele. Seus dedos flexionam na direção da minha mão e depois relaxam. — Uma coisa pequena. Para que você consiga cobrir com o relógio enquanto estiver no trabalho.

Os olhos dele vão para o Rolex no meu pulso.

— Vou recuperar meu relógio?

Viro o pulso e faço questão de checar as horas. Ele agarra uma perna minha com as suas embaixo da mesa.

— Você não disse que tinha outros relógios?

Ele ri, os ombros relaxando.

— É, você está certa. Eu tenho.

Dou um sorriso.

— O que acha de ser aqui? Ou quer algo diferente? Pode ser sincero, não vou ficar magoada.

Eu o observo engolir em seco. Ele nem se dá ao trabalho de olhar para o pulso.

— Aí está bom.

— Tem certeza?

— Tenho.

— Tatuagens são para sempre, sabia?

— Eu sei, Nova. — Seus dedos se contraem de novo, traçando o mesmo ponto no meu pulso, bem onde minha luva termina. — Faça seu pior.

Pego o kit de preparo e abro o pacote.

— Meu pior ainda é bem bom, Charlie.

Seu rosto se transforma, uma expressão agradecida, o mais próximo que ele chegou de ser ele mesmo desde que o vi parado na calçada em frente ao estúdio, tentando decidir se queria falar comigo ou não.

— Ah — diz ele. — Aí está você.

— Quem?

— Você — responde ele apenas. — Com todas as cores. Gosto de te ver confiante, Nova.

Eu coro.

— Nós já estamos dormindo juntos. Você não precisa flertar — mudo de assunto, tentando esconder quanto aquele simples comentário me enche de orgulho. O fato de eu ter conseguido superar minhas ansiedades, meu estresse e minhas dúvidas e brilhar como sempre quis. Que ele percebeu. Que ele estava percebendo o tempo todo. — Mas obrigada — acrescento baixinho. — Eu também gosto.

O sorriso dele suaviza. Seus joelhos tocam os meus debaixo da mesa, e limpo cuidadosamente o local onde combinamos de fazer sua tatuagem. A pele dele é tão delicada ali, as veias formando uma rede azul sob a pele fina como papel. Passo meu polegar de um lado para o outro no local, mesmo depois de terminar a limpeza. Será que meu toque aqui vai chegar até o coração dele? Aquele ponto entre o ombro e o pescoço que sempre o faz suspirar quando eu o beijo? Gosto de pensar que sim.

Limpo a garganta e tento recuperar minha postura profissional, mas é difícil quando meu joelho está encaixado entre as pernas dele, e ele me olha daquele jeito.

— Tem medo de agulha? — pergunto.

— Não. Só de palhaços.

— Acho que vou ter que mudar o desenho da sua tatuagem, então.

— Provavelmente.

Pego o aparelho de barbear descartável e o deslizo sobre sua pele. Movimentos curtos e eficientes. Jogo-o na lixeira e alcanço minha caneta esferográfica barata favorita.

— Você vai desenhar? — pergunta ele.

Faço que sim com a cabeça e tiro a tampa da caneta com o polegar.

— Eu costumo fazer assim. Tudo bem pra você?

— Você não precisa continuar me perguntando se está tudo bem. Eu confio em você, Nova.

— Mesmo que seja um emoji de cocô?

— Mesmo assim. Provavelmente eu mereceria.

Aperto a mão dele.

— Você não mereceria.

Eu já sabia o que queria desenhar em Charlie há semanas, desde aquela noite no sofá dele, quando ele colocou um filme da Katharine Hepburn e pressionou sua coxa contra a minha. Rabisquei isso na borda da caixa de pizza. Sete versões diferentes, uma após a outra. E continuo rabiscando desde então.

Começo no meio do pulso dele, bem naquela linha azul espessa que vai até o coração. Começo ali e vou seguindo. Mantenho os olhos na pele dele e nos pequenos movimentos incrementais que seu corpo faz. A tinta da minha caneta na tela que é seu corpo. Inalo fundo pelo nariz. Especiarias. Cidra. Pinheiro. E Charlie.

Solto o ar e continuo desenhando.

— Nova — diz Charlie, a voz baixa, um pouco engasgada.

Desenho outra linha, meus dedos se contraindo ao segurar seu braço firme.

— Hmm?

— Desculpa.

Eu não olho para cima, distraída pela pétala minúscula que estou tentando acertar.

— Obrigada. Você deveria mesmo pedir desculpas por pensar que eu tatuaria um palhaço em alguém — murmuro.

— Não é isso. É pelo... que aconteceu na sala dos fundos. Pelo jeito que eu agi.

— Você já se desculpou por isso — retruco. Odeio que ele já tenha pedido desculpas antes e odeio que esteja pedindo agora. Ele não tem por que se desculpar. Porque ele me deu algo sem querer nada em troca?

Conhecendo Charlie, deve achar que tirou algo de mim. O que ele me disse naquela noite? Ele acha que só o ato de querer algo já o torna um homem egoísta. Mas isso não é verdade. Eu o segui por aquele corredor porque sabia que ele estava chateado e sabia o que o estava incomodando.

Mas Charlie acha que precisa ganhar tudo. Até o direito de me tocar, eu acho.

Isso parte meu coração.

— Eu não gostei de te ver com aquele cara — confessa ele em um sussurro.

Ele está falando de Jake, um tatuador com quem trabalhei brevemente no meu antigo estúdio. Jake tem dificuldade com interações sociais, assim como Beckett, e tende a se agarrar às pessoas que conhece quando o ambiente está lotado. Ele é gentil e quieto, fala baixo de uma maneira que a maioria dos homens nesse ramo não fala. Tinha vindo perguntar se eu precisava de ajuda com os numerosos clientes.

— Você estava com ciúme — afirmo.

— Estava — concorda.

Levanto a caneta de seu braço e olho para ele. Ele está me encarando com uma expressão séria, uma ruga entre as sobrancelhas escuras. Passo meu polegar enluvado de um lado para o outro no interior de seu cotovelo, onde estou segurando para mantê-lo firme.

— Você não tem motivos para ficar com ciúme — sussurro.

— Tenho, sim.

— Não tem, Charlie. Eu prometo.

— Tenho, sim — repete ele, com uma dureza incomum na voz. — Porque sei como é estar do outro lado daquele sorriso, Nova. Daquela risada. Sei como é ter toda a sua atenção. E quis arrastar o cara para longe de você pela gola daquela camiseta ridícula da TJ Maxx por ter até mesmo um pedacinho da sua atenção.

Eu pisco para ele e sua boca se firma em uma linha rígida, um suspiro profundo saindo pelo nariz. Seus olhos percorrem meu rosto como se ele estivesse tentando entender algo.

— Eu quero toda a sua atenção — diz ele. — Cada pedacinho. E acho que também deveria pedir desculpa por isso.

— Eu não quero que você peça — eu me ouço dizer. Volto os olhos para o pulso dele e pego minha caneta. — Não quero que você peça desculpa.

Gosto dele ciumento. Gosto dele ganancioso. Gosto da versão selvagem e desinibida dele que aflorou no escritório dos fundos. Parece que ele finalmente está tomado pela mesma falta de controle que eu venho carregando o tempo todo. Gosto dele honesto.

Acho que gosto dele.

Mais do que gosto, na verdade.

Traço mais uma linha no seu pulso e fico ali, esperando o inevitável surto. Mas não há nada. Só eu e Charlie e o pulsar constante de seu coração na veia forte do seu pulso, meu coração disparando para acompanhar.

Finalizo o desenho e jogo a caneta sobre a mesa entre nós, inclinando a cabeça para o lado a fim de avaliar. Está lindo. Linhas finas e delicadas que exigirão cuidado extra, mas que vão valer o esforço.

Olho para ele.

— Quer ver antes de eu começar com a tinta?

Ele nem olha para o pulso.

— Não.

Eu franzo a testa.

— Por que não?

— Porque eu disse que confio em você, Nova. E isso não tem ressalvas.

— Mas é permanente.

Ele pisca uma vez.

— E eu confio em você — diz, com o esboço de um sorriso atravessando sua boca.

Parece que estamos discutindo em duas línguas diferentes. Eu o encaro, esperando que ele mude de ideia, que puxe o pulso da minha mão e ria do desenho que fiz, mas ele mantém os olhos nos meus com uma expressão calma.

Alcanço a agulha de tatuagem e o potinho de tinta preta. Encho outro copinho descartável com azul-escuro e adiciono algumas gotas de branco até que fique da cor do céu em um dia frio e sem nuvens Azul pálido, muito pálido.

Charlie arqueia uma sobrancelha ao ver a cor, mas não diz uma palavra.

— Vou começar — digo, uma última chance para ele desistir.

— Vai em frente — responde.

Testo o gatilho da agulha para que ele ouça o som. Ele não se mexe, seu braço ainda estendido sobre a mesa, com a palma virada para cima. Confiando.

— Você vai sentir um beliscão quando eu começar — digo. — Vai doer, mas aos poucos vai doer menos. É um desenho pequeno. Não vai demorar muito.

— Eu aguento — diz com um sorriso convencido que vacila no meio da frase. Ele está se esforçando tanto esta noite para ser a pessoa que costuma ser na frente dos outros. O Charlie de sempre, todo brilhos e faíscas para distrair. Ele disse que gosta de me ver com todas as cores, mas hoje à noite ele está escondido em tons de cinza, nenhuma de suas cores usuais brilhando. Está diluído, por algum motivo.

Eu queria que ele parasse.

Mergulho a agulha no pote de tinta e a deixo se encher, depois me preparo para cobrir o desenho em seu pulso. O zumbido da agulha vibra dos meus dedos até o pulso, subindo pelo braço e pelo ombro até que todo o meu ser pareça estar vivo com o ritmo. Essa é minha parte favorita. A antecipação logo antes de colocar a agulha na pele.

Sou eu quem está no controle. Sou eu quem está criando algo bonito em outra pessoa. Algo permanente. Algo duradouro.

Tendo a me perder quando estou trabalhando, o tempo se torna um conceito fluido que escapa pelos meus dedos enquanto mergulho a agulha na tinta repetidas vezes. Deslizo meus dedos pelas linhas no pulso de Charlie, minha atenção concentrada apenas no esticar de seu braço sobre a mesa acolchoada e no ritmo constante de sua respiração. Ele não se mexe nem se contrai. Seu corpo se adapta, um olhar curioso e contemplativo em seu rosto sempre que levanto os olhos para checar como ele está.

Ele tem o dom.

— Você se lembra quando me perguntou por que estou sempre por aqui? — pergunta ele, cerca de dez minutos depois de eu ter começado. Eu me sobressalto ao som áspero de sua voz, voltando à realidade, onde há luz, som e algo além de tinta, pele, osso e veia.

Levanto a agulha do pulso dele. Perguntei isso semanas atrás.

— Lembro. Você me disse que passa tempo aqui porque gosta da comida.

— Eu gosto. Mas isso não é... — Ele engole em seco, e eu sei que está se esforçando para manter a calma. — Não é o único motivo pelo qual venho aqui.

Volto ao seu pulso e traço outra linha suave.

— Qual é o outro motivo?

Tenho minhas teorias. Charlie pode sorrir, rir e brincar quando as pessoas estão olhando, mas seus ombros caem assim que elas se viram. Ele vai se fechando pouco a pouco, como se estivesse exausto de ter que fingir.

Charlie está sempre fazendo o máximo para deixar todos ao seu redor felizes. Achei que fosse porque agir assim o fazia se sentir bem, mas acho que vai além disso. Acho que ele precisa ser a risada mais alta do ambiente. Precisa entreter. Precisa sentir que conquistou seu lugar.

Ele relaxa com um suspiro, esfregando vigorosamente com a outra mão a parte de trás de sua cabeça.

— Eu me sinto sozinho, Nova — diz ele, sua voz interrompendo meus pensamentos e tirando o ar dos meus pulmões. É a simplicidade honesta da afirmação, acho, que me atinge com mais força. Ele não está tentando esconder nada.

Eu não levanto o olhar, oferecendo-lhe um pouco de privacidade. Mas há um tremor na minha mão que não estava lá, e preciso de um segundo antes de terminar mais duas linhas no pulso dele.

Me conte mais, minha mente implora, mesmo enquanto meu coração parece que vai saltar do peito e cair no chão. *Me conte tudo.*

Seu mindinho se flexiona, roçando bem abaixo da minha luva de novo, e depois relaxa. O tremor nas minhas mãos desaparece, meu aperto firme em torno da agulha de tatuagem.

— Tento me convencer de que não estou, com todas as besteiras ridículas que faço, mas eu me sinto sozinho o tempo todo. Vou trabalhar, me mantenho ocupado com coisas que não são importantes para mim, e volto para um apartamento luxuoso com tudo o que eu poderia querer, e sinto... nada. Só um vazio. Eu me sinto vazio quando estou lá, e minha mente tenta preencher o espaço com pensamentos e mais pensamentos, e eu... estou na estrada a caminho daqui antes mesmo de me dar conta.

Eu não digo nada. Não consigo. Estou ocupada demais imaginando ele em um lindo apartamento em Nova York com janelas do chão ao teto e vista de um horizonte cintilante. Sentado em uma cadeira que provavelmente custa mais do que qualquer coisa que eu já possuí, com o paletó dobrado no encosto dela e um copo meio vazio de alguma bebida ao lado.

Penso nele lá, completamente sozinho, e traço mais uma linha.

— Sou uma decepção para a maioria das pessoas. Sobretudo para o meu pai. Ele quer que eu seja algo que não sou. Passei a vida inteira tentando alcançar isso, mas nunca vou chegar aos pés da expectativa que ele tem de mim. Não sei nem se ele quer mesmo isso. — Ele passa a mão livre pelo cabelo até deixá-lo bagunçado, do jeito que fica logo de manhã. — Acho que estou cansado de tentar.

Termino com o preto e coloco a máquina de lado, passando um lenço na pele dele. Ele solta outro suspiro.

— Então, essa é a resposta. É por isso que estou sempre aqui. Porque não me sinto tão vazio quando estou passando tempo em Inglewild. Sei que não é onde eu deveria estar, mas gosto de fingir que poderia ser.

Recarrego a agulha com o azul.

— O que você quer dizer com "não é onde eu deveria estar"?

— Minha vida inteira está em Nova York — diz ele gentilmente. — Isso é temporário. Eu... me inseri aqui. Não me encaixo. Não de verdade.

— Você ainda acha isso? Mesmo agora? — Faço o sombreamento de mais uma pétala. — Você não almoça com a avó do Caleb e do Alex todo mês?

— Almoço, mas...

— E não estava trocando receitas de molho de feijão na rua semana passada?

— Estava, mas...

— Cala a boca um segundo.

Termino o último sombreamento e desligo a máquina, colocando-a atrás de mim para limpar depois. Passo outro lenço sobre o desenho e olho para Charlie, segurando seu pulso com as duas mãos. Ele me observa com os olhos sorridentes, mas sem um sorriso propriamente dito, uma suavidade em sua expressão que ele guarda para as madrugadas, quando roubo sua camisa para dormir e não consigo parar de bocejar na frente dele. Quando nossas pernas estão entrelaçadas sob os cobertores e seu braço pesa sobre meu quadril.

Momentos roubados, quando ele acha que não estou olhando.

— Ninguém sente pena de você, Charlie. Ninguém está... te distraindo para te fazer sentir melhor com você mesmo.

Ele cora levemente. Acho que é a primeira vez que o vejo assim. Ficamos nos encarando. Seu rosto é uma máscara. Não consigo dizer o que ele está pensando. Apesar da facilidade com que apoia os outros, acho que Charlie nunca teve alguém que fizesse o mesmo por ele. Acho que ele carrega esses segredos há muito tempo.

Nunca pensei que gostaria de ser essa pessoa para alguém. Mas é fácil entrelaçar meus dedos nos dele e apertar sua mão. Ele aperta a minha de volta.

Quero perguntar se ele sente que se encaixa comigo. Se ele se sente confortável nos espaços que ocupamos juntos. Mas engulo as palavras.

Eu já sei a resposta para essa pergunta. Charlie sempre deixou isso muito claro.

Tiro as luvas e as jogo no lixo, pego um pouco de pomada e começo a espalhar sobre a tatuagem dele. Ele ainda não olhou para ela.

— Quer ver o que é? — pergunto com delicadeza.

— Estou me preparando.

— Quer que eu faça uma contagem regressiva? Posso começar do dez, se você quiser.

— Começa do cem.

Uma risada escapa de mim. O sorriso finalmente toma conta do resto do rosto. Parece uma vitória.

— Você está mesmo tão nervoso assim? — pergunto.

— Não sei. Parece um grande acontecimento.

— É um grande acontecimento — digo apenas. — Já falei, tatuagens são permanentes. — Sem mencionar que tenho desenhado exatamente isso há semanas em todo pedaço de papel que caía na minha mão. Sempre que minha mente desligava e minha mão começava a rabiscar, eu encontrava essa tatuagem desenhada nos cantos. Finalmente percebi o que minha mente estava tentando me dizer. É um presente para Charlie, claro, mas também é uma confissão. Engulo em seco. — Pode olhar quando estiver pronto.

Ele respira fundo pelo nariz e me observa, seus olhos percorrendo meu rosto como se ainda estivesse esperando que eu dissesse que tudo isso é uma grande piada. Mas isso não é brincadeira, e eu não tatuo coisas que não significam algo para as pessoas de quem mais gosto. Charlie, apesar das minhas melhores intenções e provavelmente das dele também, é a pessoa de quem mais gosto. E eu já não tenho tanto medo disso como tinha antes.

Amadurecimento, talvez. Ou talvez eu esteja aprendendo a me ouvir um pouco melhor. Não sei.

Fico apreensiva enquanto espero que ele olhe. Acho que nunca fiquei tão nervosa para alguém ver um desenho final. Nem mesmo Beckett, da primeira vez.

Ele desvia o olhar para o pulso e para o desenho fino que tatuei ali.

— É uma flor — diz ele, aproximando a cabeça para olhar melhor.

Eu balanço a cabeça e me ajeito no banco.

— Sabe que flor é?

Ele fez que não com a cabeça.

— Sendo sincero, ainda estou tentando superar o fato de que você teve a chance de tatuar o Coronel Sanders em mim e não fez isso.

Eu o ignoro.

— É uma não-me-esqueças. Acho que minha mente, às vezes, pensa em flores e plantas. Meu pai falava tanto delas quando eu era pequena que era inevitável. Ele tinha um livro de botânica enorme na mesa da oficina. Sempre no mesmo lugar. Acho que ele nunca pôs as mãos nele. Eu sentava na mesa enquanto ele trabalhava e folheava o livro. Gostava de passar o dedo pelos caules e pelas flores. Com o tempo, comecei a virar vasos de flores no chão para desenhar na terra.

Charlie sorri.

— Aposto que seu pai adorou.

— Nem de longe. Na quinta vez que fiz, ele foi lá e me deu um caderno de desenho. Eu desenhei cada flor, árvore e raiz daquele livro. E quando terminei, comecei tudo de novo.

— Tatuagem & Selvagem — diz ele baixinho, ainda com aquele sorriso. — As flores do seu logo. Quais são?

— Você reparou.

Os olhos dele estão suaves. Compreensivos.

— Eu sempre reparo em você, Novinha.

Eu devolvo o sorriso. Sim. Sim, ele repara.

— *Astrantia major*. Elas significam coragem. Força. Queria uma lembrança de que tenho essas duas coisas. Que posso fazer isso.

O polegar de Charlie toca o meu quando nossas mãos ficam paradas sobre a mesa.

— Claro que pode.

Meu sorriso se alarga, algo que sempre parece acontecer quando estou falando com Charlie. Eu costumava odiar, mas acho que agora amo. Acho que agora desejo isso.

— Sempre gostei mais das flores. São bonitas e mais resistentes do que as pessoas pensam. — Passo o polegar pela borda inferior do caule que se enrola no pulso dele. A pétala azul-clara cuidadosamente colocada ao lado daquela veia preciosa logo abaixo da pele. — As não-me-esqueças, em especial. São uma das minhas favoritas. Estão quase sempre florescidas, sempre se inclinando em direção ao sol.

Os olhos de Charlie buscam os meus.

— E você escolheu essa para mim?

— Escolhi.

— Por quê?

— Porque... — Tento entender por mim mesma por que comecei a desenhá-las na caixa de pizza enquanto Charlie estava sentado ao meu lado no sofá, lutando tanto para continuar florescendo. — Provavelmente porque seus olhos me lembram da página setenta e três da *Enciclopédia de plantas e flores*. Não-me-esqueças azuis.

Charlie engole em seco e olha de volta para a flor em seu pulso.

— O que ela simboliza? — Ele se mexe na cadeira como se tivesse medo da resposta. — Essa flor. O que ela significa?

— Fidelidade — explico. — Lealdade e respeito.

Charlie continua olhando para a flor.

— Você me respeita?

— Uma das coisas mais bonitas em você é seu coração enorme e sua fidelidade às pessoas de quem gosta. Sei que acha que está sendo egoísta ao querer receber carinho, mas não está. É generosidade. O melhor tipo de amor. Sei que você sente que precisa conquistar seu lugar, Charlie, mas não é verdade. Nem nessa cidade, nem... — Nem comigo, quase digo. — Nem em nenhum outro lugar.

Penso no que Beckett me disse na cozinha. A coisa sobre o amor.

— É só seu — sussurro para Charlie. — Seu para ter e seu para guardar. Você não precisa ganhar nada. Você pertence a esse lugar. E eu... quis te dar essa flor porque quero que saiba que não precisa ser nada além de quem você é. Sei que você tem se escondido, Charlie. Mas vejo todas as suas cores. As brilhantes e as escuras também. Vejo como está sempre se inclinando para o sol. As não-me-esqueças sempre foram minhas favoritas e... bem, você meio que é meu favorito também.

Aquele nó grande no meu peito se desfaz um pouco mais. Ele continua olhando para a tatuagem. Fica olhando para ela por tanto tempo, sem dizer uma única palavra, que a pequena pontada de apreensão no meu peito se transforma em um soco no meio das minhas costas.

Ele não gostou.

— Ela é pequena, se quiser dá para cobrir com o relógio — digo baixinho, tentando não deixar o arrependimento me engolir. Ele está quieto demais. Parado demais. Eu falei demais. Ele provavelmente odiou. — Ou eu posso...

— Nova — diz ele baixinho, me interrompendo. Sua voz está mais áspera do que nunca.

Eu me calo.

— Sim?

Ele levanta o braço recém-tatuado e limpa rapidamente debaixo dos olhos. Dá uma fungada e esfrega a bochecha com os dedos. Seus olhos sobem até os meus, avermelhados, mas brilhantes.

Não-me-esqueças azuis.

— Eu nunca fui o favorito de ninguém — sussurra ele.

— Bom — digo, me sentindo na defensiva. — Para mim, você é.

Ele se inclina sobre a mesa e segura meu rosto, me puxando para ele. Seu beijo é lento e profundo, desfazendo metodicamente cada última hesitação que eu tenho.

Eu me entrego feliz.

— Nova — sussurra em algum momento contra minha boca. — Acho que não tem nada de negócios casuais no que eu sinto.

Suspiro contra ele. Seguro-o em qualquer lugar que consigo alcançar.

— No que eu sinto também não.

24

CHARLIE

O QUE VOCÊ deve fazer depois de confessar sentimentos que prometeu que não iria ter? Qual deve ser o protocolo da manhã seguinte? Eu conheço a parte divertida e a parte do sexo, mas não essa.

Acho que estava sob efeito de adrenalina, endorfinas ou talvez tenha sido só o jeito como me sinto sempre que tenho toda a atenção de Nova. Como deitar debaixo do sol ou tomar um shot de tequila. Ela terminou a tatuagem no meu pulso, e tudo simplesmente acabou saindo.

Não tenho a menor ideia do que fazer, então estou fazendo panquecas.

Estou fazendo panquecas e olhando para a massa na frigideira, como se a crocância das bordas fosse determinar o destino do mundo. Nova está em algum lugar atrás de mim, relaxada em uma poltrona que tenho certeza de que Stella roubou da casa da mãe de Luka, descascando uma laranja e batendo os pés no pufe. Giro a espátula na mão e a observo pelo canto do olho, especificamente o trecho de suas pernas nuas que espreitam por baixo da camisa que era minha e ela confiscou, a lua crescente em sua coxa direita ao lado da marca dos meus dentes.

Levei-a para casa depois do estúdio ontem à noite e a encostei nos janelões da casa de hóspedes, com as mãos trêmulas, desesperado para acalmar o zumbido no meu peito. Tirei sua roupa até que fosse só Nova sob o luar, as flores na pele dela combinando com a que ela tatuou em mim. Envolvi suas pernas na minha cintura e a fodi contra a janela até eu perder o ar, não conseguir pensar, não conseguir ver nada além dela. E então a carreguei escada acima e a coloquei na minha cama, pegando mais um cobertor no armário porque sabia que ela acabaria roubando todos os meus.

E agora estou aqui, segurando uma espátula, me perguntando o que fazer.

Será que ela quer falar sobre isso? Será que quer fingir que nunca aconteceu? Ela disse aquilo porque quis, ou só estava tentando fazer o idiota aos prantos por causa de uma tatuagem de flor se sentir melhor com seu chilique emocional?

Não faço a mínima ideia.

— Pronto para o festival mais tarde?

Eu me assusto tanto que quase faço a frigideira voar do fogão. A massa vai toda para o lado, e a panqueca no formato do Mickey Mouse que eu estava tentando fazer perde uma orelha.

— O quê? — grito, sem motivo aparente.

O riso rouco dela flutua atrás de mim. Tento consertar a orelha com mais massa, mas tudo se transforma em uma grande bola amorfa. As panquecas pareciam uma boa válvula de escape para os meus sentimentos, mas elas estão começando a refletir o que está acontecendo dentro do meu peito.

Uma grande e bagunçada bolha.

— O festival — diz ela. — Aquele que estamos planejando. Você vai, né?

— Claro que vou. Alguém tem que garantir que os arranjos florais estejam simétricos.

E que Gus e Montgomery não se matem, ou matem algum cidadão aleatório, enquanto tentam erguer a escultura de abóbora.

Eu já vi os desenhos. As chances não são boas.

Nova escorrega da poltrona com um suspiro. Ouço o som de seus pés descalços no piso de madeira e, em seguida, sinto um dedo nas minhas costas nuas. Ela tomou posse da minha camisa assim que acordou hoje de manhã, murmurando algo sobre café e puxando os cobertores sobre a cabeça.

— No que você está pensando? — pergunta ela, me abraçando pela cintura e apoiando a bochecha no meu braço. Um meio abraço. A mão dela sobe e desce pela lateral do meu corpo. Nesse momento, estou pensando em como gosto dela assim, carinhosa e à vontade. Vestindo a minha camisa, com a pele quente colada na minha. Parece que estamos em uma bolha, nessa casa, em Inglewild, nos termos que definimos para o nosso relacionamento, e tenho medo do que pode acontecer quando sairmos dela.

— Estou pensando em fazer uma carinha com chantili nessa panqueca.

Ela crava as unhas na minha pele. Suspiro e inclino a cabeça, dando um beijo em seu cabelo bagunçado.

— Estou pensando que tenho que ir embora daqui a alguns dias — respondo, decidindo ser honesto.

— Agora sim — murmura ela. — É isso que está te fazendo resmungar aí?

Desligo o fogão e deslizo a triste panqueca de Mickey Mouse para um prato. Coloco um morango no topo para fazer as vezes de nariz e entrego para ela.

— Eu não faço ideia do que estou fazendo, Nova.

Ela olha para o prato.

— Até que ficou um bom urso.

Eu franzo a testa.

— Era para ser um rato.

Um sorriso se forma no canto de sua boca.

— É um rato excelente, Charlie.

Reviro os olhos e pego a lata de chantili, completando meu café com uma quantidade suficiente dele para uma overdose de açúcar. Coloco granulados por cima porque sou adulto, depois dou um tapinha na bunda de Nova, fazendo-a ir até a mesa.

Ela se encolhe na cadeira, dobrando as pernas debaixo de si e apoiando o queixo na mão, enquanto pega o morango do topo da panqueca.

— Eu também não sei o que estou fazendo, se isso ajuda — diz baixinho. Ela corta um quadrado da panqueca e o coloca na boca. — Nossos negócios casuais acabaram não sendo tão casuais, né?

Passo a mão no queixo. Fico aliviado por ela ter tocado no assunto.

— Eu gosto de você, Nova. Gosto do que estamos vivendo.

Ela olha para a panqueca e depois volta o olhar para mim.

— Eu também gosto do que estamos vivendo.

— Mas eu vou embora em alguns dias.

Ela dá de ombros.

— Isso não precisa mudar nada.

— Provavelmente vai mudar algumas coisas.

Ela corta mais um quadrado perfeito, esticando-se para passá-lo no chantili do meu café. Empurro minha caneca para mais perto para que ela não precise se esticar tanto.

— Não precisa mudar — comenta ela, levando o pedaço à boca e arrastando o garfo devagar pelos lábios enquanto pensa. Um pouco de chantili gruda no canto do lábio inferior dela. Eu quero lamber. — Quem disse que precisamos rotular isso que está rolando entre a gente?

A palavra *isso* parece pequena demais para o sentimento avassalador de pânico e adoração que me invade toda vez que Nova olha na minha direção, mas tudo bem.

— É — concordo devagar. — Porém, *isso* vai mudar quando eu estiver a uns trezentos quilômetros daqui.

Eu não vou poder dirigir até aqui sempre que sentir saudade dela. Não vou poder imprimir formulários fiscais aleatórios e levá-los até ela só para ter uma desculpa para ver seu sorriso. Vou estar envolvido na minha vida, e ela na dela, e não sei como vamos nos encaixar de novo quando eu sair de Inglewild. Se, quando eu parar de aparecer, ela vai esquecer todos os motivos pelos quais me deixou entrar em primeiro lugar.

Ela me observa do outro lado da mesa, com o pé descalço empurrando meu joelho.

— Vai me ligar quando estiver em Nova York?

— Se você quiser que eu ligue.

— Eu *quero* — responde ela, espetando outro pedaço da panqueca com o garfo. — E vai me mandar mensagem? Com todos esses pensamentos ridículos que passam pela sua cabeça?

Isso já acontecia antes de começarmos a dormir juntos. Provavelmente não conseguiria parar, mesmo que quisesse.

— Claro que vou. — Ainda mais se ela continuar me mandando aquelas fotos em que eu me amarro. Dela na frente do espelho, com peças íntimas de renda e tatuagens à mostra, e as que tira no estúdio sozinha, fazendo caretas, com o caderno de desenho ao fundo.

Ela empurra a cadeira para trás e se levanta, contornando a mesa e subindo no meu colo. Apoio as mãos nos quadris dela e inclino a cabeça para trás, observando seu rosto. Tudo parece mais fácil quando ela está me tocando assim. Como se a resposta fosse simples.

Talvez seja.

— E quando você voltar para visitar... — Ela desliza o polegar pelo meu rosto, pela minha barba. Eu juro que sinto isso pulsando no meu pescoço, na tatuagem que está cicatrizando no meu pulso. E no meu pau, meio duro. — Vai dormir comigo?

Envolvo a nuca dela com a mão e aperto, inclinando sua boca para a minha.

— Você vai ter sorte se conseguir me tirar da sua cama.

— Então é isso — ela me diz.

— Simples assim?

— Simples assim. Você não precisa mais ficar sozinho. Não quando tem a mim.

Eu puxo sua boca para a minha e roço os lábios nos dela, com gosto de xarope doce, morangos e café com creme demais. Beijo-a até me acalmar, até todas as dúvidas zumbindo na minha cabeça desaparecerem com as mãos dela no meu cabelo e sua boca na minha.

Ela se afasta e segura meu rosto entre as mãos, a testa encostada na minha.

— Nunca senti que me faltava algo — comenta ela baixinho, com os polegares traçando as laterais do meu queixo, me mantendo perto. — Nunca quis tentar com ninguém, mas quero tentar com você.

— Mas aí é que está, Nova. — Beijo a ponta do nariz dela, a curva de sua bochecha, minha sarda favorita debaixo do seu olho. — Comigo, você não precisa tentar.

* * *

A INSTALAÇÃO DE arte com abóboras acabou ficando ok.

Arte é uma palavra um pouco forte, e tenho quase certeza de que está de pé por boas intenções e a vontade dos deuses das hortaliças, mas... está lá. É... uma coisa e tanto. Um tanto assustadora e razoavelmente festiva, é uma ótima novidade para o restante do festival de colheita.

Cindy acabou servindo seu chili em um quiosque, como uma pessoa sensata, e alguém conseguiu convencer Beckett a vender abóboras da Fazenda Lovelight em uma plantação improvisada ao lado da fonte. Ele toma conta das abóboras como se fossem seus filhos e encara qualquer um que recrimine o tamanho ou o formato delas, mas Evelyn suaviza a situação com seu sorriso radiante e seus adereços de cabine de fotos. Óculos de sol que parecem abóboras e uma cartola decorada com bolotas na borda.

É ridículo e perfeito e tudo o que eu amo nessa cidadezinha boba. Roubo a cartola de bolotas e a uso enquanto bebo sidra de uma taça gigante em formato de abóbora de Halloween. Flerto com a *abuela* enquanto Caleb e Alex me lançam olhares fulminantes, e me esbaldo na torta de noz-pecã, nos donuts de sidra e nas sementes de abóbora torradas. Tento absorver cada pedacinho de felicidade que essa cidade me dá antes de ter que voltar para minha vida em Nova York.

E é assim que acabo arrastando Nova para o mesmo beco onde nos beijamos antes, enfiando minha mão por baixo da parte de trás do suéter cropped dela, abrindo os dedos na sua pele quente. Eu a beijo até ficarmos ofegantes, minha mão saindo do suéter para deslizar pela coxa dela.

— Charlie... — Ela suspira, afastando a boca da minha. Beijo seu pescoço e a puxo para mais perto. Tenho evitado ficar perto dela a manhã inteira exatamente por esse motivo. Perdi todo resquício de autocontrole. Não consigo manter a cabeça no lugar nem as mãos longe de seu corpo quando ela está por perto. Há um cronômetro contando o tempo que nos resta juntos, e quero segurá-la o máximo possível, pelo maior tempo que conseguir.

Pode ser que tenhamos concordado com um tímido começo de relacionamento, mas, ainda assim, daqui alguns dias volto para Nova York.

— Esse beco é encrenca para nós. — Nova ri com a cabeça inclinada para trás. Traço um caminho tortuoso pelo pescoço dela até o vão de sua garganta. Pressiono o nariz ali levemente, e os quadris dela se encaixam nos meus. — A gente devia parar.

— É, devia mesmo. — Flexiono meus dedos na coxa dela e subo a mão até a cintura do jeans. Encaixo meu polegar ali e acaricio a pele por baixo. — Isso seria o certo a fazer.

— Uhum — murmura. — E nós somos pessoas responsáveis.

Nós nos encaramos. Um sorriso se forma em sua boca, marcada pelo beijo.

— Só mais um — murmura ela para si mesma, ficando na ponta dos pés e capturando minha boca de novo.

Decidimos antes de sair de casa que manteríamos isso entre nós... só entre nós. Nova não tem interesse em lidar com fofocas em uma cidade do tamanho de um ovo, e eu não tenho interesse em trazê-la à razão. Ainda estou convencido de que as coisas podem mudar para ela quando eu for embora. Não que eu duvide do que ela me disse, só que... quero aproveitar enquanto dura.

Ela se afasta da minha boca de repente e se vira em direção à entrada do beco. A passagem estreita está parcialmente bloqueada por uma abóbora inflável gigante que posso ou não ter colocado lá de propósito.

— Você ouviu isso? — pergunta ela.

— O quê? — Beijo seu pescoço. — Não ouvi nada.

Ela me empurra pela testa.

— Acho que ouvi alguém chamando seu nome.

— Foi você? Porque você gosta de dizer meu nome quando...

— Fica quieto. — Ela belisca minha costela. — Acho que alguém está te procurando.

— Quem ia estar me procurando?

— Não sei, mas...

Eu ouço. É baixo, está no meio da música, das risadas e do zumbido da gigante abóbora inflável sorridente, mas eu ouço. Parece que alguém está gritando meu nome, e parece que é...

— É a Stella? — pergunta Nova, escapando dos meus braços e se aproximando da entrada do beco. Ela se agacha atrás da abóbora e espreita pelo canto.

— A Stella só volta daqui a quatro dias.

Eu a sigo e procuro pela multidão que passeia pela praça da cidade. Gus está fazendo ajustes duvidosos na escultura da fonte enquanto Montgomery lhe dá ordens do topo de uma escada. Alex está tendo o que parece ser uma discussão acalorada com a irmã de Nova, brandindo um romance histórico como se estivesse pregando em uma esquina. E Beckett está segurando uma abóbora nos braços, fazendo que não com a cabeça enquanto Jeremy tenta convencê-lo... de alguma coisa. Não vejo Stella em lugar nenhum.

Eu me afasto do beco.

— Talvez tenha sido nossa imaginação... santo Deus!

Stella aparece do nada na minha frente, praticamente me derrubando no chão com os braços ao redor do meu pescoço. Ela me abraça tão forte que mal consigo respirar. Luka vem correndo atrás dela, ofegante.

— Ei — diz ele, sem fôlego. Stella não me solta. — Tentei falar pra ela ir com mais calma, mas ela estava determinada a te encontrar.

Dou tapinhas no meio das costas dela e lanço um olhar perplexo para Nova. Nova, que já não está mais no beco, mas indo diretamente para a plantação de abóboras. A covarde.

— Foi a melhor lua de mel da minha vida inteira — diz Stella abraçada em mim. Dou um tapinha na cabeça dela enquanto, ao mesmo tempo, tento empurrá-la para longe.

— Você está falando da lua de mel em que ainda deveria estar?

Ela enfim me solta, passando os dedos sob os olhos. Eu respiro fundo, com manchas surgindo no canto da minha visão.

— Tivemos que voltar mais cedo.

— Por quê? — Olho para Luka atrás dela em busca de uma explicação, mas ele só dá de ombros. — Está tudo bem?

Stella me dá um sorriso emocionado.

— Eu não podia perder o festival da colheita, né?

Ela podia, mas tudo bem. O chili da Cindy é bom, mas não é melhor do que as massas de Florença. Stella olha por cima do meu ombro, para o beco de onde acabei de sair, e franze a testa.

— O que você estava fazendo ali? Eu vi você com Nova Porter?

Coloco ambas as mãos nos ombros dela e a guio em direção à barraca de sidra. Na direção oposta de onde Nova foi.

— Estava ajudando ela a encontrar um brinco.

— No beco?

— Aham.

— Ela usa brincos?

Preciso pensar por um segundo. Não tenho certeza se as orelhas dela são furadas.

Suspiro.

— É muito bom ter você de volta, Stella.

25

CHARLIE

Eu me sento na cadeira do outro lado da mesa de Stella, com as pernas cruzadas e uma caixa inteira de cupcake de maçã com cobertura crocante de canela no colo. Caleb trouxe para melhorar meu humor, embora eu não saiba exatamente por que meu humor precisa melhorar. Eu fui escondido até a casa dela depois de passar o resto do festival com Luka e ela, tentando ao máximo parecer feliz por eles terem voltado antes da viagem, em vez de estar ligeiramente irritado e muito agitado.

Eu queria mais tempo.

Achei que teria mais tempo.

Enfio outro cupcake na boca e tento não me sentir tão amargurado com o retorno deles.

Talvez eu precise mesmo melhorar meu humor.

Stella levanta as mãos acima da mesa, mas sem tocar em nada.

— Estou com medo de me mexer.

— Por quê?

— Acho que nunca esse lugar esteve tão organizado.

— Nem quando você comprou?

Ela faz que não com a cabeça.

— O Luka quase chorou quando me deixou aqui de manhã.

Parte da tensão na minha coluna vai embora. É bom tê-la de volta. Luka também. Senti falta dos dois, mesmo que tenha ficado feliz preenchendo o espaço que eles deixaram. Não é culpa deles eu ter me acostumado a sentar na cadeira atrás da mesa dela, tomando meu café em uma caneca em forma de quebra-nozes. Essas coisas sempre pertenceram a Stella. Eu sabia disso quando vim para cá, e sabia disso hoje de manhã, quando acordei com as pernas de Nova entrelaçadas nas minhas. Só peguei tudo isso emprestado da minha irmã.

Ela pega um pedaço de papel e franze a testa. Droga. Eu estava esperando que ela visse isso só quando eu estivesse longe, e não bem na frente dela, mas não é como se eu pudesse esticar o braço e arrancar o papel da mão dela.

— O que é isso? — pergunta ela.

— Um papel?

Ela estreita os olhos.

— Charlie. Você... — Ela inclina a cabeça para o lado. — Você fez um esboço de expansão? Para a fazenda?

— Talvez.

Ela pega outro papel. Meu mapa mal desenhado e a folha logo abaixo. Ela abre as folhas todas na mão como um leque, com uma expressão perplexa.

— Você fez planilhas de orçamento também? E listou possíveis parceiros?

Dou de ombros.

— Eu precisava de algo para me ocupar.

Achei que fosse ter mais tempo para esconder isso antes de ela voltar. Meu plano era enfiar a papelada embaixo da fatura do pedido recorrente de bengalas doces e me fingir de besta quando ela mencionasse. Acho que organizei tudo bem demais.

Ela deixa as mãos caírem sobre a mesa limpa.

— Cuidar da fazenda e trabalhar no seu emprego em Nova York já não era trabalho o bastante?

— Ao que parece, não.

— E ficar com Nova Porter não foi emoção suficiente? Você precisava fazer um plano de negócios pra mim também?

Congelo com outro cupcake a meio caminho da boca.

— Hã...

— Uhum — continua ela, sem me olhar. Vira outra página da pilha. — Estou ciente do que você tem feito, Charles Abraham Milford.

— Esse não é meu nome do meio.

— E esse não é o ponto mais importante dessa frase. A rede de comunicação tem comentado sobre isso desde que partimos. O Luka ficou de olho na situação enquanto estávamos na Itália.

Deixo o cupcake cair.

— Eu sabia.

— E se isso não for suficiente, eu te peguei saindo de um beco com o batom dela no seu pescoço.

Ignoro essa parte.

— Então a rede de comunicação ainda está ativa?

— De novo — Stella arrasta as palavras —, esse não é o ponto mais importante da frase.

Fico pensando quando teriam me tirado da rede. Foi no casamento? Depois da primeira reunião do comitê do festival da colheita? O que eu perdi? Como faço para ser adicionado de volta? Posso apelar? Quem toma essas decisões?

Tenho tantas perguntas.

— Você sabe quanto eu me importo com a rede de comunicação.

— Eu sei. — Ela estende a mão e pega um dos cupcakes da minha caixa. — O que está acontecendo entre você e a Nova, Charlie?

Hesito.

— O que a rede de comunicação diz?

— Bom — ela dá uma mordida no cupcake e mastiga pensativa —, rolou um vídeo seu caindo do telhado dela quase nu. O Luka assistiu trinta e sete vezes. Entre isso e o beco, eu posso juntar as peças. Mas eu gostaria de ouvir de você. Por que não disse nada?

— Você está na cidade há doze horas.

— E ainda assim, enquanto eu estava fora, você compartilhou inúmeras selfies suas na fazenda.

Isso é verdade. Nós trocamos mensagens frequentemente enquanto ela estava na Itália. Ela perguntava como a fazenda estava indo, e eu decidi responder com um diário fotográfico. Eu e os gatinhos. Eu decorando uma árvore com miniabóboras no campo oeste. Eu em cima do trator de Beckett. Eu caído no chão ao lado do trator de Beckett depois que ele me puxou de lá.

— Qual foi a sua favorita? A minha foi a com o Diego. — Eu me aproximei do boi do Beckett enquanto ele estava com a boca cheia de capim. Acho que ficamos adoráveis juntos. Talvez eu faça dessa a minha foto de cartão de Natal este ano.

— Charlie — suspira Stella —, chega de enrolação. Por que você não me contou sobre a Nova? Por que fez todo esse trabalho extra para a fazenda?

— Não foi trabalho extra.

Ela olha irritada para os papéis.

— Você fez um plano de expansão inteiro. Tem até um bar temático com um exemplo de menu. Você tem contatos de distribuidores de mercados agrícolas. Você, de alguma forma, conseguiu que o Beckett assinasse um acordo para participar de um mercado agrícola. — Depois de meia garrafa de tequila e a promessa de um porquinho adotado, mas enfim. — Isso é um plano de negócios para os próximos cinco a sete anos. Não é um projetinho que você toca em um dia ou uma semana. Isso é uma coisa grande.

— Não é nada grande.

O rosto dela fica corado de frustração. Ela aponta para mim.

— É, sim, é grande. Assim como a viagem à Itália foi grande! Uma limusine foi nos buscar no aeroporto, Charlie! Uma limusine!

Eu pisco para ela.

— Era para ter ido buscar mesmo. Foi o que eu pedi.

— A viagem toda foi incrível! Tudo! Eu comi tanta massa que é um milagre eu não ter explodido!

Encolho na cadeira.

— Por que você está gritando comigo?

— Porque você continua se minimizando e minimizando as coisas que faz, e eu não entendo o motivo!

— Isso não é... — Franzo a testa. — Não é o que estou fazendo.

Gosto de planejar viagens para a Itália. Gosto de pensar em ideias para a fazenda. É uma forma produtiva de usar meu tempo quando minha mente não desacelera e o sono não vem fácil. E é melhor do que planilhas financeiras, e-mails intermináveis e tentar agradar meu pai.

— É, sim — Stella fala com raiva, apontando o dedo na minha direção —, e isso acaba agora. Nada mais dessa — ela balança a mão na frente do meu rosto — bobagem. Eu te amo. Eu te amo, quer você me mande para a Itália ou não. Quer você assuma meu trabalho por um mês ou não. Você não precisa me provar nada.

Começo a rasgar a fôrma de papel de um cupcake. Essa conversa está perigosamente parecida com a que tive com Nova na noite em que ela tatuou meu pulso. Perto demais das feridas do meu coração.

— Tá bom — murmuro.

Stella coloca a mão no ouvido, como se não tivesse escutado.

— O que você disse?

— Eu disse tá bom.

— Tá bom o quê?

— Tá bom, vou parar de... — Faço uma careta. — Me minimizar.

Stella relaxa.

— Obrigada. Foi tão difícil assim?

— Meio que foi.

Ela me ignora e bate palmas.

— Agora vamos falar sobre a Nova.

Solto um gemido e deixo a cabeça cair para trás.

— Quem te mandou o vídeo? Toda a rede de comunicação viu?

Eu gostaria de saber quantas pessoas me viram mergulhando de cabeça nas hortênsias e por que ninguém comentou nada.

— Não. Foi um ramo muito específico da rede de comunicação.

Ah. Está explicado por que ninguém me parou no mercado e me perguntou sobre isso. O lema não oficial da rede de comunicação é "O que você faz é assunto da cidade".

— Essa cidade não é tão irresponsável.

Eu a encaro do outro lado da mesa.

— Você lembra da noite do jogo de perguntas com tema da Disney, quando alguém tentou soltar fogos de artifício em cima do bar? Ou da caça aos ovos de Páscoa do ano passado, quando o Clint trocou todos os ovos de plástico por ovos de verdade para ser mais autêntico, e as crianças começaram a atirar uns nos outros?

— Eu tinha esquecido que você estava aqui.

— Levei gema no meu Armani.

— Tá bom — concorda Stella. — Justo. Esta cidade é, sim, irresponsável.

Me mexo na cadeira. Não é que eu me importe que as pessoas saibam de mim e Nova; estou mais preocupado se uma pessoa em específico sabe.

— O Beckett está nesse ramo da rede de comunicação?

Stella faz que não com a cabeça.

— Decidiram há muito tempo que o Beckett não seria adicionado a nenhum subgrupo, já que ele uma vez lançou o celular pela janela do carro em movimento quando a rede de comunicação ligou para contar sobre a noite das damas no boliche.

— Quem decidiu isso?

— Isso não é da sua conta, Charles Gareth Milford.

Passo a mão no rosto. Essa conversa saiu do controle. Não faço ideia de como chegamos aqui.

O rosto de Stella suaviza, e ela se inclina para a frente, apoiando os cotovelos na mesa.

— Sou só eu perguntando. Mais ninguém. Não precisamos falar sobre isso se você não quiser. Mas, se precisar de alguém para desabafar, eu ia ficar feliz de ouvir.

Coço um ponto abaixo da orelha. O olhar de Stella desliza para o meu pulso. Um sorriso repuxa seus lábios quando ela nota minha nova tatuagem.

Seria bom falar sobre isso com alguém. Talvez Stella possa me dizer o que devo fazer. Não tenho experiência em relacionamentos duradouros. Na verdade, não tenho experiência em nenhum relacionamento. Eu quero que dê certo com Nova, mais do que qualquer coisa. Talvez Stella possa me dar algum conselho.

— Eu e a Nova estamos... — Procuro a forma certa de explicar como tudo isso começou. De uma proposta na pista de dança para... uma pizza compartilhada em um sofá pequeno demais numa casa pequena demais. Eu com meu notebook e Nova com seu caderno de esboços, ela sentada sobre as pernas à mesa da cozinha. Uma cerveja compartilhada em uma caneca lascada. Nova só de meias e uma das minhas blusas de moletom chegando até o joelho dela.

Rindo e conversando e transando e dirigindo e beijando e compartilhando e roubando cobertas no meio da noite.

Uma tatuagem no meu pulso e um nó na garganta.

A expressão no rosto dela quando disse que eu era o seu favorito.

Nunca fui o favorito de ninguém.

— Acho que estou apaixonado por ela — é o que sai da minha boca. Esfrego a mão no meio do peito. — E estou morrendo de medo de estragar tudo.

Stella derruba o cupcake. Ele cai com a cobertura para baixo, em cima de uma pasta.

— Puta merda.

Assinto. Esse é mais ou menos o pensamento que tem dado voltas na minha cabeça desde que Nova disse que queria que eu fosse para casa com ela. Isso já faz semanas.

— Uhum.

— Quer dizer... *puta merda* — diz Stella de novo. Ela continua piscando para mim. Acho que precisa ser reiniciada. Talvez eu devesse ligar para Luka.

Eu me afundo mais na cadeira.

— Pois é.

— Eu pensei que vocês dois só estivessem se divertindo — fala ela, com a voz fraca. — Vocês estavam flertando no casamento e, com o vídeo do telhado, eu achei... eu e o Luka achamos que vocês estavam apenas se divertindo.

— Estávamos — respondo. — Estamos. A Nova é... — Estou tendo dificuldade em encontrar as palavras certas. — Estar com ela assim... é a coisa mais divertida que já fiz.

Stella sorri para mim, os olhos brilhando.

— Puta merda — diz ela mais uma vez, a voz baixinha.

— Você vai chorar?

Ela passa o dorso da mão debaixo dos olhos.

— Não sei. Talvez. — Solta um suspiro ruidoso. — Tudo isso é muito inesperado.

— Não me diga.

— Ela sabe?

Cruzo as pernas e pego outro cupcake.

— Não, não sabe. — Também não planejo contar, pelo menos não antes de eu ir embora. Quero ver como tudo se acomoda primeiro. Não parece certo dizer agora, com tantas mudanças prestes a acontecer. Não, vou dar um tempo para ela e depois veremos.

— O Beckett sabe?

Coço acima da sobrancelha.

— Ele não sabe de nada do que está acontecendo — respondo, baixinho. Não me sinto bem com essa parte, mas não vejo uma alternativa. Beckett é conhecido por ser protetor com as irmãs. No começo, não contei a ele porque não era sério, e agora não quero contar porque é sério. Não sei o que partiria mais meu coração, Nova me dizendo que quer terminar comigo ou Beckett dizendo que eu não sou bom o suficiente para a irmã dele. Acho que estou apenas tentando ganhar mais tempo, de todas as formas.

Stella assume uma expressão indignada.

— Você manteve isso em segredo o tempo todo?

— Não deu para perceber pelo vídeo do telhado?

— Mas se você ama a Nova...

— Eu só descobri isso agora — interrompo. — Nunca estive apaixonado antes. Eu não sabia.

Essa sensação terrível e ao mesmo tempo incrível. Por que não consigo parar de pensar nela, falar sobre ela, procurá-la toda vez que estou na cidade? Eu quero enrolá-la em seus cobertores, quero transar com ela, e também quero segurar sua mão e falar sobre formulários fiscais. Quero abrir a janela dela quando ela não conseguir. Quero sentar ao lado dela na mesa da cozinha e não fazer absolutamente nada.

Isso só pode ser amor, não?

Eu não sei, de verdade.

Olho para minha irmã.

— Como foi para você? Quando se apaixonou pelo Luka?

Stella sorri para mim, e dessa vez ela com certeza está chorando. Uma lágrima escorre do seu olho e cai em cima das minhas pastas perfeitamente organizadas.

— Foi a coisa mais divertida que já vivi.

Dou três batidas na porta de Nova, sem me preocupar em estacionar no beco atrás da livraria e caminhar os poucos quarteirões até lá. Já que o *ramo muito específico* da rede de comunicação sabe sobre nós, não faz mais sentido rastejar sob os arbustos de amoras no quintal dela para bater à porta de forma discreta.

Por mais divertido que fosse.

Uma luz se acende acima da minha cabeça. O rosto de Nova aparece na janela. Ela sorri quando me vê, e meu coração faz algo ridículo.

Amor, amor, amor dança na minha mente no ritmo dos batimentos do meu coração.

— Oi. — Ela se encosta no batente com os braços cruzados. Está usando uma regata preta justa, sem sutiã. Calças largas de moletom de cintura alta. Meias pretas simples. Seu cabelo está solto sobre os ombros e todas as tatuagens à mostra. Suave. Confortável. Eu quero pegá-la para mim. Quero colocá-la no meu colo. — A que devo a honra?

— Queria te ver — respondo, as palavras borbulhando antes que eu possa controlá-las. Não sei como me conter quando estou com Nova. É como se as partes de mim que eu luto para controlar desmoronassem toda vez que ela olha para mim. Não sei o que é de mais ou o que é de menos. Não sei como fazer isso.

Mas Nova sorri, e esses pensamentos se acalmam, a tensão no meu pescoço diminui.

— E você veio pela porta da frente?

— Vim. — Passo pela porta e a fecho atrás de mim. Inclino o queixo dela com a mão e beijo seus lábios. — Espero que não tenha problema.

Ela agarra a frente do meu casaco.

— Claro que não.

— Vou embora amanhã cedo. — Continuo andando com ela até que a parte inferior de suas costas bate no aparador que ela mantém encostado na parede do corredor. Algo sobre ele balança, e ela solta um suspiro. — Queria passar a noite com você.

Ela franze a testa, formando uma linda ruguinha entre as sobrancelhas.

— Indo embora?

— De volta para Nova York — explico.

— Ah. — A expressão dela murcha. — Tão cedo?

Eu não deveria gostar tanto disso, mas é bom saber que não sou o único que vai sentir falta. Começamos a nos beijar antes mesmo de eu tirar o casaco, as mãos dela deslizando por baixo, pressionando o meu peito.

Traço o polegar pelo lábio inferior dela.

— Já faz um mês que estou aqui, Nova — digo o mais gentilmente que posso, mais pelos meus próprios sentimentos frágeis do que pelos dela. — A Stella voltou. Não tem por que eu continuar aqui.

O rosto dela se fecha em uma careta.

— Não tem por que, né?

Um sorriso brinca nos meus lábios.

— Vai sentir minha falta?

— Sentir falta de você destruindo todas as minhas plantas? Acho que não. — Ela empurra meu casaco pesado dos ombros e ele cai aos nossos pés. — Acho que quem vai sentir mais falta de mim é você.

— Outra aposta? — Encosto a testa na dela, nossos narizes se tocando. — Vou acabar ficando sem relógios.

— Eu aceito pagamento em forma de abotoaduras também.

Eu rio.

— O que você vai fazer com minhas abotoaduras?

— O que eu quiser — sussurra, já abrindo os botões da minha camisa.

— Do que acha que vou sentir mais falta? — pergunto, minha mão traçando um caminho de sua bochecha até a mandíbula, descendo pelo pescoço dela. Flexiono meus dedos ali e ela suspira, um gemido vibrando sob minha palma. O desejo se torce dentro de mim. — No que você acha que vou pensar, sozinho no meu apartamento?

— Nos meus pretzels de manteiga de amendoim — sussurra com a voz rouca.

Dou uma risada e me inclino para envolvê-la com os braços, levantando-a de modo que seu rosto fique acima do meu. Quero ela mais perto. Quero sentir cada parte dela contra mim. As pernas dela se enroscam na minha cintura e ela segura meu rosto.

— Isso mesmo — murmuro. — Seus pretzels de manteiga de amendoim.

Os polegares dela fazem movimentos suaves das minhas têmporas até a curva do maxilar. Fecho os olhos e tento memorizar a sensação dela contra mim. Os tornozelos cruzados na base das minhas costas e o peso dela nos meus braços. A batida constante do coração dela junto ao meu. O balançar inconsciente dos seus quadris.

Não é uma despedida, mas parece uma. Amanhã vou para Nova York e ela vai ficar aqui. Sem copos de café entregues de manhã. Sem beijos roubados nos fundos do estúdio dela.

Isso me deixa desesperado. Com pressa de ter o máximo dela o mais rápido possível. Subo a mão pelas costas dela e a enfio em seu cabelo.

— Qual é a sua vontade hoje?

Ela esfrega o nariz no meu, inclinando meu rosto para cima, onde está equilibrada sobre mim. Ela me beija com cuidado, depois morde meu lábio inferior. Eu gemo.

— Você sempre me dá o que eu quero. Que tal você pegar o que é seu por direito, só dessa vez? — murmura contra a minha boca. O beijo dela se aprofunda, úmido e lento, saboreando. Ela se afasta com um sorriso e passa o polegar pela beirada da minha boca. — Só uma vez.

— É mesmo? — Normalmente, fico contente em seguir o ritmo de Nova, mas uma grande parte de mim quer desesperadamente o controle. Quero que ela se lembre de mim, quero esticar esse tempo juntos um pouco mais.

— É — sussurra de volta. Ela morde o meu queixo e, em seguida, se inclina para trás, os braços soltos sobre meus ombros. Ela sorri para mim. — Quero que *você* me diga o que quer, Charlie.

Dou um sorriso tão largo que minhas bochechas doem. Desenrosco minha mão do cabelo dela e agarro o material macio da regata que ela está usando, puxando-o por cima da cabeça. Jogo em direção à sala, e ela ri, brilhante na escuridão do corredor. Eu enterro meu rosto entre os seios dela, bem na minha flor favorita.

— Quero você sem roupa — resmungo nas pétalas vermelhas.

— Isso eu já percebi.

— E quero te levar lá para cima.

Começo a andar, minhas mãos segurando-a firme contra mim. Suas unhas passam pelo meu cabelo, e seus lábios deslizam pela minha testa enquanto minha boca se ocupa em traçar o caule da flor. Eu sigo um caminho tortuoso até o mamilo dela e o prendo com os dentes. Ela arqueia as costas. Chupo forte e ela suspira meu nome.

— Quer me comer na escada? — pergunta ela, toda ofegante e doce.

Tentador, mas...

— Não. Quero a cama.

— Tudo bem, tudo bem — murmura ela, e eu a recompenso com outra mordida enquanto a carrego pelo corredor. Estou tentado a pressioná-la contra a parede, deslizar minha mão dentro da calça dela e sentir quanto ela me quer, mas quero a pele nua dela no meio dos cobertores. Quero aproveitar bem o tempo.

Eu a deito no meio da cama desarrumada, o cabelo cobrindo parte do rosto, enquanto ela ri e se vira. Ela estende as mãos para mim, e essa sensação no meu peito se espalha por todo o corpo. Ainda não consigo acreditar que tenho ela assim, que ela me quer assim.

Ignoro as mãos dela e deslizo os dedos sob o cós da calça de moletom. Puxo-a com dois movimentos rápidos, surpreso ao não encontrar nenhum vestígio das lingeries elegantes dela. Nada de renda. Nada de laços. Só Nova e todas aquelas tatuagens lindas.

— Você rasgou três pares na semana passada — explica ela, resmungando. — Vou precisar comprar mais.

Dou uma risada e passo o polegar pela curva dos quadris dela.

— Você me diz isso agora? Quando estou prestes a ir embora? — Eu me inclino e dou um beijo rápido logo acima do umbigo dela. — Quero ir com você.

Ela dá de ombros.

— Posso te mandar fotos.

Envolvo a nuca dela e a puxo para perto de mim.

— É melhor mandar mesmo.

Eu a beijo com tudo o que está pesando no meu peito, girando em torno do meu coração. Seguro-a firme e exploro sua boca, saboreando o som suave que ela solta. Coloco um joelho na cama, e as mãos dela encontram meu peito, me empurrando para trás com uma risada.

— Tira a calça — ordena, mandona mesmo quando me entrega o controle. Deslizo o polegar pelo queixo dela e desço pelo pescoço até a flor entre os seios. Aperto um deles, e os olhos dela se semicerram. — Charlie... — geme ela.

Eu acaricio o mamilo dela.

— O que foi?

— Você está me provocando — diz ela.

— Talvez. Você disse que eu podia ter o que quisesse.

— Não foi bem isso que eu disse.

Aperto o mamilo dela, e ela inclina a cabeça para o lado, o cabelo loiro caindo pelo ombro como um rio dourado.

— Charlie... — diz ela de novo, com um suspiro na voz.

— O que foi?

A mão dela escorrega entre as coxas, e minha boca seca. Eu a observo se movimentar, os dedos tatuados brincando na pele macia. Posso ouvir quanto ela está molhada, quanto precisa de mim onde os dedos dela estão.

— Tá bom, eu estava te provocando — admito, engolindo em seco com dificuldade enquanto a mão dela acelera. — Não quero mais provocar.

— Ótimo. — Suspira, olhos fechados, quadris indo e voltando. — Tira logo a calça.

Arranco o cinto e tiro a camisa desabotoada. Ela desacelera o movimento entre as pernas e me observa com olhos famintos, a língua no canto da boca. Ela é tão linda, cada curva acentuada por tatuagens escondidas. O flexionar e relaxar do braço enquanto ela se dá prazer. Quero mordê-la e deixar minhas próprias marcas. Deixar hematomas ao lado do jardim tatuado na coxa dela e da galáxia no quadril.

Tiro a calça e a jogo em um canto do quarto, depois envolvo minhas mãos sob os joelhos de Nova, puxando-a até a beirada da cama. Ela deixa um gritinho escapar quando cai para trás.

Agarro o pulso dela e chupo seus dedos enquanto procuro um preservativo na gaveta da mesa de cabeceira. Ela tem gosto de fumaça, sexo e tudo que eu mais gosto. Minhas mãos tremem enquanto ponho o preservativo, cansado de esperar.

— Me diz o que você quer — diz, se movendo debaixo de mim. — Me diz, Charlie.

— Eu quero... — Meu corpo se encaixa entre as pernas dela, e todo o ar dos meus pulmões sai de uma vez. — Quero que você sinta minha falta por dias depois que eu for embora — digo, segurando o pulso dela acima da cabeça e o mantendo ali. Meu corpo treme de necessidade, querendo possuí-la, tê-la, nunca deixá-la ir. Tenho medo de nunca ter o suficiente.

Minha outra mão encontra o pescoço dela, e a seguro ali suavemente, contra os batimentos acelerados. Traço uma linha suave com o polegar.

— Quero que pense em mim toda vez que respirar.

Os olhos dela brilham no escuro do quarto.

— Sim... — Ela suspira.

— Quero que aceite tudo o que eu te der.

— Sim — repete ela, arqueando as costas, me abraçando com as pernas. Eu me afundo nela, e nós dois fazemos sons profundos de apreciação, os quadris dela já se movendo contra mim, tentando me cavalgar por baixo. Minha mão no pescoço dela aperta em aviso. Ela para e pisca para mim.

Saio dela lentamente antes de voltar com força.

A estrutura da cama sacode embaixo de nós.

— Quero ver você se desfazer. — Solto o pescoço dela e ponho meu rosto ali, beijando desesperadamente onde meu polegar estava antes. Quero que isso nunca termine. Quero ficar nessa cama com ela para sempre. Quero me tatuar na pele dela. Eu quero tanto, e não há tempo suficiente para tudo. — Quero você, Nova. Várias e várias vezes.

A mão dela envolve meu maxilar, guiando minha boca até a dela.

— Pegue tudo — diz com um sorriso, o meu favorito. — Já é seu.

Acordo com Nova sentada no meu colo, me observando como uma pequena espiã.

Tudo está sombreado em tons de azul e cinza, Nova como uma pincelada de luz dourada se derramando sobre mim. Ela está com todos os cobertores enrolados ao seu redor, como se fosse uma escolha de roupa inusitada, enquanto estou completamente nu no meio da cama, sem um único lençol. Acho que é a primeira vez que ela me dá mais do que dois centímetros na beirada.

Já é um progresso.

Eu bocejo e me espreguiço embaixo dela. Algo no meu tornozelo estala, e Nova se arruma nos cobertores, tentando se acomodar com o movimento. Mas eu não quero que ela se acomode. Eu puxo o casulo improvisado dela, insatisfeito com o espaço entre nós. Ela desaba em cima de mim com um riso, e eu a arrumo até que sua cabeça esteja aninhada sob meu queixo. Envolvo um braço em torno das costas dela e fecho os olhos de novo.

Melhor.

— Que horas são? — murmuro.

— Seu alarme tocou há dez minutos — responde ela no meu pescoço. Passo os dedos pelo cabelo bagunçado dela, e o corpo dela relaxa em cima do meu. — Estava tentando decidir como te acordar.

— Poderia ter deixado o alarme tocar de novo.

— Porque funcionou tão bem da primeira vez.

Eu deslizo a mão sobre o amontoado de cobertores e dou um tapinha na localização aproximada da bunda dela.

— Pode admitir que estava me observando dormir, Nova.

— Te observando roncar — corrige ela.

— Eu entendo. É difícil desviar o olhar.

— Da baba, com certeza. — Ela se mexe em cima de mim até conseguir virar o rosto para o meu. Eu passo os dedos pela testa dela, descendo pelo nariz. Logo vou precisar pegar a estrada. Tenho medo de que, se eu esperar mais, vá ficar preso na beirada da cama dela para sempre, esperando que ela me dê um pouco dos cobertores.

— Você sempre faz isso — comenta ela baixinho.

Traço o contorno da sua orelha e a tatuagem atrás.

— O quê?

— Me olha como se eu fosse sumir a qualquer momento.

Eu franzo a testa.

— Não estou te olhando assim.

— Está, sim.

Eu suspiro e me mexo embaixo dela. Ela rola para o lado até que eu a puxo de volta. Não tinha percebido que parte do meu pânico estava transparecendo.

— Eu não quero ir embora — confesso.

Um sorriso triste aparece no rosto dela. Ela se inclina até poder descansar o queixo no meu peito.

— Quando você volta?

Dou de ombros.

— Não sei ainda. Fiquei fora tempo demais. Preciso organizar algumas coisas lá. Isso... — Passo a mão pelo cabelo e a coloco debaixo da cabeça, tentando ter uma visão melhor do rosto dela na luz fraca. — Tudo bem para você?

Sua expressão é a mesma que a minha.

— O quê?

— Está tudo bem eu não saber quando volto?

Ela busca algo no meu rosto.

— Você vai me mandar mensagem, certo?

Assinto.

— E ligar?

Assinto de novo.

— Então, sim. Tudo bem.

Aceito o beijo que ela me dá e me forço a acreditar, a confiar que consigo fazer isso direito. Meu para ter e meu para sempre, não foi isso que ela disse?

— Vamos descobrir juntos — diz ela, bocejando no meu queixo. As mãos dela batem de leve nas minhas costelas. — Continue falando comigo e faremos isso juntos.

Ela rola para fora da cama sem dizer mais nada, levando todos os cobertores com ela. Eu a observo atravessar o quarto em direção ao banheiro, sonolenta. A porta se fecha com um clique, e eu esfrego o polegar no meio da testa.

— Juntos — repito.

Juntos é exatamente como quero estar, mas parece que estou a quilômetros de distância.

26

CHARLIE
Essa loja de conveniência tem salgadinhos de ketchup!!

CHARLIE
Salgadinhos com gosto de ketchup!!

NOVA
Por que você não compra ketchup logo?

CHARLIE
Ketchup no carro não é uma boa, Nova.

NOVA
Em quantas conveniências você vai parar?

CHARLIE
Por enquanto foram só seis.

NOVA
Em uma viagem de três horas.

CHARLIE

Estou literalmente arrastando meus pés de volta para Nova York.

NOVA

Você pediu pizza pra mim?

CHARLIE

Depende. O que tem na pizza?

NOVA

Tem formato de coração e molho extra.

CHARLIE

Então sim. Fui eu.

CHARLIE

Quem mais te mandaria uma pizza em formato de coração????

CHARLIE

Tem outro idiota te mandando pizzas em formato de coração??????

CHARLIE

NOVA????

NOVA

Só um idiota mesmo. 🙂

CHARLIE

🫠

NOVA

E você pediu pro Jeremy uma pizza sem molho e sem queijo? Em formato de… o que é isso?

CHARLIE

Pedi pro Matty fazer um par de olhos.

NOVA

... Por quê?

CHARLIE

Pra ele saber que estou de olho nele.

NOVA

Ah. Eles meio que parecem... peitos.

NOVA

Ele amou. Tá rindo e tirando foto.

CHARLIE

Não era isso que eu tinha em mente.

CHARLIE

Deixei um moletom aí na sua casa?

NOVA

Não.

CHARLIE

... Você nem vai perguntar como ele é?

NOVA

Se for preto com um texugo na frente, com certeza não vi.

CHARLIE

Nova.

CHARLIE

Novinha.

CHARLIE

É meu moletom favorito.

CHARLIE

É uma edição limitada de Inglewild High.

CHARLIE
Tive que empurrar umas mães da associação no jogo de futebol para conseguir.

NOVA
Então pode ficar tranquilo que ele está em boas mãos.

NOVA
Atualização sobre a cicatrização, por favor.

CHARLIE
[foto.jpg]

NOVA
O seu pulso, Charlie. Quero ver o seu pulso.

CHARLIE
Nossa, cadê sua graça?

NOVA
Qual você prefere?

CHARLIE
sdfjksldjfklsd

NOVA
Isso não é uma resposta.

CHARLIE
😜🫠😭🙏

CHARLIE
Nova.

NOVA
O quê?

NOVA

Rosa ou preto? É uma pergunta simples.

CHARLIE

Os dois. Todos. Usa meu cartão. Compra cada conjunto que eles tiverem.

NOVA

Esse também?

NOVA

[foto.jpg]

CHARLIE

Puta merda… puta merda.

CHARLIE

Me atende no vídeo agora.

NOVA

Tem gente perto.

CHARLIE

Então sugiro que descubra como ser silenciosa.

CHARLIE

A Selene quer saber por que eu ainda estou na sala de reuniões.

CHARLIE

Não posso dizer que fiquei excitado no meio da reunião de orçamento.

CHARLIE

Tenho que esperar aqui até passar.

NOVA

Não me arrependo.

CHARLIE

Nem eu.

CHARLIE

Mas acho melhor você não me mandar fotos durante o horário de trabalho.

CHARLIE

Retiro o que disse.

CHARLIE

Pode me mandar fotos.

CHARLIE

Por favor, manda fotos.

NOVA

☺

NOVA

Pedi para a Selene reservar um tempo na sua agenda na quarta à tarde.

CHARLIE

Para algo sexy?

CHARLIE

Quer me ver de terno?

CHARLIE

Posso usar suspensórios, se quiser.

NOVA

Não.

NOVA

Achei que a gente podia almoçar juntos. É o único horário que coincide essa semana.

CHARLIE

🙂😂🫠

CHARLIE

Melhor ainda.

NOVA

Mas, por favor, sinta-se à vontade para usar os suspensórios.

CHARLIE

Está acordada?

CHARLIE

Deixa pra lá. Falamos amanhã.

NOVA

Oi. O que houve?

CHARLIE

Te acordei?

NOVA

Não.

CHARLIE

Acordei, né.

NOVA

Sorte a sua que gosto quando você me acorda.

NOVA

Está se sentindo sozinho?

CHARLIE

Me sentindo longe de você.

NOVA

Estou bem aqui.

NOVA

Quer ver um filme?

CHARLIE

Não sei como me sentir com você e a Selene tão amiguinhas.

NOVA

Você pode se sentir como quiser.

CHARLIE

Ela quer uma tatuagem.

CHARLIE

Por coincidência, ela também me disse que preciso aprender a brigar.

NOVA

Eu gosto dela. Fico feliz que tenha alguém cuidando de você.

CHARLIE

...

CHARLIE

Mas não mais do que eu, né? Você gosta mais dela do que de mim?

NOVA

Eu gosto mais de você.

NOVA

Você é o meu favorito, lembra?

* * *

NOVA

Desculpa, não consegui atender. Estava com um cliente.

CHARLIE

Tudo bem.

CHARLIE

Posso te ligar agora? Tenho cinco minutos antes de outra reunião.

NOVA

Agora está ótimo.

NOVA

Por que Nova York parece tão longe?

CHARLIE

Porque é.

CHARLIE

Sinto falta dos seus pretzels de manteiga de amendoim, Novinha.

NOVA

Então, uma coisa estranha aconteceu hoje.

CHARLIE

O quê?

NOVA

Fui no mercado e perguntei pra Sandy se ela tem mais daquelas uvas em formato de coração.

NOVA

Aparentemente, eles não cortam uvas em formato de coração.

CHARLIE

Estranho.

CHARLIE

Deve ter sido algo por tempo limitado.

NOVA

Acho fofo você ainda insistir nessa história.

CHARLIE

Não faço ideia do que você esteja falando.

CHARLIE

Vou ter que cancelar. Minha reunião está se prolongando.

NOVA

Tudo bem. Me liga quando estiver livre.

CHARLIE

Pode demorar um pouco.

NOVA

Eu espero.

[Ligação perdida de Charlie]
[Ligação perdida de Charlie]

CHARLIE

Minha agenda está um caos essa semana.

CHARLIE

Vou tentar de novo mais tarde.

[Ligação perdida de Nova]

NOVA

Tive um encaixe. Desculpa não ter atendido.

[Ligação perdida de Nova]

NOVA

Espero que você não tenha deixado o celular em casa de novo.

NOVA

Isso é mais duro do que eu achava.

NOVA

Uau. Você deve estar realmente ocupado para não ter transformado isso em uma piada.

NOVA

Me liga quando puder.

[Ligação perdida de Charlie]

CHARLIE

Eu sei que está tarde, mas queria tentar.

[Ligação perdida de Charlie]

CHARLIE

Droga, que saudades de você.

27

NOVA

— Se você não me passar o purê, vou ficar maluco!

Pisco algumas vezes, tirando os olhos do celular que eu estava encarando embaixo da mesa, na esperança de que ele tocasse. Beckett me olha com uma careta. Seria mais intimidador se ele não estivesse usando um par de abafadores de ouvido rosa e fofos. Aqueles que ele usa quando esquece o protetor auricular.

Ou quando Evie não está por perto para lembrá-lo dele.

— Um tanto exagerado.

— Não é exagero. Já te pedi três vezes.

Pego a tigela de purê de batatas e estendo para ele. Ele a pega com um resmungo, e volto a encarar a tela do meu celular.

Normalmente, temos uma regra rígida de não usar o celular durante o jantar em família, mas dei um jeito de escondê-lo. Charlie e eu estamos nesse vaivém de ligações há três dias e, se eu perder mais uma ligação dele, vou acabar surtando.

Sinto falta dele. Sinto falta de vê-lo sem camisa na minha cozinha, inspecionando o que há na geladeira, e dele esparramado no meio da minha cama, fazendo mil perguntas sobre qualquer coisa. Sinto falta do nariz dele encostado na parte de trás do meu pescoço enquanto ele dorme, e do jeito que o queixo dele repousa no topo da minha cabeça quando está bem atrás de mim. Sinto falta do cheiro, do gosto e do sorriso dele quando acha que está sendo engraçado, e do seu olhar quando tenta não parecer triste. Do jeito que o joelho dele balança quando fica sentado por muito tempo. Dos recibos amassados que ele guarda nos bolsos para anotar ideias e depois os esquece, jogando-os nas plantas no parapeito da minha janela.

Ele esqueceu um suéter pendurado na cadeira da sala, e sua escova de dentes azul-clara ainda está no copo ao lado da minha no banheiro. Algumas meias dele, de alguma forma, foram parar na minha gaveta de roupas íntimas, e o carregador de seu celular ainda está plugado na tomada da cozinha. Não paro de encontrar pedaços dele espalhados pela minha casa, no meu estúdio de tatuagem e no banco da frente do meu carro.

Eu não queria um relacionamento porque tinha medo de entregar uma parte de mim a outra pessoa quando parecia tão importante manter tudo só para mim. Eu gosto de quem sou e gosto da minha independência. Mas não perdi nada com Charlie. Na verdade, parece que todas as coisas boas na minha vida ficaram ainda melhores. Maiores. Ganhei alguém para rir comigo e para massagear os nós no meu pescoço, e alguém para lembrar de colocar leite de aveia na minha lista de compras, porque eu sempre esqueço. Estava tão determinada a não ter um relacionamento com ele que perdi a parte em que já estávamos em um o tempo todo.

E eu não perdi absolutamente nada.

Em vez disso, ganhei Charlie.

E agora ele está a centenas de quilômetros, e não conseguimos nos falar há dias. Sinto como se tivesse perdido todas as melhores partes de um relacionamento antes mesmo de me dar conta de que estava em um.

Beckett me cutuca com o cotovelo, e eu suspiro, colocando o celular debaixo da coxa. Pelo menos, se tocar, vou sentir. Posso inventar uma desculpa e ir até o quintal.

Espeto um pedaço de brócolis e o movo pelo prato.

— Por que essa cara triste? — pergunta Beckett, com uma quantidade absurda de purê no prato. Não acho que ele tenha deixado nem uma colherada para mais ninguém.

— Diz a pessoa que acabou de gritar comigo por causa de um purê.

— Eu tenho uma desculpa — responde ele calmamente.

— Qual seria?

— A viagem de trabalho da Evie — Ele alcança a molheira em forma de gato em um caiaque. Minha mãe realmente perdeu o controle com os bibelôs. — Não vou vê-la por mais uma semana.

Pelo menos você sabe quando vai vê-la, quero gritar. Já eu, não faço ideia de quando vou ver Charlie de novo. Nossas agendas estão tão cheias que mal conseguimos achar tempo para falar ao telefone, quanto mais planejar uma visita.

— Isso não te dá o direito de ser um chato — murmuro, esmagando o brócolis no prato.

Beckett suspira e coloca o garfo de lado.

— O que está acontecendo?

— Nada — resmungo. — Não está acontecendo nada.

— Talvez ela só precise transar — sugere Vanessa do outro lado da mesa. A única vez que minha irmã foi delicada foi na pista de dança, e é mais um berro do que uma sugestão sutil. Meu pai quase derruba o prato de bolo de carne. Minha mãe aperta a ponte do nariz.

— O quê? — pergunta Vanessa, olhando ao redor da mesa. — É verdade. Ela está toda tensa. Igual a um pião.

— Vanessa... — Minha mãe suspira. — Não envergonhe sua irmã.

— Nem traumatize seu irmão — resmunga Beckett. — Podemos mudar de assunto, por favor?

— Concordo — acrescenta meu pai. — Alguém falou com o Charlie nos últimos dias?

Eu estreito os olhos para o meu pai, que continua a empilhar bolo de carne no prato como se fosse morrer amanhã. Todos estão agindo como se esse fosse nosso último jantar antes do fim dos tempos.

— Por que a pergunta?

Ele dá de ombros.

— Não posso perguntar sobre o Charlie?

Pode, mas parece intencional. Tenho a impressão de que ele sabe de algo que venho escondendo com cada vez menos cuidado. Não parece mais tão importante quanto há duas semanas, quando ninguém sabia sobre meus sentimentos pelo Charlie. Na verdade, está começando a ser pior guardar tudo só para mim.

— Ele não tem interagido muito no grupo — comenta Beckett. Eu desvio o olhar do meu pai.

— Grupo? — pergunto.

Beckett assente.

— O grupo do pessoal da fazenda. A Layla adicionou o Charlie quando ele assumiu a frente da fazenda por um mês. E não tiramos mais ele.

— E ele está mais quieto do que o normal?

Beckett pisca para mim e depois assente de novo, mais devagar dessa vez.

— Está. O Caleb até fez uma piada sugestiva sobre plantar sementes, e ele não respondeu.

— Talvez ele também precise transar — grita Vanessa do outro lado da mesa. Ao lado dela, Harper apoia a cabeça nas mãos. — Eu posso te arranjar alguém, Nova, sério. Tenho uma amiga que...

Alguém a chuta por baixo da mesa. Tudo sobre a toalha bordada à mão da minha avó sacode. Nessa e Harper trocam uma breve e furiosa conversa sussurrada.

— *... ela precisa pelo menos...*

— *... você está exagerando e...*

— *... tudo que estou dizendo é...*

Beckett pigarreia e tenta falar mais alto que as duas.

— Acho que o trabalho está mantendo o Charlie ocupado. Tenho certeza de que ele vai dar as caras mais cedo ou mais tarde. Ele sempre aparece.

O celular continua em silêncio debaixo da minha coxa. Uso um pedaço de brócolis para desenhar uma não-me-esqueças no que restou do meu molho.

— Acho que ele não gosta do trabalho dele — digo em voz baixa. Toda vez que conseguimos falar, a voz dele soa tensa e distraída. Ele mal tem me enviado selfies desde que voltou a trabalhar no escritório todo de vidro e metal. Ele parece uma versão apagada de si mesmo em Nova York. Menor. — Na verdade, acho que ele não está feliz em Nova York.

Beckett continua comendo, meio distraído. Ele ri.

— O Charlie sempre está feliz. É a natureza dele.

— Mas ele não está. — Solto o garfo em cima do prato com um barulho alto. Beckett para de comer e me olha. O resto da mesa faz o mesmo. — Ele não está feliz. Ele finge estar a maior parte do tempo, porque acha que é mais fácil assim. Talvez para ele, ou para todos ao redor. Não sei. Mas ele não está. Ele não gosta do trabalho dele, e o pai dele é um péssimo ser humano, e ele está...

Sozinho. Ele está sozinho, e não suporto a ideia de ele ficar sentado no apartamento pensando que todos o esqueceram.

Que eu o esqueci.

— Nova...

Meu coração bate forte no peito.

— Ele é... engraçado e gentil, e é ridículo a maior parte do tempo, mas ele faz isso só para ver as pessoas rirem. E se força até o limite e se encolhe para parecer mais tolerável. Mas ele não precisa fazer isso. Ele não precisa se diminuir. Mas acho... que fiz ele se sentir assim também. Sou tão culpada quanto os outros porque pedi tudo dele. E o que dei em troca? Muito pouco. Quase nada.

Eu nem consegui dizer as palavras certas antes de ele ir embora. Não consegui dizer que queria ele. Em vez disso, tatuei uma flor no pulso dele e esperei que ele entendesse o que eu estava tentando dizer.

Ele foi muito mais corajoso do que eu esse tempo todo.

— Não estou entendendo...

— Eu fiz ele sentir que não era suficiente. Todos nós fizemos. Ele tem passado cada vez mais tempo aqui porque quer que alguém peça para ele ficar. Eu acho. E eu o mandei de volta para Nova York com um *vamos torcer pelo melhor.*

Ergui muros em volta dos meus sentimentos por Charlie porque não queria desejar algo que nunca achei que precisasse. E agora ele está lá e eu estou aqui, e ele não atende minhas ligações, e nós dois estamos infelizes.

A mesa fica em silêncio. É uma espécie de choque. Acho que esse pode ser o jantar de família mais interessante que já tivemos, incluindo a vez em que Beckett trouxe todos os gatinhos e os dois patos e deixou que eles corressem soltos embaixo da mesa. Meu irmão está rígido ao meu lado. Vanessa está toda tensa na cadeira. Harper e meus pais estão me observando com cuidado, como se não tivessem certeza se vou desabar no chão ou virar a bandeja de bolo de carne.

Eu também não sei.

— Estou saindo com o Charlie desde a primeira reunião do comitê do festival da colheita — anuncio. Harper solta uma exclamação como se estivéssemos em uma novela. Meu coração bate forte no peito, minha garganta apertada. — Sei que parece repentino, mas é isso. Eu e o Charlie estávamos... quer dizer, estamos juntos. Tipo um casal.

Todos me encaram. O relógio faz tique-taque no corredor. O vento assobia nas janelas. Um tronco estala na lareira, e meu coração martela na garganta.

— Não é repentino — diz Beckett por fim. Ele relaxa, saindo de sua postura rígida, e pega a cesta de pães. Coloca dois no prato.

— O quê?

— Não é repentino. Nós sabíamos que você estava saindo com ele. — Beckett gesticula ao redor da mesa com a faca de manteiga. — Estávamos esperando você dizer algo. — Ele me dá um olhar entediado. — Demorou, mas veio.

— O quê?

— Droga — diz ele. Ele larga a faca e procura o celular no bolso de trás. — Eu disse pra Evie que ia ligar para ela nessa hora.

— Para quê?

Beckett digita na tela e coloca o celular no meio da mesa enquanto ele chama.

— Para o momento em que você caísse na real.

Evelyn atende no segundo toque.

— Está acontecendo?

— Está! — responde Harper.

Ao mesmo tempo, Beckett diz:

— Oi, querida.

Eu fico boquiaberta, olhando para o celular, bem ao lado da caçarola cheia de vagem. E para minha família, disposta ao redor da mesa. Nenhum deles parece surpreso. Alguém colocou algo no vinho hoje? Será que o purê está temperado com alguma coisa?

— Por que você acha que eu sempre digo que você precisa transar? — pergunta Vanessa. — Eu não estava tentando te arranjar com qualquer um. Eu estava te provocando, sua tolinha.

— O quê? Eu... o quê?

— Teve uma foto na rede de comunicação da fazenda de quando ele levou café para você — comenta meu pai. — Você olhou para ele do mesmo jeito que costumava olhar para aquelas canetas de ponta fina caras na infância. Estava com olhinhos de coração.

— A minha favorita foi a foto do Charlie com o ganso — acrescenta minha mãe. Ela ri sozinha. — Ainda tenho ela salva como papel de parede.

— Eu gosto mais do vídeo no telhado — sugere Harper, diplomaticamente. Ela entrelaça os dedos e apoia o queixo neles. — Espero que suas hortênsias tenham se recuperado.

— Alguém gravou isso?

— Claro que gravei — diz Beckett, ainda comendo, como se eu não estivesse tendo um piripaque ao lado dele. Que diabos está acontecendo? — Ouvi sua janela abrir enquanto eu esperava na varanda. As vozes ecoam.

— E você mandou no grupo da fazenda?

— Pra falar a verdade — a voz aguda de Evelyn ecoa no celular de Beckett, que está virado para cima na mesa —, acho que ele tentou mandar só para mim.

Meu Deus. *Meu Deus.*

— Você está usando o Rolex dele, Nova — diz Beckett com a boca cheia de bolo de carne. — Sinceramente, não sou idiota.

— E você está bem com isso?

Uma das sobrancelhas dele se arqueia.

— Eu preciso aceitar quem você namora?

Não sei. Claro que não, mas ele sempre deu a impressão de ter uma opinião bem forte a respeito.

— Ele é seu amigo — é tudo o que consigo dizer.

— E daí? — Ele dá de ombros. — Isso só significa que eu sei quem ele é. Eu amo ele. Eu amo você. Não vejo nada de ruim. — Ele despeja molho sobre tudo no prato. — Dito isso, se ele partir seu coração, eu quebro a cara dele. Ele não tem passe livre nesse quesito. Mas se você partir o coração dele... —

Beckett aponta para mim com o garfo, a boca cheia de comida — eu também vou ter que conversar com você.

— Eu não vou partir o coração dele — sussurro, quase sem voz.

Não acredito que estamos tendo essa conversa no jantar de família enquanto ele enfia purê de batata na boca.

— Que bom — diz Beckett.

— Achei que estava fazendo a coisa certa ao esconder — tento explicar, mesmo sem saber por quê. — Achei que seria mais fácil assim.

— Mais fácil para quem?

E essa é a questão, não é? O tempo todo, fizemos as coisas do jeito que eu quis. Charlie deixou que eu definisse os termos e que eu fosse no meu ritmo. Ele me deu tudo que pedi sem exigir nada em troca.

— Era só para desestressar, no começo. Mas então virou outra coisa, e acho que pensei que, se não fosse além disso... se ninguém soubesse, poderíamos ignorar o assunto. Eu não queria precisar dele — digo, quase sem voz. — Eu tinha medo disso.

— E agora? Você sente que precisa dele?

Faço que não com a cabeça. Eu me viro bem sozinha, mas...

— Eu quero o Charlie. Eu não preciso dele, mas quero ele o tempo todo.

Charlie, que se contenta em viver à margem. Charlie, que acha que está incomodando toda vez que vem para cá. Charlie, que sente que não pertence a lugar algum. Charlie, que queria esconder nosso relacionamento tanto quanto eu, mas por uma razão diferente. Porque ele não achava que era bom o suficiente. Porque ele não achava que valia a pena.

Charlie, que nunca foi a primeira escolha de ninguém. Que nunca foi desejado.

— Estou apaixonada por ele. — Eu exalo, a verdade se abrindo dentro de mim, me enchendo com uma luz delicada e infinita. Achei que teria medo desse sentimento, mas não. Eu me sinto exatamente como antes, só que mais leve, como se o peso de tudo que carreguei agora tivesse um lugar para ir. Um lugar seguro, onde será cuidado.

Alguém com um sorriso fácil e uma flor no pulso.

— Espero que sim — retruca meu pai do outro lado da mesa. — O garoto se atirou do telhado por você.

Levanto da cadeira tão rápido que ela arrasta pelo chão e bate na parede.

— Eu preciso ir para Nova York.

Evelyn grita do outro lado do celular. Vanessa ergue o punho no ar. Harper sorri, e minha mãe se agarra ao braço do meu pai, sacudindo-o.

Beckett se levanta comigo, mexendo no bolso. Ele ainda está com os abafadores de ouvido rosa-choque.

— Vou pegar o carro.

— Não! — É o coro das minhas irmãs e de Evelyn, ainda no telefone. Harper joga um pãozinho direto na cabeça dele.

— Acho que todos já se envolveram o suficiente no meu relacionamento, obrigada. Tateio os bolsos procurando minhas chaves. Verifico o celular de novo, só por precaução, mas ele não ligou.

Vou fazer isso. Vou dirigir até Nova York. Vou contar a ele tudo o que tive medo de dizer até agora, e vou... ser corajosa. Vou dar a ele o que ele merece.

— Deixem a garota fazer seu grande gesto em paz! — grita Evelyn, o alto-falante do celular estourando por causa do volume dela. Beckett se joga de volta na cadeira.

— Sabe, quando você voltar — ele aponta para mim com um dedo —, vamos ter uma longa conversa sobre você esconder as coisas de mim.

— Claro. — Desvio da mesa em direção à porta. — Quando eu voltar. Agora, tenho um lugar para ir.

28

CHARLIE

— Selene!

Selene passa a cabeça pela porta do meu escritório, de alguma forma conseguindo parecer exausta e repreensiva ao mesmo tempo. Não a culpo. Estou insuportável essa semana, e ainda é terça-feira.

— Chamou, chefe?

Eu levanto o carregador do meu celular, dividido em dois.

— Por que meu carregador está assim?

— Não tenho ideia do que você faz com suas coisas quando está sozinho nesse escritório, Charlie. Lembra quantas máquinas de Nespresso foram trocadas no verão de 2018?

Pelo menos quatro. Porque eu não conseguia descobrir como tirar as cápsulas e acabava destruindo a máquina na tentativa de descartar de forma eficaz e responsável os minúsculos recipientes de café.

Franzo a testa para o cabo nas minhas mãos e para meu celular sem bateria. Nova ligou duas vezes durante minha última reunião, e então a tela apagou, um símbolo de bateria vermelha piscando como um navio em pleno naufrágio. Suspiro, coloco ambos no bolso e me levanto, pegando meu casaco.

— Tudo bem. Vou sair. — Dou uma olhada no relógio. Nova ainda deve estar no jantar com a família, mas posso falar com ela depois. — Você poderia atender as minhas ligações e dizer para todos que retorno até o fim da semana? Ou quem sabe só dizer que me afoguei em um terrível acidente de esqui aquático e não estou mais disponível?

Selene faz uma careta.

— Embora isso pareça divertido, não seria possível.

— Eu sei... — Suspiro. — Sou um craque no esqui aquático.

Os lábios de Selene se curvam em um sorriso contido.

— Você não pode sair.

Eu me detenho a meio caminho de vestir a jaqueta.

— Por quê?

Ela morde o lábio inferior.

— Por quê, Selene? — Pareço uma criança reclamando, e não tenho vergonha. — Por que você não pode atender minhas ligações?

Ela entra mais na sala, com as mãos levantadas como se estivesse tentando acalmar um urso enfurecido. Sou eu. Eu sou o urso enfurecido.

— Posso atender suas ligações, mas você tem um compromisso hoje à noite.

— Se não for no food truck de empanadas na esquina da minha rua, não estou interessado.

Quero voltar para casa e ligar para Nova. Quero ouvir a voz dela e me convencer de que tudo o que aconteceu em Inglewild não foi um delírio. Quero pôr um filme antigo em preto e branco e adormecer com a voz dela no meu ouvido, falando sobre desenhos de tatuagem, o croissant do dia na padaria da Layla e o que quer que Jeremy esteja aprontando. Quero espantar essa pressão no peito com algo bom. Sinto como se ela estivesse escapando das minhas mãos. Sinto que, na verdade, talvez eu nunca a tenha tido de fato.

— Você confirmou presença em um jantar beneficente de gala hoje à noite, na Biblioteca Pública de Nova York — diz Selene rapidamente. Eu inclino a cabeça para trás e gemo para o teto. — Seu smoking está no banheiro.

— Estava mesmo me perguntando o que ele estava fazendo lá — murmuro, ainda de olhos fechados.

— Você só precisa ficar uma hora. — Ela hesita. — Talvez duas. Dê um lance no leilão, mostre esse rostinho bonito e depois pode comer suas empanadas.

— Para que é o evento?

— Focas, acho? Droga, não lembro direito. Uma floresta tropical em algum lugar? Não sei por que vocês, ricos, fazem o que fazem.

— Quem está organizando?

— O sr. Billings.

Passo a mão pelo rosto.

— Claro que é ele. Porque o universo está decidido a me punir por algo essa semana.

Tiro o casaco dos ombros e o jogo de volta na cadeira. Coloco as mãos na cintura e solto um suspiro. Estou tão cansado. Cansado desse lugar, desse trabalho, e de todas as coisas que preciso fazer para agradar as pessoas ao meu redor.

— Pode me fazer um favor?

— Essa é literalmente a minha função.

Aperto a ponte do nariz e tento encontrar o poço de paciência e boa vontade que geralmente não é tão difícil de acessar.

— Você pode, por favor, ligar para a Nova em cerca de uma hora e avisar que meu celular ficou sem bateria? Diga que vou ligar para ela quando voltar hoje à noite.

— Posso fazer isso — concorda Selene. — Queria falar com ela sobre minha tatuagem, de qualquer forma. Ela disse que ia desenhar algo para mim.

Franzo a testa.

— Quando você falou com ela?

— Ontem. — Selene cruza meu escritório e liga a máquina de café. Aperta três botões e um espresso aparece, como mágica, na caneca que roubei da padaria de Layla. — Ela ligou para cá enquanto você estava naquela reunião de planejamento do quarto semestre com os Holsfields. Nós conversamos.

Ótimo. Selene já conversou mais com a minha namorada essa semana do que eu.

Meu cérebro para de funcionar.

Nova é minha namorada? Não faço ideia. Nunca discutimos isso. Dissemos que sentíamos mais do que algo casual, mas... nunca falamos sobre isso.

Selene me entrega o café. Eu a encaro.

— Obrigado — murmuro.

— Duas horas — diz Selene, no que é, sem dúvida, o discurso motivacional mais desmotivador que já ouvi. Não ensinei nada pra ela sobre fingir entusiasmo. — Duas horas e pode ir para casa.

Eu passo uma hora e vinte e três minutos sendo simpático e depois vou até o bar, pego uma bebida e me acomodo em um arquivo de fotografias de arquitetura. A música do quarteto de cordas, no final do corredor, ecoa e se mistura com vozes abafadas e o tilintar de taças. Imagino Nova em seu vestido prateado, uma taça de champanhe na mão. Tatuagens descendo pelas costas, e o cabelo caindo sobre os ombros. Ela adoraria as cores e o silêncio dessa sala. E eu adoraria empurrá-la nas estantes e saborear o sorriso no canto de sua boca.

Mas ela não está aqui. Só eu e meio copo de um uísque caro demais. Afrouxo a gravata com um suspiro e tomo um gole, apreciando o gosto defumado. Estico o pescoço e tento organizar meus pensamentos, que escapam com facilidade.

Vou ligar para ela quando voltar hoje à noite. Vou pegar algumas empanadas no food truck da esquina e vou ligar. Talvez eu possa descer até Inglewild no fim de semana se Selene reorganizar algumas coisas. Vai ser rápido, mas vai valer a pena. Nova vale a pena.

Podemos conversar. Podemos descobrir o que é isso. Vou dizer a ela o que sinto, e talvez isso entre nós não pareça tão frágil.

— Achei que tivesse visto você saindo.

Viro em direção à porta e à voz do meu pai, desviando minha atenção de uma pilha de volumes carmesim que combinam com a cor da flor no peito de Nova. Ele caminha na minha direção de smoking, com um copo de uísque igual ao meu na mão.

Eu faço uma careta, mas tento esconder. Sinto que aqui sempre estou interpretando um papel, mas, com meu pai, é a interpretação da minha vida. Esfrego o polegar na flor no meu pulso e ergo o queixo.

— Aqui estou.

Claro que ele está aqui. Ele tem o dom de aparecer quando meu humor está péssimo, pronto para piorá-lo com seus comentários ou suas críticas. Cabelo escuro penteado para trás, uma mecha grisalha nas têmporas, os olhos azuis que temos em comum, enrugados de diversão. Sou parecido demais com ele, até nos sapatos brilhantes.

Nunca odiei tanto isso quanto agora.

Seus passos vacilam enquanto ele se aproxima de mim, um arroto contido com as mãos. Eu franzo a testa enquanto o observo.

Olhos vidrados de tanto beber. Suor brilhando no lábio superior. Ele tem uma mancha de batom rosa-claro na gola da camisa e uma nuvem de perfume grudada nele. Ele bate no meu ombro e perde o equilíbrio, seu ombro empurrando o meu.

Talvez não sejamos tão parecidos quanto eu pensava.

— Não achei que você fosse aparecer — murmura ele. — Com a correria da vida na fazenda. — Ele ri como se tivesse feito uma piada hilária e espera que eu o acompanhe. Eu não acompanho. — Ninguém acreditou quando contei.

Eu me afasto dele. Deixo meu copo meio vazio no balcão. Perdi a vontade de buscar alívio no álcool.

— Contou o quê?

— Onde você estava. O que estava fazendo. Você saiu de Nova York para uma fazenda de árvores — responde ele, rindo de novo. — Tudo isso… — Ele faz um gesto ao redor. As obras de arte, a música, o álcool sem fim e a enorme quantidade de riquezas acumuladas ali no corredor. — Para uma cidade que nem deve ter um restaurante de verdade…

— Eles têm vários — murmuro.

— ... para viver essa fantasia de fazendeiro por uma irmã que nem é sua. — Ele esvazia o resto do copo com as sobrancelhas erguidas. — Você sempre consegue encontrar maneiras interessantes de manchar o nome da família, Charles.

— Bom… — Balanço no lugar, as mãos enterradas lá no fundo dos bolsos do smoking. Há um fogo no meu peito que não tem nada a ver com álcool, queimando mais forte quanto mais tempo olho para ele. É dessa pessoa que tenho buscado aprovação? — Tenho a quem puxar, não é?

As sobrancelhas dele se juntam em uma linha pesada, seu rosto se retorcendo em confusão.

— O que você acabou de me dizer?

Sempre fui o filho obediente, sempre fiz o possível para atender aos padrões que ele estabeleceu para mim. Como disse para Nova, não tenho certeza se ele algum dia quis que eu os alcançasse de fato. Ele prefere manter seu poder sobre mim me mostrando que sou uma decepção e me vendo lutar para tentar convencê-lo. Imagino que seja mais fácil se sentir melhor com o desastre da própria vida colocando sempre os outros para baixo.

Estou exausto disso.

— Qual parte você quer que eu repita? — pergunto.

Seus olhos brilham de raiva. Ele roça os dedos na boca.

— Cuidado com o que diz, Charles. Tudo que você tem é por minha causa.

— Tudo que eu tenho é *apesar* de você — respondo de volta, perdendo o controle. Não consigo me lembrar da última vez que deixei a raiva tomar conta assim. É como se eu riscasse um fósforo. — As únicas coisas que você me deu foram um desejo irracional de agradar as pessoas e uma dor de cabeça constante. Você não se importa com a família. Caso se importasse, não teria se deitado com metade de Manhattan. Não teria envergonhado sua esposa a ponto de ela sentir a necessidade de sair do país. Não teria abandonado sua filha.

— Ela não é minha filha — zomba.

— O teste de DNA diz o contrário.

Dou mais um passo em direção a ele, a chama no meu peito se intensificando.

— Você diz que sou uma vergonha, mas é você que tem enchido a cara em eventos públicos. Foi você que foi afastado do cargo por causa do seu comportamento. Você tomou uma decisão egoísta atrás da outra, enquanto eu é que tenho segurado tudo.

Ele engasga, as bochechas vermelhas de raiva.

— Você acha que pode falar assim comigo?

— Posso falar com você como eu quiser — retruco. — Não te devo nada. A única coisa que você me deu de valor foi minha irmã, e, se dependesse de você, eu nunca teria descoberto a existência dela. Mas sou grato por você ter sido um pai ausente. Sou grato por não ter querido nada com ela. Ela conseguiu escapar das suas garras e, por isso, está brilhando.

Ele pisca para mim, os olhos arregalados. Eu o encaro e espero me arrepender das minhas palavras, mas não é isso que acontece. Só há o cansaço residual da minha raiva. O gosto do uísque no fundo da língua.

Eu o encaro e não vejo nada de que preciso.

Nem sua aprovação, nem sua aceitação.

Eu o examino da cabeça aos pés. Tudo é fachada, sem nada de substância por baixo. Um homem triste e solitário que não se importa com mais ninguém.

Nova está certa. Eu não sou nada como ele.

Passo por ele em direção à porta.

— Vou esperar um pedido de desculpa — grita meu pai.

Não me dou o trabalho de olhar para trás.

— Não vai ter nenhum pedido de desculpa.

Ele solta o ar em uma risada incrédula.

— Se você sair dessa sala sem se desculpar, acabou. Eu não vou mexer um dedo para ajudar.

Graças a Deus.

Ajusto minhas abotoaduras e continuo caminhando para a porta.

— Mal posso esperar.

Eu me recompenso com um pretzel macio de um carrinho de rua do lado de fora do evento, depois com duas fatias de pizza do mercadinho na esquina da minha rua. Compro ainda um saco de ursinhos de goma, porque sinto que é hora de celebrar.

Não sou ingênuo o suficiente para pensar que uma conversa vai mudar uma vida inteira de decisões ruins e comportamento narcisista, mas estou esperançoso de que o que eu disse faça meu pai pensar duas vezes antes de tentar me manipular de novo. Cansei de buscar a aprovação dele. Já não quero mais isso.

Aprendi a me contentar com migalhas. Eu divido as coisas que me fazem feliz em pequenas porções, para que possa saboreá-las por mais tempo. Tratei minhas idas a Inglewild como uma recompensa por bom comportamento, uma dose de dopamina para me ajudar a aguentar uma existência, de modo geral, solitária. Eu me permiti pequenas doses de felicidade, segurando-a com as duas mãos, com medo de que, se eu me entregar demais, se eu der muito de mim, acabarei sem nada.

Tenho feito isso com Nova. Permitindo-me o sexo, as provocações e as piadas, enquanto digo a mim mesmo que posso viver sem segurar sua mão em público. Sem beijá-la na bochecha na fila do supermercado de Inglewild. Sem dizer em voz alta quanto estou orgulhoso dela e de tudo que ela conquistou. Me contive e me contentei com menos porque não achava que valia mais.

Mas agora estou exposto, parado no meio da minha cozinha, com a gravata--borboleta solta ao redor do pescoço, as mãos na cintura, e todas as coisas que eu queria dizer, mas não disse, ressoando no meu peito. Fixo o olhar na tela ainda apagada do meu celular, no carregador sem fio, um guardanapo meio amassado da pizzaria do Matty bem ao lado, com uma flor delicada desenhada à mão na borda. Tenho carregado esse guardanapo ridículo, um pouco engordurado, para todos os lados, como se fosse um talismã.

Meu celular pisca, voltando à vida. As notificações começam a surgir na tela. Eu as ignoro.

Consigo chegar em Inglewild em quatro horas. Três, se eu não ligar muito para as leis de trânsito. Posso dormir na cama de Nova ainda hoje. Pressionar a boca na dela e assistir seus olhos dançarem quando eu disser que a amo. Que talvez eu estrague tudo e cometa erros, mas sempre vou tentar ser exatamente o que ela precisa.

Minha mão está na maçaneta antes mesmo de eu pensar nisso, minhas chaves na outra mão e o saco de ursinhos de goma enfiado no bolso da frente da minha jaqueta. Estou cheio de adrenalina, embriagado pela confiança de um plano mal formulado, no estômago um pretzel de carrinho de rua. Abro a porta com força e quase esbarro no corpo esguio do outro lado.

Estendo a mão e a seguro pela cintura. Sinto o contorno de seus quadris e o tecido sedoso e macio do vestido. Conheço esses quadris. Conheço esse vestido. Conheço esse cheiro, é como folhas sob minhas botas e sidra de maçã. Tinta recém-derramada e o vaso de lavanda onde ela não desiste de esconder a chave, na varanda de sua casa.

Carinho e incredulidade me puxam em direções opostas enquanto encaro Nova parada na minha porta, com o mesmo vestido prateado que usou no casamento da minha irmã, moldado às suas curvas e esvoaçando ao redor dos tornozelos. O decote profundo na frente. Minha rosa vermelha favorita.

A adorável careta dela enquanto olha para mim. Suas mãos se fecham na frente da minha jaqueta, e os ursinhos de goma caem no chão.

Pisco três vezes. É bem possível que eu esteja delirando.

Ela ergue a cabeça e me encara.

— Onde você estava?

29

NOVA

— Hum. — Os dedos de Charlie se flexionam na minha cintura antes de ele tirar as mãos, como se não quisesse me soltar. Seus olhos continuam alternando entre meu rosto e o vestido que estou usando, a confusão distorcendo o contorno de sua boca. — Eu estava aqui?

— Você deveria estar na biblioteca.

É onde eu estava até pouco tempo atrás, me esgueirando entre vestidos de grife e um quarteto de cordas fazendo seu melhor tributo a *Bridgerton*. Quando Selene me disse onde ele estava, pensei que o encontraria e confessaria meus sentimentos enquanto o violino atingia seu auge. Achei que poderia invocar uma vida inteira de indiferença com momentos românticos e criar o tipo de momento que Charlie merece. Mas ele não estava onde deveria estar, e uma mulher usando tanto Chanel nº 5 que poderia derrubar um pequeno exército derramou seu coquetel na frente do meu vestido. Estou irritada e com um pouco de fome, e… parece demais. Estar na frente dele com um vestido que ele nem deve lembrar, enquanto grito com ele.

Lá se vai o meu momento de cinema.

Mas Charlie está... bem, ele está delicioso. Um braço apoiado na porta, o outro envolvendo meu quadril, as chaves raspando na minha pele através do tecido fino do meu vestido. Ele dá dois passos para trás, entrando no apartamento, e eu o sigo, observando-o, com as luzes da cidade ao fundo, milhões de estrelas retiradas do céu e colocadas com cuidado nos prédios imponentes. Ele enfia as mãos nos bolsos e balança para a frente e para trás. Sua camisa se estica sobre o peito, os dois primeiros botões abertos. A gravata está solta ao redor do pescoço, e tudo que quero fazer é enrolar minhas mãos nela e puxá-lo para perto. Pressionar minha boca na dele até esquecer como é estar longe.

— Eu estava lá, mas fui embora — explica, ainda me olhando como se estivesse tentando montar um quebra-cabeça. Ele inclina o rosto para o lado e coça a nuca. — Desculpa. Ou estou inconsciente na rua ou estou tendo um sonho muito lúcido. Você está aqui de verdade?

Eu assinto.

— Estou.

— No meu apartamento?

Eu olho ao redor para as paredes nuas, as bancadas brilhantes, os acabamentos de luxo sem nenhum toque pessoal. Ele tem um cartão-postal da Fazenda Lovelight colado na geladeira. Um dos folhetos da inauguração do meu estúdio também está lá.

— Quer dizer, suponho que seja seu.

— Você está aqui, no meu apartamento, em Nova York.

— Estou — digo, mais tensa do que pretendia. Eu esperava que, estando na frente dele, algo bonito e poético me viesse à mente, mas tudo que me sinto é um pouco desorientada.

— E você está usando aquele vestido — comenta ele, um sorriso se abrindo em seu rosto, tão repentino e brilhante que quase caio para trás no corredor. Faço que sim com a cabeça, muda, e observo os pequenos vincos ao redor dos seus olhos se aprofundarem.

Ele suspira, ainda sorrindo.

— Vem cá — murmura.

Eu estreito os olhos.

— Por quê?

Um riso grave escapa dele.

— Porque quero te abraçar, Nova, e você está muito longe.

Isso é fácil. Eu me aninho nos braços dele, me sentindo em paz pela primeira vez em semanas. Estava sentindo falta disso, da maneira como ele me segura quase forte demais. Seu nariz no meu cabelo e seu polegar descendo lentamente pela minha coluna.

— Você deveria estar no evento de gala — resmungo contra a camisa dele.

Sua mão se acomoda na base das minhas costas, as pontas dos dedos brincando com a costura do meu vestido prateado.

— É por isso que você pôs isso?

Faço que sim com a cabeça.

— Eu tinha um plano.

— Pelo visto, não era muito bom.

Belisco seu peito, e outro riso áspero escapa dele. Ele agarra minha mão e a aperta uma vez. Entrelaça nossas mãos no peito. O coração dele está batendo um pouco rápido demais. O meu pula para acompanhar.

— Qual era o plano? — pergunta, uma súplica em cada palavra.

Escondo meu sorriso no ombro dele. Não tenho dado a Charlie nem perto do que ele merece. Quero mudar isso.

— Eu ia aparecer no seu elegante evento de gala com meu vestido elegante e te encontrar do outro lado da sala. Talvez a multidão se abrisse de um jeito perfeito ou talvez eu subornasse o DJ para tocar uma música lenta, não sei. Mas eu te encontraria. E pediria para dançar.

— Provavelmente você teria gritado meu nome até eu ceder, né?

Dou um sorriso e esfrego meu nariz no pescoço dele.

— Teria.

— Isso é bem a sua cara mesmo.

Eu me inclino para trás até conseguir ver o rosto dele, ávida por sua presença depois de ficar sem ele nessas últimas semanas. Senti tanta falta dele, desse homem de quem eu nunca deveria sentir falta.

— No meu plano — minha voz falha, e o rosto de Charlie suaviza —, nós dançaríamos, e conversaríamos, e eu te diria todas as coisas que descobri desde que você foi embora.

— Tipo?

— Tipo que você estava certo sobre a rede de comunicação — respondo com um sorriso. — Estavam todos comentando. Ao que parece, temos rendido bastante assunto.

— Eu sabia — diz ele. Sua mão desce mais, sobre a curva do meu quadril. O sorriso dele se alarga. — Eles vão me colocar de volta na rede?

Faço que sim.

— Você deve estar recebendo mensagens agora. Não somos mais novidade nenhuma. Eles passaram para o concurso de fantasias de Halloween. Estão planejando fazer o Dane usar uma fantasia de casal com o Matty. Os favoritos são Batman e Robin ou Beto e Ênio.

— Tenho certeza de que isso vai dar muito certo.

— Eles estão fazendo bons progressos. — Me aproximo mais dele. — Mas isso não é a única coisa que eu teria dito no meio de uma biblioteca, em um evento de gala em que não entrei escondida, claro.

Ele solta uma risada.

— O que mais?

— Provavelmente teria tentado te beijar.

— Isso não seria conversar, seria? — Ele sorri, devagar e tranquilo. Uma fração do seu sorriso habitual. — Mas, sim, eu teria deixado — confessa ele baixinho. — Eu teria retribuído o beijo.

Dou um sorriso e continuo:

— E depois de te beijar, eu teria dito quanto senti sua falta. Achei que seria fácil, mas não foi, nem um pouco. — Dou um suspiro profundo e faço questão de manter meus olhos nos dele. — Sempre quis ser independente. Achei que ser forte significava que eu tinha que estar sozinha, que eu só poderia ter uma coisa de cada vez, mas então me apaixonei por você sem nem tentar e... acho que você é meu melhor amigo, Charlie. Não é nada do que eu pensei.

— O quê?

— Me apaixonar — digo a ele, com a voz trêmula. — Estar apaixonada por você. Eu ia te dizer tudo isso e depois te pedir para voltar para casa comigo. Esse era o meu plano.

Ele me encara por um longo tempo. Tanto tempo que começo a ficar nervosa, achando que disse a coisa errada. Mas o sorriso tímido dele lentamente se transforma em um sorriso largo, seus olhos brilhando com a luz da cidade ao fundo.

— Para comer um lanche? — pergunta ele, com a voz rouca.

Dou outro sorriso e encosto a testa no peito dele. Ele envolve minha cabeça com a mão e dá um beijo suave no topo dela, depois deixa a mão deslizar até meu pescoço, apertando de leve.

— Posso contar meu plano agora? — pergunta.

Solto uma risada contra a camisa dele, leve como o ar. Houve um tempo em que eu pensava que um relacionamento significava algemas nos meus pulsos, me prendendo às necessidades de outra pessoa. Achei que teria de sacrificar as coisas que mais queria para ser metade de um todo. Mas agora sei que isso só significa que tenho uma rede de segurança. Alguém para me levantar e me manter firme. Alguém para me cobrar da chave reserva debaixo do vaso na varanda e alguém para cortar uvas em pequenos corações.

Um parceiro.

Um amigo.

— Eu estava indo até você — diz ele. — Estava lá naquela biblioteca pensando em você e em quanto sinto sua falta. Em como fui burro por não te dizer a verdade antes de ir embora. — Ele se inclina e beija suavemente minha testa. Ele fica ali, apenas respirando, e eu deslizo as mãos por baixo do casaco dele, apertando-o contra suas costelas, sentindo cada inspiração e expiração profunda. — Eu me acostumei a migalhas emocionais, mas não quero isso com você. Quero mais do que você me deu. Quero te dar mais de mim também. Eu te amo, Novinha. Tentei de tudo para não amar, mas você se enfiou na minha vida sem respeitar minha opinião sobre o assunto.

— Isso é bem a minha cara.

Ele sorri, e eu sinto a curva desse sorriso. Uma meia-lua contra a minha testa.

— Ainda há muito a resolver, mas sei que não quero estar em nenhum lugar que você não esteja. Estou cansado de me permitir ser feliz em parcelas. Quero sentir tudo, e quero sentir tudo com você.

Eu abraço a cintura dele e aperto.

— E, então, o que você acha? — Minha voz está embargada e meu nariz arde, e sinto meus olhos começarem a marejar, mas não consigo parar de sorrir. — Você quer voltar para casa comigo?

— Quero. — Ele ri. — Quero muito.

Decidimos voltar para Inglewild juntos, com Charlie dirigindo minha caminhonete, sua mão repousando na minha coxa. Dirigimos até que a cidade se torne um ponto de luz no retrovisor e a estrada se estenda à nossa frente, as luzes da rua nos guiando para casa.

Ele me joga um saco de ursinhos de goma, e eu tiro os sapatos, encolhendo meus pés descalços no banco de couro, a saia do meu vestido prateado espalhada ao redor dos meus joelhos e o casaco de Charlie sobre meus ombros. Vamos de uma conversa a outra enquanto Charlie debate o melhor sabor de ursinho de goma e se pergunta sobre a história das paradas para descanso nas rodovias, e eu fecho os olhos e presto atenção no ritmo da voz dele. O som do vento nas janelas e o som baixo do rádio. Não é nada especial e, ao mesmo tempo, é tudo maravilhoso. Charlie e seu polegar deslizando pelo meu joelho. Subindo devagar até ele traçar o contorno da minha lua crescente. Minha mão encontra a dele e ele aperta, meu dedo traçando a flor no pulso dele.

Quando chegamos, as ruas estão silenciosas e escuras. A escultura de abóbora ainda está alta e imponente na fonte no centro da cidade.

— Ainda de pé, hein? — murmura Charlie.

— Não faço ideia do que eles usaram para fixar aquilo.

Charlie vira o volante com um bocejo, e eu bocejo também.

— Quer dormir? — pergunto, espreguiçando as pernas com um gemido.

— Claro. — Charlie olha com interesse para minha coxa exposta, um olhar quente e intenso naqueles olhos azuis. — Logo depois de te foder no aparador da entrada.

Eu pisco para ele, um frio percorrendo minha barriga.

— O aparador?

— Uhum, estou pensando nisso há um tempo.

Agora estou pensando nisso também. O jeito que ele fica quando *quer* alguma coisa. Mãos ásperas e beijos com mordidas. Seus dentes no meu ombro. Meu nome sussurrado em sílabas no vão da minha garganta. Um pouco de roupa ainda no corpo, minhas pernas ao redor da cintura dele.

Ele vira na minha rua.

— Não te vejo há três semanas, Nova. Você acha mesmo que vou te levar para a cama e dormir?

Eu pisco mais algumas vezes e mexo as pernas no banco. Charlie percebe e ri, um som baixo e rouco vindo de algum lugar profundo do peito. Eu quero sentir esse som com meu corpo colado no dele. Quero sentir isso entre minhas pernas.

Quando estacionamos na minha entrada, franzo a testa. Está cheia de carros, e todas as luzes da sala estão acesas. Um halo de luz dourada se derrama pelas janelas da frente, fazendo meu jardim brilhar.

— Isso talvez tenha que esperar — digo devagar.

Charlie coloca a caminhonete em ponto morto, e minha porta se abre. Beckett sai para a varanda, as mãos na cintura.

— É. Com certeza vai ter que esperar.

Charlie engole em seco.

— Ele vai me matar?

— Acho que não.

Beckett tira o boné e passa os dedos pelo cabelo, depois joga o boné de lado e estala os dedos. Ele aponta diretamente para o para-brisa e depois para o chão à frente dele.

— Hmm… — Reflito melhor. — Talvez um pouquinho.

Charlie solta o ar com força e me olha de canto de olho.

— O que matar *um pouquinho* significa?

Dou de ombros e tiro o cinto de segurança.

— Acho que vamos descobrir.

— Ótimo.

Eu saio da caminhonete, e Charlie me segue, relutante, agarrando minha mão assim que estou perto o suficiente. Beckett olha para nossas mãos entrelaçadas, com uma expressão ilegível no rosto.

— O que você está fazendo na minha varanda às duas da manhã? — grito.

Ele me ignora. Mantém o olhar fixo em Charlie, seus olhos se estreitando.

— Você ama a Nova? — grita da escada da varanda, um tom de desafio em sua voz áspera.

— Amo — responde Charlie, apertando minha mão.

Beckett se move, inquieto.

— Tem algum motivo para você não ter achado necessário me contar que tem sentimentos pela minha irmã caçula?

Charlie dá de ombros.

— Achei que não fosse bom o suficiente pra isso.

Beckett franze a testa.

— Então isso foi uma burrice e tanto da sua parte.

Eu dou uma risadinha. Beckett se vira para mim.

— Do que você está rindo? Não estou falando que você foi honesta.

O sorriso desaparece do meu rosto.

— Isso me soa um tanto hipócrita, senhor me-casei-sem-contar-pra-ninguém.

— Não estamos falando de mim — responde ele, inclinando o queixo na direção de Charlie. — Você ama o Charlie?

— Você sabe que sim.

Literalmente gritei isso durante o jantar de família. Mas Charlie solta um suspiro, e sei por que Beckett perguntou. Ele queria que Charlie também ouvisse.

O carinho pelo meu irmão mais velho aquece meu peito.

— Ótimo — diz ele. — Não estrague tudo.

E, com isso, ele se vira e desaparece na minha casa, batendo a porta atrás de si. Charlie e eu ficamos no meu jardim da frente, de mãos dadas, encarando a guirlanda feita de crisântemos secos na porta enquanto ela balança de um lado para o outro.

— Ele estava falando comigo ou com você? — pergunta Charlie.

— Acho que com os dois.

— A gente deve seguir o Beckett, ou...

— Não faço ideia. É a minha casa.

Charlie coça o queixo e olha para os outros carros.

— Aquele parece o carro do Caleb.

Assinto.

— E o da Stella.

Ele grunhe.

— Acho que é o que ganhamos por esconder isso por tanto tempo. — Charlie suspira, cansado, e se inclina para dar um beijo na minha bochecha. — Vamos lá?

— Acho que sim. — Aperto a mão dele com mais força e, juntos, subimos na minha varanda. — Não acho que temos muita escolha.

Logo fica claro que não temos escolha nenhuma, porque Luka, Stella, Caleb, Layla, Beckett e Evelyn estão todos na minha sala.

Eu encaro Evelyn, de pé, com as costas voltadas para a cozinha, com um dos meus suéteres pendurado nos ombros.

— Você não deveria estar em Houston?

— Voltei mais cedo — explica. — Não queria perder isso.

— Perder o quê? — Eu franzo a testa e olho para a mesa de centro que, no momento, está coberta de pratos e tigelas. — Esses são meus rolinhos de pizza?

Caleb estica as pernas na frente dele, os braços espalhados sobre o encosto do meu sofá.

— *Eram* seus rolinhos de pizza.

Layla dá um tapinha no joelho dele com um olhar de advertência e então se vira para nós.

— Estou tão feliz que vocês dois vieram.

— Essa casa é minha — aponto. De novo. Parece que eles rearranjaram meus móveis para abrir um espaço maior no meio. Há uma pilha de pacotes com lâminas e encadernações em uma das minhas mesas laterais. Um grande cartaz branco em cima de um cavalete ao lado do corredor. — Isso é um quadro de apresentação?

— É. — Stella se levanta da cadeira que foi empurrada para o canto, agarrando o cotovelo de Charlie e arrastando-o pela sala. Ele se agarra a mim e sou forçada a segui-lo. Ela o empurra para a cadeira e depois me empurra no colo dele.

— Certo. — Stella bate as mãos. — Todos no lugar. Como ensaiamos.

Há uma movimentação rápida. Luka e Caleb arrastam a mesa de centro para a cozinha, e Layla corre para pegar os pacotes. Stella vira o quadro no cavalete.

Plano de negócios da Fazenda Lovelight!!

Está escrito com o que eu presumo ser cola glitter. Há brilhos prateados por toda parte. Desenhos de bengalas doces tremidas ao redor da borda.

Evie nos entrega um pacote com os mesmos dizeres na primeira página. Há pequenos corações no pingo dos Is. Aposto que foi Stella.

— O que está acontecendo? — sussurra Charlie no meu ouvido. Ele se ajusta sob mim e põe um braço ao redor da minha cintura, me puxando mais para perto como um escudo. Beckett pigarreia do outro lado da sala.

Reviro os olhos e me acomodo, levantando a primeira página do pacote no meu colo.

— Não avance, por favor. A apresentação tem uma sequência. — Stella pigarreia e entrelaça os dedos na frente do corpo. — Gostaríamos de apresentar, para a sua consideração, nosso plano de cinco anos.

O braço de Charlie aperta ao redor da minha cintura.

— Stella, são duas da manhã.

— Duas e meia, na verdade — comenta Luka de seu lugar no chão, com um braço jogado sobre os olhos.

— Isso não podia esperar. Agora, por favor, guardem os comentários para o final. Gostaríamos de apresentar, para a sua consideração...

— Consideração de quem? — pergunta Charlie, franzindo a testa.

Meu Deus. Vamos ficar aqui para sempre.

Stella suspira e coloca as mãos na cintura.

— A sua, Charlie. É para a *sua* consideração.

— Por quê?

Ela joga as mãos para o alto.

— Escuta a apresentação!

— Ok, ok. Tudo bem. Pode continuar.

— Obrigada. — Stella suspira. Ela aponta para o quadro ao seu lado e depois ergue a pilha de papéis na mão. — Se vocês virarem para a primeira página, vão ver um esboço do que vamos falar essa noite.

— Essa manhã — corrige Luka, deitado no chão como uma estrela-do--mar. Ele está usando um dos meus lenços como cobertor.

— Incorporamos muitas de suas ideias, Charlie, e estamos empolgados com o que o futuro nos reserva.

— Por que você está falando como num comercial?

— Cala a boca.

Stella então começa a percorrer um esboço incrivelmente detalhado do futuro da Fazenda Lovelight. Há planilhas, gráficos de barras e figuras com pequenas frutinhas de azevinho como marcações. Ela passa a palavra para Layla falar sobre a expansão da padaria e suas iniciativas, e Beckett balbucia seu compromisso com os mercados agrícolas sustentáveis. Luka murmura alguns números financeiros com um bocejo, e Evie salta com algumas notas sobre o potencial das redes sociais e o crescimento orgânico. É interessante do ponto de vista dos negócios, acho, mas nem chegamos na metade desse documento, e ainda não entendo por que todas essas pessoas estão na minha sala apresentando um plano de negócios. Não estamos no *Shark Tank*.

Charlie compartilha minha confusão, franzindo a testa para os papéis nas mãos.

— Isso tudo é muito bom, Stella, mas não entendo por que você está me dizendo isso. — Ele pisca para ela e força um meio-sorriso no rosto. — Estou muito orgulhoso de vocês. Sabe disso. Vocês estão… — Ele olha para Beckett, Layla, Caleb e Evelyn. Luka já conseguiu quase cair no sono embaixo da mesa de centro. — Vocês estão se candidatando a algum tipo de subsídio? Isso é um teste?

Beckett passa a mão no rosto. Caleb sorri. E Stella continua olhando para o irmão como se quisesse abraçá-lo e esganá-lo ao mesmo tempo.

E é aí que percebo o que está acontecendo.

Eu me endireito no colo de Charlie, o documento laminado escorregando das minhas pernas para o chão.

— Meu Deus!

Charlie me olha.

— Meu Deus, o quê?

É uma apresentação. Para a consideração dele.

Eles estão dando uma visão completa de onde o negócio está e para onde está indo. Estão tentando atrair Charlie. Com uma oferta de emprego.

Ao menos é o que eu acho. Eles escolheram o caminho mais longo.

E Charlie… Charlie, que sempre atendeu às necessidades das pessoas ao redor sem esperar que pedissem, que deu tanto de si tantas vezes, que está acostumado a ser escolhido por último ou nem ser escolhido… ele não faz ideia.

— Se você virar para a próxima página — diz Caleb, com uma risada na voz —, vai ver que a *abuela* quer adoçar o acordo com entregas quinzenais de *tres leches*. Prometo não devorar eles antes de chegar até você.

— E o Gus disse que você pode escolher o time que quiser para a noite de perguntas — acrescenta Layla. — Não precisa esperar a nova rodada para se inscrever.

— O jantar de família é toda terça — rosna Beckett. — Sua presença é obrigatória.

Percebo que eles não querem apenas que Charlie se junte aos negócios, mas à cidade. A essa família, a esses amigos e — de acordo com a página trinta e oito, apêndice doze — à rede de comunicação. A segunda metade do documento é uma lista de todas as coisas que ele receberia se decidisse viver aqui em tempo integral. Um sofá reservado na pizzaria de Matty nas noites de pizza de massa grossa. Lattes de avelã no café, sem reclamações de Beatrice.

Charlie folheia as páginas seguintes, seus roçando minha coxa através da fenda no meu vestido. Sorrio para ele e tento não deixar isso escapar de mim, pois quero que ele entenda sozinho o que acabou de acontecer. E acho que isso talvez seja o melhor de amar Charlie. Essa alegria brilhante, incandescente, que transborda do meu peito. Um pouco é para mim, mas a maior parte é para ele. Ter a chance de segurar sua felicidade como se fosse minha. Ter a chance de compartilhá-la.

— Eu não… — A frase de Charlie se interrompe, seus olhos presos em uma página com quatro fotos presas. Preto e branco, granuladas, *Peters, Stella,* no canto superior direito. Luka se apoia nos cotovelos e sorri.

Não estava dormindo, pelo jeito.

— Quero que seja um negócio de família. Nossa família. Você estava certo quando disse que nós dois perdemos muito tempo — explica Stella. Ela coloca a mão na barriga. — E esse pequeno vai precisar do tio Charlie por perto, não acha?

Charlie encara a apresentação em suas mãos. Seu polegar traça o contorno da foto com sua futura sobrinha ou sobrinho, e ele solta um suspiro profundo e trêmulo. Acaricio suas costas, e sua outra mão aperta forte minha perna. Ele olha para Stella.

— Eu sabia que você estava chorando demais.

Ela está chorando agora. Lágrimas grossas e silenciosas escorrendo por suas bochechas. Para ser justa, ela não é a única. Caleb está fungando, mas tenta esconder. Layla tira um lenço do bolso e o entrega para ele.

— Achamos que, se a Nova não conseguisse fechar o acordo sozinha, nós poderíamos dar uma ajudinha — diz Beckett. Evelyn se apoia no peito dele, e ele a envolve com os braços, um raro sorriso no rosto. — É pegar ou largar. A oferta está na mesa.

Charlie engole em seco e olha para mim, com uma leve descrença nos olhos azuis.

— Isso é... — Ele tem que parar para limpar a garganta. — Demais. — Sua voz falha. Ouço o que ele não diz, ainda me encarando como se não tivesse certeza se está no lugar em que deveria estar. *Eu sou demais? Você vai me querer por mais tempo do que isso? Posso ficar aqui com você?*

Passo as unhas pelo cabelo dele e encosto minha testa na dele. Circulo seu pulso com meus dedos e toco a flor que dei a ele quando não fui corajosa o suficiente para encontrar as palavras certas.

Mas agora eu tenho as palavras certas.

Beijo a ponta do nariz dele. O canto da boca. Ele me aperta ainda mais, e me puxa para mais perto, trazendo minha boca até a dele.

Dou um sorriso enquanto nos beijamos.

— Acho que é mais do que o bastante. — Dou outro beijo demorado em seus lábios.

Beckett está resmungando em algum lugar atrás de mim sobre demonstrações públicas de afeto. Stella ainda está fungando. Caleb voltou a remexer na minha geladeira em busca de petiscos e Luka está roncando no chão. Seguro o rosto de Charlie perto do meu e espero ele se dar conta de tudo isso. Os amigos, a família, o lar. O amor que é oferecido sem nada em troca.

— O que você quer? — pergunta, examinando meu rosto.

— Eu quero que você fique — digo a ele. Seus olhos brilham como nuvens se dissipando depois de uma tempestade. Um sorriso levanta os cantos de sua boca. Quero ser a causa desse olhar todos os dias. Quero ser a razão pela qual ele acredita que merece esse tipo de amor. Toco seu queixo barbeado. — O que você quer?

— Eu já te disse, Nova. Quero te dar tudo o que você quiser — responde baixinho. — Há muito tempo.

Dou um sorriso.

— Essa é uma boa resposta.

— Eu sabia que você ia gostar.

Aproximo um pouco mais meu rosto do dele.

— Você acha que pode ser feliz aqui, Charlie? — sussurro.

— Eu *sou* feliz aqui. — Seus olhos deslizam por cima do meu ombro, na direção dos bobos na minha sala. Pelo jeito estão discutindo algo sobre Hot Pockets ou *taquitos*. Não sei e não me importo. Especialmente quando Charlie desvia o olhar de volta para mim, seus olhos traçando meu rosto como se eu fosse algo precioso. Como se ele não acreditasse que estou com ele. — Acho que nunca fui tão feliz na vida, Nova.

Ele diz isso em um sussurro. Como um segredo.

Aproximo a boca da dele e faço disso uma promessa.

— Eu também.

EPÍLOGO

NOVA

Três anos depois

— Você tem um cliente sem horário marcado.

Levanto os olhos do velho fichário aberto no meio da minha mesa, e vejo Jeremy parado com a cabeça e um ombro inclinado na porta do meu escritório, com a mão no batente. Acho que nunca vou me acostumar com essa versão de Jeremy, seu cabelo cuidadosamente penteado para trás, a camisa social abotoada e enfiada em uma calça azul-marinho bem passada, em vez do moletom desbotado com estampa de texugos. Charlie organizou uma intervenção estilo *O diário da princesa* da última vez que Jeremy voltou para casa nas férias de primavera usando papete e meia branca. Desde então, os dois têm trocado recomendações de estampas e informações sobre alfaiates.

— Você pode marcar para mais tarde na semana? Qualquer horário disponível.

Jeremy faz que não com a cabeça.

— Você não pode agendar? — pergunto.

— Não.

Eu pisco.

— Por que não? Esqueceu como usar papel e caneta na NYU?

Ele só trabalha no estúdio de tatuagens de vez em quando, sempre que está na cidade para visitar os pais. Eu não preciso de ajuda com os recepcionistas rotativos que temos na equipe e os outros tatuadores da loja, mas ele diz que gosta de passar o tempo aqui quando pode, e eu gosto da companhia dele.

Ele também ainda está de olho naquela tatuagem de graça. Aparentemente, tem uma garota na aula de italiano que está tentando impressionar.

— Ele disse que precisa ser atendido hoje à noite.

— Ótimo, mas ele não faz as regras. — Devo me encontrar com Charlie no Matty em vinte minutos. Se eu me atrasar, ele começa a fazer mapas complicados da cidade usando saleiros e palitos de dente.

E eu odeio fazê-lo esperar. Ele já fez isso demais.

— Disse que era uma emergência.

— Quem?

— O cliente sem horário marcado.

Eu estreito os olhos.

— Uma tatuagem de emergência?

Jeremy morde o lábio, escondendo um sorriso, e bate a mão no batente da porta. Ele pode ter dado um jeito em si com o tempo, mas ainda tem lampejos daquele adolescente impertinente. O pestinha que colocava o lagarto de estimação no meu cabelo quando eu cuidava dele.

— Foi o que ele disse. Vou levar ele até a sala dois.

— Jeremy, não... — Mas ele já se foi, desaparecendo pelo corredor estreito que leva à recepção. Ouço o murmúrio baixo de uma conversa e depois uma porta se abrindo. Merda. Ele o colocou em uma sala privativa. Uma sala privativa significa uma tatuagem que toma bastante tempo ou que ele quer tatuar a bunda. Não estou no clima para nenhuma dessas coisas hoje.

Fecho o fichário e me afasto da mesa, tirando o celular do bolso de trás.

NOVA

Acabei de pegar um cliente sem hora marcada.

Vou me atrasar alguns minutos.

CHARLIE

☹☹☹

NOVA
Eu sei. Mas vou compensar.

CHARLIE
Você tem a minha atenção.

Dou uma risadinha e toco no ícone da galeria de fotos no canto inferior do meu celular. Rolo até encontrar a imagem que quero, depois envio.

CHARLIE
Pooooorra.

CHARLIE
Já conversamos sobre suas fotos indecentes, Nova.

NOVA
É só uma fatia de bolo de chocolate.

CHARLIE
É a última fatia de bolo de chocolate, que você escondeu, sua fominha. Onde está? Está na casa do Beckett? Da Layla? Enterrada em um bunker secreto no meio do campo sul? Me diz.

Na verdade, está atrás do leite na geladeira da garagem, mas sei que Charlie acha que sou mais esperta do que isso, então ele não se deu o trabalho de verificar. Layla fez um bolo de brownie de chocolate duplo para o aniversário de três anos da inauguração do estúdio, e Charlie ficou obcecado desde a primeira mordida. Achei que ele e Caleb fossem brigar pelo glacê.

NOVA
É seu. Um pedido de desculpa por me atrasar.

CHARLIE
Desculpa não necessária, mas aceita com todo amor.

Suspiro. Charlie e eu estamos com horários desencontrados há uma semana. O festival da colheita enfim atingiu o nível de notoriedade que a cidade queria há anos, graças em grande parte ao concurso de esculturas de abóbora e ao entusiasmo do novo prefeito. Mas, como resultado, estou sobrecarregada com visitantes inesperados para as festividades, enquanto Charlie tem estado ocupado com o comitê no qual ele exigiu um lugar permanente. Estou cansada de só ver o rosto dele quando estamos para lá de exaustos, com sua bochecha amassada no travesseiro ao lado do meu, e o braço dele jogado sobre meu quadril.

Tenho outra foto no meu celular que Charlie ainda não viu, a segunda parte do meu pedido de desculpa. Renda rosa-clara e flores coloridas bordadas. Tirei uma foto na frente do espelho enquanto me vestia hoje de manhã e acabei esquecendo de enviar.

Envio agora, assim que entro na sala dois, guardando o celular no bolso com um sorriso. Odeio sentir falta de Charlie, mas gosto dos nossos jogos até nos encontrarmos de novo, a tensão se estendendo entre nós até eu puxá-lo de volta.

Ouço um gemido abafado vindo do cliente, encostado na maca de tatuagem, um som familiar, áspero, que vibra baixo no peito dele. Paro logo na entrada, observando Charlie olhar para o celular.

— Bom, isso está mais de acordo com as fotos indecentes que você costuma mandar — murmura, coçando a nuca. — Merda, Nova. Quando você comprou isso?

— No fim de semana passado. — Cruzo as mãos atrás das costas e o encaro. Parece que ele saiu dos meus sonhos diretamente para a sala dois. — Quando eu fui fazer compras.

— Você me disse que comprou flores.

— E não tem flores aí?

Ele desliza o polegar pela tela e inclina a cabeça para o lado, a língua no canto da boca enquanto estuda a foto.

— Acho que você tem razão.

— Claro que tenho.

Ele continua olhando para o celular, e eu continuo olhando para ele. Ele está usando o terno que o vi colocar hoje de manhã, azul-marinho com uma camisa branca impecável por baixo. Pernas longas cruzadas e cabelo bagunçado de tanto passar as mãos nele várias vezes. Ele esfrega a barba por fazer, e vislumbro a tatuagem no pulso dele. Dou um sorriso.

— Você vai continuar olhando para essa foto ou vai me beijar?

— Para ser sincero, Nova, ainda não decidi. — Ele apaga a tela do celular e o joga por cima do ombro na maca acolchoada. — Brincadeira. Vem cá e me dá um beijo.

Reviro os olhos, mas caminho na direção dele, deslizando nos seus braços e me apoiando na ponta dos pés para encontrar sua boca com a minha. Ele suspira assim que nossos lábios se tocam, alívio e desejo e conforto no toque de sua mão na base da minha coluna, me puxando para mais perto.

— Oi, Nova — sussurra, roçando o nariz no meu. Ele pressiona meu queixo e deposita outro beijo rápido em minha boca. — Senti sua falta.

— Oi, sr. Prefeito. — Sorrio ao ouvir o som que ele faz baixo, quase um murmúrio. Ele adora quando o chamo assim, mesmo que fique vermelho todas as vezes. Passo o polegar pela lapela do paletó dele. — Obrigada por arrumar tempo para seus eleitores.

Um meio sorriso puxa o canto da boca dele, os olhos azuis suavizados enquanto me observam.

— Você é minha eleitora favorita — murmura.

— Não deixe a sra. Beatrice ouvir isso.

— Meu Deus, você tem razão. Acabei de voltar para a lista dos lattes de avelã.

— Vocês dois não moram juntos, não? — grita Jeremy de algum lugar no fundo da loja. Eu dou uma risadinha e enfio o rosto na camisa de Charlie.

— Um dia, jovem Jeremy, isso vai fazer sentido para você. — Charlie suspira de maneira dramática, uma mão segurando a parte de trás do meu pescoço e a outra subindo de leve pelo meu suéter. Eu envolvo meus braços ao redor dele e aperto.

Eu me neguei esse conforto por tanto tempo. Tentava proteger meu coração, não porque tinha medo de me machucar, mas porque coisas preciosas devem ser cuidadas. Fiz um ótimo trabalho florescendo sob minha própria luz. Achei que ser metade de um todo significaria que partes de mim seriam tiradas por outra pessoa. Que eu seria roubada, comprometida, diminuída. Mas tudo o que dei a Charlie foi por vontade própria. Quero que ele tenha tudo… minha amizade, minha confiança. Os momentos bons, quando dou tanta risada que minha barriga dói, e os momentos difíceis, quando a voz na minha cabeça fica mais alta do que eu gostaria. Ele me levanta e me mantém firme quando preciso. Não perdi nada com Charlie.

— O que você está fazendo aqui?

— Senti sua falta — responde com um beijo rápido no meu cabelo. — Achei que pudesse marcar um horário para te ver.

— Você não tem horário marcado — aponto, sem mover meu rosto. Beijo o espaço abaixo do pescoço dele e sinto o abraço se apertar. — É um cliente sem horário marcado.

— Questão de semântica — retruca, afrouxando os braços para que eu possa me afastar. Ele enrola uma mecha do meu cabelo no dedo e depois a coloca atrás da minha orelha. — Você tem tempo para uma sessão antes de eu te levar para casa?

Eu levanto as sobrancelhas.

— Uma tatuagem?

— Não é isso que você faz aqui? — Ele me solta do abraço e tira o paletó, dobrando-o com cuidado e colocando sobre a mesa, depois começa a desabotoar as mangas. — Já está na hora de fazer aquele escorpião na minha bunda, não acha?

Jeremy deixa algo cair atrás de nós, e eu me viro para ver uma pilha de esboços cobrindo o chão, pastas ainda em suas mãos e a bandeja dourada que estava equilibrada em cima virada de lado.

— Depois dessa — comenta Jeremy, se abaixando para pegar os papéis com uma expressão de constrangimento —, vou cair fora.

— Você não precisa sair — retruca Charlie. — Não me importo que você veja minha bunda.

— Eu me importo — responde Jeremy rapidamente. Seus lábios se apertam numa linha, e ele joga tudo de volta na mesa. — Não tenho a menor vontade de reviver o 2 de agosto.

Dois de agosto. Charlie veio para fazer a tatuagem no quadril. Mal conseguimos terminar antes de nos agarrarmos, com a boca dele no meu pescoço e minhas mãos em sua bunda.

— O que aconteceu… ah, é. — Um sorriso floresce no rosto de Charlie. Minhas bochechas ficam vermelhas. Não fomos exatamente silenciosos, e com certeza deixamos uma marca na parede da sala três. Mas, para ser justa, eu não sabia que Jeremy ainda estava por perto. Charlie inclina o queixo.

— Boa decisão, cara. Até mais.

— Tchau, vejo vocês…

Charlie tranca a porta na cara de Jeremy e pega minha mão, me guiando até a estação de tatuagem que tenho montada contra a parede. Ele me faz sentar no banco e começa a desabotoar a camisa, os dedos se movendo habilmente pela fileira de botões.

— Ah, uau. Certo. Você está falando sério.

Charlie franze a testa para mim.

— Eu não sou sempre sério?

Eu balanço a cabeça.

— Não, com certeza não.

— Bom… — Ele tira a camisa dos braços e a joga em cima do paletó. Fico distraída pelo esticar dos bíceps, as linhas suaves do torso. — Você já deveria saber que costumo ser bem sério com algumas coisas.

Lanches no carro. Filmes clássicos. Festivais temáticos e como eu organizo minhas planilhas orçamentárias. Minhas compras de lingerie.

Charlie passa a mão sobre o peito, e meus olhos descem por seu torso, parando na tatuagem que consigo ver apenas o começo, espiando pela cintura da calça. Um estouro de azul e roxo no quadril, pontilhado de estrelas. A tatuagem da supernova começa na coxa e sobe pelo osso do quadril, indo em direção à barriga. Foram três sessões e um aviso rigoroso para Charlie ficar imóvel, embora ele não tenha levado essa instrução tão a sério. Dá para ver a oscilação de algumas linhas. Toda vez que eu olhava para cima e o via me observando, ou quando os dedos dele deslizavam devagar pela parte de trás do meu pescoço enquanto eu me inclinava sobre ele.

Ele diz que as imperfeições são sua parte favorita. Que isso torna a tatuagem única, só dele.

Eu tendo a concordar.

Charlie se espreguiça, os braços se estendendo bem abertos com um bocejo, finalmente livre da constrição das roupas, e tenho uma boa visão da pinup ao longo das costelas dele. Ela tem cabelo loiro caindo sobre os ombros e um sorriso provocante, uma das mãos sob o queixo, um buquê de florzinhas no dorso da mão. Algo dentro de mim se agita, como sempre acontece quando vejo meu trabalho na pele de Charlie. As tatuagens dele são só para mim, em lugares que só eu posso ver, escondidas sob seus ternos elegantes e camisas de grife. *Meu*, dizem aquelas marcas. *Meu* e *meu* e só *meu*.

Posse e afeição.

Deixo meu olhar pousar na flor no pulso dele.

Um reconhecimento e também uma promessa.

Charlie esfrega as costelas com um murmúrio satisfeito antes de se jogar na maca à minha frente.

— Quero uma tatuagem nova.

Lanço um sorriso para ele.

— Já percebi isso. — Pego minhas luvas e o resto dos meus materiais. — Você está viciado, não está?

— Eu gosto das suas mãos em mim.

— Você não precisa fazer uma tatuagem para isso. — Dou um beijo rápido no meio do peito dele. — No que estava pensando?

— No seu nome — diz ele, sério. — Na minha testa.

Lanço um olhar para ele.

— Tatuagem não é brincadeira, Charlie.

— Talvez aqui, então. — Ele aponta para o coração.

Eu olho para o ponto vazio no peito onde acabei de beijá-lo e depois volto meu olhar para o rosto dele. Seus olhos estão sérios, os lábios curvados para baixo nos cantos. Ele abre a boca, mas fecha logo em seguida, soltando um suspiro frustrado pelo nariz.

Largo os materiais que estava mexendo e pressiono as mãos nos joelhos dele, me aproximando no banquinho. Ele sempre abre espaço para mim, suas pernas se abrindo mais, e meus braços ficam soltos sobre o colo dele.

— O que está acontecendo? — pergunto.

Ele dá de ombros e segura a borda da maca, as mãos apertando e soltando.

— Só quero seu nome em algum lugar — murmura, relutante, soando como se estivesse envergonhado disso. Ele coça atrás da orelha, sinal de que está ansioso ou desconfortável. — Quero que seja permanente.

— Você já tem meu rosto nas costelas, Charlie.

— Quero que seja mais permanente.

Minha confusão se transforma em carinho, quente e fácil.

— Já é permanente — digo, enlaçando meus dedos nos pulsos dele e puxando até nossas mãos estarem entrelaçadas, apertadas uma na outra. Aperto suas mãos. — Você não precisa do meu nome na sua pele para pertencer a mim. Ou para eu pertencer a você.

— Eu sei. — Ele suspira. — Sei disso. Mas às vezes... às vezes eu quero.

Charlie evoluiu muito na maneira como fala sobre o que deseja, mas ainda se segura quando acha que está sendo egoísta. Quando acha que está pedindo mais do que merece.

Aperto suas mãos de novo.

— Tenho uma ideia melhor.

Ele se anima, interessado.

— Vai ser na minha clavícula? Você gosta de me morder lá.

Mudo de posição no banco. Eu gosto de mordê-lo lá. Ele faz os sons mais bonitos quando faço isso.

— Não, não é na sua clavícula.

— Debaixo da Nova versão pinup?

Eu olho para a tatuagem nas costelas dele e sinto um sorriso puxar os cantos da minha boca.

— Não. Também não.

— Então onde?

Eu arrasto os polegares pelos dedos dele, olhando para nossas mãos. Tem um borrão de azul no lado da palma dele, provavelmente das anotações que ele estava fazendo nas reuniões de hoje. Eu traço aquele ponto devagar e, em seguida, toco os nós dos dedos. O espaço logo acima. A pele suave, pálida, do dedo anelar. Olho de volta para ele.

Ele pensa que está sendo discreto, mas Charlie não tem um pingo de discrição. Ele está olhando anéis de noivado há mais de um ano. Sei que é algo que ele quer, algo que tem desejado, e que, se acha que eu não quero, nunca vai perguntar.

— Charlie.

Ele fica imóvel, os ombros largos subindo em direção às orelhas.

— Fala.

Eu me aproximo mais no meu banquinho com rodinhas. Cinco anos atrás, se você tivesse me dito que eu estaria planejando pedir um homem em casamento nos fundos do estúdio de tatuagem que abri na cidade onde cresci, eu teria rido na sua cara. Nunca pensei que queria um relacionamento sério, mas Charlie me mostrou todos os dias que querer, precisar, amar e viver são fios de uma mesma trança. Eu puxo um desses fios, e tudo fica mais forte.

Eu esfrego o dedo dele.

— Que tal uma tatuagem bem aqui?

Ele olha para nossas mãos, depois arrasta o olhar para meu rosto. Ele me encara por um longo tempo.

— Bem aí?

— Uhum.

— Nesse dedo específico?

— É.

— O que você… — Ele respira fundo e solta, com as mãos tremendo onde as minhas as seguram. — O que você quer tatuar aí?

— Acho que uma simples faixa preta — respondo. É um esforço monumental não sorrir de orelha a orelha. — Não muito grossa. Você poderia usar um anel por cima, se quisesse. Talvez prata, para combinar com o relógio novo que te dei no último…

Charlie me agarra por debaixo dos braços e me puxa para cima dele, sem esperar eu terminar a frase. Uma das mãos dele segura a minha nuca e a outra afunda no meu cabelo, meu corpo sobre o dele. Ele puxa meu rosto na direção do seu e me beija, selvagem e maravilhoso, línguas e dentes e uma bagunça deliciosa. Ele me beija como se estivesse morrendo de vontade de fazer exatamente isso desde que entrou no estúdio.

Desde que dançamos em um monte de tapetes que não combinavam.

— Só para deixar claro — sussurra contra a minha boca —, você está me pedindo em casamento, certo?

Dou uma risada. Parece certo fazer isso desse jeito. No fundo do meu estúdio, com Charlie sem camisa embaixo de mim, suas mãos apertadas no meu corpo e meus joelhos envolvendo sua cintura. Todas as minhas marcas no corpo dele. Algumas das dele em mim. Sempre fomos uma bagunça, nós dois. Impulsivos e tropeçando pelo caminho. Mas não há ninguém com quem eu prefira cometer erros além de Charlie.

— Sim. — Passo os dedos pelo cabelo dele e ponho os braços ao redor de seus ombros. — Estou te pedindo em casamento. O que você acha?

Ele suspira, baixo e lento. Seus dedos se espalham pela base das minhas costas, me segurando firme. Me mantendo estável.

— Sim — responde baixinho, e deposita um beijo rápido no meu ombro, a voz grossa. — Eu adoraria me casar com você.

Ficamos ali por um bom tempo, só nós dois, minha bochecha no peito dele, eu ouvindo seu coração bater. Passo as unhas pela coluna dele até ele tremer. Então, faço de novo.

— Eu poderia... — Ele para abruptamente, engolindo o restante da pergunta. Seus braços nus ficam tensos e depois relaxam contra mim, os dedos tremendo na lateral do meu corpo.

Eu levanto o queixo e olho para cima.

— Você poderia o quê?

Ele balança a cabeça e beija meu nariz.

— Deixa pra lá. Vamos resolver isso depois.

— Resolver o quê depois?

— Não é importante.

Suspiro.

— Charlie.

— Nova.

— Me diga.

Ele me observa com cuidado, e eu espero enquanto ele luta para encontrar as palavras.

— Eu poderia usar o seu sobrenome? — pergunta, por fim. O pomo de adão dele sobe e desce com o grande esforço para engolir. — Quando nos casarmos, quero dizer. Eu poderia... ser um Porter?

Preciso de um segundo para respirar fundo diante do aperto no meu peito.

— É o que você quer?

Ele faz que sim com a cabeça.

Eu sinto meu sorriso se formando.

— Tenho certeza de que você já é um Porter honorário há alguns anos.

— É. — Ele coloca uma mecha do meu cabelo atrás da orelha, com as mãos emoldurando meu rosto. Seu olhar é tão terno que quase me faz chorar. Seu polegar desliza logo abaixo dos meus olhos, e acho que talvez já esteja chorando. — É uma sorte que ninguém mais da sua família seja uma enciclopédia humana de grupos de R&B dos anos 1990. Eu realmente me tornei valioso na noite de perguntas.

— Mais do que isso — digo a ele, minha voz falhando.

Ele assente.

— É. Mais do que isso. Você está certa. — Ele passa os polegares debaixo dos meus olhos de novo e solta um suspiro. — Mas não quero ser honorário. Quero ser um Porter. Quero ser da sua família. Seu maior torcedor e melhor amigo. O motivo pelo qual você sempre tem pretzels de manteiga de amendoim no armário. — Os olhos dele buscam os meus, honestos e verdadeiros. — Quero ser seu marido. De forma completa. Com ternos e tudo mais.

— Beleza — respondo.

O rosto dele se ilumina.

— Sério?

Eu assinto e pressiono a testa no peito dele. Seguro-o apertado.

— Sim — digo, sorrindo tanto que minhas bochechas doem. — Formal e completo me parece ótimo.

Agradecimentos

Comecei a escrever a série Lovelight em um momento da minha vida em que eu desejava muito uma comunidade. Eu tinha acabado de ter um bebê, meu marido, médico, estava trabalhando longas horas durante a pandemia, estávamos longe da família e dos amigos, e eu passava muito tempo me sentindo sozinha, triste e sobrecarregada. Lovelight se tornou o lugar para onde eu podia escapar. Um lugar acolhedor e gentil, com croissants amanteigados e árvores de Natal novas em folha.

Foi uma das maiores alegrias da minha vida ver essa comunidade fictícia se transformar em uma comunidade real. Tantas pessoas encontraram conforto nestas páginas, e não há nada melhor do que isso. Lovelight e a pequena cidade de Inglewild representam tantas das coisas que eu espero: gentileza, generosidade, inclusão, diversidade, pertencimento e, acima de tudo, amor. Espero que, sempre que você precisar de um lugar para desaparecer, volte para a Fazenda Lovelight.

Demorei a escrever *Os opostos se atraem* porque não queria me despedir, mas então uma boa amiga me lembrou que não preciso, então não vou. Em vez disso, digo obrigada. Obrigada aos leitores que pegaram um livro sobre uma fazenda de árvores de Natal e deram uma chance. Vocês mudaram minha vida de tantas maneiras maravilhosas. Espero continuar contando histórias por muito tempo e compartilhando-as com vocês.

Obrigada à minha agente, Kim Lionetti, por defender essas histórias e realizar todos os meus sonhos enquanto eu estava sentada em um ônibus na Disney ouvindo músicas desconcertantes de banjo. Obrigada à incrível equipe da Berkley — Kristine, Mary, Kristin, Chelsea, Anika — por toda a dedicação para levar essas histórias às mãos de novos leitores. Um brinde à equipe impecável da Pan Macmillan — Kinza, Chloe, Ana — por seu entusiasmo irrestrito e eterno. E um grande, enorme, gigantesco obrigada à rainha das capas, Sam Palencia, da Ink and Laurel. Sam, seu trabalho fez tanto pelas minhas histórias, e sou eternamente grata. Você realmente embeleza estantes.

Este trabalho estranho e maravilhoso às vezes pode parecer bem solitário, e sou eternamente grata aos meus colegas autores, os melhores colegas de trabalho que alguém poderia pedir. Obrigada a Sarah (minha pequena bolota), Chloe, Chip, Elena e Hannah por serem minha torcida particular. E por ouvirem os áudios mais loucos. E obrigada a Adri, por seu entusiasmo e sua alegria sem limites.

E à minha querida amiga Annie, a quem devo muito dessa loucura maravilhosa. Quando eu disse que queria escrever um livro, ela disse "Claro que vai", e não deixou de acreditar em mim desde então. Estou registrando isso por escrito: o Charlie é totalmente seu. Ele não teria acontecido sem você e aquela mensagem tarde da noite em que disse: "Não seria engraçado se..." Sou eternamente grata por podermos trilhar esse caminho maluco juntas. Um brinde a mais viagens com vinho, risadas, sonhos e histórias. Nunca quero parar de fazer isso com você.

E o meu maior agradecimento, como sempre, vai para o meu marido. Meu maior promotor e parceiro mais orgulhoso. Viver nossa história de amor é melhor do que qualquer romance que eu poderia escrever.

Este é o capítulo final da série Lovelight como eu a imaginei, mas não estou fechando a porta para sempre. Quem sabe, talvez possamos voltar para Inglewild em algum momento no futuro. Mas, por enquanto, estou me despedindo silenciosa e sinceramente.

Os portões de Lovelight estarão sempre abertos. Eu te encontro na padaria da Layla para um café, e juntos vamos procurar a árvore perfeita.

Mesmo que seja apenas nos meus sonhos...

Impresso no Brasil pelo Sistema Cameron da Divisão Gráfica da
DISTRIBUIDORA RECORD DE SERVIÇOS DE IMPRENSA S.A.